RUDOLF HABRINGER

WAS WIR AHNEN

ROMAN

PICUS VERLAG WIEN

Wer kann das von oben vom Anfang bis zum
Ende mit offenen Augen überblicken?

Franz Kafka

PROLOG
KATHARINA
DEN KENNST DU NICHT

Sie hatte die besondere Begabung, etwas vor anderen zu verbergen. In dieser Disziplin hatte sie in Jahrzehnten eine stille Meisterschaft ausgebildet. Immer wenn die Umstände, das Schicksal, das Leben, oder was immer man in solchen Momenten zu nennen pflegt, sie schmerzhaft zwangen, ihr Talent erneut unter Beweis zu stellen, wusste sie, dass sie gewappnet war. Gerüstet, durchzuhalten. Stark genug, das alles auszuhalten.

Ich werde neu anfangen. Es wird schon recht werden, hat Papa immer gesagt. Und es ist immer wieder recht geworden.

Katharina erwachte durch das Geräusch eines vorbeifahrenden Autos. Draußen begann es, hell zu werden. Sie konnte nicht mehr einschlafen. Auf dem Nachtkästchen lag das Heft, in dem sie spätabends geschrieben hatte. Als sie bemerkte, dass das Bett neben ihr leer war, stand sie auf. Andreas war wohl erst kurz vorher nach Hause gekommen, er hatte es nur mehr bis zur Wohnzimmercouch geschafft. Er lag da im Anzug und schnarchte leise. Nur die Schuhe hatte er ausgezogen, die Krawatte hing auf dem Fernseher.

Noch war es auf der Einfallstraße in die Hauptstadt ruhig, Nebelfetzen hingen über dem Fluss, die Straße war feucht, in der Nacht hatte es leicht geregnet. Kurz vor Linz fuhr Katharina an der Mühlkreisbahn vorbei, die hier direkt am Fluss entlang führt, wenig später stand sie im Stau und wurde vom Zug, der die Straße querte, wieder überholt.

Die Plakatwände hatten über Nacht ihr Aussehen gewechselt, überall prangten unter Andreas' Gesicht dicke gelbe *Danke*-Streifen, aber auch die Verlierer bedankten sich bei den Wählern.

Sie hatte nichts gefrühstückt. An der Kreuzung vor dem Tunnel stand die Ampel auf Rot. Sie beugte sich hinüber zur Beifahrerseite und kramte im Handschuhfach nach einer Packung angebrochener Kekse. Plastik knisterte, aber sie bekam statt der Kekse nur den kleinen Plastikengel zu fassen, der sie mit gefalteten Händen anlächelte. Er wirkte wie ein Zeichen aus einer anderen, vergangenen Zeit, ein Gruß aus einem anderen Leben. Die Ampel war schon wieder auf Grün, als sie die Schokokekse doch noch fand. Sie wischte die Krümel von ihrem Blazer.

Im Süden verließ sie die Stadt. Von den Seitenstraßen bogen die ersten Pendler aus den Siedlungen ein, hier war die Stadt am hässlichsten: Einkaufscenter, Parkplätze, Imbissbuden, Autowerkstätten, Lagerhallen reihten sich bis zur Stadtgrenze aneinander.

Der Himmel war verhangen und grau, ein Tag, der sich nicht entschließen konnte, hell zu werden. Bei Schönwetter konnte man von hier bis zu den Bergen sehen.

Es war der Tag nach dem Sieg. Der Tag nach dem Triumph. Andreas hatte seiner Mannschaft bis zur Parteivorstandssitzung, frei gegeben, wahrscheinlich musste er spätabends auch noch ins Fernsehstudio, um das Wahlergebnis zu kommentieren und den künftigen Kurs, der auch der bisherige war, zu skizzieren.

Bis zur Angelobung der Regierung würden vielleicht vier Wochen vergehen, dann, so hatte Andreas versprochen, würden sie endlich Urlaub machen. Zu Hause lagen schon die Prospekte, sie hatten sich nur noch nicht entschieden, wohin sie fahren würden.

Für diese Zeit musste Katharina eine Bleibe für ihren Vater suchen.

Der Übergang von der Stadt zur nächsten war kaum zu bemerken. Kurz glitten ein paar Äcker und winterfest gemachte Felder an ihr vorbei, dann standen schon die nächsten Lagerhallen, Tankstellen und Großkaufhäuser links und rechts der Straße. Dieses Land wirkte gesichtslos, verplant, zersiedelt. Die Menschen hatten sich längst daran gewöhnt, in dieser Umgebung zu leben.

Sie würde vor der Pflegerin bei Vater sein. Sie war so früh dran, dass sie ihn vielleicht sogar noch im Bett antraf.

Keine achtundvierzig Stunden sind vergangen. Seit ich an der Grenze war. Und kaum drei Wochen, seit ich Arnold in K. getroffen habe. So unwirklich das. So irreal. Vielleicht habe ich das alles nur geträumt. Vielleicht träume ich noch. Vielleicht wache ich bald auf.

Sie fädelte in die Abzweigung ein, die sie in den Stadtteil führte, in dem das kleine Haus stand, das sich die Eltern vor vier Jahrzehnten gekauft hatten. Damals, als sie aus der Stadt am See weggezogen waren.

Kurz vor der Sackgasse, in der Vater wohnte, bog sie auf den Parkplatz neben dem Einkaufscenter, an dessen Rückseite die Müllcontainer standen. Der Einfall kam spontan.

Es war noch nicht einmal sechs Uhr früh. Die ersten Menschen auf dem Weg zur Arbeit wankten verschlafen zu den Haltestellen, starrten müde vor sich hin wie Irrende oder blätterten in der Gratiszeitung, die bei jedem Wartehäuschen auflag. Heute wurde Andreas' Wahlsieg verkündet. Wahrscheinlich war in einer Zeitung sogar ein Foto, auf dem auch sie abgebildet war. Einmal in sechs Jahren, immer bei der Stimmabgabe, musste sie das ertragen.

Der Platz vor dem Einkaufscenter war menschenleer, die Geschäfte würden erst in zwei Stunden öffnen. Der Container mit dem Altpapier quoll über. Tags zuvor war ihr das – es hatte bereits gedämmert, sie war wohl sehr aufgeregt gewesen – gar nicht aufgefallen. In der Zwischenzeit war er auch nicht geräumt worden. Der Container hatte eine Hebelvorrichtung, mit der sich der Deckel mit einem leisen Kreischen öffnen ließ.

Sie tat, als werfe sie Altpapier ein. Sie nahm die Zeitung von gestern, die Sonntagsausgabe, aus dem Wagen und legte sie oben auf den Papierstoß.

Sie bemerkte die Schnipsel sofort. Sie lagen obenauf, dort, wo sie sie am Vorabend eingeworfen hatte. Sie fegte sie in ihre Handtasche. Die Aktion dauerte nicht einmal eine Minute. Vielleicht gelang es ihr sogar, die Schnipsel alle wieder einzusammeln.

Minuten später stand sie in Vaters Wohnung. Sie hatte sich getäuscht. Er war schon auf und saß in Unterhosen am Küchentisch, im Radio lief laute Marschmusik, Musik, die er früher kaum gehört hatte.

Er wunderte sich nicht, dass sie so früh kam, sondern blickte nur kurz auf. Es war ihm scheinbar auch egal, dass seine Tochter und nicht die Pflegerin erschien. Vor ihm auf einem Teller lagen die welken braunen Apfelschnitten vom Vortag.

Ich mache dir Frühstück, sagte Katharina und machte sich am Herd zu schaffen. Aber du solltest dich anziehen und waschen.

Sie führte ihren Vater zur Toilette, entfernte die Windel und half ihm beim Niedersetzen. Waschen würde ihn später die Pflegerin. Vater roch scharf und säuerlich nach Urin und Schweiß. Er ließ die Prozedur gelassen über sich ergehen.

Wir haben die Wahl gewonnen gestern, weißt du das?, fragte Katharina.

Die Wahl?, fragte der Vater. War denn gestern eine Wahl?, fragte er.

Gestern war doch die Wahl, sagte Katharina. Und Andreas hat gewonnen. Und du hast ihn auch gewählt, sagte sie und drückte ihn sanft auf den Klosessel, weil er noch nicht mit dem Wasserlassen fertig war.

Haben wir gewonnen?, fragte er wie ein Kind.

Ja, du hast auch gewonnen, sagte Katharina.

Sie führte ihn zurück in sein Zimmer, legte ihm eine neue Windel an und bereitete frische Unterwäsche vor. Manchmal, wenn er gut gelaunt war, schaffte er es noch, sich selber anzukleiden.

Sie machte in der Küche Kaffee, auch für sich, und schmierte Vater ein Butterbrot mit Honig.

Als sie ein Kind gewesen war, hatte er das manchmal für sie gemacht.

Dann saß er zufrieden am Tisch, kaute und schmatzte. Im Radio liefen die Morgennachrichten, ein Nachbericht über die Siegesfeier am vorigen Abend.

Plötzlich war Andreas' Stimme zu hören. Vater hob den Finger und grinste.

Katharina ging ins Wohnzimmer, suchte Papier und kramte in einer Lade nach Klebstoff.

Sie suchte in der Handtasche nach all den Papierschnipseln, die sie vorher eingesammelt hatte, und legte sie vor sich hin auf den Wohnzimmertisch. Sie kontrollierte noch einmal, ob sie auch alle Papierstücke aus der Handtasche genommen hatte.

Sie begann das Puzzle aus den kleinen Papierfetzen zusammenzustellen. Allmählich formten sich aus den Einzelteilen die zwei Bilder, die sie gestern Abend zerrissen hatte.

Das eine Bild wirkte wie ein zufälliger Schnappschuss eines Touristen von der Nepomukbrücke hinunter auf das kleine Kaffeehaus an der Moldau in Krumau. Einige Tische waren besetzt, an einem saß sie mit Arnold, ins Gespräch vertieft. Das zweite Foto war eindeutiger. Arnold hatte die Hand auf ihre gelegt, er beugte sich vor und sah ihr in die Augen. Man konnte sie für ein Liebespaar halten.

Sie fügte die Teile zusammen und klebte sie auf das Blatt, das sich vom Klebstoff leicht wellte. Sie achtete darauf, dass der Klebstoff nicht tropfte.

Das waren die einzigen Bilder, auf denen sie mit Arnold zu sehen war. Das Foto vom Maturaball, auf dem Arnold zufällig hinter ihr gestanden war, zählte nicht. Seither waren Jahrzehnte vergangen. Die Fotos, die sie eben zusammengeklebt hatte, waren die einzige Erinnerung an das Wochenende in Krumau. Und der Engel im Handschuhfach.

Dann stand der Vater plötzlich hinter ihr. In seinen Filzpantoffeln war er unhörbar ins Zimmer gerutscht.

Was machst du da?, fragte er und schaute ihr über die Schulter.

Ich klebe, das siehst du ja, sagte Katharina.

Wer ist das?, fragte er und deutete auf das Puzzle.

Wer?, fragte Katharina.

Der da neben dir, sagte der Vater.

Ein Mann, den kennst du nicht, sagte Katharina.
Ein Mann, den kennst du nicht, echote der Vater.
Nein, den kennst du nicht, sagte sie.

1
ZEHN MONATE SPÄTER

Keine neuen Erkenntnisse in Linzer Mordfall

Linz. (OÖN) Die Ermittlungen zum Mord am Linzer Privatdetektiv Harald S. laufen schleppend. Die Polizei hat nach wie vor keine neuen Erkenntnisse in dem Fall gewonnen. Ein Polizeipressesprecher teilte auf Nachfrage der *Nachrichten* mit, dass es zahlreiche Hinweise gebe, allerdings noch keine heiße Spur. Der Linzer Privatdetektiv war im vergangenen Jahr in der Nähe des Moldaublicks an der tschechischen Grenze erschossen aufgefunden worden.

Nachdem eine Abgängigkeitsanzeige erstattet worden war, wurde die Leiche von S. erst nach Tagen zufällig von einem Hund eines Wanderers in einem Waldstück aufgespürt. S.' Wagen wurde später wenige Hundert Meter vom Tatort entfernt in einem Forstweg in Tschechien aufgefunden. Dass dieser Umstand auf einen Raubmord aus dem Umfeld organisierter Kriminalität hinweist, konnte nicht bestätigt werden. Über das Motiv der Tat wird weiter gerätselt.

Harald S. galt in Linz als bekannter Privatdetektiv, dem auch Kontakte zur Rotlichtszene nachgesagt wurden. Der Polizeisprecher erklärte, dass nach wie vor *in mehrere Richtungen* ermittelt werde.

Wenige Wochen vor diesem Mordfall ereignete sich übrigens im Bayerischen Wald ein ähnlicher, bis jetzt noch nicht geklärter Mord, bei dem ein aus Oberösterreich stammender Professor der Universität Regensburg von Unbekannten erschossen worden war. Wie der Sprecher der Polizeidirektion Linz mitteilte, gebe es keinen Anhaltspunkt dafür, dass diese beiden Gewaltverbrechen in irgendeinem Zusammenhang stünden.

2
ACHATZ
FAHREN WIR HINÜBER

Für den Sonntag hatten sie vereinbart, über die Grenze nach Österreich zu fahren. Allein. Die beiden älteren Kinder wollten sich mit Freunden treffen, Julia, die Jüngste, war bei Roswithas Eltern auf Besuch.

Das hatten sie länger nicht gemacht. Über die Grenze zu fahren. Sie hatten keine Zeit dafür gehabt. Oder keine Lust dazu. Seit Achatz die Fortbildung machte, war er an Wochenenden nur selten daheim gewesen. *Fahren wir hinüber.* Das war die gemeinsame Formel gewesen, über Jahre. Bevor die Kinder auf die Welt kamen. Vor dem Hausbau. Achatz schien, als wäre seither ein ganzes Leben vergangen.

Vor einer Woche war er vom Kurs aus Ainring nach Hause gekommen. Roswitha stand in der Küche und buk Kuchen für einen Kindergeburtstag. Sie hatte ihm den Rücken zugekehrt, als sie den Vorschlag für den Ausflug machte. Achatz sah, dass sie Eier in einen Topf schlug und Mehl und Zucker dazugab. Früher hatte er sich in solchen Momenten an sie herangeschlichen, um sie scherzhaft zu erschrecken. Es konnte geschehen, dass er ihr seinen Atem in den Nacken hauchte oder Roswitha von hinten an die Brüste fasste.

Die ganze Woche hämmerte der Satz in seinem Kopf wie der monotone Rhythmus eines Schlagzeugs, ein unentwegtes Pochen: Heute frage ich sie. Heute rede ich sie an. Dann läutete plötzlich das Telefon oder eines der Kinder kam ins Zimmer. Es gab keine Gelegenheit, sich auszusprechen. Fünf Tage, seit er nach der Schulung wieder in den Dienst gegangen war, wusste er davon und nahm sich täglich vor, damit anzufangen. Und sagte nichts.

Er verschob das Vorhaben auf Sonntag. In Österreich würde Gelegenheit sein, darüber zu sprechen.

Er war mit Schlesinger auf Streife gefahren, die Dörfer an der Grenze entlang. Nach Wochen wieder einmal im normalen Dienst. Es war nichts los, es war wie eine Spazierfahrt. Die tschechischen Schmuggler kamen selten über Österreich. Bei einer Bushaltestelle hatten sie Halt gemacht und geraucht.

Er beobachtete den Kollegen und hatte den Eindruck, dass Schlesinger zugenommen hatte. Beim Lauftest im Jahr zuvor hatten die Prüfer bei ihm noch ein Auge zugedrückt. Dieses Jahr konnte es knapp werden. Wie Schlesinger ging es aber mehreren anderen auch. Achatz verkniff sich eine Bemerkung.

Ich weiß gar nicht, ob ich dir das sagen soll, begann Schlesinger. Aber bevor du es hintenherum erfährst, dachte ich mir. Weil wir doch schon so lange zusammenarbeiten. Und weil ich dich leiden kann.

Auf der Sitzbank an der Haltestelle hatte jemand ein Butterbrot liegen gelassen. Ein Schulkind wahrscheinlich, das sein Schulbrot entsorgt hatte, weil es fürchtete, daheim gescholten zu werden. Frühmorgens stand auch Achatz manchmal in der Küche und schmierte Brote für seine drei. Es hatte schon ein paar Mal laute Worte gegeben, wenn die Brotzeit abends angebissen und unansehnlich in der Plastikdose lag.

Du bist ja so lange nicht da gewesen. Die Schulung, sagte Schlesinger. Es klang beinahe wie eine Entschuldigung. Die Dienststelle hatte Achatz ausgewählt, der Dienststellenleiter hatte ihn für den Kurs vorgeschlagen, er hatte sich mit Roswitha besprochen. Die Sache würde ein Jahr lang dauern. Wochenendseminare, zweimal Kasernierung. Dann war man Polizeihauptmeister.

Es geht da etwas um, sagte Schlesinger und schnippte Asche von seiner Zigarette. Ein Gerede, ein Gerücht. Weiß ja keiner, was dran ist. Das muss der Ehrlichkeit halber gesagt werden. Keiner weiß ja wirklich, was dran ist an der Sache.

Gerede, was?, fragte Achatz.

Ein Traktor fuhr langsam an ihnen vorbei. Der Lenker trug einen Kappe vom Baumarkt und hob beim Vorbeifahren langsam die Hand. Eine Fahne aus bläulichem Rauch wehte hinter dem Fahrzeug her.

Ich kann nichts Genaues sagen, sagte Schlesinger. Da war das Konzert des Polizeiorchesters vor ein paar Wochen. In Passau unten. Wir sind hinuntergefahren von der Dienststelle. Haunschmid, Köberl und noch ein paar andere.

Da habe ich auch deine Frau gesehen, sagte Schlesinger. Du warst ja auf Schulung.

Achatz beobachtete sich: wie er den Atem anhielt. Wie sich seine Nackenmuskeln anspannten. Später dachte er: Vielleicht habe ich immer schon auf so einen Moment gewartet.

Schlesinger stieß mit dem Fuß gegen den Vorderreifen des Dienstwagens. Es sah aus, als kontrollierte er das Profil.

Ich meine, man kann sich täuschen, sagte er. Aber da war auch der Gatzka dabei bei dem Konzert. In Wegscheid ist doch der jetzt.

Der Schiedsrichter?, fragte Achatz.

Eh der, sagte Schlesinger. Der pfeift jetzt schon bis in die Oberliga hinauf.

Mit dem Gatzka bin ich früher auch Streife gefahren, sagte Achatz.

Er erinnerte sich: Gatzka war als Kind mit seinen Eltern aus der DDR gekommen. Der einzige Dynamo-Dresden-Anhänger weit und breit, als sie dieses eine Jahr in der Bundesliga spielten. Ein komischer Kerl, dem der sächsische Dialekt nicht abzugewöhnen war.

Drum habe ich mir zuerst auch nichts gedacht, sagte Schlesinger. Deine Frau kennt den halt von früher noch. Die beiden haben miteinander geredet und sind nebeneinander gesessen. Völlig, wie sagt man, völlig unverfänglich war das.

Sie standen nebeneinander am Straßenrand, ohne sich anzusehen. Die Zigaretten waren fast fertig geraucht.

Aber dann sagt der Ritzer Fritz noch, seht euch die zwei an, der Gatzka mit dem Achatz seiner, da soll schon länger was laufen. Hat er wörtlich gesagt, sagte Schlesinger. Soll schon länger was laufen. Dann ist nicht mehr darüber geredet worden. Und ich denke mir noch, woher kann der Ritzer Fritz den Gatzka kennen. Der Ritzer kam doch erst in unsere Dienststelle, da war der Gatzka schon lange weg. Weiß ich, wo der das aufgeschnappt hat. Und, entschuldige, ich denke mir, du warst die ganze Zeit weg. Bevor du es von jemand anderem hörst. Es geht mich nichts an, sagte Schlesinger. Besser, du hörst es von mir.

Achatz hörte sich antworten: Ist schon in Ordnung.

Wenn du mich fragst, ich brauche dir sicher keinen Ratschlag zu geben. Aber ich würde mit ihr reden. Ich würde das klären. Damit nichts hängen bleibt.

Auf der Heimfahrt: kein Wort mehr darüber. An einer Straßenkuppe lag eine überfahrene Katze. Sie hielten an und riefen den Kehrdienst.

Am Sonntag fuhren sie über die Grenze nach Österreich.

Fünf Tage hatte er nichts gesagt, hatte er den einen Satz vor sich hergeschoben: Heute frage ich sie. Er traf Schlesinger noch einmal bei einer Dienstübergabe im Spindraum. Schlesinger tat so, als hätte er nie irgendetwas zu ihm gesagt.

Die Sonne schien, der Himmel war blau. Roswitha trug das bunte Sommerkleid, das ihm immer gefallen hatte. Sie vereinbarten, zum Moldaublick zu fahren. Das war ein Ziel. Dort gab es eine tolle Fernsicht auf die Alpen, und nachher konnte man in der Nähe eine Brotzeit essen.

Er hatte sie fünf Tage lang beobachtet. Und nichts bemerkt. Wenn er im Dienst war, rief er einmal am Tag bei ihr an. Immer zu einer anderen Zeit. Das tat er sonst nie. Das war nicht üblich bei ihnen. Roswitha war immer zu Hause gewesen.

Sie saß neben ihm und tat so, als wäre nichts geschehen. Er hatte sich Gatzka vorgestellt, wie der mit Roswitha sprach. Von

Gatzka wusste man nichts, außer dass er Schiedsrichter war und Dynamo-Fan. Achatz wusste nicht einmal, ob Gatzka verheiratet war und Familie hatte. Oder er hatte es einmal gewusst und es wieder vergessen. Weil es unwichtig für ihn war.

Er beobachtete Roswitha, die aus dem Fenster sah. Achatz versuchte sich vorzustellen, wie Gatzka mit ihr sprach, wie er ihr in die Augen sah, wie er ihre Brust berührte.

Die Vorstellung misslang. Wahrscheinlich war alles ein Irrtum oder ein Missverständnis oder ein übel gestreutes Gerücht, ein dummes Gerede. Ritzer hatte sich wichtig machen wollen, vielleicht sogar Schlesinger. Der hätte sich die Bemerkung sparen können.

Tagelang hatte Achatz über Gatzka nachgedacht und sich, obwohl ihm das unsinnig erschien, mit diesem verglichen. Gatzka war einfacher Polizist, er angehender Hauptmeister. Da gab es nichts zu vergleichen, was Sinn ergeben hätte. Gatzka war aus dem Osten, ein Außenseiter. Vielleicht hatte Roswitha Mitleid mit ihm gehabt. Oder es spielte doch eine Rolle, dass Gatzka einige Jahre jünger war als er.

Er hatte sich vorgestellt, dass Gatzka und Roswitha miteinander ins Bett gegangen waren. Spätabends war er noch einmal aufgestanden und hatte sich, unüblich, Schnaps eingeschenkt, um den Ekel hinunterzuspülen.

Bei Wegscheid fuhren sie über die Grenze. Sobald wir gehen, rede ich sie an, nahm sich Achatz vor.

Zufällig war er Gatzka später wieder begegnet. Er erinnerte sich genau. Im Nationalpark hatte sich ein Mord ereignet, ein seltenes Ereignis. Ein Mann war erschossen im Dickicht aufgefunden worden, wahrscheinlich ein Raub. Achatz war mit Haunschmid zum Tatort gerufen worden. Als sie hinkamen, war die Streife aus Wegscheid schon da, die Kripo bereits alarmiert. Sie waren zur Absperrung einer Zufahrtsstraße eingeteilt worden. Als dann die Kripo am Parkplatz beim Eisenmannhaus in Neuschönau eintraf, war Gatzka plötzlich neben ihnen gestanden. Achatz hatte Gatzka erkannt, sich aber momentan nicht mehr an dessen Namen erinnern können, Haunschmid hatte ihn ihm später genannt. Gatzka hatte gegrüßt und war dann mit zwei Kriminalbeamten Richtung Tatort gegangen.

Von den Ermittlungen über diesen Mordfall hatte man seit Längerem nichts mehr gehört. Der Tote war gar nicht aus der Gegend gewesen, ein Professor aus Regensburg, angeblich ein Österreicher, ein rätselhafter Fall, das Tatmotiv war unbekannt.

Roswitha hatte das Seitenfenster ganz heruntergelassen und hielt die rechte Hand in den Fahrtwind. Julia, die Sechzehnjährige, hatte ein paar Tage zuvor einen neuen Freund nach Hause gebracht. Ungehobelt ist er mir vorgekommen, sagte Roswitha, vielleicht täusche ich mich ja. Ich weiß nicht, was ich von ihm halten soll. Und ich weiß ehrlich nicht, was Julia in dem sieht. Der ist noch so was von grün hinter den Ohren. Da wäre mir Mario lieber gewesen. Mario war Geschichte, ein großer, schlaksiger Junge mit käsigem Gesicht, Julia hatte die Beziehung vor Monaten beendet.

Wie heißt er, der Neue?, fragte Achatz arglos.

Jetzt hast du mich aber zu schnell gefragt, sagte Roswitha. Vielleicht fällt mir der Name wieder ein.

Entweder Schlesinger hatte sich einen schlechten Scherz erlaubt oder Roswitha war eine geborene Schauspielerin. Bis dahin hätte Achatz geschworen, sofort zu entdecken, wenn sie ihm etwas vorspielte oder ihn anlog. Sie kannten einander seit zweiundzwanzig Jahren. Was Achatz sich jetzt am heftigsten vorwarf: Er war oft von zu Hause weg gewesen, er hatte seinen Beruf immer ernst genommen und gemeint, daheim sei alles in Ordnung. Alles normal, eben wie bei den anderen auch. Möglicherweise hatte er sich in falscher Sicherheit gewogen. Vielleicht war er zu leichtgläubig gewesen. Irgendwo am Grund seiner Seele hockte eine unglaubliche Naivität, eine dumme Gutmütigkeit, die Anlass gab, sich selber zu hassen.

Er würde sich nicht mehr länger zum Narren halten lassen. Am

Moldaublick würde er Roswitha fragen. Dann war der Zeitpunkt gekommen.

In der Nähe von Kollerschlag fuhren sie an einem Sportplatz vorbei, wo gerade ein Spiel lief. Gatzka fiel ihm wieder ein. Achatz hatte am Freitag in der *Passauer Neuen Presse* die Spielbesetzungen abgesucht und bei einer Partie, weit entfernt, Gatzkas Namen entdeckt.

Dass Roswitha sich so unbedarft gab, steigerte seine Wut. Entweder die Geschichte war erfunden – welchen Grund hatte dann Schlesinger gehabt, ihn zu quälen? Neid? In wenigen Monaten würde er einen höheren Dienstgrad als Schlesinger haben. Aber die Dienststelle hatte ihn doch ausgewählt, er hatte sich nicht vorgedrängt, sich nicht wichtiggemacht. Er hatte nur seine Pflicht getan, er hatte sich nichts vorzuwerfen.

Oder die Geschichte, die Schlesinger angedeutet hatte, stimmte. Dann war Roswitha die perfekte Lügnerin. Ein mieses Dreckstück.

Achatz drehte das Radio auf, um sich abzulenken. Aus dem Lautsprecher quollen Lieder, die von Liebe, von Sehnsucht, von lauen Nächten logen. Sie parkten beim Langlaufzentrum, von wo der Wanderweg Richtung Aussichtswarte wegführt. Als Achatz aus dem Auto stieg, hatte er bereits eine Entscheidung getroffen und noch einen kleinen Aufschub für sich erwirkt: Erst am Rückweg würde er Roswitha die Frage stellen. Beim Gehen würde er Mut schöpfen, sie anzusprechen.

Sie würden in einer anderen Stimmung zum Wagen zurückkehren. Nichts würde mehr sein wie früher. Da genügte ein Satz und das gewohnte Leben hörte auf, ein gewohntes Leben zu sein. Achatz wusste nicht, wie er sich verhalten würde, wenn an dem Gerücht etwas dran war. In solchen Situationen war schon viel passiert.

Roswitha holte Nordic-Walking-Stöcke aus dem Kofferraum und fragte ihn, ob er seine auch benutzen wolle. Er verneinte. Nicht nötig bei dieser kurzen Strecke.

Dort, wo der Weg in den Wald hineinführte, zeigte eine Wandermarkierung die Route an. An der Markierung hing ein eingeschweißtes Blatt Papier mit dem Foto einer Person und der Aufschrift *Zeugen gesucht.* Roswitha ging achtlos an dem Blatt vorbei, Achatz blieb stehen und las.

Die österreichische Kriminalpolizei suchte Zeugen wegen eines Toten, der in dem Wald erschossen aufgefunden worden war. Wer hatte ihn in einem bestimmten Zeitraum in dieser Gegend gesehen? Achatz rechnete zurück, der Mord musste sich ereignet haben, als er beim Kurs in Ainring gewesen war. Er konnte sich nicht erinnern, von dem Verbrechen gehört oder gelesen zu haben.

Dann stand da noch der Name des Toten. Und daneben ein Foto: Harald Seisenbacher, Privatdetektiv aus Linz.

Achatz wusste, dass er diesen Namen schon einmal gehört hatte.

Wo bleibst du denn, rief Roswitha. Sie war stehen geblieben und stützte sich auf ihre Stöcke.

Ich komme schon, rief Achatz und setzte sich in Bewegung.

Nach ein paar Schritten durch den Wald fiel ihm ein, warum er Seisenbacher kannte.

An einem verregneten Maiabend vor Jahren hatte ihn ein eigenartiger Anruf aus Linz erreicht. Achatz erinnerte sich, das Fenster während des Telefonats verriegelt zu haben, weil draußen gerade ein Gewitter aufzog. Ein Privatdetektiv aus Linz namens Scherer bat um eine diskrete Unterredung in einer Ermittlung. Sie vereinbarten ein Treffen außerhalb der Dienstzeit.

Achatz war an seinem freien Tag nach Passau gefahren. Sie trafen einander in einem Kaffeehaus an der Innseite. Die zwei Typen waren aus Linz gewesen, der eine hieß Scherer und der Mann auf dem Foto Seisenbacher. Seisenbacher war ihm wegen seiner Vollglatze aufgefallen. So eine Glatze musste sorgfältig gepflegt werden. Irgendetwas an dem Burschen hatte ihn stutzig gemacht, das Gespräch hatte etwas Belauerndes gehabt. Zuerst ging es um eine Observierung an der Grenze. Dann rückte Scherer heraus und legte ein paar Fotos aus dem Puff bei Schärding auf dem Tisch. Er, Achatz, in Zivil, mit einer der Damen des Etablissements. Sie war aus Polen gewesen, hatte nur gebrochen Deutsch gesprochen und ziemlich gut gerochen. Auf einem der Fotos hatte er der Polin die Hand auf das geschlitzte Kleid gelegt. Die zwei Typen entschuldigten sich förmlich. Es sei eine Verwechslung vorgelegen, man habe ihn versehentlich ins Visier genommen. Nun, da man um seinen Beruf wisse, habe man Kontakt mit ihm aufnehmen wollen. Die Fotos wolle man gern unter den Tisch fallen lassen, eine private Angelegenheit, aber dennoch habe man sich vorstellen wollen. Gelegentliche Kontakte konnten bei Ermittlungen vielleicht auch wechselseitig hilfreich sein.

So hatte die Zusammenarbeit begonnen. Der kleinere der beiden, Scherer, hatte ihm den Kaffee bezahlt und dann das Kuvert mit den Fotos übergeben. Achatz hatte sie zerrissen und weggeworfen. Damit war die Sache für ihn erledigt gewesen.

Zwei-, dreimal im Jahr meldete sich daraufhin der andere, Seisenbacher, privat bei ihm und bat um die Namen von Autobesitzern. Das war nicht ganz legal, das war aber auch nichts allzu Gravierendes. Angeblich ging es um Drogen und Zollvergehen, Achatz fragte nie nach. Ein paar Mal hatte auch er auf kurzem Weg Informationen erhalten. Ein paar Jahre ging das so hin und her. Irgendwann einmal hatte er mitbekommen, dass nun Seisenbacher das Detektivbüro allein schaukelte, Scherer war aus unbekannten Gründen aus der Firma ausgeschieden.

Achatz schloss zu Roswitha auf, die auf ihn gewartet hatte. Sie gingen schweigend, er hatte Mühe, ihr zu folgen. Zügig ging sie den leicht ansteigenden Waldweg voran, sie trainierte beinahe täglich.

Sie merkte, dass ihn der Aushang beschäftigte.

Was ist denn?, fragte sie.

Nichts.

Was nichts? Du hast doch was gelesen?

Die österreichische Polizei. Die suchen wen. Da ist jemand ermordet worden. Hier im Wald.

Wo?

Hier irgendwo.

Gruselig. Du kannst halt auch nicht aus deiner Haut.

Ich bin Polizist.

Sie ließ ihn in Ruhe.

Seisenbacher hatte ihn angerufen und sich nach einigen Autobesitzern erkundigt. Angeblich wegen eines Parkschadens. Achatz erinnerte sich. Es klang ein wenig verwirrend. Achatz hatte die Nummern auf ein Blatt notiert und war dann während des nächsten Nachtdiensts, als die Kollegen Streife fuhren und er allein beim Funk saß, in die Flensburger Kartei eingestiegen und hatte sich die Namen der Wagenbesitzer aufgeschrieben. Telefonisch hatte er später von zu Hause aus die Daten an Seisenbacher weitergegeben.

Beim Kiosk unterhalb des Aussichtsturms hing erneut dieser Aushang der Polizei. Roswitha überflog ihn, sie hatte sich nie besonders für seine Arbeit interessiert.

Was, wenn Achatz jetzt beim Hinaufgehen auf den Turm zu ihr gesagt hätte: Der Typ, den du auf diesem Foto gesehen hast: Das ist der, der mich in einem Puff in Schärding fotografiert hat. In einer, wie sagt man, kompromittierenden Situation. Aber du brauchst nicht zu glauben, dass diese Lappalie mit der Sache mit Gatzka auch nur im Geringsten zu vergleichen ist. Während du mich offenbar seit Wochen hinters Licht führst, wars bei mir ein blöder Zufall, eine Spontanentscheidung, ein Ausrutscher, den ich mir heute nicht mehr erklären kann. Unsere Geschichten sind deshalb nicht miteinander vergleichbar.

Sie standen auf der Aussichtsplattform und starrten in die Weite. Dort hinten sind die Alpen, sagte Roswitha.

Wie lange wir nicht mehr da waren, sagte sie.

Als sie den Turm hinuntergingen, hatte Achatz bereits beschlossen, die Frage an Roswitha aufzuschieben.

Unten angekommen war er bereit so zu tun, als wäre nichts geschehen. Es fiel ihm nicht schwer. Sie aßen eine Essigwurst und tranken Bier. Roswitha saß neben ihm und legte eine Hand auf seinen Oberschenkel. Schön, dass du wieder da bist, sagte sie.

Warum sagst du nichts?, fragte sie ihn auf der Heimfahrt.

Der Kurs hat mich ganz schön geschlaucht, sagte Achatz.

Eigenartig war: Dieser Typ Seisenbacher, den er auf dem Aushang der österreichischen Polizei gesehen hatte, war tot. Erschossen worden. Mit dem hatte er, Achatz, zu tun gehabt. Wenn die Ermittlungen in Österreich etwas taugten, fand man heraus, dass Seisenbacher Kontakt mit ihm, einem bayerischen Polizisten, gehabt hatte. Wenn die Dinge verflucht liefen, fand man vielleicht sogar heraus, warum. Wenn Seisenbacher ein Vollidiot gewesen war, dann gab es in seinen Unterlagen sogar noch die Observationsfotos aus dem Puff.

Dann hatte der angehende Polizeihauptmeister Achatz vielleicht bald mit einem Besuch von österreichischen Kollegen und einer Befragung zu rechnen. Dann bastelte sich ein krankes Ermittlerhirn vielleicht sogar eine Erpressungsgeschichte aus dürftigen Fakten. Etwa diese: dass Seisenbacher ihn, den aufstrebenden Polizisten, erpresst hatte. Seisenbacher war tot. War eine Erpressung nicht ein Motiv für einen Mord?

Spätabends schlurfte Achatz in die Küche und goss sich Schnaps ein. Das klang total übergeschnappt. Er hatte doch ein Alibi: Er war in Ainring zur Ausbildung gewesen. Über dieser verrückten Geschichte hatte er Gatzka vergessen.

Abends, als er in den Nachtdienst fuhr, fand er den Zettel mit den Aufzeichnungen im obersten Fach seines Spinds, in dem sich normalerweise nur seine Dienstkappe und eine Haarbürste befanden.

Ein Blatt Papier, in der Mitte gefaltet. Achatz nahm es aus dem Fach und steckte es in seine Geldbörse. Dann wurde er mit Ritzer zu einem Einsatz in einem Mehrparteienhaus gerufen. Ein aufgebrachter Nachbar stand im Flur des Hauses, mit nacktem Oberkörper und Pyjamahose. Während der Mann sich darüber aufregte, dass die Streife so spät gekommen war – über ihm feierten Jugendliche zu laut –, beobachtete Achatz die nackten Füße des Mannes. Der Mann trug Hausschuhe, die vorne offen waren. Achatz bemerkte mehrere eingewachsene, unglaublich schmutzige Zehennägel.

Es dauerte eine Zeit lang, bis sich die Gemüter beruhigten. Gegen halb zwölf kamen sie ins Revier zurück. Ritzer machte Kaffee, auf der Toilette hatte Achatz Zeit, den Zettel zu begutachten. Auf dem Blatt waren sechs Autokennzeichen vermerkt, die Seisenbacher ihm durchgegeben hatte, daneben die Namen der Wagenbesitzer angeführt, die Achatz für Seisenbacher herausgesucht hatte. Kein Name hatte ihm damals etwas gesagt. Leise buchstabierte Achatz die Namen. Bei einem wurde er stutzig. Später, Ritzer lag im abgedunkelten Nebenraum auf der Couch und döste, ging Achatz ins Netz und googelte die Liste.

Arnold Walter. Professor aus Regensburg. Germanist. Da gab es Infos auf der Homepage der Universität. Dann eine Parte. Eine Seite mit Kondolenzbekundungen. Ein unbegreiflicher Tod.

Dann fand Achatz die Meldungen aus der Presse: Rätselhafter Mord im Nationalpark bei Neuschönau.

Achatz sah sich gemeinsam mit Haunschmid, wie sie die Zufahrt zum Eisenmannhaus sperrten und Autofahrer baten, umzukehren. Später kam Gatzka mit zwei Kriminalbeamten aus Passau vorbei.

Arnold Walter. So hatte der Tote im Wald geheißen. Arnold Walter, das war einer der Autobesitzer, nach denen ihn Seisenbacher gefragt hatte. Einer von sechs Namen auf seinem Zettel.

Walter war erschossen worden. Wochen später Seisenbacher.

Es gab Dinge, die zusammenhingen. Von denen niemand eine Ahnung hatte.

Wenn Schlesinger nichts über Gatzka angedeutet hätte, hätte Achatz nicht den Ausflug mit Roswitha über die Grenze unternommen. Dann hätte er womöglich nie von dem Mord an Seisenbacher erfahren. Als der geschehen war, war er in Ainring gewesen.

Ich weiß etwas, das keiner weiß, dachte Achatz. Ich sehe einen Zusammenhang, den keiner sieht. Ich werde einen Teufel tun, mein Wissen preiszugeben.

Als er aus dem Dienst ging, fiel ihm der andere ein, der damals dabei gewesen war, als er Seisenbacher in Passau getroffen hatte: Scherer. Eher klein. Gedrungen. Der Name ging ihm nicht mehr aus dem Kopf.

Als er ins Haus trat, war alles ruhig. Die Dielen knarrten unter den Füßen. Roswitha und die Kinder schliefen noch. Im Osten das erste Dämmern des neuen Tages. Die Tür zum Kinderzimmer, in dem Katharina schlief, war angelehnt. Die Kleine hatte die Decke abgestreift und lag schutzlos auf dem Rücken, mit ausgebreiteten Händen. Leise trat Achatz ans Bett, strich der Schlafenden über die Stirn und deckte sie zu.

Im Schlafzimmer nahm er seine P7 aus dem Halfter und sperrte sie in den Tresor. Er legte sich bekleidet aufs Bett. Roswitha atmete tief aus und griff im Schlaf nach seiner Hand.

3
RITA
REDE DU MIT IHR

Als Rita kurz nach Mittag in die Teeküche ging, stand Margot am offenen Fenster und rauchte. In der Maschine brodelte Kaffee, auf einem Teller standen Schokokekse mit Orangengeschmack. Sie betrieben die Praxis zu dritt. Jede hatte einen Besprechungsraum für sich, Küche, Bad und Wartezimmer nutzten sie gemeinsam. Das hielt die Betriebskosten niedrig.

Und, wie läufts?, fragte Margot.

Zwei kommen noch, dann gehe ich nach Hause, sagte Rita.

Sie goss Kaffee in eine Schale und nahm sich Zucker aus dem Schrank. Sie hatte vorgehabt, den Kaffee im Zimmer zu trinken. Dann blieb sie doch bei Margot stehen.

Ehrlich gesagt, ich mache mir Sorgen wegen ihr, sagte Rita leise und machte eine Kopfbewegung Richtung Verenas Tür. Ich glaube, ich habe sie diese Woche noch nicht einmal zu Gesicht bekommen.

Gestern hat sie sich kurz blicken lassen, sagte Margot. Sie sieht schlecht aus. Ringe unter den Augen. Und arbeitet wie ein Tier.

Und, hast du sie gefragt, wie es ihr geht?, fragte Rita.

Sie sagt nichts. Frisst alles in sich hinein. Unsinn, stimmt eigentlich nicht. Kann nicht stimmen. Sie hat ja abgenommen, aber wie. Du weißt ja, dann ist sie mit dem Blutdruck ganz unten.

Sie geht doch zu Ulrich, oder?, fragte Rita.

Einmal pro Woche, glaube ich. Ich glaube nicht, dass Ulrich in der Situation der Richtige ist, sagte Margot und strich einen Hauch Asche vom Fensterbrett in den Innenhof.

Manchmal habe ich direkt das Gefühl. Ich weiß, es ist komisch. Dann bilde ich mir ein, dass Verena mir übel nimmt, dass *mir* nichts passiert ist. Man hat direkt ein schlechtes Gewissen. Verstehst du. Mein Mann lebt, ich habe eine intakte Familie. Zumindest nach außen, sagte Rita.

Und wirklich?, fragte Margot.

Es geht so, sagte Rita. Langsam kriegt Richard sich ein. Irgendwann sinkt jeder hohe Testosteronspiegel. Man muss es nur erwarten können.

Sie zieht sich total zurück seither, sagte Margot. Wahrscheinlich würde ich mich auch nicht anders verhalten. Mensch, man kann es ja selber nicht begreifen.

Von der Polizei hört man gar nichts mehr, sagte Rita.

Nicht, dass ich wüsste, sagte Margot.

Eine Pause trat ein. Rita sah in ihre Tasse.

Arme Haut, sagte Margot. Das hat sie nicht verdient. Ich habe ein paar Mal versucht, mit ihr zu reden. Sie hat nur abgeblockt. Sie ist so was von stur. War sie eigentlich immer. Ganz verändern wir uns nicht einmal durch ein Trauma.

Und die Kinder? Hat sie dir was erzählt?, fragte Rita.

Ihre Tochter, Kerstin, ist nach Stockholm zurück. Sie wird das Auslandsjahr fortsetzen.

Die habe ich im Einkaufszentrum einmal zufällig gesehen. Hübsch ist die, blass ist sie mir vorgekommen, sie sieht ihrer Mutter immer ähnlicher. Ich weiß gar nicht, ob sie mich erkannt hat. Verstehst du, soll ich hingehen und fragen, wie sie es verkraftet, dass ihr Vater erschossen wurde? Ich weiß ja nicht mal, ob Verena die Kinder zu Ulrich in die Therapie mitgenommen hat, sagte Margot.

Hannes hat doch gerade erst Abitur gemacht, sagte Rita.

Genau. Und da war ja auch die Sache mit dem Wagen. Von Arnold. Die Polizei hat ihn zurückgebracht. Das weiß ich noch. Wir stehen unten am Parkplatz, Verena sagt, was mache ich denn bloß mit dem Wagen, und ich sage einfach so ins Blaue, so einfach aus der Situation heraus, dann gib ihn doch deinem Sohn. Da schaut sie mich so an, so entsetzt irgendwie, und ich weiß, dass ich etwas Falsches gesagt habe. Ich halte mich jetzt zurück, es ist eine Ausnahmesituation.

Ich weiß nicht, so Tür an Tür. Und dann sieht man sich eine Ewigkeit nicht. Wir können nicht einfach so tun, als wäre sie uns egal, sagte Rita.

Sie ist mir nicht egal. Ich habe aber auch meine Grenzen. Wie oft habe ich sie gefragt, um Weihnachten herum, kommst du zurecht, kann ich dir behilflich sein, wenn du meine Hilfe brauchst und so weiter. Mehr als Hilfe anbieten kann ich nicht. Sie zieht sich zurück, sie schüttet sich mit Arbeit zu, sagte Margot. Sie bot Rita einen Keks an. Rita schüttelte den Kopf.

Vielleicht redest du sie an. Vielleicht kann sie besser mit dir. Margot hatte fertig geraucht, Rita spülte die Tassen unter fließendem Wasser ab.

Ich werde mit ihr reden, sagte Rita. Es wird ihr guttun, auf andere Gedanken zu kommen.

Sie gingen auseinander. Im Warteraum saßen die nächsten Klienten.

Sie trafen einander beim Italiener im Andreasstadel.

Wenn du meinst, hatte Verena gesagt. Vielleicht hast du ja recht.

Sie gingen zum Tisch, den ihnen Alessandro in einer abgelegenen Ecke reserviert hatte.

Erst in diesem Moment fiel Rita ein, dass Verena mit ihrem Mann sicher öfter hierhergekommen war. Alessandro zeigte sein strahlendes Lächeln; so musste er früher Arnold und Verena angestrahlt haben.

Wir haben uns lange nicht gesehen, sagte Alessandro, rückte die Stühle und zündete die Kerzen an.

Wusste er, was geschehen war? Wenn ja, war er deshalb so freundlich? Oder hatte er keine Ahnung? Plapperte er arglos vor sich hin?

Musste Verena nicht bei jedem Kontakt mit einem Menschen

daran denken, dass der andere, wo immer sie auch auftauchte, sie aufmerksam beobachtete und ihre Erscheinung immer mit dem Tod ihres Mannes in Verbindung brachte? Und sich entsprechend verhielt – freundlich, mitfühlend, oder auch unsicher, knapp angebunden –, weil vor wenigen Monaten erst ihr Mann erschossen worden war? Wie anstrengend es wohl war, plötzlich als Witwe durch die Welt zu gehen.

Verena studierte belustigt die Getränkekarte und las halblaut vor: Die Weinempfehlung pries einen Fontanafredda DOC aus dem Piemont, der offenbar nach Kirschen, Pflaumen, Blaubeeren, Pfeffer, Zimt, Unterholz und vegetablen Aromen schmeckte. Besser kein Unterholz, sagte sie trocken und bestellte eine Weinschorle, während Rita Hauswein orderte.

Es war das erste Mal seit Arnolds Ermordung, dass sie miteinander ausgingen. Rita merkte, dass sie nervös war. Sie trank zu schnell und hatte schon nachgeordert, ehe das Essen serviert wurde. Sie hatte bis sechs gearbeitet und war dann noch einkaufen gegangen. Sie hatte keine mehr Zeit gehabt, sich auf das Treffen vorzubereiten. Rita spürte, wie schnell ihr der Alkohol ins Blut fuhr und ihre Wangen färbte. Sie hatte seit Mittag nichts gegessen.

Schön, dass wir doch einmal einen Abend für uns haben, sagte Rita. Ich kann mir vorstellen, dass du noch immer viel Zeit für dich brauchst.

Ihr Eindruck von Verena fiel zwiespältig aus. Einerseits wirkte Verena müde und abgespannt, möglicherweise waren ihre Haare in den letzten Monaten eine Spur grauer geworden, vielleicht lag es auch daran, dass Verena sie früher stärker gefärbt hatte. Ganz sicher hatte sie beträchtlich an Gewicht verloren. In dem weit ausgeschnittenen Kleid, das sie trug, Rita kannte es von früher, war das besonders deutlich zu erkennen. Rita erhaschte einen Blick unter Verenas Ärmelausschnitt; die Haut in der Achselbeuge wirkte faltig wie die einer alten Frau.

Andererseits beteiligte sich Verena durchaus am Gespräch,

wenn sie auch die heiklen Themen, *das* heikle Thema, bewusst ausklammerten. Verena machte eine Andeutung über einen ihrer Dauerklienten, einem stadtbekannten Journalisten, *mein Stadtneurotiker*, wie sie ironisch anmerkte, und auch darüber, dass sie in der nächsten Woche zum Autohändler fahren wollte, um den Wagen zu verkaufen. Sie vermied es, Arnolds Namen auszusprechen, sie sprach vom Wagen, vom Volvo. Hannes ist zu jung, der braucht gar keins, sagte sie, und Kerstin kommt erst im Sommer wieder zurück. Was mache ich mit zwei Autos in der Garage, sagte sie und verzog die Mundwinkel. Kostet nur Steuer.

Plötzlich war Rita am Erzählen. Sie hatte das Gefühl, dass nun die Gelegenheit günstig war, Verena abzulenken und auf andere Gedanken zu bringen.

Am Nebentisch saß ein Paar beim Dessert, ein Mann mit grauen Haaren und schmalem Oberlippenbart, seitlich von ihm seine Begleiterin, die ihm sanft die Hand auf die Schulter legte. Der Mann griff sich unentwegt in den Nacken und drehte den Kopf unruhig hin und her.

Stell dir vor, sagte Rita, vergangene Woche war ich beim Vorsitzenden des Fördervereins der Musikschule eingeladen. Wegen einer Besprechung. Bei den Polenz. Weiß nicht, ob du die kennst. Doppelter Doktor ist der. Ich glaube Jurist, und irgendwas noch. Sie ist ja eine angenehme Person, arbeitet bei der Jugendwohlfahrt, aber der Typ war mir äußerst unsympathisch. Der versuchte doch glatt, mich den ganzen Abend mit seinem pseudopsychologischen Wissen zu belabern. Den ganzen Abend dieses Gemisch aus Halbwissen und esoterischen Binsenweisheiten. Unerträglich. Und ich sitze da und höre dem Typ auch eine Weile zu und bin ihm dann doch ein paar Mal ganz schön scharf ins Wort gefallen. Der Typ hat geglaubt, er kann mir meine Welt erklären.

Der Kellner kam und servierte die Vorspeisenteller ab. Die Frau am Nachbartisch winkte ihn heran und deutete auf ihren Begleiter. Rita konnte nicht hören, was sie miteinander sprachen. Verena beugte sich nach unten zu ihrer Handtasche.

Aber das Beste kommt noch, sagte Rita. Stell dir vor, ein paar Tage später klingelt es abends nach neun an meiner Wohnungstür. Corinna schläft schon und Richard ist auf Dienstreise. Ich wundere mich und öffne, steht doch dieser Doktordoktor vor der Tür und begehrt Einlass.

In dem Moment legte Verena etwas auf den Tisch vor sich. Rita konnte zuerst nicht erkennen, was es war.

Entschuldige, sagte Verena, ich wollte dich nicht unterbrechen.

Der Typ steht also vor meiner Tür und möchte herein. Okay, denke ich mir, vielleicht gibt es noch etwas, was wir dieser Tage noch nicht besprochen haben, und ich lasse ihn rein, sagte Rita. Da sitzt er bei mir in der Küche, ich frage ihn, ob er ein Glas Bier trinken möchte, dann, peinlich, peinlich, Bier ist aus, also serviere ich ihm ein Glas Wein und genehmige mir auch einen Schluck. Und es gibt nichts mehr zu besprechen und der Typ sitzt da wie ein stummer Karpfen und starrt mich an. Ich natürlich ungeschminkt in meinen Hausklamotten und es ist schon nach zehn und der Herr Doktor wird mir langsam unheimlich. Und, ich sage dir: Nach genau einer Stunde trinkt der Bursche aus und sagt: Ich muss jetzt gehen, und macht den Abgang. Und hat genau genommen eine Stunde lang nichts gesagt.

Rita musste plötzlich unkontrolliert auflachen.

Dann entdeckte sie, dass Verena eine Karte vor sich hingelegt hatte.

Was ist denn?, fragte sie.

Erzähl weiter, später, sagte Verena und deckte die Karte mit einer Hand zu.

Sag schon, was ist denn?, fragte Rita.

Nein, erzähl erst fertig, sagte Verena.

Saukomisch die Geschichte, ich muss noch lachen, wenn ich daran denke. Und stell dir vor, ein paar Tage später bekomme ich eine Mail von dem Kerl. Ein Gebrabbel wie von einem Siebzehnjährigen. Süßholzgeraspel. Ich habe ihm nicht einmal geantwortet, sagte Rita.

Am Nebentisch entstand eine kleine Unruhe; Alessandro war an den Tisch getreten. Rita fragte sich, ob es um eine Unklarheit wegen der Rechnung ging. Der grau melierte Mann griff sich in den Nacken. Offenbar fühlte er sich unwohl. Alessandro sprach auf ihn ein. Die Begleiterin des Mannes war eher nicht die Ehefrau. Etwas unbeholfen versuchte sie den Mann zu stützen. Ein Kellner stellte ein Glas Wasser auf den Tisch.

Verena hob die Augenbrauen. Sie hatte das Geschehen am Nebentisch bemerkt.

Dem ist schlecht geworden, sagte sie leise.

Die Karte, die sie eben noch mit der Hand verdeckt hatte, lag nun frei vor ihr. Offenbar eine Kunstkarte.

Erzähl weiter, sagte sie.

Es gibt nichts mehr zu erzählen. Das ist alles, sagte Rita.

Einen Augenblick war es ruhig.

Wir können Ihnen ein Taxi rufen, oder aber auch einen Arzt, sagte Alessandro. Wie es Ihnen lieber ist. Der Mann am Nebentisch versuchte aufzustehen. Seine Begleiterin und Alessandro stützten ihn, der Mann schaffte es aber nicht, sich aufzurichten.

Verena reichte Rita eine Karte über den Tisch.

Was ist das?, fragte Rita.

Das habe ich bei Arnolds Sachen gefunden, sagte Verena. Es lässt mich nicht in Ruhe.

Rita betrachtete die Karte, ein Nachdruck eines Gemäldes. Es zeigte ein Paar im Freien: eine Frau in einem weißen Kleid, daneben einen Mann, auch er mit einer weißen Hose bekleidet, der die Dame an der Hand führt.

Was ist das?, wiederholte Rita.

Ein Bild von Auguste Renoir, dem Impressionisten, sagte Verena. Es heißt *La Promenade.* Verstehst du, seit Wochen schaue die Sachen von Arnold durch. Du kannst dir nicht vorstellen, wie viel Papier sich da angesammelt hat. Und das habe ich mitten in einem Aufsatz von ihm gefunden. Und dann noch einmal auf seiner Festplatte. Das Bild hat mit dem Text überhaupt nichts zu tun. Es muss einen Grund geben, weshalb es bei seinen Sachen liegt.

Rita starrte auf die Karte und schwieg. Sie spürte, wie sie schwitzte. Sie erwartet, dass ich etwas sage, dachte sie.

Und jetzt fragst du dich, sagte sie vorsichtig.

Natürlich, sagte Verena. Verstehst du. Ich habe nichts in der Hand, absolut nichts. Wen hat Arnold da getroffen an der Grenze? Es gibt kein Motiv. Wenn es ein Raub war, warum hat der Täter dann das Auto zurückgelassen? Der Laptop ist ja verschwunden, seine Geldbörse. Und der Autoschlüssel. Das ergibt alles keinen Sinn.

Und dass du der Kripo die Zeit lässt, die sie braucht?, fragte Rita.

Die kommen keinen Schritt weiter, sagte Verena. Du kannst dir nicht vorstellen, wie mich das quält.

Alessandro trat an den Nebentisch und sprach auf den Mann ein, der schwer atmete. Rita bemühte sich, nicht hinüberzusehen, aber sie konnte hören, was gesprochen wurde. Sie können sich gern auf eine Bank legen, sagte Alessandro. Der Arzt ist schon verständigt. Er kommt gleich. Rita beobachtete aus den Augenwinkeln, dass die Begleiterin eine Serviette mit Wasser benetzte und dem Mann an die Stirn hielt. Das Lokal war jetzt fast voll und vom Durcheinander der verschiedenen Gespräche erfüllt. Weiter entfernt lachte jemand laut auf.

Rita sah die Karte vor sich an. Ich verstehe das mit dem Bild nicht, sagte sie.

Du verstehst mich nicht, sagte Verena. Ich suche nach Spuren. Nach Spuren, wo es vielleicht gar keine gibt. Schau dir das Bild an. Ich habe recherchiert. Der Mann nimmt die Frau an der Hand und zieht sie womöglich für ein Abenteuer in ein Gebüsch.

Rita betrachtete die Karte und schwieg.

Ich überlege, ob Arnold eine Affäre gehabt hat, verstehst du? Eine Affäre, und irgendetwas ist schiefgegangen und aus dem Ruder gelaufen. Ich zergrüble mir den Kopf und überlege, mit wem er in den letzten Jahren Kontakt gehabt hat. Verstehst du? Ich sitze da und mir fallen die paar Frauen ein, die er gekannt und mit denen er möglicherweise eine Affäre gehabt hat, von der ich nie etwas erfahren habe. Diese Karte ist vielleicht der einzige Hinweis darauf, dass etwas nicht gestimmt hat.

Aber solche Karten hat doch jeder, sagte Rita.

Arnold hat sich kaum für Kunst interessiert. Und dieses Motiv hat er erst knapp zwei Wochen vor seinem Tod auf die Festplatte kopiert. Ich versuche nur, mir einen Reim aus allem zu machen. Vielleicht ist diese Karte der Schlüssel. Eine Verbindung zu seinem Mörder.

Rita schwieg. Wie kommst du darauf, dass Arnold eine Affäre gehabt haben soll?, fragte sie.

Sie merkte, dass ihr ungemütlich wurde. Vielleicht war es besser, das Thema zu wechseln.

Du kannst mich natürlich nicht verstehen, sagte Verena und schüttelte den Kopf. Dein Mann ist auf Dienstreise, du bekommst Herrenbesuch am späten Abend und du kannst mich nicht verstehen. Plötzlich war ein bitterer Ton in ihrer Stimme. Dazu hast du wahrscheinlich zu wenig Fantasie, sagte Verena.

Ich verstehe nicht, was du meinst, sagte Rita. Vielleicht war es Zeit, abzubrechen.

Wenn Arnold eine Affäre gehabt hat, möchte ich es wissen, sagte Verena. Und wenn du etwas weißt, was ich nicht weiß, würde ich es auch gerne wissen. Und wenn er etwas mit dir gehabt hat, bitte ich dich, es mir jetzt zu sagen. Ihre Lippen waren schmal. Auch wenn ihn das nicht mehr lebendig macht.

Rita kniff die Lippen zusammen und hielt den Atem an.

Und du sagst mir beim Aufstellungsseminar *da steht etwas zwischen uns*. Zwischen mir und Arnold! *Da steht etwas zwischen uns!* Das hast du doch gesagt! Verena schrie beinahe. Ihr war offenbar egal, ob man an den Nebentischen hörte, was sie sagte.

Die Wut kam plötzlich und unvermutet. Rita lehnte sich zurück.

Du bist eine dumme Nuss, sagte sie und versuchte, ruhig zu bleiben. Das hat doch damit nicht das Geringste zu tun. Du spinnst. Deine Fantasie geht mit dir durch. Ich gehe mit dir essen, damit du auf andere Gedanken kommst. Und du fängst jetzt plötzlich damit an.

Verena senkte die Stimme. Ich fange nicht plötzlich damit an, ich erinnere mich nur an die Sache damals im Ferienhaus, sagte sie.

Das haben wir doch ziemlich gründlich besprochen, oder täusche ich mich, sagte Rita. Das brauchen wir nicht noch einmal aufzuwärmen. Verena wich ihrem Blick aus. Rita setzte nach. Sie sprach jetzt schneller.

Das war doch eine besoffene Geschichte damals. Ich weiß nicht, warum du damit immer wieder kommst. Entschuldige, das ist ziemlich daneben. Sie schwieg wütend und sah sich um, ob nicht der Kellner wegen der Rechnung in ihre Nähe kam.

Ich weiß, wie das mit Richard war, sagte Verena. Weil ich dabei war. Bei Arnold und bei dir war ich nicht dabei. Und jetzt finde ich dieses Bild und weiß nicht, was das zu bedeuten hat.

Rita schüttelte den Kopf. Dein Mann ist erschossen worden, Verena. Das ist Scheiße und tut uns allen leid. Verzeihung. Aber dass du mich jetzt beschuldigst, ist absurd. Völlig an den Haaren herbeigezogen. Ich kann verstehen, dass es schwierig ist für dich. Aber wenn du glaubst, du hast jetzt ein Dauerrecht auf diese Leier, dann täuschst du dich. Und jetzt würde ich, ehrlich gesagt, gerne zahlen.

Dann kam ein Notarzt ins Lokal und Stühle und Tische wurden gerückt. Der Zwischenfall war nun nicht mehr zu übersehen und zog die Blicke der Gäste auf den Mann, der schwer atmend auf einer Sitzbank lag. Der Notarzt fühlte dem Mann den Puls und maß den Blutdruck, zwei Sanitäter richteten den Mann auf, legten ihn auf die Trage und schoben ihn aus dem Lokal. Die Begleiterin folgte den Sanitätern mit dem Jackett des Mannes auf ihrem Arm.

Wenig später machte Alessandro den Nebentisch sauber. Die kommen öfter, sagte er mit einer bedauernden Geste zu ihnen, keine Ahnung, Herzanfall oder was, kann passieren.

Du spürst ja nicht, wie sehr mich das verletzt, sagte Verena leise. In ihren Augen glitzerten Tränen.

Am nächsten Morgen traf Rita Margot unten am Parkplatz.

Und, wie wars?, fragte Margot. Sie nahm einen Einkaufskorb, in dem Bananen und ihre Schreibunterlagen lagen, aus dem Kofferraum. Sie stellte den Korb auf den Boden, wie um sich auf ein längeres Gespräch einzustellen.

Rita schüttelte den Kopf. Ich verstehe die Frau nicht, sagte sie. War nichts zu machen mit ihr. Würde ich sie nicht schon so lange kennen, würde ich sagen, die hat sie nicht mehr alle. Völlig verbohrt. Dass sie wissen möchte, wer ihren Mann erschossen hat, sehe ich ein. Aber was sie mir da alles vorwirft. Alles an den Haaren herbeigezogen. Irre irgendwie. Aber bitte.

Du bist schon fertig?, fragte Margot.

Eine Beratung. Ruckzuck, sagte Rita. Und jetzt mache ich frei.

Und sie?, fragte Margot.

Sie ist oben. Sie war schon auf ihrem Zimmer, als ich gekommen bin, sagte Rita.

Wenn sie so weitermacht, steuert sie direkt auf ein Burn-out zu, sagte Margot.

Kann ich nichts dagegen sagen, sagte Rita.

Für ein paar Augenblicke war es still. In der Nähe knatterte ein Moped vorbei. Der Wind fegte durch den Innenhof und wirbelte ein paar Blätter auf.

Ich habs versucht, sagte Rita. Als Nächstes bist du dran.

4
SANDRA
AUS DER ART

Sandra stand um halb sieben Uhr auf, um die Morgenkühle zum Arbeiten zu nutzen. Als die Nachrichten im Radio liefen, saß sie bereits am Schreibtisch. Mit einem Fußpedal konnte sie das Wiedergabegerät stoppen und, falls nötig, die Aufnahme zurückspulen. Die Tür zum Balkonfenster stand einen Spalt offen, noch strömte angenehm frische Luft in das Zimmer. Später würde sie die Tür schließen und die Rollläden herunterlassen. Seit Tagen wurde es gegen Mittag so heiß, dass es in der Mansarde, die sie sich mit Doris teilte, nicht mehr auszuhalten war. Nachmittags wollte sie ins Freibad gehen. Seit Tagen belohnte sie sich auf diese Weise.

Die Interviews mussten Wort für Wort, nach genauen phonetischen Regeln, abgetippt werden. Nach etwa einer Stunde brauchte sie eine erste Pause.

Sie hatte sich das Interview mit Papa für den Schluss aufgehoben. Seines war das letzte von sechs Zweistundeninterviews, die sie für ihre Bachelorarbeit zum Thema *Medien und Politik im Spannungsverhältnis* geführt hatte.

Sie hatte drei Journalisten befragt und drei Politiker, je drei Frauen und drei Männer.

Fühlst du dich nicht befangen, wenn du deinen Alten anbohrst, hatte Martin gefragt. Sie hatte verneint. Die Fragen waren standardisiert, sie hatte allen Interviewpartnern die gleichen Fragen gestellt.

Sandra hörte Papas Stimme und hatte die Situation sofort wieder vor sich. Sie hatten das Gespräch zu Hause auf der Terrasse geführt, Sandra war das lieber gewesen. In der Parteizentrale war kein ungestörtes Gespräch möglich. Außerdem konnte sie Papas Büroleiter Binder und dessen blonde Assistentin Nicole, die ständig um Papa herumstrich, nicht ausstehen.

Papa hatte sich ein Bier aus der Küche geholt, fläzte sich in den gepolsterten Gartensessel und legte seine Beine auf einen Hocker. Die Atmosphäre war entspannt und locker. Papa war neugierig, was ihn erwartete, Sandra hörte, wie er mehrmals auflachte. Sein Lachen erinnerte sie daran, wie seine Augen schelmisch geblitzt hatten. Es schien ihm Spaß zu machen, von seiner Tochter interviewt zu werden. Nur anfangs wirkte er verlegen und pendelte zwischen Dialekt und Hochsprache hin und her. Bald hatte er das Aufnahmegerät, das auf einem Tischchen zwischen ihnen stand, vergessen und drauflos geplaudert. Sandra hatte ihm versichert, dass die Interviews in ihrer Arbeit anonymisiert wiedergegeben würden. Da werde ich mich aber zurückhalten müssen, hatte er vorher gescherzt. Nach wenigen Minuten hatte er seinen Vorsatz vergessen und holte zu Anekdoten aus der Anfangszeit seiner politischen Laufbahn aus, die auch für Sandra völlig neu waren.

Jetzt hörte Sandra alles, was sich akustisch rund um seine Erzählung herum abgespielt hatte, Geräusche, die ihr damals nicht aufgefallen waren. Sie hörte das Klappern der Kaffeetasse, wenn Papa sie auf der Untertasse aufsetzte, sie hörte den Knall, als im Haus eine Tür durch einen Luftzug zuschlug, sie hörte, wie Papa mit seinem Stuhl auf dem gefliesten Terrassenboden hin- und herrutschte, wie er sich räusperte, wie gelöst er lachte, sie hörte, wie sie mit ihm mitlachte.

Gegen neun Uhr hatte sie sechs Seiten des Gesprächs abgetippt. Wenn sie das Tempo durchhielt, schaffte sie es vielleicht, am nächsten Tag mit dem Gespräch fertig zu werden.

Sie stand vom Schreibtisch auf und rieb sich die Augen. Sie trat auf den Balkon und rauchte eine Zigarette. Im Aschenbecher, der auf dem Boden stand, lagen noch die Kippen vom Vortag. Schon staute sich die heiße Luft. Während sie rauchte, schaute sie hinunter in den Innenhof. Ein Nachbar trug den Müll in den

Containerraum, krachend schlug der Deckel der Tonne zu. Dann schlurfte jemand mit einem Packen Post zurück in den hinteren Hof. Sandra schloss die Balkontür bis auf einen kleinen Spalt und ließ das Rollo herunter. Sie beschloss, die Pause auszudehnen und zum Briefkasten hinunterzugehen.

Kurz überlegte sie, mit dem Lift zu fahren. Sie überwand sich und ging zu Fuß. Sie hatte den Vorsatz gefasst, Stiegen zu steigen, schon deshalb, weil sie sich, seit sie an der Arbeit schrieb, zu wenig bewegte. Außerdem hatte sie ein schlechtes Gewissen, weil sie sich in jeder Pause ein Stück Schokolade genehmigte.

Im Flur war es kühl, der Boden glänzte feucht, die Hausbesorgerin musste kurz vorher nass gereinigt haben. Im Postfach steckte Werbung von mehreren Supermärkten, ein Katalog für einen Kleiderversand und ein Kuvert ohne Absender.

Im Hinaufgehen begriff Sandra, worum es sich handelte. Sie spürte, wie ihr das Blut in den Kopf stieg.

Eveline wohnte in der Nähe der Sporthalle, in der sie zweimal pro Woche Volleyball trainierten. Sie mussten nur eine Straße überqueren, schon befanden sie sich in der Wohnung. Dort zu duschen war bequemer. Mit nassen Haaren, mit bloßen Füßen und nur in Slip und Shirt lagerten sie vor dem Fernseher, vor sich auf einem Teller Bruschette, daneben ein paar Antipasti vom Naschmarkt und ein Glas Anchovis, die Eveline so gern aß.

Sandra zappte durch die Programme, für den Abendfilm waren sie zu spät nach Hause gekommen. Sie blieben bei einer Sozialdoku eines Privatsenders hängen. Was ist das für eine Proletensendung?, hatte Eveline gefragt, den Widerstand aber sofort aufgegeben. Es ging um einen jungen, ziemlich dicken Mann, arbeitslos, dem seine Mutter mitteilte, dass ihr Ehemann, mit dem der Sohn ständig Streit hatte, vielleicht doch nicht sein leiblicher Vater war. Der Fernsehsender hatte nun für den Sohn einen Vaterschaftstest arrangiert, der klären sollte, ob der rechtliche tatsächlich auch der leibliche Vater war.

Zuerst wurde ein Film über das Leben der Familie eingespielt, der Dicke in seinem Zimmer im Bett liegend, beim Kochen mit der Mikrowelle, beim Füttern seines Meerschweinchens, beim Spielen am Computer, im Schreiduell mit seinen Eltern. Dann wurde aus dem Studio weitergesendet. Der Dicke wurde von einer blonden Moderatorin, die ein stark ausgeschnittenes Kleid trug, interviewt, während die Eltern des jungen Mannes hinter einem Vorhang saßen. Leicht amüsiert las die Moderatorin von einem Zettel ab, dass angeblich bis zu zehn Prozent aller Kinder, einige Studien sprächen sogar von zwölf, sogenannte Kuckuckskinder seien, Kinder also, die ihren rechtlichen Vätern von den Müttern heimlich untergeschoben wurden. Mit theatralischer Geste öffnete die Moderatorin schließlich ein Kuvert und verkündete dem jungen Mann das Ergebnis. Der Test war positiv ausgefallen, die Eltern, darunter also der tatsächliche Vater des jungen Dicken, traten unter Applaus des Publikums hinter dem Vorhang hervor. Was folgte, war eine inszeniert wirkende Versöhnung, bei der der tatsächliche Vater seinen Sohn in den Arm nehmen wollte, was dieser mit einer abwehrenden Geste verhinderte. Dann marschierte die nun vollends aufgeklärte Familie aus dem Rampenlicht.

Pech gehabt, kommentierte Eveline lapidar. Während auf dem Schirm die nächste Geschichte anmoderiert wurde – es ging um die Betreiber eines Hundehotels, die sich nicht ordnungsgemäß um die Tiere kümmerten –, ging sie in die Küche und kam mit einer Packung Schokoröllchen wieder. Der Anblick dicker Menschen im Fernsehen bestärkte die Freundinnen: Sandra und Eveline waren beide schlank und schafften es, ihr Gewicht, auch durch das regelmäßige Volleyballtraining, seit Jahren zu halten. Gelegentliche Sünden konnten sie sich daher großzügig verzeihen.

Kaum zu glauben, zwölf Prozent, ein Wahnsinn, sagte Eveline. Stell dir vor, du stehst vor einer Schulklasse mit zwanzig Kindern, da hättest du doch glatt zwei Kuckuckskinder vor dir, und das in jeder Klasse. Das glaub nicht mal ich, sagte sie und grinste.

Einmal habe ich mir auch eingebildet, dass ich in der falschen Familie lebe, sagte Sandra. Da war ich zwölf oder dreizehn.

Das glauben wir doch alle irgendwann einmal, sagte Eveline.

Sie schwiegen. Eveline hatte den Ton des Fernsehers auf lautlos gestellt. Eine Frau mittleren Alters mit verhärmtem Gesicht und knöchellangem Kleid gestikulierte vor der Kamera. Ein Hund sprang ihr am Bein hoch.

Ein Vaterschaftstest ist heute keine Hexerei, sagte Eveline. Das geht heute fix per Post.

Das wäre eine schöne Überraschung, sagte Sandra. Plötzlich entdeckst du, dass dein Vater gar nicht dein Erzeuger ist.

Eine schöne Hetz wäre das, sagte Eveline. Stell dir vor: Wir machen ein kleines Spielchen. Eine kleine Probe von Papa genügt, eine alte Zahnbürste, ein Haar im Kamm, Hautschuppen, was weiß ich. Wir schicken die Sachen ein und testen unsere Alten auf Echtheit.

Ich weiß nicht, ob ich das wissen wollte, sagte Sandra. Klingt pervers.

Ist nur natürlich, sagte Eveline. Blut vom eigenen Blut. Das will man doch wissen, oder?

Es war nicht ganz klar, ob sie scherzte oder ob sie es ernst meinte.

Vielleicht sind wir ja verwandt, ohne es zu wissen, sagte Eveline.

In Holland kann man den Test ohne Einverständnis von anderen machen, sagte sie.

Woher weißt du das?, fragte Sandra.

Die Frau von Welt informiert sich, sagte Eveline.

Dann sprachen sie nicht mehr darüber.

Tage später fiel Sandra ein Satz ihrer Großmutter väterlicherseits ein. Irgendwann bei einem Familientreffen, bei dem auch Papas Bruder und seine drei Töchter, Sandras Cousinen, dabei gewesen waren, hatte plötzlich zwischen den Erwachsenen ein Aussehens-

und Vergleichstest begonnen. Wer von den Kindern sah wem ähnlich? Dem Vater? Der Mutter? Den Großeltern? Tamara, die mittlere der Cousinen, hatte die helle Haut und das rötliche Haar ihrer Großmutter geerbt, ihre beiden Schwestern waren dem dunklen Teint der Mutter nachgekommen.

Dann kam die Reihe an Sandra, die die dunklen Augen ihrer Mutter zu verdanken hatte. Die Verwandten hatten Sandra mit Kennermiene angesehen und waren einen Augenblick lang verstummt, so glaubte sich Sandra nach Jahren an diese Szene zu erinnern. Bis die Großmutter süffisant in die Runde warf: Na ja, die schlägt doch sehr *aus der Art*, worauf allgemeines Gelächter ausbrach, das sich nicht weiter erklären brauchte.

Papa hatte sich sofort zu betonen bemüßigt, wie verschieden sein *Herzikratzi* und er doch waren und welche Eigenschaften sie aber innigst verbanden.

Bald darauf wechselte jemand das Thema.

Sandra hatte den Satz verdrängt, ihr Verhältnis zur Großmutter war nicht besonders, was wahrscheinlich auch damit zusammenhing, dass sich Oma Sandras Mutter Katharina gegenüber sehr reserviert verhielt. Der Großvater väterlicherseits war Rechtsanwalt gewesen, Katharinas Vater nur ein einfacher Gendarm. Jetzt, dement geworden, verdämmerte er langsam und Sandra sah ihn nur mehr ein-, zweimal im Jahr. Katharina war eine *Eingeheiratete*, sie hatte zwar auch studiert, aber sie hatte *hinauf*geheiratet, ein Umstand, der bei diesen Familientreffen immer spürbar war, aber nie besprochen wurde.

Oder Sandra bildete sich das alles ein. Wenn sie allein mit ihrer Großmutter war, was selten vorkam, herrschte eine seltsame Kühle zwischen ihnen, eine Fremdheit, die sie sich nicht erklären konnte. Je älter sie wurde, umso mehr verstärkte sich das Gefühl, nicht dazuzugehören. Nicht zu dieser Familie. Nicht zur Herkunftsfamilie ihres Vaters. Ein Gefühl, das nichts mit Papa selbst zu tun hatte. Immer, wenn sie nach solchen Verwandtentreffen wegfuhr, verspürte Sandra große Erleichterung.

Tage nach der Fernsehsendung mit dem Vaterschaftstest fiel ihr der damalige, scheinbar so beiläufig dahingesagte Satz von Großmutter, sie schlage doch sehr aus der Art, wieder ein. Auf seltsame Weise drückte der Satz der Großmutter genau das aus, was sie oft gedacht hatte: dass sie in dieser Familie fremd war.

Als Kind war Sandra mit Papa immer gut ausgekommen. Abends setzte er sich oft zu ihr ans Bett und las ihr vor. Kam er spät nach Hause, schlich er in ihr Zimmer und strich ihr über den Kopf, während sich Sandra, durch seine Geräusche wach geworden, schlafend stellte.

Früher hatten sie häufig Ausflüge und Wanderungen unternommen, waren fast jedes Jahr ans Meer gefahren, Unternehmungen, die sie zunehmend gehasst hatte.

Seit Papa in die Politik gegangen war, hatte er immer weniger Zeit gehabt. Noch einmal, während ihres Auslandssemesters in Kanada, als ihre Eltern sie besuchten, hatte sie eine intensive Woche mit Papa erlebt. Mama hatte im Flugzeug eine Grippe erwischt und hütete das Bett, Papa und Sandra fuhren einige Tage allein im Wagen durch Kanada, von Montreal bis zu den Niagarafällen. Im Auto hatten sie sich den Fahrtwind um die Ohren wehen lassen und laut und falsch die Songs aus dem Radio mitgesungen.

Dass ihr Vater nicht ihr wirklicher Vater war, daran hatte sie seit jenen Pubertätsjahren, in denen sie mit Mama heftig gestritten und sogar ein paar Mal versucht hatte, von zu Hause abzuhauen, nicht mehr ernsthaft gedacht.

Einige Tage nach der Sendung mit dem Vaterschaftstest begann Sandra zu diesem Thema im Internet zu recherchieren. Eine unbestimmte Gier hatte sie erfasst, eine heimliche Lust, etwas Verbotenes zu tun, etwas hinter dem Rücken ihrer Eltern zu machen, was alle betraf und von dem nur sie wusste.

Tatsächlich war es in Holland erlaubt, einen Test auch ohne Einverständnis der betreffenden Person durchzuführen.

Beim nächsten Besuch zu Hause kramte Sandra in Papas Sachen, fingerte Haare aus seiner Bürste, fand abgeschnittene Nägel auf dem Teppich neben seinem Bett. Schließlich hatte sie viel mehr gesammelt als für eine Probe nötig war. Sie bestellte das Testpaket und sandte dann doch nur ein schwarzgraues Haar ein.

Dann vergingen ein paar Wochen. Ein paar Mal dachte sie mit klopfendem Herzen an den Test, dann vergaß sie ihn wieder. Es war wohl doch nur eine Spinnerei von ihr gewesen, wenn auch keine ganz billige. Mama hatte ihr unwissentlich den Test finanziert, Sandra hatte erklärt, sie brauche unbedingt ein Paar neuer Sommerschuhe und Mama hatte ihr das Geld dafür gegeben. Als sie sich später nach den Schuhen erkundigte, war sie damit zufrieden, dass sie ihr erklärte, sie hätten nicht gepasst. Mama war keine, die Geld zurückverlangte.

Währenddessen schrieb Sandra konzentriert an ihrer Arbeit und führte daneben eine anstrengende Beziehung mit Martin. Von Woche zu Woche und unvorhersehbar konnte die Stimmung zwischen ihnen wechseln. Dass auch Mama Martin ziemlich reserviert gegenüberstand *(Du bist noch so jung, ihr seid so verschieden)*, machte die Sache nicht leichter.

Redet die immer so wenig mit anderen? So hatte Martin den kühlen Empfang bei Sandra zu Hause kommentiert. Papa war nicht daheim gewesen. Weitere Besuche waren bis auf Weiteres nicht geplant.

In der Küche öffnete sie das Kuvert. Ein Kuvert ist ein Kuvert. Sie fühlte das Pochen der Adern in ihrem Hals. Sie fühlte, wie ihr der Schweiß ausbrach.

Ein Blatt Papier, auf dem alles stand. Ihr Name, das Testergebnis. Sie erfasste erst nur einzelne Worte und Zahlen. *Mit 99,5 %iger Sicherheit.* Das Wort *negativ.* Ihre Augen pendelten zur Zahl zurück.

Ihre eigene DNA und die des Probanden, der ihr Vater war, stimmten nicht überein. *Negativ. Mit 99,5%iger Sicherheit.*

Sie presste die Hand gegen den Mund. Sie saß da wie gelähmt. Vor ihr das Blatt Papier. Ein lächerlicher Zettel, der alles änderte.

Gegen Abend rief sie Martin an. Er wollte gerade aus dem Haus gehen. Sie hatte sich vorgenommen, nicht zu weinen. Ihr Vorsatz wurde nach wenigen Sätzen weggeschwemmt. Du musst mir helfen, heulte sie ins Handy, Martin war eine Galaxie von ihr entfernt und verstand nichts.

Was ist denn passiert, Mautsch?, fragte er verwundert, so sag doch, was ist denn passiert?, fragte er. Er redete so, wie man auf ein kleines Kind einredet, das sich das Knie angestoßen hat. Sie sprach mit einem, der nichts verstand.

Er war aber der Einzige, dem sie sich anvertrauen konnte. Doris war nicht da, kurz hatte sie daran gedacht, Eveline anzurufen: Hatten sie nicht im Spaß vereinbart, dieses Spielchen spielen zu wollen? Sie würde Eveline nicht einweihen. Blieb Martin. Der nichts verstand.

Es ist schrecklich, sagte Sandra und heulte los.

Sag schon, was los ist, ich muss zur Probe, sagte Martin unwirsch.

Ich muss morgen nach Hause. Ich habe Angst, allein zu fahren. Du musst mich begleiten, schluchzte Sandra. Bitte, bitte.

Kannst du mir vielleicht sagen, was los ist?, brüllte Martin.

Nicht am Telefon. Das kann ich nicht.

Sie merkte, wie Martin zögerte. Wann ging der Zug? Sie nannte die Zeit.

Du weißt ja, wir proben für den Auftritt, meinte er dann. Und nach einer Pause: Wir treffen uns am Bahnhof. Morgen um halb neun.

Martin stand auf dem Bahnsteig, mit halblanger Hose und in Sandalen, auf dem Kopf eine riesige Rastafarimütze. Die Mütze verdeckte kaum seine Dreadlocks. In der Hand hielt er eine rote Rose. Als sie ihn sah, wusste sie, dass sie allein fahren würde.

Ich kann nicht weg, du musst mich verstehen, sagte er. Ich kann den Gig am Freitag nicht schmeißen. Wir proben wie die Bösen. Wenn die Sache funktioniert, können wir nach Ungarn fahren. Ich habe fix zugesagt. Ich kann die Partie nicht im Stich lassen.

Sie hatte sich gefasst. Sie nickte. Sie würde alleine fahren.

Was ist denn passiert?, fragte Martin noch einmal. Jemand gestorben? Jemand plötzlich erkrankt? Sie schüttelte den Kopf.

Ich sags dir, wenn ich wieder zurückkomme.

Er gab ihr die Rose und drückte Sandra an sich. Sie roch seinen süßlichen Geruch.

Mautsch, bis Freitag, dann habe ich Zeit für dich. Und pass gut auf dich auf, sagte er.

Sie saß schon in der Mühlkreisbahn, als ihr einfiel, dass sie den Schlüssel in Wien vergessen hatte. Sie hatte ihren Besuch nicht angekündigt und sie wusste, dass niemand sie erwartete. Papa und Mama würden bis zum Abend in ihren Büros sitzen.

Der Ersatzschlüssel lag auf dem Fensterbrett eines Kellerfensters, in der Untertasse eines Blumentopfs.

Im Haus war es ruhig, die Tür zur Terrasse war gekippt. Draußen lag der Kater neben seinem leeren Napf und hob den Kopf, als er etwas hörte. Später schlich er zur Tür und rieb sich am Fenster. Sandra machte ihm nicht auf.

Auf dem Tisch stand noch das Geschirr vom Frühstück, Mamas große Henkeltasse, die Tageszeitung, aufgeschlagen. Papas Tasse stand in der Spüle, er hatte offenbar früher gefrühstückt.

Die Uhr tickte laut hörbar, die Sonne zeichnete eine scharfe Linie quer über den Fußboden.

Mama würde nicht vor vier, halb fünf nach Hause kommen. Wenn überhaupt. Vielleicht ging sie nach der Arbeit auch noch zum Tennis.

Sie ging in Mamas Arbeitsraum, der seit jeher mit Gerümpel vollgestellt worden war. Der Schreibtisch quoll über, selten, dass

Mama hier noch arbeitete. Die ganze Wandbreite war mit Aktenordnern, Büchern, Magazinen und Fotoalben vollgeräumt.

Sandra ging nicht systematisch vor, sondern begann mit einem Regal, das in Höhe des Schreibtischs stand. Sie kramte im Chaos einer fremden Person, ihrer Mutter.

Erlagscheine fand sie, Rechnungen, bezahlte und nicht bezahlte, einen nicht abgeschickten Antrag zur Lohnsteuererklärung, Fahrscheine, benutzte und neue, Honorarnoten, Stromrechnungen. Kein Tagebuch, sie hatte die Wand sofort danach gescannt, sie wusste nicht einmal, ob Mama je Tagebuch geschrieben hatte.

Neben dem Zettelkram ein Fotoalbum jüngeren Datums: Mama bei einem Tennisturnier, mit Papa irgendwo unterwegs – war das der Portugalurlaub im Anschluss an eine Dienstreise nach Spanien gewesen? –, Fotos aus den letzten Weihnachtsferien von einem Spaziergang am vereisten Fluss, was vielleicht alle zehn Jahre einmal geschah, Sandra eingehängt bei Papa, mit seinem Schal um den Hals, lachend, Arbeitskolleginnen von Mama, deren Namen Sandra nicht einfielen, Fotos von einem Ball, wahrscheinlich von der Partei, Sandra erkannte den Bürgermeister und einen Stadtrat darauf.

Als sie eine Stunde lang gesucht hatte, bremste sie sich ein. Wenn sie auf einen Mann in Mamas Vergangenheit stoßen wollte, musste sie die Alben aus der Zeit durchsehen, in der es sie noch nicht gegeben hatte. Fotos aus Salzburg, als die Eltern dort studiert hatten. Die Alben standen oben an der Wand, sie würde eine Leiter holen müssen, um an sie heranzukommen.

Sie blätterte ein grünes Album bis zum Ende durch. Hinten war eine Plastikfolie eingelegt, darin ein oder mehrere Blätter Papier, gewendet. Man sah nur die weiße Rückseite.

Sandra zog die Blätter aus der Folie. Es waren drei. Auf dem ersten Blatt war das Porträt eines Mannes aufgeklebt. Für einen Augenblick stockte Sandra der Atem. Sie hatte den Mann noch nie zuvor gesehen. Er war vielleicht Mitte, Ende vierzig, Brillenträger, dichte Augenbrauen. Das Porträt war irgendwo ausgeschnitten und dann aufgeklebt worden, es trug keine Bildunterschrift. Sandra entfaltete die anderen Blätter und erstarrte.

Die Fotos waren zusammengeklebt worden wie ein Puzzle, es fehlten auch ein paar Teile. Dennoch waren die Personen gut zu erkennen. Sandra sah ihre Mutter und diesen fremden Mann. Sie saßen in einem Kaffeehaus unter einem Sonnenschirm im Freien. Neben ihnen ein Bach oder ein Fluss. Im Vordergrund des Bildes war eine Art Balustrade oder ein Geländer zu sehen. Vielleicht war das Foto von einer Brücke aus gemacht worden. Mama und der Mann saßen sich gegenüber und redeten. Auf dem zweiten Foto dieselbe Situation. Jetzt lag die Hand des Mannes auf Mamas.

Das Foto war sicher nicht älter als ein Jahr. Mama trug die rote Jacke, die sie im letzten Jahr bei einem Besuch in Wien gekauft hatte.

Sandra schaltete den Kopierer ein, der in Papas Arbeitszimmer stand und machte Kopien von den Blättern. Sie ging in ihr Zimmer und legte sich aufs Bett. Die Fotos lagen neben ihr. Von Zeit zu Zeit schaute sie sie an. *Mit 99,5%iger Sicherheit.*

Sie betrachtete den unbekannten Mann. Das war absurd. Sie konnte keine Ähnlichkeit mit sich erkennen. Sie musste auflachen. Da sah sie Papa wesentlich ähnlicher als diesem Fremden.

Sie lag auf dem Bett und hatte das Gefühl, sie wäre mit dem Bett verwachsen. Vielleicht würde sie nie mehr aufstehen können.

Sie wusste, wenn sie bis vier Uhr das Haus verließ, würde niemand erfahren, dass sie da gewesen war.

5
TOMÁŠ
MAN KENNT SICH

Nach der Konzertmatinee in Linz gab es einen Empfang hinter der Bühne. Die meisten wollten sofort ins Hotel zum Mittagessen, der Bus fuhr um zwei Uhr zurück nach Plzeň, einige hatten abends Dienst im Theater.

Lenka, die Managerin, hatte Tomáš gebeten zu bleiben. Er war der Solist, immerhin. Man wollte den Gastgebern gegenüber nicht unhöflich sein. Der Empfang hatte etwas aufgesetzt Offiziöses, etwas Pflichtgemäßes, obwohl klar war, dass gleich alle irgendwohin zum Mittagessen auseinanderstieben würden. Es gab Sekt und Brötchen und ein paar kurze Ansprachen. Zuerst begrüßte der Direktor des Brucknerhauses, danach drosch der tschechische Konsul einige freundliche, unverbindliche Phrasen: *Exzellente Aufführung, tschechische Kleinodien, die man von einem Komponisten aus dem Land eines Dvořák, Smetana, ja, der böhmischen Blasmusik nicht vermutet hätte.* Wer kannte schon Reicha, Joseph? Ein bisschen herablassend klang das, wie üblich. Wer Mozart, Haydn, Schubert und Bruckner im Köcher führte, für den war vieles, was nicht zum standardisierten Kanon gehörte, von minderer Qualität. Diese freundliche Arroganz, die sich ohne eine gehörige Portion Dummheit nicht herstellen ließ, begegnete Tomáš regelmäßig, wenn er mit Reichas B-Dur Oboenkonzert antrat.

Tomáš erkannte in der Menge Vera, die als Übersetzerin und Sprachlehrerin in der Stadt lebte, und winkte ihr verhalten zu. Jetzt, da die Spannung nachließ, merkte er, dass der Ärger in ihm hochkroch. Kojii hatte den zweiten Satz viel schneller noch als in der Einspielprobe dirigiert. Ein paar Passagen waren daher ein wenig verrutscht, unhörbar wahrscheinlich für einen Großteil der

Zuhörer, aber doch so, dass Tomáš das schale Gefühl verspürte, nicht alle Möglichkeiten ausgeschöpft zu haben. Auch wenn er sich vor einem Konzert mental stets auf Unwägbarkeiten vorbereitete, ärgerte ihn immer wieder, wenn technisch unsauber gespielt und Stellen nicht exakt zusammen musiziert wurden. Selbst ausgebufften Profis passierte es, dass sich ihr Puls bei Lampenfieber beschleunigte und sie ein vorher vereinbartes getragenes Tempo schließlich eine Spur zu schnell nahmen. Tomáš hatte Kojii bei einer Probe vor ein paar Tagen ausdrücklich auf eine heikle Passage hingewiesen. Er nahm sich vor, den Dirigenten vor dem nächsten Konzert noch einmal darauf aufmerksam zu machen.

Nach den Ansprachen tröpfelte freundlicher Applaus, ehe man sich den Brötchen und dem Small Talk zuwandte. Die meisten Kollegen verschwanden in die Garderoben, Veronika, die junge Oboistin, mit der er sich vor dem Konzert über ein paar Stellen im Soloteil unterhalten hatte, zwinkerte ihm aus der Entfernung zu. Tomáš vergewisserte sich, dass ihn Milan nicht vergaß. Milan war privat angereist, weil er anschließend seine Mutter in České Budějovice besuchen wollte. Er hatte versprochen, ihn bis Krumlov mitzunehmen.

Dann gesellte sich Vera zu ihm, die er mehrere Jahre lang nicht mehr gesehen hatte. Sie war älter geworden, wie ihm schien, in wenigen Jahren grau, in ihren Augen ein Hauch von Traurigkeit, der sich nicht hatte wegschminken lassen. Man sah einander so selten, vielleicht hatte sie ja auch von ihm einen ähnlichen Eindruck.

Vera führte einen kleinen österreichisch-tschechischen Kulturverein. Wann immer Tomáš sie traf, klagte sie über Geldnöte und die Interesselosigkeit der Österreicher. Unermüdlich und unverdrossen kämpfte sie gegen die Vorurteile der Österreicher, die auch mehr als zwanzig Jahre nach dem Fall des Eisernen Vorhangs noch unvermindert anhielten: Nach Südböhmen fuhr man, um günstig Zigaretten zu kaufen, billig essen oder ins Puff zu gehen. Ansonsten schmolz das Wissen um den benachbarten Landkreis im Norden zusammen auf den Widerstand gegen das Atomkraftwerk Temelín und die vage Kenntnis der Beneš-Dekrete, gegen die zu allen heiligen Zeiten in den Zeitungen angeschrieben wurde. Damit sich die Nachbarn nicht allzu nahe kamen, bildete die Sprache eine natürliche Barriere. Die vielen hundert Frauen und Männer, die in Linz in der Gastronomie für österreichische Unternehmer arbeiteten, nahm man wohlwollend zur Kenntnis, solange sie für billigen Lohn arbeiteten und solange sie verständlich Deutsch sprachen. Und die Tschechen, sehr viele Tschechen, sprachen erstaunlich gut Deutsch. Das verblüffte die sprachfaulen Österreicher am meisten. Vera konnte sich über die durch nichts begründbare Überheblichkeit der Österreicher heftig auslassen.

Nachdem sie Tomáš zum Konzert gratuliert und er sie gefragt hatte, wie es ihr gehe, hatte sie zu einem Kurzbericht ihrer letzten Jahre angesetzt. Ihr war wohl bewusst, dass unmittelbar nach einem Konzert nicht wirklich Zeit war für einen Lebenszwischenbericht. Sie lieferte ihn trotzdem. In kurzen, atemlosen Sätzen pendelte sie zwischen Scheidungsabsturz und einigen vergeblichen Neuaufschwüngen hin und her.

Später kam Lenka mit dem Direktor des Konzerthauses auf ihn zu, mehrere Personen im Schlepptau, die ihm zum Auftritt gratulierten: der Bürgermeister mit Gattin, der Konsul – *Sie müssen wissen, ich spiele auch Trompete* –, ein weiterer Politiker mit Begleiterin, einer auffallend hübschen Frau mit dunklen Augen. Tomáš bemühte sich instinktiv, sich ihren Namen einzuprägen.

Es war eine Begegnung aus diplomatischer Höflichkeit. Nach wenigen Sätzen zog sich die Gruppe wieder zurück und Vera setzte ihren Lebensbericht fort. Aus den Augenwinkeln beobachtete Tomáš, wie sich hinter Vera der Politiker und dessen Frau am Büffet bedienten. Es trat ein, was Tomáš für sich als eine polyphone Kommunikationssituation bezeichnete: Während er mit Vera sprach, während er versuchte, ihrer an Dramatik nicht armen Erzählung zu folgen, beobachtete er das Geschehen hinter ihr: Jemand trat an den Politiker heran, zupfte diesen am Ärmel und zog ihn aus dem Blickfeld. Die Frau mit den dunklen Augen blieb neben dem Büffet stehen. Sie biss in ein Brötchen und schaute in seine Richtung.

In diesem Moment wusste Tomáš, dass er ihr schon einmal begegnet war. Er wusste auch sofort, wo.

Jeschumaria, klagte Vera – sie war inzwischen beim Liebesleben ihrer Tochter Dana angelangt –, man versucht halt dummerweise die Jungen von den Fehlern abzuhalten, die man selber einmal gemacht hat. Sowieso sinnlos, sagte sie und lachte. In ihrem Lachen vermeinte er die Vera zu erkennen, die er gut gekannt hatte, damals, als sie in Prag gemeinsam im Studentenheim gewohnt und abends durch die Kneipen gezogen waren; unendlich lange schien das her zu sein.

Die Frau des Politikers stand unschlüssig in seinem Blickfeld und überlegte, ob sie noch ein Brötchen nehmen sollte.

Tomáš hatte damals im Theater in Krumlov konzertiert und im Hotel bei David übernachtet. David war jahrelang sein Sitznachbar in der Schule gewesen. Gemeinsam hatten sie Abitur gemacht und studiert. David hatte allerdings nach wenigen Semestern abgebrochen und war kurz nach der Samtenen Revolution in der Hotelbranche gelandet. In Krumlov hatte er sich zum Hotelmanager hinaufgearbeitet. Wann immer Tomáš in Krumlov war: Bei David war für ihn stets ein Zimmer frei, ihre Freundschaft hatte all die Jahre überdauert.

Am Morgen nach dem Konzert in Krumlov war Tomáš gerade auf dem Weg zum Frühstück gewesen, als ein Paar aus dem Nebenzimmer in den Flur trat. Die beiden wirkten frisch verliebt, die Frau mit den dunklen Augen war ihm sofort aufgefallen. Direkt vor ihm gingen sie die Treppe hinunter. Beinahe scheu hatte der Begleiter die Hand der Frau zu fassen versucht, sie hatte sie ihm sanft entzogen.

Beim Frühstück hatte Tomáš das Paar beobachtet. Die Frau hatte etwas Verletzliches, Scheues, Anrührendes an sich, das ihn anzog und zwang, immer wieder zu ihr hinüberzusehen, etwas, das seinen Wunsch nach Nähe befeuerte. Das gesamte Frühstück über – Tomáš tat so, als läse er Zeitung – hatte er die Frau heimlich beobachtet. Das Paar sprach Deutsch, Tomáš saß zu weit weg, als dass er Teile des Gespräches verstanden hätte. Die beiden waren so sehr mit sich beschäftigt, dass sie ihn nicht beachteten. Während Tomáš sich nicht sattsehen konnte, würdigte ihn die Frau keines Blickes.

Solche Menschen vergaß Tomáš nicht. Der Anblick mancher Menschen, eine markante Physiognomie, ein hübsches Gesicht weckten seine Neugier für die Person, die sich hinter der Fassade des Körpers verbarg. Selten, dass sich dann auch die Möglichkeit zum Kennenlernen ergab.

Das war vor Monaten gewesen. Jetzt war sich Tomáš ganz sicher: Die Frau, die ein paar Meter von ihm entfernt etwas verloren beim Büffet stand, weil man ihr den Partner entzogen hatte, war die Frau, die er in dem Hotel in Krumlov beim Frühstück so eingehend beobachtet hatte.

Aber der Mann, der sie begleitet und schüchtern ihre Hand gesucht hatte, war sicher nicht der Politiker gewesen. Der Unbekannte war ein paar Jahre älter gewesen, gesetzter, gewichtiger, vielleicht auch eine Spur kleiner. Vielleicht wären Frauen in ihrem Urteil zum Schluss gekommen, dass der Politiker auch um einiges attraktiver schien als der Unbekannte aus Krumau.

Vera hatte ihr Glas leer getrunken und beschloss, sich noch einen Drink zu holen. Tomáš fasste den Entschluss *attacca* und spontan und ging die paar Schritte zum Büffet auf die Unbekannte zu, die ihn erstaunt ansah. Unsicher, fragend, lächelte sie ihn an. Sie erkennt mich nicht, natürlich, dachte Tomáš. Schöne Frauen haben selten Grund, sich der Männer zu erinnern, die ihnen bewundernd, aber vergeblich nachschauen.

Sie kommen aus Linz?, fragte er, um ihr zu signalisieren, dass er Deutsch verstehe. Aus der Nähe, entgegnete sie ausweichend. Das Stück von diesem Reicha war fantastisch, sagte sie, um selber die

Initiative zu ergreifen, es ist schön, wenn man bei einem Konzert solche Entdeckungen machen kann.

Entschuldigen Sie, dass ich Sie anspreche, sagte Tomáš. Aber Sie stehen da so alleine. Er sah sich um, Vera war noch nicht wieder zurück. Es klingt vielleicht komisch, aber vielleicht habe ich eben auch eine Entdeckung gemacht, ich weiß nicht, sagte er.

Er wusste nicht, ob seine Einschränkung charmant wirkte oder einfach nur plump und aufdringlich.

Die Frau schüttelte den Kopf. Ich verstehe nicht, sagte sie. Ich weiß nicht, was Sie meinen.

Später dachte er: Vielleicht war seine Forschheit seinem hohen Adrenalinspiegel nach dem Konzert geschuldet. Er hatte die Frau angesprochen im Zustand der abklingenden Anspannung, der Erleichterung, die ihn erfasste, wenn er vom Podium ging. Normalerweise war er nicht so direkt, wenn er mit Fremden sprach.

Ich glaube, man kennt sich, sagte Tomáš geradeheraus.

Sie schaute ihn verblüfft an, dann erstarrten ihre Gesichtszüge.

Tomáš zog sofort zurück: Aber vielleicht irre ich mich auch. Vorhin dachte ich mir, dass ich Sie schon einmal irgendwo gesehen habe. Entschuldigung, aber – er kratzte seinen ganzen vorhandenen Charme zusammen – Sie sind so eine auffällige Erscheinung. Entschuldigung. Das vergisst man nicht so leicht.

Er grinste, er redete sich in einen Wirbel, noch dazu in einer anderen Sprache. Die Frau entspannte sich wieder. Jetzt schaute sie ihn leicht amüsiert an.

Dann war ihm alles egal. Er wollte die Oberhand gewinnen.

In Krumau. In einem Hotel. Vor einigen Monaten. Ich bin mir ganz sicher. Erinnern Sie sich nicht mehr? Im Zlatý Anděl, sagte Tomáš.

Sie versteinerte. Dann wurde sie rot. Sie errötete nicht einfach, es war, als begännen Ströme von Blut unter ihrer Haut zu fließen. Sie stand reglos neben ihm und eine hemmungslose, entblößende Röte ergoss sich über ihr Gesicht und ihr Dekolleté. Sie glühte. Tomáš sah, wie Schweißperlen auf ihre Oberlippe traten. Ihre

Augen, die eben noch so freundlich gewirkt hatten, starrten ihn erschrocken an.

Tomáš wusste augenblicklich, dass er zu weit gegangen war. Die Situation war verloren.

Die Entschuldigung, die er murmelte, kam zu spät.

Einen Moment später weckte sie sich aus ihrer Starre und taumelte einen Schritt zurück. Sie verwechseln mich, stammelte sie. Und jetzt lassen Sie mich bitte in Ruhe.

Sie ließ ihn stehen und ging weg, quer durch den Saal, in dem immer noch mehrere Gruppen von Konzertbesuchern standen, hinaus auf den Gang.

Tomáš unterdrückte den Impuls, ihr zu folgen. Es war sinnlos. Dann stand Vera wieder neben ihm, auch für ihn hatte sie ein Glas mitgenommen.

Sie hatte gesehen, dass er mit der Frau gesprochen hatte.

Was war denn mit der da?

Tomáš wurde verlegen, er spürte, dass jetzt er dabei war, rot anzulaufen.

Nichts. Ein Missverständnis. Du weißt, nach einem Konzert ist man ein bisschen durcheinander.

Vera gab sich mit der Erklärung zufrieden. Das ist Katharina Bogner, die Frau des Politikers Bogner, sagte sie. Er steht da drüben, beim Konsul, sagte sie und deutete diskret mit dem Zeigefinger auf eine Gruppe an einem Stehtisch. Vor Kurzem hat er die Wahl gewonnen. Einflussreiche Leute. Mit denen sollte man es sich nicht verscherzen.

Sie meinte es ironisch. Sie hatte gar kein Interesse, dass Tomáš sie aufklärte.

Später, auf der Fahrt nach Krumau, ging ihm die Reaktion von Katharina Bogner nicht aus dem Kopf. Den Namen würde er sich merken.

Milan fuhr durch die engen Alleen Südböhmens, als würde er den Straßenverlauf im Schlaf kennen. Tomáš hielt sich an der

Fensterschlaufe fest. Ich weiß, gar nicht, ob ich versichert bin, wenn wir jetzt gleich in die Moldau stürzen, meinte er.

Scheiß dich nicht an, sagte Milan. Genieß die exklusive Fahrt in meinem Expresstaxi.

Er lästerte die ganze Zeit über ein Vorspielen für eine vakante Stelle in der Bassgruppe, das vor ein paar Tagen stattgefunden hatte. Die Jury hatte einen Kandidaten ausgewählt, der nicht seiner Vorstellung entsprach. Die Sache war doch geschoben, eine Frechheit, maulte Milan. Der Professor hat seinen Lieblingsbubi durchgedrückt, ist doch so. Und war noch nie anders.

Tomáš war wortkarg. Jetzt sank sein Adrenalinspiegel, jetzt kroch die Erschöpfung in seine Knochen, die Müdigkeit. Die Befriedigung unmittelbar nach dem Konzert wich dem seltsamen Gefühl, irgendwie doch versagt zu haben, einer Mischung aus Ekel und Selbstverachtung. Tomáš wusste, dass sich das Gefühl regelmäßig nach einem Auftritt bei ihm einstellte, er hatte sich noch nie damit versöhnen können.

Dass er dann auch noch die Frau des Politikers beschämt hatte, ärgerte ihn. Im emotionalen Überschwang hatte er schon häufig Menschen vor den Kopf gestoßen. Er hatte sich nichts dabei gedacht, den Mund voll genommen und die Frau bloßgestellt. Dümmer, ungeschickter ging es wirklich nicht.

Aber dass er sich in seiner Erinnerung geirrt hatte, schien nach der Überreaktion der Frau völlig ausgeschlossen.

Er hatte völlig zufällig und unabsichtlich in ein Wespennest gestochen. Er hatte vielleicht an ein Geheimnis gerührt.

Milan ließ ihn außerhalb der Altstadt aussteigen, den Weg zum Hotel nahm Tomáš zu Fuß. David wartete bereits auf ihn, er hatte dienstfrei, im Hotel war es ruhig, Nachmittagsbetrieb.

Sie tranken auf der Terrasse am Hauptplatz Kaffee und gingen ihre Themen durch.

Das Leben in der Provinz. Das Auf und Ab im Tourismus. Prag. Das Orchesterleben. Die Frauen. David lebte getrennt, seine

Frau war mit den Kindern wieder nach Mähren zu ihren Eltern gezogen. Und Tomáš?

Keine besonderen Vorkommnisse, sagte der. Die letzte kurze Affäre mit einer Studentin lag einige Monate zurück. Tomáš hatte die Sache David gegenüber, wenn überhaupt, nur angedeutet, aber erst, als das Techtelmechtel bereits wieder vorbei gewesen war.

Dann fiel ein Name: Iveta, Davids Schwester. Sie lebte verheiratet in der Neustadt von Krumau.

Morgen Vormittag hat sie frei, sagte David. Sie würde sich freuen, wenn du dich bei ihr meldest. Tu ihr den Gefallen. Ich glaube, es geht ihr nicht besonders.

Tomáš verspürte das Bedürfnis, sich hinzulegen. Am Abend würden sie gemeinsam essen. Es würde noch genug Zeit geben, miteinander zu schwatzen.

Sie kehrten zurück ins Hotel. Die Rezeption war unbesetzt. Am Tresen stand eine Glocke für den Fall, dass ein Gast Hilfe brauchte.

Kurz hatte Tomáš überlegt, David einzuweihen, ihm die Geschichte mit der Politikerfrau zu erzählen, dann entschied er sich dafür, zu lügen.

Ich mache gerade meine Steuererklärung, log Tomáš. Weißt du, ich habe keine Aufzeichnungen gemacht über meine Aufenthalte hier im Haus. Wenn ich darf, schreibe ich mir die Daten rasch aus dem, wie heißt es, Register mit den Meldezetteln.

Er nannte die Monate, David schöpfte keinen Verdacht, griff in eine Lade und holte ein paar Bücher mit den Buchungen heraus.

Bitte wieder zurückgeben, bat er ihn.

Dann saß Tomáš auf Zimmer fünfundzwanzig, in dem Stockwerk, in dem eine Kopie von Schieles *Dame im grünen Kleid* hing. Wenn das Zimmer frei war, bezog er immer dasselbe.

Sein Konzert hatte im Herbst zuvor stattgefunden.

Rasch entdeckte er den Meldezettel, den er damals ausgefüllt hatte. Als Berufsbezeichnung hatte er, wie üblich, Musiker eingetragen. Rechts oben hatte die Rezeptionistin damals seine Zimmernummer vermerkt.

Tomáš blätterte ein paar Seiten vor und zurück, bis er den Eintrag für das Zimmer Nummer sechsundzwanzig entdeckte. Kein Hinweis auf eine Katharina Bogner. Das Blatt war nicht ganz korrekt ausgefüllt worden. Der Gast hatte als Staatsbürgerschaft Deutschland angegeben, die Rubrik Wohnort ausgelassen, dafür die Nummer eines Reisepasses angegeben. Und da stand sein Name: Arnold Walter. Beruf: Wissenschaftler. Das war alles.

Minuten später saß Tomáš vor seinem Computer und googelte die Daten.

Woher seine Neugier kam? Aus Langeweile, aus Lust am Spiel, aus Lust, etwas über diese Frau Bogner herauszufinden, die sich ihm entzogen hatte?

Nach Eingabe ihres Namens fand sich wenig: eine Blondine gleichen Namens, die Ergebnisliste eines Tennisdoppelturniers, das eine Katharina Bogner gewonnen hatte. Unter dem Stichwort *Arnold Walter* spuckte der Computer mehr Informationen aus. Auch hier existierten mehrere Personen gleichen Namens; ein kaufmännischer Geschäftsführer, ein Fußballtrainer, ein Professor für Psychiatrie. Welcher Arnold Walter war sein Zimmernachbar gewesen, damals, mit Katharina Bogner im Schlepptau?

Unter der Rubrik Bilder erkannte er den Mann sofort; das Stichwort Wissenschaft führte ihn schließlich auf eine Homepage der Universität Regensburg, genauer auf die des Instituts für Germanistik.

Er erschrak, als er die Parte mit dem Foto sah. Er hatte das Gefühl, einen verbotenen Raum zu betreten. Kein Zweifel, auf dem Foto war der Typ, der für Katharina Bogner anscheinend so interessant gewesen war, dass sie Tomáš damals nicht eines Blickes gewürdigt hatte. Der Typ war tot. Vor wenigen Monaten noch voller Leben, aufgebrochen zu einem Tête-à-Tête mit einer verheirateten Österreicherin, jetzt bereits beerdigt. Tomáš las die Parte durch: *durch ein tragisches Unglück plötzlich aus un-*

serer Mitte gerissen. Arnold Walter war wenige Tage nach dem Wochenende in Krumau gestorben. *Das einzig Wichtige im Leben sind die Spuren der Liebe, die wir hinterlassen, wenn wir ungefragt gehen müssen.*

Unten die Namen von Angehörigen: Verena, die Frau des Toten. Zwei Kinder namens Kerstin und Hannes, die Mutter des Toten, der Name einer Schwester. Bei den Letzteren war Linz als Wohnort angegeben.

Erst danach fand er im Netz den Nachruf der Universität, dann eine Meldung aus der Zeitung: *Rätselhafter Mord im Nationalpark.*

Arnold Walter war erschossen worden.

Tomáš saß vor seinem Computer und schüttelte den Kopf. Konnte nicht glauben, was er gelesen hatte, versuchte, zu begreifen, was er sah.

Dieser Arnold Walter hatte sich in Krumau zu einem Liebeswochenende mit Katharina Bogner getroffen. Er, Tomáš, war zufällig Zeuge dieses scheuen Glücks geworden.

Eine Woche später war Arnold Walter tot. Erschossen. Warum?

Tomáš googelte weiter. Im Netz existierten mehrere Pressemeldungen über den Mordfall. Außer, dass die Ermittlungen der Polizei nicht recht vorankamen und das Motiv unbekannt war, gab es schon wenige Tage nach dem Mord nichts mehr zu lesen. Das Verbrechen war offensichtlich schnell aus den Zeitungen verschwunden. Krumau spielte in den Meldungen gar keine Rolle.

Heute, nach dem Konzert in Linz, war Tomáš zufällig der schönen Katharina Bogner, der ehemaligen Geliebten dieses Arnold Walter, begegnet und hatte sie auf das Wochenende in Krumau angesprochen. Sie hatte geleugnet, sie war rot angelaufen, sie war von ihm weggegangen. Sie war regelrecht vor ihm geflohen. Warum? Sie hatte einen Geliebten gehabt. Das kam vor. Der Geliebte war erschossen worden. Was hatte Katharina Bogner mit dem Mord zu tun?

Tomáš saß da und schüttelte den Kopf. In der Minibar fand sich eine Flasche Bier. Im Fernsehen lief ein Tennisspiel. Er starrte auf den Bildschirm, tonlos schlugen die Spieler auf den Ball ein.

Anderntags traf er sich mit Iveta. Sie verabredeten sich in dem Kaffeehaus unterhalb der Moldaubrücke, in dem Iveta immer wieder aushalf. Obwohl es kühl war, setzen sie sich an einen Tisch auf der Terrasse gleich neben dem Fluss.

Einmal hatte ihn David am Wochenende zu sich nach Hause eingeladen. Am Fluss hatten sie Schaschlik gegrillt und Bier getrunken, abends waren sie ums Lagerfeuer gesessen, David hatte Gitarre gespielt, er Querflöte, zu dritt hatten sie im Zelt geschlafen. Als David nach draußen gegangen war, hatte Tomáš Iveta geküsst. Oder sie hatte ihn geküsst. Sie war jünger als er. Damals war sie fast noch ein Kind gewesen.

Mehr war nicht geschehen. Am nächsten Tag hatten sie vereinbart, dass es nichts zu bedeuten hatte.

In den Jahren danach hatte Iveta mehrmals versucht, mit ihm Kontakt aufzunehmen. Ein paar Mal hatte sie David zur Vermittlung eingespannt. Jahrelang schrieb sie Tomáš Briefe, zum Geburtstag, zu Weihnachten. Manchmal schrieb Tomáš zurück, manchmal hatte er keine Lust dazu. Sie bedrängte ihn, sehnte sich danach, ihn zu sehen, sie wünschte sich eine Beziehung. Die blieb platonisch und fand vor allem in ihrer Fantasie statt. Tomáš war unfähig zu beschreiben, was er fühlte. Iveta wohnte irgendwo in der Provinz. In Tomáš' Kopf fand Prag statt, das Oboenstudium, Eva, eine Pianistin, um die er sich jahrelang bemühte, die Krankheit seines Vaters, schließlich sein Verrecken, da war kein Platz für ein schmachtendes Mädchen in der Ferne.

Ein einziges Mal, Jahre später, war noch einmal etwas zwischen ihnen passiert. Wieder war Alkohol im Spiel, wieder war es im Sommer gewesen, im Elternhaus von David. Iveta war eine junge Frau mit einer ansehnlichen Figur geworden und drängte sich an ihn, aber Tomáš spürte nichts, als sie ihm ihren Körper bot.

Das war tragisch, aber nicht zu ändern. Tomáš merkte, dass Iveta litt, aber er hatte kein Mitleid mit ihr.

Sie hatte ihn nicht vergessen. Er war ihr Schwarm gewesen und war es wahrscheinlich noch. Das war ihr Pech. Dafür konnte er nichts.

Jetzt saß sie ihm gegenüber, eine Ehefrau mit drei Kindern, die zweimal in der Woche als Kellnerin jobbte. Ihr Mann war bei der Polizei und viel unterwegs.

Sie hatte das Gespräch gewünscht, sie erzählte, er versuchte zuzuhören. Er war müde, er hatte schlecht geschlafen. Manchmal frage ich mich, was aus uns geworden wäre, sagte Iveta. Manchmal träume ich davon, sagte sie.

Sie spürte wohl, dass sie sich vergeblich mühte. Sie sah ihn kaum an, ihr Blick ging auf den Fluss, Richtung Brücke, auf der sich die ersten Tagestouristen zum Fotografieren aufstellten.

Dann erzählte er Iveta die seltsame Geschichte der Frau des Politikers aus Österreich, der er in Linz begegnet war und die im Jahr zuvor in Krumau heimlich ihren Geliebten getroffen hatte. Er erzählte die Geschichte als Schwank, als witzige Narretei des Alltags, er verschwieg, dass der Geliebte der Frau kurz danach ermordet worden war. Iveta hörte ihm aufmerksam zu, alles, was Tomáš ihr erzählte, klang spannend für sie.

Sie hatten die Tassen bereits leer getrunken, als sein Handy piepste. Unter dem Tisch sah er, dass er eine SMS erhalten hatte: von Veronika, der Oboistin. War schön gestern, schrieb sie. Hoffentlich bis bald! Sie setzte ein Smiley ans Ende ihrer Botschaft. Er würde sie anrufen, wenn er nach Prag kam. Plzeň war von dort in einer guten Stunde erreichbar.

Ich hoffe, ich langweile dich nicht, sagte Iveta. Sie trug ein Kleid, das ihr gut stand.

Du langweilst mich nicht, sagte Tomáš. Aber ich muss jetzt wirklich gehen.

6
KATHARINA
ES HATTE DEN ANSCHEIN, ALS WÄRE GRAS ÜBER DIE SACHE GEWACHSEN

Zwei Dinge musste Katharina an diesem Tag erledigen. Sabine, die Betreuerin ihres Vaters, hatte am Nachmittag frei und Katharina hatte mit ihr vereinbart, sie spätestens zu Mittag abzulösen. Vorher wollte sie endlich die Lohnsteuererklärung abschließen. Eine Angelegenheit, die sie schon ein paar Tage vor sich her schob. Als sie in ihrem Arbeitszimmer die Unterlagen zusammensuchte, fiel ihr der Stapel mit den Telefonrechnungen vom Vorjahr in die Hand. Auf den Rechnungen waren alle Gespräche, die über das Festnetz geführt worden waren, einzeln aufgelistet. Andreas hatte aus Vorsicht auf dieser Maßnahme bestanden. Im Fall des Falles musste es möglich sein, gegen ungebetene Anrufer, Stalker, Spinner etwas in der Hand zu haben. Andreas hatte noch nie einen Blick auf die Einzelgesprächsnachweise geworfen.

Sie überflog die Zettel, absichtslos. Ihr Blick blieb bei den Anrufen hängen, die wenige Tage nach der Wahl geführt worden waren. Journalisten hatten ungeniert bei ihnen privat angerufen, obwohl Andreas längst eine Geheimnummer hatte einrichten lassen, Sandra hatte sich ein paar Mal aus Wien gemeldet, Katharina ersah es aus dem Datum. An ein einziges Gespräch erinnerte sie sich in allen Einzelheiten. An einem Vormittag, sie hatte sich gerade fertig gemacht, um in die Stadt zu fahren, hatte sie ein Polizeibeamter kontaktiert.

Sie meldete sich wie üblich mit ihrem Familiennamen. Der Beamte reagierte erstaunt. Jetzt sagen Sie aber nicht, dass ich beim

Politiker Bogner gelandet bin, sagte der Beamte, der sich als Herr Posch vorstellte.

Kurios klang das. Was denn daran so verwunderlich sei, fragte Katharina.

Der Polizist entschuldigte sich umständlich. Natürlich, an der Vorwahl hatte er den Ort erkannt, aber sich doch nicht gedacht, dass … Das sei vielleicht ein Zufall. Und so wenige Tage nach der Wahl. Da darf man vielleicht doch zum Sieg gratulieren, sagte Posch. Ich meine natürlich ganz privat. Er wirkte verblüfft, unterwürfig wie ein naiver Autogrammjäger.

Gern, sagte Katharina verbindlich. Ich werde Ihre Gratulation weiterleiten. Die Wahl hat mein Mann gewonnen, ich kann ja sozusagen nichts dafür. Im letzten Moment hatte sie sich den Zusatz, sie sei *nur* Andreas' Frau, verkniffen.

Der Anruf traf sie völlig unvorbereitet, obwohl ihr nachher klar wurde, dass sie mit ihm hätte rechnen müssen.

Es ging um den Mordfall aus Linz, bei dem ein Privatdetektiv nahe der tschechischen Grenze erschossen worden war. Vielleicht haben Sie ja davon gehört, sagte Posch. Aus dem Telefonprotokoll des Mannes war ersichtlich, dass Katharina wenige Tage vor seiner Ermordung mit ihm telefoniert hatte.

Sehen Sie, wir tun unsere Arbeit, sagte Posch entschuldigend, Sie haben zweimal mit dem Mann telefoniert und können mir sicher sagen, worum es ging, und ob Sie mit Herrn Seisenbacher auch persönlichen Kontakt hatten.

Als das Telefon läutete, war Katharina gerade dabei gewesen, sich Strümpfe anzuziehen. Ein Bein steckte bereits in einem Strumpf, das andere war noch nackt. Während sie zuhörte, betrachtete sie ihre Zehennägel. Vielleicht war es Zeit, wieder einmal zur Pediküre zu gehen. Sie lackierte ihre Nägel nur in den warmen Monaten, wenn sie offene Schuhe trug.

Sie log spontan und so überzeugend, als hätte sie sich ihre Antwort schon lange zurechtgelegt gehabt. Dass augenblicklich das Blut wild in ihren Schläfen pochte, konnte Herr Posch nicht sehen.

Ja, es war richtig, dass sie mit Herrn Seisenbacher gesprochen hatte. Und ja, Katharina seufzte laut auf, leider ging um es um eine wenig angenehme Sache. Sie sprach nicht weiter. Herr Posch blieb sachlich und hakte nach.

Wir wissen natürlich, dass Herr Seisenbacher Privatdetektiv ist, *war,* verbesserte sich Posch, und Sie können sicher sein, dass Ihre Angaben vertraulich behandelt werden.

Katharina reagierte ohne Plan, sie improvisierte, sie hangelte sich von Satz zu Satz.

Ich weiß nicht, wie ich sagen soll, stammelte sie, das ist mir hier am Telefon ein bisschen peinlich, und ehrlich gesagt, muss ich Sie um Diskretion bitten. Um ganz ehrlich zu sein, es ging um meinen Mann.

Die Auskunft stellte Posch nicht zufrieden. Es ging um Ihren Mann, wiederholte er trocken. Er redete wie ein routinierter Beamter, den nichts so schnell aus der Ruhe brachte. Oder wie einer, der kein Gespür dafür hatte, wie es Frauen erging, die bei einer Peinlichkeit ertappt wurden. Wahrscheinlich war er nicht verheiratet, Single, unerfahren darin, sich in Frauen einzufühlen.

Wie kann ich das verstehen?, fragte Posch weiter.

Wissen Sie, es fällt mir nicht leicht, das so einfach zu sagen, aber da gab es einen Verdacht in letzter Zeit, sagte Katharina.

Später hatte sie das Gefühl, sich gut aus der Affäre gezogen zu haben. Sie hatte nicht zu viel und nicht zu schnell geredet, sie hatte kooperiert, ihre Verlegenheit und ihre Pein waren deutlich zu spüren gewesen.

Einen Verdacht, wie meinen Sie das?, fragte Posch.

Es ging um eine andere Frau, sagte Katharina. Leider. Sie hörte sich seufzen.

Um eine andere Frau, echote Posch und wartete.

Ja, eine junge Frau, sagte Katharina. Eine Mitarbeiterin meines Mannes. Ich habe Herrn Seisenbacher deswegen um einen Termin gebeten. Er sagte, dass er am Wochenende verreisen würde, wir wollten uns dann Mitte nächster Woche treffen, die Angelegenheit hatte ja Zeit bis nach der Wahl, sagte Katharina. Dazu ist es aber nicht mehr gekommen. Ich habe den Herrn nie getroffen. Ich hoffe, Sie verstehen meine Situation. Mein Mann hat eben eine Wahl gewonnen und steht im Mittelpunkt der Aufmerksamkeit. Das andere ist unsere private Angelegenheit. Wie gesagt, da gab es ein Gerücht über diese Frau und ich dachte, dass ich da vielleicht einen Privatdetektiv einschalten sollte. Wahrscheinlich habe ich überreagiert. Dass der Mann jetzt nicht mehr lebt, macht die Sache natürlich etwas verworren.

Verworren, wie meinen Sie das?, fragte Posch.

Na ja, dass ich jetzt plötzlich in etwas hineingerate, mit dem ich gar nichts zu tun habe. Nachher ist man immer klüger. Ich denke, dass ich die Sache mit meinem Mann auch anders lösen kann. Eleganter. Ohne Privatdetektiv. Ich hoffe, Sie verstehen mich.

Posch schien sich mit ihrer Erklärung zufriedenzugeben.

Hoffentlich ist Seisenbacher ein erfolgreicher Unternehmer gewesen und hat mit vielen Menschen telefonischen Kontakt gehabt, bevor er gestorben ist, dachte Katharina. Dann hat Posch eine Menge solcher Gespräche zu führen.

Ja, das Leben kann manchmal ganz schön kompliziert sein, fügte Posch an.

Eine Frage ist noch offen, die stellen wir routinemäßig, sagte er. Er wirkte zurückhaltend, freundlich, unaufgeregt.

Wo waren Sie am vergangenen Samstag?, fragte er.

Vergangenen Samstag?, fragte Katharina zurück. Sie meinen den Tag vor der Wahl?, fragte sie. Am Samstagmittag war der Privatdetektiv Seisenbacher an der tschechischen Grenze erschossen worden. Das war in der Zeitung gestanden.

Ja, den Samstag meine ich, sagte Posch.

Ich überlege gerade, sagte Katharina. Da war ich bei meinem Vater. Ja, da war ich bei meinem Vater, sagte sie.

Den ganzen Tag?, fragte Posch.

Bis zum frühen Abend, sagte Katharina. Den Abend habe ich

mit meiner Tochter und meinem Mann verbracht. Es war ja der Abend vor der Wahl.

Ihr Vater lebt bei Ihnen?, fragte Posch.

Katharina verneinte. Sie nannte dem Beamten die Adresse in Wels. Posch fragte nach der Telefonnummer.

Ich fürchte, das nützt Ihnen leider nichts, sagte Katharina. Mein Vater ist dement. Er wird sich mit Sicherheit an nichts erinnern können. Er kann sich schon nach einer Viertelstunde nicht mehr daran erinnern, was er gesagt oder gemacht hat.

Verstehe, sagte Posch verständnisvoll.

Und wissen Sie, fügte Katharina hinzu, was ich witzig finde? Sie sprach weiter, ohne Poschs Reaktion abzuwarten. Mein Vater war bis zu seiner Pensionierung selber Polizist, damals, als es noch die Gendarmerie gab. In Gmunden, und später dann in der Nähe von Wels. Er war sogar Postenkommandant. Aber das war wahrscheinlich vor Ihrer Zeit. Er ist schon seit über zwanzig Jahren in Pension.

Stimmt, sagte Posch. Da war ich noch gar nicht dabei. Witzig, sagte er. Die Tochter eines Gendarmen. Dann, nichts für ungut, sagte er. Sie können sicher sein, das Gespräch bleibt vertraulich.

Dann legte er auf.

Seit dem Gespräch war fast ein Jahr vergangen. Posch hatte sich nicht mehr gemeldet. Der Mordfall Seisenbacher war aus den Zeitungen verschwunden. Angeblich führten Spuren zu einem Täter nach Tschechien. Sie hatte Poschs Glückwünsche nicht an Andreas weitergeleitet. Es hatte den Anschein, als wäre Gras über die Sache gewachsen. Es hatte lange den Anschein gehabt. Dann hatte sie dieser tschechische Musiker im Brucknerhaus so unverschämt angesprochen. Niemand hatte den Zwischenfall bemerkt. Sie musste vorsichtig bleiben.

Katharina überlegte. Sie nahm die Blätter mit den Einzelgesprächsnachweisen und riss sie in der Mitte durch. Die Papierfetzen warf sie zum Altpapier.

Vaters linkes Auge war entzündet und tränte, er sah verschwommen und rieb sich verärgert am Auge, obwohl er das nicht tun sollte.

Katharina hatte Angst bekommen, dass jetzt zu allem, was sein Leben und ihres bereits beschwerlich genug machte – seine Demenz, die Inkontinenz, seine permanente Verstopfung, der Bluthochdruck – auch noch eine Erblindung dazukam. Der Augenarzt hatte Entwarnung gegeben, eine Bindehautentzündung diagnostiziert und Tropfen verschrieben, die mehrmals am Tag in den Augensack eingeträufelt werden mussten.

Sabine, Vaters Pflegerin, hatte die Tropfen irgendwo im Bad deponiert, wo sie doch jetzt ununterbrochen gebraucht wurden. Alle anderen Medikamente des Vaters standen auf einer Kommode in der Küche.

Katharina fand die Tropfen endlich in einer Lade im Alibert. Im Badezimmer musste dringend wieder einmal Ordnung gemacht werden. Sabine war offenbar zu bequem gewesen, zu lüften. Das kam in letzter Zeit öfter vor. Es roch scharf nach nassen Windeln, der Deckel lag schief auf dem Mistkübel, im Waschbecken hingen, beinahe symmetrisch angeordnet, Vaters Barthaare, Sabine hatte den Rasierapparat ausgeleert und nicht nachgespült, am Fußboden neben der Badewanne lagen Reste von Finger- oder Zehennägeln, die niemand weggekehrt hatte.

Das war das Problem mit den Pflegerinnen. Sabine betreute den Vater seit über einem Jahr als Hauptpflegerin. Gelegentlich sprangen Kolleginnen für sie ein, die Wochenenddienste übernahmen hauptsächlich Zivildiener. Wenn jemand ausfiel, war Katharina selber an der Reihe. Vater hatte sich an Sabine gewöhnt, aber Sabine war über die Monate nachlässig geworden.

Ein paar Mal war Katharina mit der Pflegerin in Streit geraten, wegen Kleinigkeiten. Wegen abgelaufener Lebensmittel, die im Kühlschrank vergammelten, der Dokumentation, die Sabine erst im Nachhinein und viel zu spät erledigt hatte. Wenn Katharina ihr Vorhaltungen machte und sich dann zu unbedachten Äußerungen provozieren ließ, obwohl sie sich zu Hause vorgenommen hatte, ruhig und gelassen zu bleiben, konnte Sabine laut, ja frech werden. Dann pflanzte sie sich vor ihr auf, stemmte die Unterarme in die Hüften und keppelte mit hoher, gepresster Stimme zurück. Die Frau hatte nichts zu verlieren; wenn sie auch nur einmal das Gefühl hätte, ungerecht behandelt zu werden, würde sie das sofort bei ihrer Dienststelle melden. Das würde dort gar nicht gut ankommen. Natürlich war bekannt, dass Katharina mit einem Politiker verheiratet war. Katharina überlegte seit einiger Zeit, wie sie die Pflegerin möglichst unauffällig kündigen konnte. Wahrscheinlich war dann nicht so schnell Ersatz aufzutreiben.

Sie schleppten sich alle mit ihren Problemen herum, bei Sabine waren sie nicht zu übersehen. Die Pflegerin wirkte überfordert, abgehetzt, sie rauchte zu viel – auch während der Arbeit und, wenn es draußen zu kalt war, auf der Toilette, obwohl Katharina ihr das verboten hatte – sie hatte starkes Übergewicht, sie wurde ihrem pubertierenden Sohn nicht Herr, der häufig die Schule schwänzte oder sie überhaupt schon abgebrochen hatte – so genau wusste das Katharina nicht –, und Sabine litt am Tod ihres Exmannes, auch wenn sie kaum darüber sprach. Sie war eine Leidende, die ihr Leiden still in sich hineinfraß. Zu akzeptieren, dass sie dieser Leidenden jede Woche mindestens einmal begegnete, war Katharina am schwersten gefallen. Es gab vielleicht Zufälle im Leben, aber dass die Betreuerin ihres Vaters ausgerechnet die Exfrau des erschossenen Privatdetektivs war, ihr Sohn Erik also der Sohn dieses Seisenbacher, das war Katharina unglaublich und eigentlich unerträglich erschienen.

Tatsache war, dass der Exmann der Pflegerin einem Mord zum Opfer gefallen war. Katharina hatte wochenlang den heftigen, verzweifelten Wunsch verspürt, dieses Faktum zu ignorieren, sie hatte den kindischen Wunsch verspürt, es mit einem einfachen Fingerschnippen ungeschehen zu machen, und sie hätte das Geschehnis rückgängig gemacht, wenn sie dazu fähig gewesen wäre. Schließlich hatte sie sich mit der Situation abgefunden.

Es hatte eine Phase in ihrem Leben gegeben, in der es ihr wichtig gewesen war, Zeichen der Solidarität zu setzen. Damals hatte sie noch daran geglaubt, mit ihrem persönlichen Verhalten die Welt verändern zu können. Sie war zu Demonstrationen gegangen, sie hatte Petitionen unterschrieben, sie war Gesinnungsplattformen beigetreten und hatte sich stark und solidarisch dabei gefühlt. Seit Andreas in der Politik tätig war, beschränkte sich ihr Engagement auf jährliche Charity-Veranstaltungen, Konzerte, auf denen *für einen guten Zweck* gesammelt wurde, den die Anwesenden nach ein paar Tagen vergaßen, Veranstaltungen, deren Sinnhaftigkeit Katharina von Jahr zu Jahr mehr anzweifelte.

Der Umstand, dass Sabines Exmann erschossen worden und ihr Sohn Erik zur Halbwaise geworden war, bot Katharina Anlass, direkt in ihrem Umfeld etwas zu tun. Etwas Gutes. Etwas für andere, etwas unsichtbar Gutes. *Ganz konkret.* So hatte die Phrase ihrer Jugendjahre gelautet.

Seit Jahren besaß sie mehrere Sparbücher, auf die sie regelmäßig kleine Summen einlegte. Es fiel ihr leicht, eines dieser Sparbücher, auf dem sich eine stattliche Summe befand, aufzulösen. Sie erinnerte sich daran, wie ungläubig Sabine sie angesehen hatte, als sie ihr ein paar Monate nach Seisenbachers Tod das Sparbuch überreichte. Die Summe war höher gewesen als der Lohn, den Sabine in einem Jahr als Altenpflegerin verdiente.

Sie versprechen mir, dass die Sache unter uns bleibt, hatte Katharina zu Sabine gesagt. Sie wollte nicht, dass jemand ihr privates Engagement an die große Glocke hängte. Und sie fügte hinzu, dass diese Unterstützung nichts, aber auch gar nichts mit der Betreuung ihres Vaters durch Sabine zu tun habe.

Katharina hatte Sabines Leid mit Geld gemildert. Das war mehr, als Sabine erwarten konnte. Damit hatte Katharina alles Mitgefühl aufgebraucht. Für ihre Mildtätigkeit erwartete sie keine Gegenliebe. Vielleicht hassten die beiden Frauen einander sogar.

Wichtig war Katharina nur, dass nicht öffentlich wurde, dass sie die Exfrau eines Ermordeten als Pflegerin beschäftigte. Der Umstand, dass sich Andreas wenig bis gar nicht für die Betreuung seines Schwiegervaters interessierte, er diesen ohnehin nur mehr an Festtagen sah und auch nie mehr in seinem Haus in Wels besuchte, trug dazu bei, dass die Angelegenheit privat blieb und niemand davon erfuhr. Katharina war sich sicher, dass nicht einmal Sandra davon wusste.

Katharina stand vor dem Spiegel und warf einen prüfenden Blick in ihre Augen. Bei einer Bindehautentzündung genügte eine unbedachte Bewegung der Hand ins Gesicht und man infizierte sich ebenfalls. Ihre Augen wirkten hell und gesund, das Weiße war von winzigen kleinen Äderchen durchzogen, dunkelbraun wie die ihres Vaters waren die Pupillen. Ein Auge schien ein bisschen kleiner als das andere. Katharina bemerkte den strengen Zug um ihre Mundwinkel.

Am frühen Nachmittag saßen sie im Garten auf der Sonnenbank, direkt an der Hauswand. Noch war die Sonne kräftig genug, um draußen sitzen zu können. Katharina hatte den Vater vorsorglich in eine Decke eingehüllt.

Sie waren hierher gezogen, als sie eine Jugendliche gewesen war. Durch den Umzug der Familie – der Vater hatte um Versetzung gebeten – hatte Katharina ihren Freundeskreis verloren, der ohnedies nur aus ein paar Freundinnen bestanden hatte. In Wels war es ihr schwergefallen, Anschluss zu finden. Hier in diesem Garten sah sie sich, auf der Liege, lesend, Radio hörend, während die Mutter Gemüsebeete mit Salat, Karotten, Zwiebeln und Kräutern pflegte, Blumen zupfte und goss. Zu diesem Garten hatten Fremde keinen Zutritt, nie gehabt; der Garten war immer nur Rückzugsort für die Familie gewesen. Refugium für den Vater, ein kleines, abgezirkeltes, grünes, blühendes Gefängnis für seine Tochter. Das Leben fand draußen statt, in einem anderen Bezirk der Wirklichkeit. Auf einem anderen Gleis. In einem anderen

Film. Auf einem anderen Kontinent. Das Leben war dort, wo sie nicht war. Eines Tages hatte sie das Haus und diesen Garten verlassen und war ins Leben eingetreten.

Seit Mutter tot war, war der Garten verwildert. Die Gemüsebeete gab es nicht mehr, ein paar Sträucher, die längst schon geschnitten werden mussten, standen noch, Ribisel und Brombeeren, die die Mutter früher zu Marmelade verarbeitet hatte, pflückte keiner mehr, der Rasen wirkte ungepflegt. Höchstens zweimal im Jahr bat sie einen der Zivildiener, ihn gegen Taschengeld zu mähen.

Sie saßen nebeneinander und schwiegen. Vorhin, in der Küche, waren sie sich gegenübergesessen, Katharina hatte das Radio aufgedreht, schweigend hatten sie die Mittagsnachrichten gehört. Der Vater hatte ein Stück Braten gegessen, die Kartoffeln und den Salat aber nicht angerührt.

Katharina schloss die Augen. Sie spürte, wie der Vater seine Hand auf ihren Oberschenkel legte. Es kam vor, dass er sie mit der Mutter verwechselte.

Sie dachte an Sandra, die jetzt vielleicht in einer Bibliothek in Wien saß und an ihrer Bachelorarbeit schrieb. Sie dachte an Andreas, der zu einer Vorstandsklausur in die Obersteiermark gefahren war. Sie dachte an Iris, die zu einem kleinen Tennisturnier an der bayerischen Grenze eingeladen worden war. Katharina hatte ihrer Doppelpartnerin in letzter Zeit mehrmals absagen müssen. Sie musste sich gar nicht mehr ausführlich erklären. Grund war der Vater. Iris hatte verstanden und sie bedauert.

Sie saß da und war die Tochter. Sie öffnete die Augen und sah, dass der Vater seine ebenfalls geschlossen hatte.

Der Übergang vom Gefühl, alles ertragen zu können, zu einem Zustand, bei dem sie glaubte, gleich platzen zu müssen, kam manchmal völlig unerwartet. Sie wünschte, jemand hörte ihr zu. Hier in diesem Garten, in dieser nachmittäglichen Stille, die auch nur eine vermeintliche war – wenn man genau hinhörte, hörte man Rasenmäher und Mopeds knattern, das Rauschen des

Verkehrs von der naheliegenden Hauptstraße. Sie lechzte danach, gefragt zu werden, wie es ihr gehe. Um dann hinausschreien zu können, wie schlecht sie sich fühlte. Und dass sie alles ankotzte und sie manchmal nur mehr den Wunsch hatte, zu verschwinden. Sie saß da und spürte, wie ein Gefühl von Übelkeit, von Enge über ihren Körper kroch. Sie fühlte den Wunsch, zu schreien, aber sie schrie nicht. Und keiner fragte.

Sie saß da und war die Tochter.

Jetzt ist es schon so lange her, dass Mama gestorben ist. Erinnerst du dich noch?, fragte sie den Vater, ohne ihn anzusehen.

Vater verstärkte den Druck auf ihren Oberschenkel, aber er sagte nichts.

Du hast mir nie erzählt, wie ihr euch kennengelernt habt, sagte sie zu ihm.

Ein Lächeln glitt über sein Gesicht.

Kannst du dich daran erinnern?

Er schwieg.

Kannst du dich noch erinnern, Papa, wie du die Mama kennengelernt hast?, fragte Katharina, ein wenig lauter.

Die Marianne, sagte Papa. War ein hübsches Mädel. Fesch war die.

Vielleicht hatte die Mutter einmal davon erzählt, wie sich die Eltern kennengelernt hatten. Katharina war sich nicht mehr sicher.

War da nicht was auf der Gendarmerieschule, Papa? War da nicht die Mama auch? Im Büro?, fragte Katharina.

Und dann habe ich sie mitgenommen, sagte Papa.

Dann hast du sie mitgenommen, wiederholte Katharina.

Und dann bin ich auf die Welt gekommen, sagte Katharina.

Später, sagte der Vater. Später dann du.

Von ihrer Geburt hatte sie eine kurze Erzählung ihrer Mutter gespeichert. Dass sie zu Hause mithilfe einer Hebamme auf die Welt gekommen war: dass sie nur so *herausgeflutscht* war.

Der Vater musste niesen. Katharina erinnerte sich an lange

Autofahrten in die Sommerfrische nach Kärnten, bei denen der Vater oft geniest und nicht mehr damit aufgehört hatte. Ihr war das peinlich gewesen, sie hatte sich davor geekelt. Sie begann, um sich zu beruhigen, die Anzahl der Nieser zu zählen und hoffte, der Vater würde nach einer bestimmten Zahl von Niesern wieder aufhören. Sie hatte den Verdacht gehabt, dass er das Niesen genoss und sich absichtlich nicht schnäuzte, um es zu beenden, sondern genüsslich so lange weitermachte, bis der Anfall vorbei war.

Katharina ging ins Haus, um Papiertaschentücher zu holen.

Die Decke war verrutscht. Der Vater trug eine abgetragene Schnürlsamthose, im Haus war er mit bloßen Füßen in Hausschuhen über den Laminatboden gerutscht, die paar Meter, die er mit dem Rollator schaffte, schlurfend von der Küche ins Wohnzimmer. Katharina hatte ihm frische Socken übergestreift, bevor sie aus dem Haus gingen. Sie kniete sich vor ihn hin und hielt den Atem an, seine Füße rochen unangenehm. Sie wusste nicht, wann er zuletzt gebadet worden war.

Dann putzte sie ihm die Nase wie einem unwilligen, kleinen Kind. Der Vater hielt den Kopf zur Seite, ließ die Prozedur aber doch über sich ergehen.

Sie ging ins Bad, um sich die Hände zu waschen. Sabine und das andere Pflegepersonal trugen stets Plastikhandschuhe, wenn sie Vater anfassten, einer der Zivildiener machte das sogar, wenn er für den Vater kochte oder ihn fütterte.

Dann saßen sie wieder nebeneinander auf der Bank, die Decke lag ordentlich auf Vaters Oberschenkeln.

Du bist verliebt, sagt er plötzlich. Du bist ja verliebt, sagte er spöttisch, in einem Tonfall, wie um sie zu hänseln.

Was redest du, sagte Katharina.

Du bist verliebt, sagte der Vater. In den Mann. In Aschach an der Donau. Der Mann ist ertrunken.

Er hatte nicht ganz unrecht. Bei einem Ausflug nach Aschach hatte sie ihrem Vater von Arnold erzählt, angedeutet, dass sie sich mit einem Mann getroffen hatte, den sie von früher kannte. Seither war aber mehr als ein Jahr vergangen. Arnold war tot. Es war eigentlich unmöglich, dass Vater sich das gemerkt hatte.

Das stimmt nicht, Papa, sagte Katharina. Der Mann ist nicht ertrunken. Sein Vater ist ertrunken. Viel früher. Im Traunsee. Du warst damals dort Gendarm. So war das. Daran erinnerst du dich. Aber verliebt, ich weiß nicht. Du irrst dich.

Sie schwiegen. Durch das Gras schlich die schwarz-weiß gefleckte Katze der Nachbarn und bediente sich an der Fressschüssel, die für den Kater bestimmt war.

Warst du denn in Mama verliebt?, fragte Katharina.

In die warst du doch verliebt, sagte sie, ohne eine Antwort abzuwarten. Und dann bin ich auf die Welt gekommen.

Der Vater schwieg. Er legte seine Hand wieder auf ihren Oberschenkel. Sie ließ ihn gewähren. Ein Flugzeug zog einen weißen Streifen über den Himmel, der mit dünnen Schleierwolken überzogen war, Katharina vermeinte das leise Rauschen der Flugzeugmotoren zu vernehmen.

Plötzlich begann sie zu reden.

Ich weiß nicht, ob du verliebt warst damals, sagte sie. Vielleicht weißt du es selber nicht. Ob ich verliebt war, als ich Andreas kennengelernt habe? Wahrscheinlich war ich in ihn verliebt. Er hat mir gefallen. Aber andere haben mir auch gefallen. Und ich habe auch anderen gefallen, das weiß ich. Das weiß ich sicher. Aber dir hätte der Zweite nicht gepasst, sagte Katharina. Da hat es schon noch einige gegeben. Oh ja, da hat es wohl noch einige gegeben. Sie lachte leise auf. Da war ich schon in Salzburg. Da hast du mich nicht mehr kontrollieren können. Da war dein Revier zu Ende. Wir wissen nicht, wie etwas kommt manchmal. Und wie etwas geschieht. Und es gibt mehr, als die Polizei erlaubt. Mehr als die Gendarmerie erlaubt, verbesserte sie sich.

Du hast ja keine Ahnung, sagte sie.

Muss ich mich fürchten?, fragte der Vater.

Du hast keine Ahnung und manchmal habe ich auch keine. Wenn ich dir sage, dass die Sandra. Sie sprach nicht weiter.

Der Vater hob den Kopf und schlug die Augen auf.

Sandra?, fragte der Vater. Kommt sie?

Nein, sie kommt nicht. Sie ist in Wien, sagte Katharina. Sie schreibt an ihrer Arbeit.

Sie schwiegen.

Als die Sandra zur Welt kam, sind wir nach Linz gezogen, Andreas und ich. Aber da hat es vorher einen Mann gegeben, in Salzburg. Dem habe ich gefallen. Und er hat mir gefallen. Den hättest du nicht akzeptiert. Niemals.

Sie nickte bestätigend.

Niemals hättest du den akzeptiert. Mit dem war aber was. Nach einem Fest. In einer Nacht. Ich war nicht so brav, wie ihr mich gern gesehen hättet. Nein, so brav war ich nicht. So brav bin ich nicht.

Sie schwiegen.

Dann ist die Sandra auf die Welt gekommen. Und Andreas hat nichts gemerkt. Er hat bis heute nichts gemerkt. Stell dir vor, bis heute!

Sie spürte ein trockenes Gefühl im Mund und musste unwillkürlich schlucken. Sie ließ Vaters Hand los und stand auf.

Jetzt weißt du es, sagte sie. Keiner weiß es, sagte sie. Nur ich. Und jetzt du. Und morgen hast du es wieder vergessen.

Dann ging sie ins Haus.

Abends suchte sie im Netz nach der Frau aus Regensburg. Sie machte das jetzt beinahe täglich. Es war ihr zu einem Ritual geworden wie das Checken eingegangener E-Mails. Es gab eine Homepage einer Gemeinschaftspraxis von drei Frauen, auf der sich Verena Walter mit ihrem psychoanalytischen Angebot vorstellte. Eine Frau mit brünetten, ins Blonde gehenden Locken. Die Frau war gerade ein Jahr älter als sie. Katharina klickte jedes Mal alle Seiten an, obwohl sich die Homepage kaum veränderte. Irgendwann einmal hatte die Frau ihr Porträtfoto ausgewechselt. Vielleicht schaute sie ernster aus als vorher, jedenfalls trug sie jetzt eine Brille, die auf der Unterseite randlos war. Am Rand einer Seite stand ein Spruch des Dalai Lama: *Der Sinn des Lebens besteht darin, glücklich zu sein.* An dem Abend klickte Katharina auf den Button *Persönliche Krisen.* Ein Text ploppte auf: *Lebenskrisen zeichnen sich meistens durch einen großen Leidensdruck aus und oft erfordern sie eine neue Entscheidung bezüglich des eigenen Lebens.*

Eine Woche später traf Katharina Sabine unvermutet wieder. Sie hatte angenommen, dass eine Aushilfe den Vormittagsdienst übernommen hatte. Stattdessen saß Sabine bei Vater am Küchentisch und fütterte ihn mit kleinen Stücken gebackenen Fischs. Dem Vater schien das Essen zu schmecken. Katharina hatte vor, am Nachmittag einen Ausflug mit ihm zum Traunsee zu unternehmen. Seit dem Tod der Mutter waren sie dort nicht mehr hingekommen.

Katharina bemerkte die kleine Wunde oberhalb von Sabines rechtem Auge.

Oh, Sie haben sich wehgetan, sagte Katharina und griff sich selber auf die Stelle oberhalb des Lids.

Sabine winkte ab und grinste. Beim Friseur. Beim Brauenschneiden. Die Friseurin rutscht ab und sticht mir beinahe das Auge aus. Man kann nicht genug aufpassen.

Sie gab dem Vater aus der Schnabeltasse zu trinken. Jetzt erst hatte der Vater realisiert, dass er nicht mehr mit der Pflegerin allein war.

Du bist da, sagte der Vater.

Ja, ich bin da, sagt Katharina. Wir machen heute einen Ausflug. Zum Traunsee, Papa. Das haben wir doch so ausgemacht. Sie sprach überdeutlich mit ihm, sie sprach, um sich vor Sabine zu erklären.

Zum Traunsee. Der Vater lachte und sah Sabine an. Er deutete auf seine Tochter.

Sie ist verliebt, sagte er. Wie ein kleines Kind. Er lachte in sich hinein. Sie ist verliebt. Sie hat ja einen anderen, sagte der Vater.

Sabine blieb ruhig und hielt ihm einen Bissen Fisch hin.

Einen anderen haben wir ja immer, Herr Raftl, sagte sie sanft.

Während sie den Vater fütterte, sah sie Katharina verschwörerisch an und zwinkerte.

Glauben Sie ihm nichts, sagte Katharina.

Für wen halten Sie mich?, fragte Sabine.

7
VERENA
ICH MÖCHTE ES WISSEN

Was denkst du?

Ich möchte wissen, wer meinen Mann erschossen hat. Das möchte ich wissen.

Manchmal habe ich das Gefühl, dass ich nie wieder etwas anderes denken kann, bis ich es weiß.

Der Wagen stand seit fast einem Dreivierteljahr in der Garage. Einmal war sie damit zur Waschanlage gefahren, ein anderes Mal hatte sie um einen kleinen Betrag getankt. Die Winterreifen hatte sie gar nicht montieren lassen.

Sie suchte die Nummer eines Händlers aus dem Telefonbuch und bat um einen Termin. Worum gehts denn?, fragte eine Frauenstimme. Ich möchte ein Auto verkaufen, sagte Verena. Sie brauchen keinen Termin, sagte die Frau. Sie können einfach vorbeikommen.

Tags darauf fuhr sie zu dem Händler hinauf in den Norden der Stadt. Die Werkstätte lag außerhalb der Stadtgrenze. Der Angestellte war klein und untersetzt und stand mit durchgestrecktem Kreuz vor ihr. In der Hand hielt er eine Klemmmappe. An seinem Ringfinger steckte ein breiter Ehering. Auf seinem weißen Hemd, zu dem er eine blaue Krawatte trug, zeichneten sich Schweißflecken unter den Achseln ab. Dann wollen wir doch einmal schauen, sagte er. Er ging mehrmals um den Wagen herum und machte auf einer Liste Häkchen. An der hinteren Tür auf der Fahrerseite waren die hellen Kratzer im Lack gut zu sehen. Ein Parkschaden, über den Arnold nie ein Wort verloren hatte. Das werden wir richten müssen, sagte der Händler und wippte mit den Füßen. Wie viel haben Sie sich vorgestellt?, fragte er. Verena nannte eine Summe, die ihr realistisch erschien. Der Angestellte wiegte den Kopf hin und her. Das könnte knapp werden, meinte er. Aber wenn Sie das bei uns machen lassen, sagte er und deutete auf die Kratzer, dann kann ich Ihnen entgegenkommen.

Ich möchte mir das gern noch überlegen, sagte Verena.

Der Angestellte öffnete die Handflächen bedauernd. Wie Sie meinen, sagte er. Ich denke nicht, dass Sie in der Stadt ein besseres Angebot bekommen.

Verena fuhr in die Stadt zurück, ohne unterschrieben zu haben.

In der Nähe der Praxis bestellte sie in einem Bäckerladen Kaffee und eine Buttersemmel. Margot fiel ihr ein, die gemeint hatte, dass doch Hannes den Wagen seines Vaters übernehmen könnte. Aber Hannes hatte kein einziges Mal danach gefragt. Wenn du spürst, dass jetzt der Zeitpunkt gekommen ist, den Wagen wegzugeben, dann gib ihn weg, hatte Ulrich gesagt.

Ich habe das Gefühl, dass mir der Wagen gar nicht gehört. Ich habe mein Auto. Und er hatte immer seines. Als hätte ich kein Recht dazu, es zu verkaufen. Es ist alles noch zu frisch.

Damals, kurz vor dem ersten Schnee, hatte sie die Kriminalpolizei angerufen. Die Untersuchungen waren abgeschlossen, sie würde den Wagen mit Arnolds Sachen retourniert bekommen.

Vor der Tür stand ein Beamter, sie hatte den Eindruck, dass dem Mann der Auftrag unangenehm war.

Sie hatten den Wagen untersucht und keine DNA-Spuren von Belang gefunden. Nicht im Wagen und auch nicht außen herum. Der Beamte namens Gatzka händigte ihr einen Bericht über den Stand der Ermittlungen aus, sie hatte darum gebeten. Sie wollte *etwas in der Hand* haben. Möglich, dass an der Unterseite des Wagens ein paar Tage vor der Auffindung eine kleine Reparatur vorgenommen worden war, das ließ sich nicht eindeutig nachweisen. Am Tag der Tat und am Tag danach, als der Wagen entdeckt worden war, hatte es stark geregnet.

Kurz vor seinem Tod hatte Arnold einen Parkschein gelöst, den Schein hinter die Scheibe gelegt und war dann ausgestiegen.

Verena hatte im Arbeitsraum gebügelt, als es an der Tür läutete. Sie bat den Beamten ins Wohnzimmer. Auf dem Esstisch standen noch die Reste des Frühstücks. Der Beamte zog seine feuchten Schuhe mehrmals deutlich über den Fußabstreifer, ehe er eintrat. Er zögerte, als Verena ihm einen Platz auf der Couch anbot, setzte sich dann aber doch. Möchten Sie Kaffee?, fragte Verena. Nur ein Glas Wasser, sagte der Beamte. Verena merkte, dass der Mann leicht sächselte.

Der Beamte händigte ihr aus, was die Kripo im Wagen gefunden und untersucht hatte. Verena musste die Rückgabe der Sachen quittieren. Arnolds Laptop und seine Geldbörse blieben verschwunden. Vielleicht hatte er den Laptop selber mitgenommen, als er ausgestiegen war. Am Tatort hatte man ihn nicht gefunden. Auch vom Autoschlüssel fand sich keine Spur mehr. Vielleicht hatten der oder die Täter den Wagen nach der Tat durchsucht. Die Kripo hatte das Auto vom Tatort abschleppen lassen.

Aber die Aktentasche mit dem altmodischen Kalenderbuch war noch da. An dem Samstag, an dem sie einander das letzte Mal gesehen hatten, hatte Arnold *Grafenau* in den Tagesplan eingetragen. Er wollte wie so oft in den Bayerischen Wald fahren, um dort ungestört arbeiten zu können. Dort war er nie angekommen, obwohl er sich in der Pension telefonisch angemeldet hatte. Die Besitzerin wunderte sich, weil Arnold sonst immer verlässlich eintraf, wenn er reservierte. Sie meldete sich aber erst bei der Polizei, als sie vom Verbrechen hörte.

Das ist der Stand der Dinge, leider, sagte Gatzka. Aktuell gibt es keine neuen Erkenntnisse.

Der Beamte verabschiedete sich schnell. Das Glas Wasser, das Verena ihm hingestellt hatte, ließ er unberührt. Wenn Sie uns brauchen, melden Sie sich, sagte er.

Verena begleitete den Mann zur Tür. Und wenn es Neuigkeiten gibt, melden wir uns bei Ihnen, sagte Gatzka.

Durchs Fenster sah sie, wie er in das Zivilfahrzeug zu einem Kollegen einstieg.

Sie wartete, bis das Fahrzeug weg war. Erst dann ging sie vor das Haus, um den Wagen in die Garage zu fahren.

Dann saß sie am Steuer, da, wo Arnold kurz vor seinem Tod gesessen war. Hinter der Windschutzscheibe lag noch immer der Parkschein. Er zeigte eine exakte Uhrzeit an, elf Uhr neunzehn.

Woran denkst du?

Vom Kopf her weiß ich, dass ich nach vorne blicken sollte. Mich um die Kinder kümmern, um mich selbst. Aber Gedanken sind nicht vogelfrei. Verstehst du, jegliche Form von Visualisierung, wie oft habe ich das mit meinen eigenen Klienten gemacht, bei mir funktioniert das nicht.

Welche Visualisierung?

Das Bild, dass es ihm gut geht. Ich sehe nichts. Alles verschwommen. Ich kann mir nichts vorstellen. Außer, dass ich mich immer wieder bei der Vorstellung ertappe, dass er abends zur Tür hereinkommt. Die Schuhe im Flur auszieht, die Aktentasche auf den Tisch stellt, den Kühlschrank aufmacht. Die ganz banalen Dinge.

Und dann das Gefühl, dass die Kripo etwas Entscheidendes übersehen hat. Die Wut, dass die nicht alles tun, um den Mörder zu finden. Manchmal denke ich, was ist, wenn ich den Mörder kenne?

Ich muss es den Kindern sagen. Sie brach erst zusammen, als sie diesen Satz aussprach.

Sie erinnerte sich nur mehr bruchstückhaft daran, wie sie nach Hause gekommen war. Schweigend waren sie hinten auf dem Rücksitz eines Polizeiautos gesessen, sie und dieses Mädchen Mariana. Es hatte bereits gedämmert, als sie nach Regensburg zurückgekommen waren. Dann war das Mädchen mit ihr ins Haus gegangen, hatte Tee gemacht, die Vorhänge zugezogen und ihr zugeredet, sie solle sich niederlegen.

Da waren gerade einmal zwei Tage vergangen, seitdem sie begonnen hatte, sich Sorgen zu machen. Arnold war nicht, wie verabredet, aus dem Wochenende zurückgekehrt, er hatte sich auch telefonisch nicht gemeldet.

Am Sonntagabend hatte sie die Abgängigkeitsanzeige erstattet. Ein Journalbeamter versuchte sie zu beruhigen und wiegelte ab. Das komme öfter vor, dass Ehepartner plötzlich ohne Lebenszeichen verschwänden. Nach ein paar Tagen würden sich die meisten wieder melden. Sie solle sich keine Sorgen machen.

Nach einer schlaflosen Nacht – der *Urnacht*, der unzählige Nächte ohne Schlaf folgten – war sie pflichtbewusst in die Praxis gefahren und hatte wie gewöhnlich mit den Sitzungen begonnen. Ihr erster Klient war ein harmloser, aber lästiger Klient gewesen, ein Journalist, ein ängstlicher Klagegeist, der ständig Verfolgung und Intrige witterte. Sie hatte den Mann routiniert abgefertigt. Nachdem er gezahlt hatte und abgegangen war, hatte sie das Handy eingeschaltet und die Benachrichtigung vorgefunden. Sie bekam den Beamten in dem Moment an den Apparat, als sie in der Teeküche am Fenster stand, gerade in dem Augenblick, in dem Margot eintrat, um sich Tee zu machen.

Wir müssen Sie leider bitten, sofort zu uns zu kommen, sagte der Beamte mit gedämpfter Stimme. Es war eine andere Stimme, ein anderer Beamter als der, bei dem sie die Abgängigkeitsanzeige erstattet hatte.

Sie schlossen die Praxis und schickten die wartenden Klienten nach Hause. Margot fuhr sie zur Dienststelle.

Verena hatte ihre bequemen Ballerinas getragen, die später, als sie im Nationalpark über den vom Regen aufgeweichten Boden gingen, völlig nass geworden waren. Ein Beamter in Schutzanzug hob die Abdeckung an, unter der Arnold lag. Irgendjemand musste ihm die Brille abgenommen haben. Oder Arnold hatte sie verloren. Verena beobachtete sich, als bewegte sie sich außerhalb ihres Körpers, als wäre ihr Körper eine fremde Hülle, eine Kopie von sich, als wäre sie selber gar nicht anwesend. Irgendwann war der psychologische Notdienst eingetroffen, eine Mitarbeiterin, Mariana, ein halbes Mädchen noch. Verena erkannte sie sofort. Sie hatte das Mädchen selber ausgebildet, welch bittere Ironie. Mariana legte ihr eine Decke über die Schultern. Wortlos standen sie im Regen nebeneinander. Bis Verena vor Kälte zu zittern begann.

Zu Hause war sie dann tatsächlich eingeschlafen. Als sie aufwachte, saß Mariana, die Notfallseelsorgerin – Verena fiel ein, dass sie sich beim Ausbildungskurs gefragt hatte, was so eine junge und unerfahrene Frau motivierte, so ein herausforderndes Ehrenamt auszuüben –, vor dem Fernseher im Wohnzimmer und schaute sich irgendeine stumpfsinnige Serie an. Ein unwirkliches Bild.

Dann läutete Ulrich an der Tür. Da musste sich *die Nachricht* schon wie ein Lauffeuer verbreitet haben. Wahrscheinlich hatte Margot alle möglichen Bekannten verständigt. Später erfuhr Verena, dass auch bereits im Radio über die Ermordung Arnolds berichtet worden war.

Als sie öffnete, schaute Ulrich sie lange an. Ungläubig und ernst. Dann nahm er sie in den Arm. Sie spürte, wie sich etwas in ihr gegen die Umarmung sträubte. Sie ließ sie geschehen.

Gleich darauf stand Mariana hinter ihnen im Flur und Ulrich wunderte sich über den ihm unbekannten Gast.

Verena klärte die Situation. Ein Freund, sagte sie zu Mariana. Er ist Psychotherapeut. Ich glaube, du kannst jetzt nach Hause fahren.

Es den Kindern zu sagen. Das war wohl das Schwerste. Wenn ich daran denke, zerreißt es mir noch heute das Herz.

Was denkst du? Möchtest du mir noch etwas erzählen?

Ich weiß nicht. Später vielleicht. Später. Bitte heute nicht.

Der Plastiksack mit den Sachen, die Arnold damals getragen hatte, stand im Keller, seit Verena ihn von der Kripo übernommen hatte. Sie würde ihn einmal zu den Altkleidern geben. Nur die Aktentasche hatte sie mit hinauf in die Wohnung genommen. Sie stand seither in Arnolds Arbeitszimmer, unter seinem Schreibtisch. Verena hatte nichts an dem Zimmer verändert.

Einmal stand sie mitten in der Nacht auf. Vielleicht war sie von einem Geräusch geweckt worden. Sie holte sich ein Glas lauwarmes Wasser aus der Küche. Die Uhr zeigte drei Uhr früh. Sie ging in Arnolds Arbeitszimmer. Irgendetwas trieb sie an, sie wusste nicht, was. Im Flur merkte sie, dass sie barfuß war. Ihre Hausschuhe standen im Schlafzimmer. Sie schlief immer noch im Doppelbett. Auf der anderen, Arnolds Seite, lagen ihre Bücher, Zeitungen, Kleidungsstücke, ein Wecker, das Brillenetui.

Sie hatte alles schon mehrmals durchsucht. Den Schreibtisch, Arnolds Computer, seine Schränke durchwühlt. Sie war in Arnolds Büro an der Uni gewesen und hatte seine Sachen abgeholt. In seinem Büro saß jetzt ein Lehrbeauftragter, den sie nicht kannte.

Sie hatte die Aktentasche nicht mehr angerührt, seit sie in Arnolds Kalender nachgeblättert und den Eintrag *Grafenau* an seinem Todestag entdeckt hatte. Die Eintragungen im Kalender endeten nicht mit dieser Notiz, bis zum Jahresende fanden sich Termine für Sitzungen, für einen Kongress, Prüfungstermine. Auch die Ferientermine hatte Arnold mit markanten Haken eingezeichnet. In den Weihnachtsferien hatten sie geplant, in den Alpen Ski zu fahren.

Hinten im Kalender war bereits das Neue Jahr verzeichnet. Mit den Semesterferien endeten die Einträge. Die Semesterferien waren längst vergangen.

In der Aktentasche befanden sich auch die Unterlagen für einen Aufsatz, an dem Arnold gearbeitet hatte, drei Bücher, eine Packung Taschentücher. Die Polizei hatte alles akribisch durchgesehen. Verena hatte sich bisher nicht für die Papiere interessiert.

Sie blätterte sie durch, wie es vor ihr die Spezialisten der Kripo gemacht hatten, ohne etwas Verdächtiges zu finden. Dann stieß sie auf einen Aufsatz, der nie mehr erscheinen würde. Sie überflog den Text, den Beginn einer Abhandlung über österreichische Literaturzeitschriften nach 1945. Früher, vor den Kindern, hatte Arnold sie gelegentlich gebeten, für ihn Korrektur zu lesen. Manchmal hatte er auch ihre Rückmeldung erfragt. Nach der Geburt der Kinder war für diese Art der Zusammenarbeit keine Zeit mehr gewesen.

Zwischen den Papieren entdeckte sie die Kunstkarte von Renoir.

Arnold hatte sich nichts aus bildender Kunst gemacht, jedenfalls nicht, solange sie einander kannten. Auf Reisen musste sie ihn regelrecht drängen, mit ihr die Museen zu besuchen. In Paris war er mit ihr in den Louvre gegangen, hatte aber erschöpft aufgegeben und im Café auf sie gewartet, in den Vatikanischen Museen hatte er sich nur für die Laokoon-Gruppe und die Sixtinische Kapelle interessiert, alle anderen Räume im Laufschritt durchquert und die folgenden Tage in Rom für sich als museumsfrei erklärt. Arnold stöberte lieber in Buchhandlungen oder saß in einem Straßencafé und betrachtete den Strom der Passanten.

Die Karte mit dem Reprint des Renoir steckte mitten in dem Manuskript über österreichische Literaturzeitschriften. Und hatte mit Arnolds Text offenbar nichts zu tun.

Sie fuhr Arnolds Computer hoch, auf dessen Tastatur sich eine feine Staubschicht abgesetzt hatte. Seit Monaten war er nicht mehr eingeschaltet worden, hatte er keine Mails mehr empfangen.

Sie durchsuchte den Computer Ordner für Ordner und fand das Bild von Renoir schließlich in der Ablage von Arnolds Berufskorrespondenz. Arnold hatte es knapp zwei Wochen vor seinem Tod kopiert und abgelegt. Aus welchem Grund?

Verena ging nach unten und machte sich Kaffee. Dann duschte sie und zog sich an. Die Küchenuhr zeigte vier Uhr früh. Sie ging an ihren Schreibtisch, schaltete den Computer ein und fand im Netz den Text einer Journalistin über eine Ausstellung, bei der *La Promenade* mit anderen Frühwerken Renoirs gezeigt worden war: eine Szene an der Böschung eines Flusses oder Baches, abseits aller Spazierwege. Eine Dame mit Hut in einem weißen

Kleid, rechts neben ihr ein Galan, dessen Gesicht im Schatten der Krempe seines Strohhuts verborgen bleibt. Er hält die linke Hand der Dame, die verschämt?, kokett?, schüchtern?, belustigt? den Kopf zur Seite neigt und ihren Begleiter nicht ansieht. Möglich, dass der Mann der Frau im weißen Kleid hilft, über ein Hindernis zu steigen, möglich aber auch, dass er sie abseits des Weges in ein Gebüsch zu ziehen versucht. In eine Affäre?

Der Mann war ein *canotier,* ein Ruderer. In Paris zu Renoirs Zeit wurde ein Typ Mann so bezeichnet, der an den Seineufern auf ein Liebesabenteuer mit einer *camerade* aus war. *Hier lauert kein Glück, sondern der Fehltritt,* schrieb die Journalistin.

In den letzten Jahren hatte eine einzige Renoir-Ausstellung in Deutschland stattgefunden, 1996. In Tübingen.

Im Schrank standen Arnolds Terminkalender aus den letzten dreißig Jahren. Verena suchte den Band von 1996. Zum Zeitraum der Ausstellung war Arnold auf einer Vortragsreise in den USA gewesen. Fehlanzeige. Verrückte Gedanken.

Wenn ich dir das erzähle, sagst du sicher, die spinnt.

Wieso?

Weil ich das von mir selber glaube. Es gibt Gedanken, die sind so abstrus, so abwegig, dass ich mich nicht einmal traue, sie auszusprechen. Hirngespinste. Ich stelle Verbindungen zwischen Dingen her, die vielleicht nicht existieren.

Was wissen wir darüber, wie die Dinge verbunden sind?

Verena erwachte, als sie den Drang verspürte, auf die Toilette zu gehen. Die Küchenuhr zeigte halb zwei. Sie machte sich Tee. Sie hüllte sich in den Bademantel und saß verschlafen am Küchentisch. Auf ihrem Handy sah sie, dass ihr Kerstin, mit der sie drei Tage zuvor geskypt hatte, eine SMS geschrieben hatte. *Bin gerade mit der Seminararbeit fertig geworden, juhu! Gute Nacht, Kerstin.* Kerstin hatte die SMS gegen elf Uhr abgeschickt, jetzt schlief sie sicher schon.

Anstatt wieder ins Bett zu gehen, ging Verena in Arnolds Arbeitszimmer und schaute Fotos durch. Am Abend hatte sie Arnolds alte Alben und nicht eingeordnete Fotos aus den letzten Jahren aufgestapelt. Einmal hatten sie eine Vereinbarung getroffen, abwechselnd in den Süden, was ihr lieber war, und in den Norden, den Arnold lieber mochte, zu fahren. Den letzten Urlaub hatten sie auf Fehmarn verbracht. Eine Aufnahme irgendwo am Strand, im Hintergrund die Brücke zum Festland. Der Himmel grau, der Wind hatte Arnolds Haar zerzaust. Ein Wetter, das er immer gemocht hatte, weil es ihn an seine Kindheit am See erinnerte.

Sie nahm das Album mit den Kinder- und Jugendfotos aus Arnolds *österreichischer Zeit* in die Hand. Arnold hatte nicht viele Aufnahmen von sich besessen. Ein Foto zeigte ihn als Kleinkind mit den Eltern, er einen Ball in der Hand, Eltern und Kind fein herausgeputzt, das Ganze im Studio eines Fotografen arrangiert. Zurückhaltend, fast scheu blickten die Eltern in die Kamera. Sanft, ehrfürchtig betrachtete das Kind den Ball. Bald würden sich seine Eltern scheiden lassen. Dann gab es ein paar Aufnahmen mit den Großeltern, auch diese waren beim Fotografen entstanden. Ein ernst blickendes Paar, zwischen sich, auf einem Stuhl, ein düster blickender Enkel in Lederhose, Arnold war da etwa zehn oder elf Jahre alt. Nirgendwo eine Aufnahme, bei der Arnold mit Gleichaltrigen zu sehen war, nirgends ein Foto, das ihn in privater Umgebung zeigte, im Haus der Großeltern zum Beispiel, wo er aufgewachsen war. In dem Album lag auch Arnolds rote Mappe. *Die Unfallmappe*, in der die Papiere und Zeitungsausschnitte seines Lebensunglücks lagen. Arnold hatte sie von seinem Großvater erst nach dem Abitur überreicht bekommen. Viel später hatte Arnold sie ihr gezeigt, Verena hatte sie seit damals nicht mehr in der Hand gehabt.

Arnolds Vater war bei einem tragischen Unfall mit einem Segelboot auf dem österreichischen Traunsee verunglückt, mit ihm seine Freundin und deren minderjährige Tochter. Nur Arnold hatte den Unfall überlebt. Kurz vor dem Unfall hatte der Vater seinen Sohn gebeten, ihn mit Freundin und Tochter zu fotografieren. Eine Tageszeitung hatte dem Kind damals, auf welche Weise auch immer, die Fotos entwendet und veröffentlicht. *Die letzte Aufnahme!*, hatte die Zeitung auf der ersten Seite getitelt. Die Zeitung hatte Arnolds letzte intime Erinnerung an den Vater geraubt und öffentlich gemacht.

Arnold hatte immer darunter gelitten, das Unglück als Einziger überlebt zu haben und von sich aus nie darüber gesprochen. Auch wenn seine Kinder ihn danach fragten, war er immer zurückhaltend geblieben. Verena wusste nicht, ob er ihnen die Mappe je gezeigt hatte. Das Unglück gehörte zu seinem Leben in Österreich. In Regensburg hatte er ein neues begonnen.

Die jüngsten Fotos zeigten sie zu dritt, mit Hannes, einige davon aufgenommen wenige Wochen vor Arnolds Tod. Kerstin hatte damals schon in Stockholm studiert. An einem Sonntag hatten sie eine Wanderung zur Burgruine Brennberg unternommen. Und da gab es auch noch die Fotos aus dem letzten Jahr, einer Fahrt zum Traunsee. Drei Fotos auf dem Steg von Schloss Orth, in verschiedenen Zweierkonstellationen, VerenaArnold, HannesVerena, ArnoldHannes. Niemand konnte ahnen, dass es ihr letzter gemeinsamer Besuch in Arnolds Heimatstadt sein würde. Beim Heimweg waren sie an die tschechische Grenze gefahren und hatten dort den Moldaublick, einen Aussichtsturm Richtung Böhmen, erstiegen. Eng hatten sie sich oben auf der Plattform zusammengestellt, es nieselte, ein eiskalter Wind blies. Verena hatte die Kamera einfach weit von sich gehalten und abgedrückt: alle drei zu einer Figur zusammengebacken und grinsend, die Kapuzen über die Köpfe gezogen.

In einem Kuvert schließlich ein Packen Fotos vom Begräbnis. Verena konnte sich nicht erinnern, je Fotos von einer Beerdigung erhalten zu haben. Die Aufnahmen hatte ihr der Präsident der Universität zugesandt, als Dokumente der Wertschätzung Arnolds. Die Aufnahmen zeigten die Trauerredner, einen Blick von der Orgelempore hinunter in die voll gefüllte Kirche und in die Reihen der Trauergäste: Verena wunderte sich, wie viele Menschen sie persönlich kannte und wie viele Gesichter ihr vertraut waren, auch wenn sie ihnen keine Namen zuordnen konnte. Schließlich hatte der Fotograf auch am Friedhof ein paar Fotos gemacht. Man sah, wie viele Trauergäste am Begräbnis teilgenommen hatten, der ganze Friedhof war voll gewesen. Ganz hinten am Bildrand erkannte Verena Margot und Rita in der Menge.

Sie steckte die Fotos zurück in das Kuvert, als sie Geräusche von unten hörte, die sie erschreckten. Es war halb drei.

Die Laute kamen aus dem Flur, dann hörte sie, wie jemand das Wohnzimmer betrat und das Licht aufdrehte. Gleich darauf vernahm sie die Stimme von Hannes, leise; und eine zweite, weibliche, die ihm kichernd antwortete.

Verena ging die Treppe hinunter. Hannes und ein Mädchen, das sie noch nie gesehen hatte, schauten sie verblüfft an.

Was treibt ihr denn so spät?, fragte Verena.

Tschuldigung, Mutti, sagte Hannes und gab ihr einen flüchtigen Kuss auf die Wange. Es war ihm seiner Begleiterin gegenüber offenbar peinlich, die Mutter in Bademantel und Hausschuhen anzutreffen.

Das ist Milli, sagte er verlegen zu Verena, meine Mutter, sagte er zu seiner Begleiterin.

Milli, das Mädchen, sechzehn, vielleicht siebzehn Jahre alt, dürr, blond, blass. Sie sah Verena verlegen an und murmelte eine Entschuldigung.

Wisst ihr eigentlich, wie spät es ist?, sagte Verena.

Wir wollten dich nicht wecken, sagte Hannes. Wir kommen von einer Party und wollten uns nur Musik holen. Wir sind gleich wieder weg.

Er ging an ihr vorbei in sein Zimmer. Das Mädchen stand da und fuhr sich verlegen mit der Hand durch das Haar.

Späte Party, sagte Verena und schaute Hannes nach. Sie spürte, wie auch sie verlegen wurde. Oder ist das heutzutage normal?, fragte sie das Mädchen.

Geburtstag, sagte das Mädchen Milli, ohne Verena anzuschauen. Sie trug Jeans mit eingearbeiteten Flicken und Rissen quer über den Oberschenkel.

Verena schüttelte den Kopf. Da kam Hannes wieder herunter, mit einer Umhängetasche um die Schulter. Erledigt, sagte er. Wir wollten dich wirklich nicht wecken.

Wollt ihr einen Tee?, fragte Verena. Draußen regnet es ja.

Wir sind schon wieder weg, sagte Hannes und bewegte sich im Rückwärtsgang Richtung Tür.

Und bei dir?, fragte Verena schnell.

Alles in Ordnung, sagte Hannes. Er ging auf sie zu und küsste sie auf die Wange.

Milli gab ihr die Hand. Tschüss, sagte das Mädchen scheu. Ihr Händedruck war schwach und teigig, ein Händchen, das sich kalt und feucht anfühlte.

Im Vorraum ging das Licht aus, dann hörte Verena, wie die Tür zuschlug. Von draußen ein Lachen, das sich langsam entfernte.

Sie erzählte Ulrich vom Ausbildungsseminar. Bei ihrer Aufstellung hatte es einen Zwischenfall gegeben.

Vielleicht ist bei den anderen ja gar nichts davon hängen geblieben, sagte Verena. Aber das Ganze geschah kurz vor Arnolds Tod. Deswegen kann ich die Geschichte nicht vergessen.

Wenn du erzählen möchtest, bitte, sagte Ulrich.

Verena begann zu erzählen.

Als sie in dem Seminar an die Reihe gekommen war, hatte sie eine Konstellation aus ihrer Herkunftsfamilie aufgestellt.

Verena hegte eine Vermutung. Es ging um das Verhältnis zwischen ihrer bereits verstorbenen Mutter und deren Schwester, Verenas Patentante. Die Mutter hatte gelegentlich Andeutungen gemacht, dass die Schwestern in der Kindheit um die Gunst des Vaters gebuhlt hatten. Verena vermutete, dass sich diese Konkurrenzsituation unbewusst auf die nächste Generation übertragen hatte, also auf sie und ihre Cousine Monika, die Tochter der Patentante.

Diese Cousine war unverheiratet und wohnte gemeinsam mit ihrer Mutter unter einem Dach. Sie war Kunsthistorikerin und arbeitete in einem Museum, war intellektuell beschlagen und sah auch mit fast vierzig noch immer blendend aus. Ihre Beziehungen zu Männern waren aber fast immer unglücklich verlaufen. Ab und zu rief Verena bei ihrer Patentante an. Wann immer sie aber dort zufällig ihre Cousine ans Telefon bekam, spürte sie eine eisige Kälte, deren Grund sie sich nicht erklären konnte.

Dabei habe ich mich immer für sie interessiert, sagte Verena.

Ich habe sie gefragt, wie es ihr beruflich geht und habe schon auch einmal anklingen lassen, dass mir nicht entgangen ist, dass sie wieder mal eine Ausstellung kuratiert hat.

Von Monika aber kamen schon lange keine Nachfragen mehr. Dabei war Monika Kerstins Taufpatin. Spätestens seit Kerstins Firmung ist der Kontakt zwischen den beiden völlig abgebrochen.

Verstehst du, eine Cousine muss ja nicht meine Freundin werden, aber ein freundliches Wort, wenn man sich trifft, oder vielleicht auch einmal eine Nachfrage, das hätte ich mir sicher gewünscht. Mein Beruf, die Kinder oder auch Arnolds Job: Das ist seit Jahren keiner Frage würdig, sagte Verena. Keiner einzigen, sagte sie bitter. Ein kommunikativer Zustand, an den ich mich bei aller professionellen Tapferkeit nur schwer gewöhnen kann.

Du wolltest mir von der Aufstellung erzählen, sagte Ulrich.

Ich war als eine der Letzten im Kurs dran, sagte Verena und stelle also auf: die Tante, die Cousine, die verstorbenen Eltern der Tante, meine verstorbenen Eltern und Großeltern und meine eigene Familie, also Arnold, die Kinder und mich selbst.

Und Ernst, unser Ausbildungsleiter, beginnt mit der Aufstellung und der Befragung der Protagonisten und plötzlich stehen die Darsteller alle in Richtung einer Gruppe von Stühlen, die da zufällig und blöde an der Wandseite des Raumes lehnten.

Und unmittelbar vor so einem Stuhl, der etwas in den Raum

hineinragte, steht Rita, die ich für meine Rolle ausgewählt hatte, ausgerechnet. Und als Rita dann an der Reihe ist, gibt sie dem Stuhl plötzlich eine Bedeutung. Und weil ich vorher den Darsteller von Arnold mir gegenüber aufgestellt hatte, steht dieser Stuhl nun zufällig genau zwischen mir und Arnold, sagte Verena.

Und bekommt Bedeutung, sagte Ulrich.

Und wird Metapher für etwas, das scheinbar in meinem Leben stört. Beziehungsweise in unserem Leben. Arnolds und meinem. Jetzt begann Verena leise zu weinen.

Und dann sagt diese Kuh auch noch: *Da steht irgendetwas zwischen uns.*

Verena nahm ein Taschentuch aus der Packung und wischte sich die Tränen vom Gesicht.

Da steht irgendetwas zwischen uns. Verstehst du, sagte Verena. Das hat die auch noch ein paar Mal wiederholt.

Und auf einmal ging es nicht mehr um das Verhältnis zwischen mir und meiner Cousine, sondern um das zwischen Arnold und mir. Minutenlang ist Ernst darauf herumgeritten und hat mich überlegen lassen, was das sein könnte. *Irgendetwas, das zwischen uns steht.* Und später soll ich mich mit meiner Cousine versöhnen, also ich war so was von irritiert, dass mir das nicht möglich war. Ich habe die Übung zu Ende geheuchelt. Und bin das Gefühl nicht losgeworden, von Rita gelinkt worden zu sein. Aus welchem Grund auch immer.

Verstehst du, und dann fährt man nach dem Seminar nach Hause und sieht am Sonntagabend den Partner wieder und denkt sich: Was steht zwischen uns? Das lässt sich nicht so leicht abschütteln. Und zwei Wochen später ist der Partner tot. Erschossen.

Und jetzt frage ich mich. Verstehst du, dass mich das ständig beschäftigt? Dass da vielleicht doch etwas dran war an dieser Bemerkung. Die aber vielleicht auch nur eine blanke Projektion war. Oder einfach eine dumme Provokation.

Und dann denke ich wieder, vielleicht stand ja wirklich wer zwischen uns und ich habe das, oder den oder die nicht gesehen.

Manchmal glaube ich, ich drehe durch, sagte Verena. Wenn sich die Gedanken nur mehr im Kreis drehen. Verstehst du, dass mich das quält? Vielleicht trage ich eine Mitschuld an Arnolds Tod. Es ist verrückt.

Verena wachte auf, als draußen das Fahrzeug mit einem Warnton reversierte. Das Schlafzimmerfenster war gekippt, der Vorhang fächelte leise im Wind hin und her. Sie sah auf die Uhr. Es war kurz nach fünf Uhr. Sie hörte, wie der Wagen die Siedlungsstraße hinauffuhr, wie der Fahrer herunterschaltete, schließlich in die Hauptstraße einbog. Dann verebbte das Geräusch. Als sie ein Kind gewesen war, hatten sie morgens die Kirchenglocken geweckt.

Der Fahrer wohnte zwei Häuser weiter. Sie wusste nicht einmal seinen Namen. Täglich brach er um diese Zeit auf. *Reinheit, die man fühlt,* stand in Druckbuchstaben über dem Führerhaus seines Kleinlasters, daneben das Logo einer Wäscherei. Sie sah die Frau des Fahrers flüchtig, wenn diese zum Bus huschte. Das Paar hatte zwei Töchter, die dadurch auffielen, dass sie nicht grüßten.

Als Verena in die Garage ging, dämmerte es bereits.

Sie machte das Autoradio an, auf dem Sender lief noch das Nachtkonzert, ein Concerto grosso von Corelli.

Sie setzte sich ans Steuer und hörte die Musik. Sie bildete sich ein, irgendetwas roch noch immer nach Arnold. Im Handschuhfach fanden sich saure Drops, die er geliebt hatte, in der Mittelkonsole lagen noch ein paar seiner Lieblings-CDs, Suiten von Bach und Rameau, *Revolver* von den Beatles. Sie saß da, wo Arnold kurz vor seinem Tod gesessen war. Er hatte einen Parkschein gelöst, den Schein dann hinter die Scheibe gelegt und war in den Wald gegangen. Oder er hatte am Parkplatz seinen Mörder getroffen. Oder sonst jemanden.

Was hatte er gedacht? War er aufgeregt gewesen? Hatte er gespürt, dass ihm Gefahr drohte oder war er gelassen und entspannt ausgestiegen? Plante er bloß einen Spaziergang im Wald, hatte er den Umweg zum Nationalpark aus einer Laune heraus gemacht?

Verena saß im Wagen und hielt die Karte mit dem Gemälde von Renoir in der Hand. Sag es mir, flüsterte sie leise zur Musik. Bitte. Ich bin dir nicht mehr böse.

Sie würde weiter in die Garage gehen, jeden Tag, bis sie wusste, was geschehen war. Sie brauchte den Wagen, um jeden Morgen hier zu sitzen. Sie würde ihn nicht verkaufen.

Sie saß da bis um sechs Uhr, bis das Nachtkonzert zu Ende war.

8
DASCOLA
WIR KOMMEN ALLE VON IRGENDWOHER

Montags hatte Dascola dienstfrei. Jeden Montagabend traf er sich mit Albert Nothaft in ihrer Stammkneipe in der Schwandorfer Straße.

Als Dascola eintrat, saß Nothaft schon am Ecktisch und winkte. Er war unrasiert und roch scharf nach Schweiß, eine Haarsträhne hing ihm ins Gesicht, sein Blick wirkte müde und stumpf, Dascola vermutete, dass er zuvor schon woanders getrunken hatte. Auf der Sitzbank neben Nothaft lagen seine Krücken, die er nur benutzte, wenn ihn die Hüfte schmerzte. Wenn Nothaft bei den Eisbären als Ordner Dienst machte, verwendete er sie nie. Die brauchen nicht wissen, wie es um mich steht, sagte Nothaft. Die nicht.

Sie hatten einander beim Sicherheitsdienst der Deutschen Bahn kennengelernt. Bei der Objektsicherung. Gemeinsam hatten sie jahrelang Schicht geschoben. Dascola saß nun seit sechs Jahren beim Einlass der Unibibliothek Regensburg im Philosophicum 1 und 2.

Aus dir ist was geworden, mich hat es aus dem Gleis geworfen, sagte Nothaft immer wenn er nicht gut drauf war. Dabei war er früher einmal knapp daran gewesen, berühmt zu werden. Als dritter Tormann der Wasserballnationalmannschaft hatte er die Kadernominierung für die Olympischen Spiele in München 1972 nur knapp verpasst. Knapp vorbei ist auch verspielt, sagte Nothaft gern.

Bei der Bundesbahn wurde er gekündigt, weil er zweimal betrunken zum Dienst erschienen war. Dascola hatte ihm geholfen, wieder eine Beschäftigung zu finden, hatte ihn beim Saaldienst am Stadttheater untergebracht, später im Kunstforum. Am Theater war Nothaft nach einem Streit mit dem Einteiler fristlos entlassen worden, beim Kunstforum hatte er selber hingeschmissen. Das war nichts für mich, sagte Nothaft oft, zu feine Pinkel da, da stinkst du als Arbeiterkind ab.

Als die Probleme mit der Hüfte begannen und er deutlich sichtbar zu hinken begann, hatte er sich untersuchen und krankschreiben lassen. Seit einigen Jahren bezog er Hartz IV. Was brauche ich viel, sagte er immer. Meine Tochter ist aus dem Schneider, das bisschen zum Futtern verdiene ich dazu.

Zwei Saisonen hatte er dann Ordnerdienst beim Jahn gemacht. Nach einer Schlägerei bei einem Match war auch da Schluss gewesen. Nothaft hatte den Dienst quittiert und war zu den Eisbären gewechselt. Auch Rot-Weiß, sagte er gern. Aber ruhiger. In der Halle zieht es nicht. Da lässt es sich aushalten. Die Eishockeyfans machen Radau auf der Tribüne und dann ist gut.

Die Kneipe war voll, aus den Lautsprechern dröhnte Musik von AC/DC und Status Quo. Dascola kaute an einem *Tankbörger*, der Spezialität des Hauses, Nothaft hatte sich Camembert gebacken bestellt. Einmal am Tag warm essen, hat Muttern gesagt, muss sein, sagte er.

Später gingen sie nach draußen an einen der Stehtische im Biergarten, um zu rauchen. Dascola hatte den Eindruck, dass Nothafts chronischer Husten stärker geworden war.

Hast dich erkältet?, fragte er.

Meinste an der Kippe, lachte Nothaft und saugte, dass der Stummel glühte. Er war offenbar besser gelaunt, als er aussah.

Weißt du, wen ich gesehen habe, letzte Woche?, fragte Nothaft. Kommst du nie im Leben drauf. Eine Begegnung der anderen Art, sag ich dir.

Dascola öffnete fragend die Handflächen.

Letzte Woche bin ich wieder mal hin, sagte Nothaft. Zu den AA. Man möchte ja kein Spielverderber sein. Du lässt dich übrigens schon lange nicht mehr blicken.

War das ein Vorwurf? Dascola sah den Raum in der Kontaktstelle der Anonymen Alkoholiker in der Nähe des Eisernen Stegs vor sich und vermeinte sofort, den Geruch kalten Rauchs in der Nase zu verspüren. Er hatte sich dort nie wohl gefühlt.

Also ich gehe hin und was sehe ich? *Wen* sehe ich? Die eine, die Große, weißt schon. Die Dunkle. Die bei dir da arbeitet an der Uni.

Dascola schaute Nothaft fragend an. Er sah den Raum mit dem Sesselkreis vor sich, den Tisch in der Ecke mit den Thermoskannen, in denen lauwarmer Filterkaffee bereitstand.

Wir haben doch das Zimmer ausgeräumt damals, weißte noch. Das Büro von dem Professor, sagte Nothaft. Der erschossen worden ist.

Dascola erinnerte sich. Der Germanistikprofessor Arnold Walter, ein unauffälliger Typ, der kaum jemals ein Wort mit ihm gewechselt hatte, außer über den Jahn, war irgendwo im Bayerischen Wald ermordet aufgefunden worden. Eine rätselhafte Angelegenheit. Seines Wissens war der Fall noch nicht geklärt worden. Wochen nach dem tragischen Vorfall hatte ihn die Frau des Professors gebeten, die Sachen ihres Mannes, die in Kisten verpackt in dessen ehemaligem Büro zum Abtransport bereitstanden, hinunter zur Albertus-Magnus-Straße zu tragen und in einen Kleinlaster zu verfrachten. Dascola hatte Nothaft gebeten, mit anzupacken. So hatten sie sich ein paar Euro dazuverdient.

Verstehst du, das sind Sachen, sagte Nothaft. Ich geh in die AA und denk, ich treff ein paar alte Bekannte wieder. Sitzt da diese Schwarze. Die noch nie da war. Denk ich, die kenn ich von irgendwo. Dann geht mir ein Licht auf. Die war doch. Die hatte doch. Die hat sich doch von dir eine Fluppe geschnorrt, damals, weißte nicht mehr.

Plößmann heißt die, sagte Dascola. Der Name fiel ihm sofort ein. Ulrike Plößmann heißt die, wiederholte er. Kommt irgendwoher aus dem Norden.

Mir egal, woher die kommt, sagte Nothaft, wir kommen alle

von irgendwoher. Also, wir sitzen da rum und die Vorstellrunde beginnt. Erst denk ich mir, okay, die kommt mir bekannt vor, aber man kann sich ja auch täuschen. Dann macht die Tante den Mund auf, und wie die redet, ist gleich alles klar. Sieht immer noch ganz frisch aus, hat sich jedenfalls gut gehalten, und dass die trinkt, fällt dir im Traum nicht ein.

Dascola dachte noch immer an den AA-Gruppenraum, die abgegriffenen Holzstühle, die von irgendeinem Trödel zusammengetragen worden waren. An den Wänden hingen vergilbte Plakate mit Sprüchen: *Wen du hier siehst, was du hier hörst – wenn du gehst, bitte lass es hier.* Nothaft hatte offenbar Grund, sich nicht an diese Empfehlung zu halten.

Die hat ihr Büro ja direkt gegenüber von dem erschossenen Professor, sagte Dascola.

Und ich, gut, na ja, draußen ist es heiß und die Sonne scheint, und ich hab meine Sonnenbrille auf und denk mir noch, die Tante kennste und vielleicht lässt du doch die Brille mal auf, vorsichtshalber. Ist vielleicht für was gut, sagte Nothaft.

Und?, fragte Dascola. Was war dann?

Nichts war dann. Die haben gequasselt, aber glaub mir, mir hat es die Sprache verschlagen. Also, ich sitz da und denk mir, Mensch, was haben wir schon Akademiker gehabt in der Runde, mir doch egal, denen läufst du im normalen Leben sowieso nicht über den Weg, und dann beichtet diese Frau Professor, dass sie trinkt. Also, da halt ich dann eben das Maul und mich ein bisschen raus.

Wir sind doch alle gleich, sagte Dascola.

Dachte ich auch, aber nicht von der da, wie heißt die, was sagst du, Plößmann, sagte Nothaft. Das isses ja. Damit rechnest du nicht. Rolf war da, wie immer, dann noch die Kleine mit den geschneckelten Haaren, weißte, die bei Roller-Willi im Lager gearbeitet hat, glaubst du, ich komme auf den Namen?

Gundel. Die Russlanddeutsche meinst du?, fragte Dascola.

Genau die, sagte Nothaft. Na, und wir sitzen alle da und nur ich habe die Maulseuche, weil mich diese Plößmann einschüchtert, verstehst du. Erst seh ich sie, denk, die kenn ich, dann studier ich sie, überlege, ist sie es oder ist sies nicht, und darüber vergeht schon die Zeit. Und als ich mir sicher bin, dass sie es ist, ist das Treffen um. Und ich habe fast nix gesagt.

Und dann steht sie zum Schluss als Erste auf und verschwindet. Wenn ich mich recht erinnere, hat sie es mit den schärferen Sachen. Hängt ganz schön drinne, dachte ich mir.

Ist ja witzig, sagte Dascola. Du weißt, da gab es ja Gerüchte.

Er überlegte kurz, ob er weitersprechen sollte, und nahm einen Schluck Bier. Nothaft hatte eine lose Zunge, gut möglich, dass er gleich verbreitete, was Dascola so von sich gab. Vielleicht war es besser, vorsichtig zu sein.

Nothaft schaute ihn erwartungsvoll an. Was, wie denn?, fragte er.

Dascola redete weiter.

Na, dass die was hatte mit dem Professor, sagte er. Ihr Büro lag ja direkt seinem gegenüber. Da war schon was möglich. Und die beiden waren oft weg. Die Gerüchte gab es schon länger. Und plötzlich wird der Professor erschossen. Du kennst ja die Frau. Die Ehefrau von dem. Arbeitet als Psychologin oder so. Eine Unscheinbare ist die. Da ist die Schwarze ein steiler Zahn dagegen. Ich habe schon erlebt, dass die mit hochhackigen Stiefeln zum Dienst kam. Ich sag dir.

Steiler Schwan, sagte Nothaft. Und die sitzt mir gegenüber und ich grüble, und dann fällt mir ein, die kam doch, wie wir das Zeug von dem Professor da runtergeschleppt haben. Sie kam doch zu dir und hat sich eine geschnorrt.

Kann ich mich nicht mehr erinnern, sagte Dascola.

Und ging dann runter in den Innenhof, um eine zu pofeln, sagte Nothaft.

Kann mich nicht mehr erinnern, sagte Dascola. Zwischen zwei Zügen an der Zigarette hatte er beschlossen, seine Taktik zu ändern. Vielleicht hatte er Nothaft schon zu viel gesteckt. Vielleicht war an dem Gerücht gar nichts dran. Natürlich erinnerte er sich daran, dass Plößmann damals eine von ihm geschnorrt hatte.

Aber ich erinnere mich, sagte Nothaft. Verstehste, wenn ich so eine Frau sehe, da schlägt was an bei mir. Da bimmelt der Mann. Der Innere meldet sich. Kannste nicht abstellen. Is so.

Sie standen vor ihren leeren Gläsern, Nothaft hatte alkoholfreies Bier getrunken.

Und was jetzt? Dritte Runde?, fragte Dascola.

Sie gingen wieder in die Kneipe hinein, Dascola bestellte am Tresen nach.

Und ich war mir so sicher, dass die mich bis zum Schluss nicht erkannt hat, sagte Nothaft. Weil: Wie wir das Zeug von dem Professor geschleppt haben und sie dann die Fluppe von dir. Die hatte mich nicht einmal angesehen damals, das weiß ich noch genau.

Und nach dem Meeting hast du sie auch nicht angesprochen?, fragte Dascola.

Raus ist sie und weg war sie, sagte Nothaft. Und was heißt angesprochen, fügte er hinzu. Du glaubst wohl, die hätte Bock auf einen Kerl wie mich? Hartzen, Rad fahren und schiefe Hüfte? Tja, wenn sie blind wäre. Dann könnte vielleicht was laufen zwischen uns. Nothaft lachte und hustete knarrend.

Eine Gruppe junger Leute hatte nebenan begonnen, Darts zu spielen. Dascola und Nothaft beobachteten, wie die Pfeile auf der Scheibe aufprallten und eine elektronisch verzerrte Stimme den nächsten Spieler ansagte.

Aber das Beste kommt noch, sagte Nothaft. Kannste ja komisch finden, wenn du möchtest. Ich geh raus und denk mir, irgendetwas hat nicht gepasst. Ich meine, ich tanz der Tante direkt vor der Nase herum, ich meine, wie wir damals das Zeug weggeschafft haben, und die Stolze schnorrt sich eine von dir und erkennt mich nicht. Scheinbar!

Du hast das Gefühl gehabt, sie will dich nicht erkennen?, fragte Dascola.

Habe ich gehabt, sagte Nothaft. Sie kennt mich, aber sie will mich nicht erkennen. Genauso wars. Aber jetzt kommts. Ich geh raus auf die Straße, sperr das Schloss von meinem Rad auf und denk mir, machste noch einen Absacker an der Tanke. Und ich schieb das Rad über den Eisernen Steg. Und plötzlich steht die Schwarze neben mir. Hat sie auf mich gewartet oder war es Zufall, weiß auch nicht, sagte Nothaft.

Und dann?, fragte Dascola.

Die ist giftig geworden, sagte Nothaft. Die hat mich eben doch erkannt. Das war jetzt klar. Die Sonnenbrille hatte ich ja schon weggesteckt. Die ist richtig heftig geworden. Ein kleiner Anfall war das. Dass ich mich ja vorsehen soll. Gesiezt hat die mich. Und wenn Sie glauben, Sie können das rumerzählen, dann können Sie sich auf etwas gefasst machen, hat sie gesagt. So in der Art. Ich sag noch, mal halblang, gute Frau, das weiß ich auch, dass wir bei den AA Spielregeln haben. Aber die war nicht zu beruhigen. Dann können Sie sich auf etwas gefasst machen, hat sie gezischt und ist abgerauscht, sagte Nothaft.

Sie schwiegen und starrten in ihre Gläser, an deren Rändern weiße Schaumbläschen hafteten. Vorne am Tresen versuchte sich die Kellnerin Gehör zu verschaffen und rief in das Gebrodel des Raumes, dass jetzt die letzte Gelegenheit sei, sich für das *Tankequiz* in einer Viertelstunde anzumelden.

Dascola sah auf die Uhr. Sein Dienst begann morgens um halb neun. Wir machen dann wohl den Abgang, sagte er.

Verstehst du, sagte Nothaft, nachdem sie gezahlt hatten und vor dem Lokal standen.

Man hat den besten Vorsatz, geht zu den AA und geht raus mit einem unguten Gefühl. Ob da Rolf sitzt oder Gundel, ist mir scheißegal. Aber dass mich die Schwarze zusammenstaucht, ist mir irgendwie nicht schnuppe. Da gehst du weg und denkst dir, das hat jetzt aber nicht sein müssen. Und irgendwie steckt seitdem in meinem Schädel der Gedanke: Das bringt Unglück, verstehst du?

Verstehe ich nicht, sagte Dascola.

Verstehe ich an sich auch nicht, sagte Nothaft. Is aber so.

Sechs Tage später, am Samstag, war Nothaft tot.

Dascola war am Vormittag zum Einkaufen in die Arcaden gegangen. Seine Tochter hatte ihm aufgetragen, nach einem Ergänzungsteil für das Puppenhaus seiner Enkelin zu suchen, ein Elternschlafzimmer, ausgerechnet, dachte er. Marlies war immer alleinerziehend gewesen, die kleine Joana sah ihren Erzeuger vielleicht zweimal im Jahr, in Marlies' kleiner Wohnung gab es überhaupt kein Elternschlafzimmer. Vielleicht wollte Joana gerade deswegen eins haben. Dascola war das ganze Shoppingcenter abgegangen, gefunden hatte er das Teil nicht.

Er beschloss, noch in den Billigladen vor dem Bahnhof zu schauen.

Als er an der Ecke Albertstraße am Denkmal für den Bischof vorbeiging, rief jemand seinen Namen. Am Denkmalssockel saßen drei Gestalten. Dascola erkannte die zwei Russlanddeutschen, Gundel und ihren Freund, dessen Name ihm nicht einfiel. Neben ihnen ein Typ in Pudelmütze und Trainingsanzug. Sie saßen da, rauchten und tranken Bier aus der Dose. Dascola blieb stehen. Gundel war es wohl gewesen, die ihm zugerufen hatte. Er ging näher.

Du kennst doch den auch. Den Nothaft, sagte Gundel. Sie fuhr sich durch ihre Lockenhaare und wirkte ziemlich nüchtern. Dascola sah, dass sie sich mit einer Schere die Fingernägel schnitt.

Was ist los?, fragte er.

Tot ist der, sagte Gundels Freund. Der dritte machte nur eine Geste des Halsabschneidens und grinste.

Dascola glaubte, sich verhört zu haben. Ich habe ihn gestern noch bei den Eisbären gesehen, sagte er.

Der ist hinüber, sagte Gundels Freund und nahm einen Schluck aus der Flasche.

Das glaube ich nicht, sagte Dascola. Ich habe gestern noch mit ihm geredet.

Auf dem Unteren Wöhrd, sagte der Dritte. Unterhalb der Brücke. Beim Parkplatz. Der Mezgolich hat ihn gefunden.

Dascola spürte, wie ihm ein Schauer über den Rücken lief. Einen Mezgolich kannte er nicht. Wie ist denn das passiert?, fragte er.

Weiß noch keiner, sagte der Typ mit der Pudelmütze. Eine Leiche gibt keine Auskunft mehr.

Vielleicht von der Brücke gestürzt, sagte Gundel. Oder sie haben ihn am Parkplatz. Sie machte mit dem Zeigefinger die Geste des Schießens. Dascola bemerkte eine frische Schramme auf ihrem Handrücken.

Und wir dachten, du weißt das schon, sagte ihr Freund. Mezgolich hats uns erzählt. Der ist befragt worden. Steht Montag alles in der Zeitung.

Zu Mittag hörte Dascola in *Gong* und sogar auf *Bayern 1* davon. Ein Mann war ermordet worden, die Rede war fälschlicherweise von einem Obdachlosen. Der Mann war Ordner bei einem Eishockeyspiel und offenbar auf dem Heimweg gewesen, hieß es in den Berichten. Ein Name wurde nicht genannt.

Dascola hatte Nothaft doch am Abend zuvor in der Donauarena gesehen. Die Eisbären waren gegen die Lausitzer Füchse nur mühsam ins Spiel gekommen. Nach zwei umstrittenen Schiedsrichterentscheidungen war die Stimmung in der Halle gereizt gewesen. Dascola hatte das Spiel wie immer vom Stehplatz aus verfolgt. Unten bei einem der Ausgänge stand Nothaft mit seiner gelben Ordnerjacke, neben ihm der Kollege, den Nothaft nur *Indianer* nannte, wenn er von ihm sprach – groß gebaut war der, die Haare hatte er zu einem Zopf zusammengebunden, an seinem Ohrläppchen prangte ein Schmuckstein. Ständig drückte er auf seinem Handy herum, das Spiel interessierte ihn offenbar wenig. In der Drittelpause war Dascola nach unten gegangen und hatte Nothaft hinter der Tribüne getroffen. Nothaft hockte auf dem Tresen einer Garderobe, die an dem Abend nicht benutzt wurde, offenbar, um auszuruhen.

Dascola hätte ihn nicht zu fragen brauchen, wie es ihm ging.

Stehen ist Scheiße, hatte Nothaft gesagt und auf seine Hüfte geklopft.

Sie hechelten das Spiel durch. Wenn wir weiter so spielen, steigen wir ab, hatte Nothaft gesagt. Oder die gehen vorher pleite. Reden ja schon alle davon, dass die Kasse leer ist, sagte er.

Und sonst?, hatte Dascola gefragt.

Muffensausen, hatte Nothaft gesagt und an ihm vorbeigeschaut. Kannste dir gar nicht vorstellen.

Bevor Dascola nachfragen konnte, war der *Indianer* mit einer Coladose in der Hand aufgetaucht: Wir müssen wieder. Und Nothaft hatte nur gesagt: bis nachher dann, hinten.

Hinten hieß, auf der Rückseite der Arena, dort, wo sich die Zugänge zu den Kabinen befanden.

Nach dem Spiel hatte Dascola bei den Büschen hinter der Halle gewartet. Während die Besucher versöhnt abzogen – die Eisbären hatten doch noch mit einem Tor Vorsprung gewonnen – und manche ungeniert in der Dunkelheit in die Sträucher pissten, trat Dascola von einem Bein aufs andere und rauchte. Es war kalt geworden; wenn er ausatmete, bildete die Luft weiße Wölkchen.

Dascola erinnerte sich: Er war noch einmal zu den Kabinenausgängen gegangen, hatte geglaubt, in einer der Gestalten, die die Arena verließen, den Flügel Ervín Masek zu erkennen. Aber keine Spur von Nothaft. Wahrscheinlich hatte er die Vereinbarung vergessen und war längst nach Hause. Verärgert war Dascola abgezogen.

Am Sonntagabend saß Dascola in seiner Wohnung und grübelte.

Marlies hatte ihn mit Joana besucht und ihm Vorwürfe gemacht, weil er das Elternschlafzimmer nicht besorgt hatte. Die Kleine hatte bittere Tränen vergossen, die auch durch Gummibärchen, die Dascola auf Vorrat in einer Lade aufbewahrte, nicht zu trocknen waren. Vor lauter Wut hatte sie alle Plüschtiere, die ihr Großvater im Lauf der Zeit gekauft hatte, kreuz und quer durch die Wohnung geschossen.

Dascola atmete erleichtert auf, als die beiden schließlich gegen sechs aufbrachen. Marlies hatte er nichts von der Sache mit Nothaft erzählt, sie hatte genug mit sich und der Kleinen zu tun. Kaum waren sie weg, hockte Dascola wieder vor dem Radio und wartete darauf, dass Neues über den Mord gebracht wurde.

Muffensausen, hatte Nothaft gesagt, kannste dir gar nicht vorstellen. Dascola versuchte zu begreifen, was genau er sich laut Nothaft nicht vorstellen konnte.

Er hatte keine Ahnung, mit wem Nothaft Umgang hatte, in welchen Gegenden und in welchen Lokalen er sich herumtrieb, seit er Hartz IV bezog. Die Ordnerszene war überschaubar, dann gab es ein paar Russlanddeutsche aus einem Wettbüro, von denen Nothaft gelegentlich erzählt hatte. Und die Gruppe, die sich bei den AA traf. Dort war man verschwiegen.

Ein Gedanke ließ Dascola nicht in Ruhe. Am Montag in der Kneipe hatte Nothaft ihm von der seltsamen Begegnung mit dieser Plößmann erzählt. Sie hatte Nothaft nach der Begegnung bei den Anonymen Alkoholikern offen gedroht. Wie hatte sie es ausgedrückt? Nothaft könne sich auf etwas gefasst machen?

Dascola dachte nach: Von seinem Arbeitsplatz am Einlass zur Unibibliothek beobachtete er die Plößmann oft, wenn sie morgens in ihrem dunkelroten Mantel und fast immer in Eile die Treppe heraufkam und in den Gang einbog, der zur Germanistik und zu ihrem Zimmer führte.

Da waren die Gerüchte über ein Verhältnis mit dem ermordeten Professor. Die Plößmann trank. Die Plößmann hatte Nothaft gedroht. Und jetzt war Nothaft tot. Das war doch mehr als seltsam.

Dascola saß allein vor seiner Brotzeit, bei Wurst, Salzgurken und Bier, während draußen der Tag verdämmerte. Knapp vor der Abendschau griff er zum Handy und wählte den Notruf der Polizei.

Nennen Sie uns Ihren Namen, sagte der Beamte.

Dascola überging die Aufforderung. Er habe eine Beobachtung

zum Mordfall auf dem Unteren Wöhrd zu machen, sagte er. Die Frau heißt Plößmann. Er nannte die Adresse der Uni. Ulrike Plößmann, wiederholte er. Sie habe Albert Nothaft vor ein paar Tagen bedroht.

Wer sind Sie?, fragte der Beamte.

Dascola hielt den Telefonhörer von sich und betrachtete das symmetrische Muster in der Innenseite des Schalllochs. Er zögerte kurz, dann legte er auf.

Montags hatte Dascola dienstfrei. In der Zeitung stand ein Bericht über den Mord an Nothaft. Zeugen wurden gesucht. Dascola hatte schlecht geschlafen. Vielleicht sollte er den *Indianer* aufsuchen oder bei dieser Gundel und ihrem Freund nachfragen. Zu wem hatte Nothaft in seinen letzten Stunden Kontakt gehabt?

Nachmittags kam wieder Marlies mit Joana vorbei. Wie nebenbei erwähnte sie, dass sie seit zwei Wochen mit der Kleinen regelmäßig zu einer Psychologin ging. Joana hatte im Kindergarten mehrmals andere Kinder an den Haaren gerissen und deren Zeichnungen zerstört. Richtig nett habe die Frau mit Joana gespielt. Walter heißt sie, sagte Marlies. Ich glaube, der ihr Mann ist erschossen worden.

Abends blieb Dascola zu Hause, schaute das Spiel aus der zweiten Liga und betrank sich.

Am Dienstag saß er wie gewöhnlich ab halb neun in der Koje aus rotem Kunststoff am Eingang zum Philosophicum 2. Kerner, der Kollege, brachte Kaffee, wie üblich. Zu Dienstende sollte eine kleine improvisierte Geburtstagsfeier für einen Kollegen stattfinden, der im Nachmittagsdienst arbeitete.

In der *Mittelbayerischen* stand kein Wort mehr über den Mord. Nothaft war schon aus den Schlagzeilen verschwunden.

Gegen halb elf kamen zwei Männer um die vierzig, die Dascola als universitätsfremde Personen ausmachte, auf die Koje zu. Er hatte gerade die Taschen zweier Studenten kontrolliert und daher nicht mitbekommen, woher die Männer so plötzlich aufgetaucht waren.

Friedrich Dascola, das sind Sie?, fragte einer der beiden leise.

Dascola schaute erstaunt auf.

Kriminalpolizei, sagte der zweite und zeigte ihm diskret einen Ausweis.

Dascola spürte, wie ihm das Blut in den Kopf schoss.

Sie haben am Sonntag bei uns angerufen, sagte der erste Beamte ruhig.

Sie wurden am Freitag mit Herrn Nothaft in der Eisarena gesehen, sagte der zweite. Wir möchten uns gerne mit Ihnen unterhalten.

Dascola schaut nach unten auf den Boden. Direkt zu seinen Füßen, unter dem Schreibtisch, stand eine Flasche Sekt, die Kerner für die Geburtstagsfeier eingekauft hatte.

Die Direktion ist bereits informiert, sagte der erste. Wir möchten Sie bitten, mit uns zu kommen.

Plötzlich stand Ulrike Plößmann hinter den beiden Beamten. Sie hatte die Augen zusammengekniffen und wirkte wütend. Ihre Lippen waren auffällig dunkelblau geschminkt, zwei gefährliche Linien in einem blassen Gesicht.

Die beiden Beamten drehten sich zu ihr um. Man schien sich zu kennen.

Das ist der Typ, sagte sie. Das ist er.

9
ANDREAS
JETZT IST NIE ZU SPÄT

Sieben Uhr dreißig.

Das Wartezimmer war voll, vor dem Empfangstresen staute sich eine Schlange Wartender, Hustender, Hinkender. Andreas brauchte der Assistentin nur seine E-Card vorzuweisen und wurde außerhalb der Reihe vorgelassen. Er spürte, wie sich die Köpfe nach ihm reckten. Ihn kannten die Leute hier, sie wussten, wer er war. Jetzt registrierten sie mit grimmigen Blicken sein Privileg, sofort dranzukommen. Er grüßte und nickte ins Ungefähre, mit eingezogenem Kopf ging er ins Behandlungszimmer.

Dann saß er vor Philipp Preinfalk, mit dem er während des Studiums in einer WG gewohnt hatte. Philipp hockte hinter dem Schreibtisch, vor sich den Befund, hinter sich auf einem Bord ein Plastikmodell eines Kniegelenks, an der Wand eine Tafel, auf der die zu erwartende Körpergröße eines Kleinkinds in Perzentilen aufgemalt war. Andreas erinnerte sich daran, wie Philipp bei ihm im Parteibüro wegen der Anstellung als Gemeindearzt vorgesprochen hatte. Damals war Philipp als Bittsteller zu ihm gekommen. Jetzt waren die Rollen vertauscht und Philipp Hausherr und Chef.

Andreas hatte nicht einmal seine Jacke abgelegt. Auf die Frage, ob er sich auskleiden sollte, winkte Philipp lässig ab. Die Werte waren soweit in Ordnung, bis auf das Cholesterin und den Harnsäurewert, der wie immer zu hoch war. Das Gewicht war gerade noch im tolerierbaren Bereich.

Der Mensch ist ein fleischfressendes Tier, sagte Philipp, ohne den Blick vom Befund zu nehmen. Ich lese da heraus: Du isst gern Fleisch und trinkst zu wenig. Wasser, meine ich, sagte er und grinste. Ansonsten ist alles okay für einen Mann deines Alters. Mehr Bewegung würde dir nicht schaden, aber das habe ich dir schon einmal gesagt, oder? Und das nicht nur im Bett.

Der Scherz versickerte unbelacht. Andreas machte eine resignierende Handbewegung. Bei meinem Job, sagte er. Du hast ja auch zugelegt, setzte er nach.

Philipp ignorierte den Gegenangriff. Nix mehr Fußball?, fragte er rhetorisch.

Nix mehr. Sense, seit dem Seitenbandriss, sagte Andreas.

Vergiss nicht, der Körper merkt sich alles. Was er heute nicht meldet, spart er sich für morgen auf. Leo hat mich letzte Woche angerufen, sagte Philipp. Leo, das war der dritte in ihrer WG gewesen, er unterrichtete an einer Schule Geschichte und Französisch. Leo ist fertig, Beziehung kaputt, ausgebrannt, Batterie leer. Burn-out. Pass gut auf dich auf, sagte Philipp und klopfte bestätigend auf die Tischkante. Manche stehen schneller am Abgrund, als sie glauben.

Man hats nicht leicht, aber leicht hat es einen, sagte Andreas und stand auf. Er drückte Philipp die Hand und ging zur Tür. Auf Philipps Computer war die Liste der Patienten abzulesen, die draußen warteten.

Und, wo treibt es dich heute hin?, fragte Philipp doch noch nach. Da war es wieder: das kleine Aufflackern von Neid auf ihn, Andreas, der es geschafft hatte: in die Stadt, in die Öffentlichkeit, in die Medien. Das neidete ihm der, der sich damals die Nächte um die Ohren gestrebert hatte, während Andreas in Sitzungen seiner Studentenfraktion gesessen war und sich die ersten Sporen seiner politischen Karriere verdient hatte. Das neidete ihm der, der jetzt eine gutgehende Praxis in einer Kleingemeinde betrieb und täglich eitrige Mandeln, blutige Hämorrhoiden und verklebte Ohreingänge begutachtete. Nein, tauschen wollte er mit Philipp nicht.

Nach Wien, sagte Andreas. Heute geht es nach Wien.

Acht Uhr fünfzehn.

Sie fuhren gemeinsam im Auto nach Linz, schon bei der Abfahrt waren sie spät dran gewesen, kurz nach Puchenau gerieten sie in den Stau. Katharina saß am Steuer, Andreas bat sie, diesen plappernden Idioten im Radio abzustellen.

Er betrachtete seine Frau von der Seite. Katharina wirkte blass. Dünnhäutig. Ihre Lippen waren schmal.

Sie starrten nach vorn und schwiegen. Neben ihnen zog rumpelnd eine Garnitur der Mühlkreisbahn vorbei. Über der Donau standen in Fetzen Nebelschwaden.

Fahr auf die Busspur, sagte Andreas nach einiger Zeit.

Wir sind nur zu zweit, antwortete Katharina knapp.

Erst ab drei Personen war es erlaubt, die Beschleunigungsspur zu benützen.

Ich versäume den Zug, sagte Andreas.

Katharina tat nichts dergleichen.

Andreas wurde lauter. Fahr auf die Busspur, sagte er.

Extrawürste für den Herrn, kommentierte Katharina knapp. Man kann es sich ja richten.

Was ist los mit dir? Du wirkst reichlich eingeschnappt, sagte Andreas.

Und du ziemlich überheblich.

Fahr jetzt, Binder wartet auf mich. Er griff ihr ins Lenkrad und drehte nach rechts. Sie blitzte ihn gefährlich an.

Ich kann aussteigen, sagte sie.

Mach doch, sagte er. Bitte. Wenns dir nicht passt. Er setzte nach. Wenn du nicht längst ausgestiegen bist.

Sie schwiegen bis Linz.

Neun Uhr zwanzig.

Er saß in der Business Class der Bahn nach Wien, gemeinsam mit Roland Binder, seinem Pressesprecher, dem stellvertretenden Geschäftsführer, unterwegs zu einer Routinesitzung der Landesparteiorganisationen. Roland drückte auf seinem neuen iPhone herum, er hatte sich längst daran gewöhnt, während der Fahrten mit Laptop und iPhone zu arbeiten. Andreas hantierte noch immer lieber mit Unterlagen aus Papier, die er in seiner Aktentasche mitschleppte. Zwischendurch schaute er aus dem Fenster und beobachtete, wie der Zug an der Ennsbrücke die Landesgrenze nach Niederösterreich überquerte. Vor St. Pölten noch, hatten sie vereinbart, wollten sie in den Speisewagen gehen, um Kaffee zu trinken.

Mehrmals hintereinander läutete und piepste Andreas' Handy. Auch wenn er nicht ununterbrochen erreichbar sein wollte, das Handy einfach abzuschalten, konnte er sich schon lange nicht mehr leisten. Sandra sagte das Treffen am Nachmittag, das sie vereinbart hatten, knapp per SMS ab (*Sorry, geht leider nicht*), was ihn ärgerte. Dafür bestätigte Ilona Wagner, Kommilitonin aus Studienzeiten, den Termin zum Abendessen. Ilona gehörte zu den wenigen Menschen in seinem Leben, mit denen er ohne Anlaufzeit vertraulich sprechen konnte, obwohl sie sich nicht öfter als zwei-, dreimal im Jahr trafen. Knapp vor Melk piepste das Handy erneut.

Roland sah kurz von seinem Laptop auf und zog die Brauen hoch. Was'n los?, fragte er.

Auf der Anzeige sah Andreas die Absenderin sofort: Nicole.

Er zeigte Roland wortlos die SMS, die mit der Buchstabenserie *4YEO* begann. Hab heute frei, stand da, darunter *NP: No one/ Alicia Keys.* Darunter: *143 n.*

Andreas hatte diese modischen Abkürzungen erst nach und nach kapiert. Vielleicht war es ein Fehler gewesen, dass er sich damals so heftig für die junge Frau interessiert hatte, die im Wahlkampfbus zufällig neben ihm zu sitzen gekommen war und während der Fahrt ununterbrochen solch kryptische Botschaften versandt hatte. Andreas als netzmäßiger Außenseiter hatte Nicole ein wenig amüsiert nach ein paar Abkürzungen befragt und Nicole hatte ihn mit einem Augenaufschlag, der ihn augenblicklich irritiert und alarmiert hatte, eingeweiht. Heute wusste er, dass es sich um einen trügerischen Alarm gehandelt hatte.

Im Klartext hieß die Nachricht: *For your eyes only. Ich habe heute frei und höre gerade No one von Alicia Keys. I love you, Nicole.*

Solche Nachrichten kamen jetzt täglich an.

Gibt die Kleine noch immer keine Ruhe?, fragte Roland trocken. In letzter Zeit ist es wieder ärger geworden, sagte Andreas.

Es hatte Zeiten gegeben, in denen er täglich zehn Nachrichten von ihr bekommen hatte, ehe sie ihn wieder ein paar Tage in Ruhe ließ.

Die Wahlkampagne war kaum zu Ende gegangen, als Andreas klar wurde, dass es mit Nicole ein Problem geben könnte. Zwei Tage nach der Wahl hatte er die Initiative ergriffen und Roland Binder eingeweiht. Und ihm seine Sicht der Dinge geschildert.

Das war ihm nicht leicht gefallen. Binder war ein tüchtiger Mitarbeiter, begabt, redegewandt, raffiniert. Einer, der auch die nötige Härte mitbrachte, und wenn es sein musste eine Portion Niedertracht an den Tag legte, wenn es darum ging, Nadelstiche gegen die Mitbewerber zu setzen. Binder galt in der Partei als Mann der Zukunft. In einer einsamen Stunde Wochen vor der Wahl, in der die Meinungsumfragen nichts Gutes verhießen, hatte Andreas darüber spekuliert, was wohl geschehen würde, wenn er die Wahl verlor. Gut möglich, dass dann Roland Binder als sein möglicher Nachfolger genannt werden würde.

Andreas hatte die Wahl gewonnen. Aber er wusste genau, dass ihm Binder gefährlich werden konnte, wenn er sich Fehler erlaubte.

Ihm, Binder, hatte Andreas seine *Version* der Geschichte mit Nicole dargelegt. Und Binder hatte sich diese *Version* zu eigen gemacht.

Nicole, die gut aussehende und toughe Absolventin der Wirtschaftswissenschaften, war – nach einem Bewerbungsgespräch, bei dem sie sich als schlagfertig und ein bisschen frech erwiesen hatte – in das kleine Team des Wahlkampftrosses aufgenommen worden. Sie lief durch die Fußgängerzonen der Kleinstädte, lockte Laufpublikum an, verteilte Broschüren und verwickelte die Passanten in Diskussionen.

Andreas stresste der Umgang mit den Massen, er war nicht der volkstümliche Politiker, der missionierend auf der Straße Leute ansprach und Small Talk führte. Seine Stärke bestand darin, geschützt durch Pult und Mikrofon, geschützt durch das Ritual eines Auftritts, seine Wahlkampfschwerpunkte rhetorisch knapp und präzise zu *branden*. Im unverbindlichen Plausch hatte er sich immer unwohl gefühlt, als Populist hatte er sich nie gesehen. Auf einer Party herumzustehen und mit wildfremden Menschen über das Wetter oder die Konsistenz der Brötchen oder den Geschmack des Weins zu parlieren, hatte ihn immer aufs Äußerste angeödet, ja angestrengt. Umso mehr liebte er die Verschworenheit seiner kleinen Truppe von acht, zehn Menschen, die wochenlang mit einem Bus durchs Land fuhr und Wahlkampf machte. Abends saß man dann irgendwo in einem Gasthaus oder einem kleinen Hotel zusammen und ließ den Abend bei einem Glas Wein ausklingen.

Nicole hatte sich erstaunlich gut in die Truppe eingefügt. Sie war vom Status einer Praktikantin rasch in den Kreis derer aufgestiegen, die dazugehörten. Mehr noch. Sie war aufgestiegen in die kleine Gruppe, die Andreas' Vertrauen genossen. Nicoles Charme und ihre jugendliche Unbeschwertheit hatten in Andreas eine Gefühlsbewegung ausgelöst, die er für sich den *Leimruteneffekt* nannte, einen Effekt, den Nicole umso mehr genoss, je mehr er unter ihm litt. Andreas konnte sich nicht erinnern, dass er je einer jüngeren Frau – Nicole war vielleicht drei, vier Jahre älter als Sandra – in kurzer Zeit so verfallen war. Möglich, dass die läppischen Spielchen, die sie im Wahlkampfbus veranstalteten – sie drückte auf dem Handy herum, zeigte ihm diese skurrilen Abkürzungen, er nahm ihr das Mobiltelefon ab, fasste sie dabei wie unabsichtlich an der Hand, berührte sie am Arm und am Oberschenkel –, bloß ein Mittel war, um Stress zwischen den Wahlkampfauftritten abzubauen. Aber bei diesen Flirtspielchen war es nicht geblieben. Sicher war ihr Getändel auch den anderen aufgefallen. Das war das Problem, das letztlich die Konzeption einer *Version* bedingte.

Die *Version*, die Andreas seinem Pressesprecher zwei Tage nach der Wahl auftischte, lautete: Nicole war in ihrem Eifer übermütig geworden und hatte sich Dinge erlaubt, die einer Wahlkampfmitarbeiterin nicht zustanden, ja sie hatte Andreas einmal regelrecht bedrängt. In einer nicht ganz alkoholfreien Nacht war es wohl auch zum Austausch von Zärtlichkeiten zwischen ihnen gekommen, die er längst bereute. Weitere Details ließ Andreas nicht verlauten. Andreas hatte sich bei Nicole entschuldigt und damit war die Sache für ihn erledigt.

Das war die *Version*, die Binder sich zu eigen gemacht hatte und nach der sie *die Maßnahme* gesetzt hatten.

Irgendwann nämlich hatte Nicole ihm ein mündliches Versprechen abgerungen, auch nach der Wahl in seiner Abteilung weiterarbeiten zu können.

Die *Maßnahme* hatte nun darin bestanden, Nicole mitzuteilen, dass ihre befristete Anstellung mit dem Wahltag endete. Binder war der Überbringer der Botschaft gewesen.

Was sich seither abspielte, nannte man in der Fachliteratur wohl *Stalking*. Nicole blieb Andreas digital auf den Fersen. Sie konnte sich mit der Entscheidung nicht abfinden.

Rein rechtlich waren Andreas als auch die Partei auf der sicheren Seite. Es gab einen Arbeitsvertrag, der ausgelaufen war. Weitere bindende Vereinbarungen waren darin nicht enthalten. Nicole konnte sich auf den Kopf stellen. Heikel würde die Sache erst, falls sie plante, die Kampfzone auszudehnen und etwa die Frauenbeauftragte der Partei einzuschalten. Bisher hatte sie das noch nicht getan. Für den Fall, dass sie diesen Schritt wagte, musste die *Version* herhalten. Deswegen hatte Andreas Binder eingeweiht. Als Mitwisser und Mitstreiter. Binder mit seinem Wissensstand konnte gar nicht anders, als sich im Fall des Falles auf seine, Andreas', Seite zu schlagen.

Es hieß, vorsichtig zu bleiben. Auch Katharina gegenüber, die sich routinemäßig und gleichsam vorauseilend immer wieder abschätzig über *diese blonde Tussi da* geäußert hatte.

Für Nicole fand sich sicher eine Stelle in der weit verzweigten Struktur der Partei, ob beim sozialdemokratischen Motorradklub, beim Arbeitersängerbund oder anderswo. Binder würde sich darum kümmern. Für Andreas galt die Episode als abgehakt. Nur Nicole hatte das noch nicht begriffen.

Knapp vor St. Pölten ging Andreas mit Roland Binder auf einen Kaffee in den Restaurantwagen.

Sechzehn Uhr dreißig.

Als sie den Besprechungsraum verließen, spürte Andreas die Hand von Wolfgang Wögerer auf seiner Schulter. Andreas wunderte sich über den unerwarteten Körperkontakt. Wögerer war vor Jahren aus Oberösterreich in die Bundespartei nach Wien gegangen.

Wögerer bat ihn zu einem kurzen Gespräch unter vier Augen in sein Büro; es gab keinen Grund, ihm diesen Wunsch abzuschlagen.

Binder musste noch in einer Angelegenheit ins Büro der Kinderfreunde, anschließend freute er sich auf ein Match von Rapid in Hütteldorf. Erst am späten Abend wollten sie sich wieder treffen, um gemeinsam mit dem Zug nach Hause zu fahren.

Drei Dinge wolle er mit ihm besprechen, sagte Wögerer, nachdem er Andreas gebeten hatte, auf einer altmodisch wirkenden Couch Platz zu nehmen. Die Einladung, Wein zu trinken, schlug Andreas aus.

Sein erster Eindruck, dass Wögerer gealtert war, bestätigte sich. Grau war sein Gesicht, übernächtigt wirkte er, ein Mann in den Wechseljahren, in der Phase der senilen Bettflucht. Außerdem schien er sich mehrere Kilo Übergewicht angefressen zu haben. Ob es Andreas störe, wenn er rauche?, fragte Wögerer rhetorisch. Im Vergleich zur Sitzung vorher sprach Wögerer nun breiten oberösterreichischen Dialekt.

Ich beginne mit der guten Nachricht, grinste Wögerer. Er lehnte lässig am offenen Fenster und blies den Rauch theatralisch von sich. In nächster Zeit stehe eine Regierungsumbildung bevor und

Wögerer habe vertraulich gehört, dass Andreas als ministrabel gehandelt würde.

Ich weiß, du hast gerade eine Wahl gewonnen, aber wenn ich du wäre, würde ich mir langsam Gedanken über die Möglichkeit eines Wechsels nach Wien machen, sagte Wögerer. Würde mich freuen, fügte er hinzu, wenn du uns hier verstärken könntest.

Andreas merkte, wie sich sein Atem beschleunigte, wie gut ihm die Nachricht tat. Er vermied es, sich irgendeine Regung ansehen zu lassen. Den Gedanken, in die Bundespolitik zu wechseln, hatte er bisher kaum zu denken gewagt. Klar war, dass der Sicherheitssprecher der Partei in ein paar Monaten ausscheiden würde. In diesem Fall war Andreas vielleicht ein möglicher Kandidat unter mehreren. An ein Ministeramt hatte er noch nie gedacht.

Die andere Sache sei die, fuhr Wögerer fort: Er habe aus einer diskreten Quelle erfahren, dass in der Finanzabteilung der Stadt Linz ein riskantes Geschäft mit einem Fremdwährungskredit, was man so höre, in Schweizer Franken, am Laufen sei. Angeblich ging es um eine dieser riskanten Zinswetten ohne die üblichen Verlustbegrenzungen. Bei diesen immer beliebter werdenden sogenannten *Swaps* handle es sich, so ein Insider, um eine tickende Zeitbombe. Ob Andreas schon davon gehört habe.

Andreas saß da und schüttelte den Kopf. Erst jetzt merkte er, wie ihn die Sitzung vorhin ermüdet hatte, er spürte auch, dass er langsam Hunger bekam.

Wer hat dir das gesteckt?, fragte er zurück.

Darum geht es jetzt nicht, sagte Wögerer. Ich möchte nur wissen, was an dieser Info dran ist.

Andreas musste passen. Weder war er ein Finanzexperte noch hatte er Zugang zu den Interna der Linzer Finanzpolitik. Wenn Wögerer wünsche, würde er sich in Linz umhören. Von einem *Swap* hatte er, das musste er freimütig zugeben, noch nie etwas gehört.

Wenn da was dran ist, sagte Wögerer, dann brennt der Baum. Die Schwarzen würden liebend gern weiterzündeln.

Tut mir leid, wiederholte Andreas noch einmal. Davon höre ich zum ersten Mal. Er verspürte den Wunsch nach frischer Luft und dachte an den Termin mit Ilona. Das Lokal lag in der Innenstadt und war in gut zehn Minuten zu Fuß zu erreichen. Ein kleiner Spaziergang würde ihm guttun.

Er stand auf, um sich zu verabschieden.

Wögerers Schreibtisch wirkte penibel aufgeräumt. Zwei kleine Standfotos zeigten die Porträts einer Frau und eines Buben, offenbar der Sohn Wögerers. Andreas kannte die Familie nur flüchtig. Er wusste bloß, dass die Frau in Linz wohnen geblieben war, Wögerer war ein Wochenendpendler.

Eine Sache gibt es noch, sagte Wögerer zögerlich. Du weißt ja, was alles an einen herangetragen wird.

Es ist nicht meine Sache, in Angelegenheiten anderer zu stöbern, sagte er. Wir haben alle unser Privatleben. Und müssen damit zurechtkommen, fügte er hinzu. Ich habe gehört, da soll etwas mit einer jungen Frau gelaufen sein während des Wahlkampfs, sagte Wögerer und schaute ihm direkt in die Augen.

Andreas spürte, wie er unvermittelt rot wurde.

Wer sagt so etwas?, fragte er. Irgendetwas presste ihm die Stimme ab.

Wögerer kniff die Lippen zusammen. Eine Pause entstand.

Die Sache ist geregelt, sagte Andreas. Und erledigt. Ich weiß nicht, wer da auf meine Kosten hausieren geht.

Darum geht es nicht, sagte Wögerer. Falls du Minister werden möchtest. Er sprach den Satz nicht zu Ende.

Was wir nicht brauchen können, sind Frauengeschichten. Du musst damit rechnen, dass die Journaille in deinem Leben herumschnüffeln wird, ob es dir passt oder nicht. Wenn du Leichen im Keller hast, entsorge sie jetzt. Jetzt ist nie zu spät, sagte Wögerer.

Achtzehn Uhr dreißig.

Auf das Abendessen mit Ilona hatte er sich seit Stunden gefreut. Jetzt saß er da, schnitt lustlos an dem sicher exzellent zubereiteten

Saltimbocca mit Broccoliröschen herum, spürte die Anspannung des Tages und hatte Mühe, sich zu konzentrieren.

Ilona hatte ihn aufgekratzt, beinahe ein wenig hysterisch begrüßt. Sie wirkte selbstbewusst, generös. Für sie war das Treffen in dem italienischen Restaurant ein Heimspiel, in diesem Lokal fühlte sie sich wohl, der Besitzer selbst hatte sie zu einem ruhigen Tisch an einem Fenster geführt, Ilona hatte gewählt, ohne einen Blick auf die Karte zu werfen.

Die polyglotte Ilona, die mehrere Jahre an verschiedenen österreichischen Kulturinstituten im Ausland verbracht hatte, arbeitete nun in Kulturfragen im Außenministerium und erzählte ausschweifend von ihrer letzten Reise zu österreichischen Bibliotheken im Ausland. Zuletzt war sie in Schweden gewesen, in Skövde. Andreas hatte von dem Nest noch nie gehört.

Mühsam schleppte sich das Gespräch, obwohl es ja einiges zu berichten gab, sie hatten einander lange nicht mehr gesehen.

Andreas hatte eine Wahl geschlagen und gewonnen. Aber seine Erzählung klang seltsam muffig. Griesgrämig. Grantig.

Erst nachdem abserviert worden war, fragte sie: Gehts dir nicht gut?, und orderte ein drittes Glas Rotwein. Ihre Augen glänzten, ihre Wangen hatten sich gerötet. In diesem Moment fragte sich Andreas, ob sie wohl zu viel trank. Zuvor hatte sie ein paar Mal sehr laut gelacht, ein raues Lachen, das ganz von unten aus dem Bauch kam.

Außerdem witterte er eine Fürsorglichkeit in ihrer Frage, die ihm verlogen vorkam und ihn augenblicklich verärgerte. Wusste auch sie etwas?

Du hast den Eindruck, es geht mir nicht gut?, fragte er ausweichend. Was erzählt man sich denn über mich, wenn der Tag lang ist? Oder existieren wir eh nicht, sobald wir wieder in der Provinz verschwinden?

Jetzt bist du sauer, sagte sie ausweichend. Das wollte ich nicht. Sie legte ihre Hand auf seine.

Sie war die zweite an diesem Tag, deren körperliche Berührung ihm übergriffig erschien. Andreas ertappte sich dabei, mehrmals unter der Tischkante auf die Uhr zu sehen.

Das Gespräch kam nicht mehr in Fluss. Sätze, die er einwarf, versickerten, die Vertraulichkeit, die sich sonst bei ihren Treffen einstellte, blieb aus. Sie erreichten einander nicht. Andreas merkte, dass auch Ilona spürte, dass der Abend verloren war.

Irgendwann kam die Rede auf Katharina. Andreas hörte sich Sätze über sie sprechen, für deren Abschätzigkeit er sich schäbig vorkam. Seltsam sei sie geworden. Richtig zickig manchmal. Mit der Pflege des Vaters überbeschäftigt. Und überlastet seien sie wohl beide.

Hast leicht gar ein Pantscherl mit einer anderen?, fragte Ilona plötzlich aus dem Nichts heraus. Spöttisch klang ihre Frage.

Er hatte keine Kraft zu antworten und schüttelte nur den Kopf.

Sie wiederholte den Anflug noch einmal, wie um zu demonstrieren, wie gut sie ihn zu kennen glaubte.

Ich glaube, da hats etwas, sagte sie mit einem kleinen Triumph in der Stimme.

Zahlen wir, sagte er. Es ist schon spät.

Sie nahmen den letzten Zug vor Mitternacht.

Binder berichtete mit leuchtenden Augen vom Heimsieg seiner Grün-Weißen, Andreas hatte keine Lust, zu spotten.

Gleich darauf beugte sich Binder wieder über sein iPhone und gab Nachrichten durch. Minuten später war er, die Laptoptasche auf dem Schoß, eingenickt.

Andreas betrachtete sein Spiegelbild im Fenster, dann beobachtete er Roland Binder. Der hatte seine Schuhe ausgezogen, sie akkurat unter den Sitz geschoben und sich die Krawatte gelockert. Binder gehörte zur Generation jüngerer Genossen, die die Abneigung gegen dieses Kleidungsstück nur mehr als historische Episode belächeln konnten und nichts mehr dabei fanden, dieses Teil zu tragen. Binder saß da, den Kopf zur Seite geneigt. Mit einem leicht schnaubenden Geräusch zog er Luft ein.

Wenn Andreas sich sicher gewesen wäre, dass Binder derjenige war, der nach Wien apportierte, dann hätte er jetzt Lust gehabt, ihm die Laptoptasche auf den Kopf zu schlagen.

Andreas nahm das Handy heraus und drückte darauf herum, bis er die SMS fand, die mit der Abkürzung *4YEO* begann. Er drückte auf *Antwort* und starrte auf den blinkenden Cursor. Dann tippte er *MU* in das Handy. Er löschte die Nachricht wieder und gab stattdessen *Penso a te* ein. Er betrachtete den Satz, bis er einnickte.

10
ULRICH
DIESES BITTERE BEGREIFEN

Um ein Uhr verließ Ulrich die Praxis. Am Abend wollte Verena ihn noch einmal anrufen und fragen, ob er sie am Wochenende nach Grafenau in den Bayerischen Wald begleiten würde. Ulrich hatte sich noch nicht entschieden. Vielleicht würde damit eine neue Phase ihrer Beziehung beginnen, vielleicht war es aber klüger, die Einladung auszuschlagen. Seit Verena ihren Mann verloren hatte, kam sie zu Ulrich zur *Supervision*. Das war der Terminus, der ihr am besten gefallen hatte. Als *Psychotherapie* wollte sie die Sitzungen nicht bezeichnen. Psychotherapeutin war sie schließlich selber auch. Ulrich kannte seine neue Klientin aber viel länger. Verena hatte in seiner Praxis hospitiert und bei ihm ihre Lehrtherapie absolviert. Damals war sie mit Arnold noch nicht einmal verheiratet gewesen. Später entstand eine lose Freundschaft zwischen Ulrich und Silke und den Walters. Sie waren gemeinsam zu Konzerten nach München gefahren, einmal auch zu einem gemeinsamen Wochenende nach Wien. Nach der Trennung von Ulrich und Silke war die Beziehung der Paare auseinandergebrochen. Seither traf sich Ulrich mit Verena alleine, zwei-, dreimal im Jahr zum Essen. Beruflich hatten sie über den Berufsverband der Psychotherapeutenkammer miteinander zu tun.

Für Verena hatten früher viele Männer geschwärmt. Sie sah gut aus, hatte Charme und Humor, sie war intelligent. Ulrich, einige Jahre älter, hatte das Werben um sie aus der Distanz betrachtet. Wenn er sie je begehrt hatte, hatte er sein Begehren perfekt unterdrückt, abgetan als lächerlichen Nähewunsch eines Älteren und wohl auch, weil er sich im Vergleich zu jüngeren Männern ohne Chance sah. Als Verena dann zu ihm in die Ausbildung kam, hatte er den Wunsch, mit ihr zu schlafen, professionell in Zaum gehalten – und niemals die Grenze zur Intimität überschritten. Dann war dieser österreichische Germanist an die Uni gekommen und hatte sich Verena geschnappt. Wie die Liebesgeschichte der beiden genau vor sich gegangen war, hatten die damals zahlreichen quasi Gehörnten nie begriffen.

Am Nachmittag wollte Ulrich im Garten arbeiten, die Hecke musste dringend geschnitten werden. In einem Prospekt eines Baumarkts hatte er ein günstiges Angebot für eine elektrische Heckenschere entdeckt, die er nach der Arbeit besorgen wollte.

Als er den Baumarkt mit der Heckenschere unterm Arm verließ, traf er auf dem Parkplatz zufällig Richard Mager, den Mann von Rita, einer der Kolleginnen Verenas in der Gemeinschaftspraxis. Verena hatte ihm gegenüber ein paar Mal angedeutet, dass Rita ein Alkoholproblem habe, das sie aber konsequent verleugne.

Richard war ein Jugendfreund von Silke, damals ein blendend aussehender junger Mann, der Schlagzeug in einer Rockband gespielt und, ganz wie es dem Klischee entsprach, die Blicke der Mädchen auf sich gezogen hatte.

Na?, fragte Richard. Fast schien es, als wollte er an Ulrich vorbeigehen, dann blieb er doch stehen. Er trug schwarze Jeans und eine schwarze Lederjacke und hatte Gel im Haar.

Muss auch wieder einmal sein, sagte Ulrich und deutete auf das Paket. Jetzt probiere ich es mit einer elektrischen. Man will ja auch nicht den ganzen Tag im Garten stehen.

Und du?

Richard zeigte mit einer Kopfbewegung in Richtung des Elektrogroßhändlers. Muss ein paar Kabel besorgen, sagte er.

Du spielst wieder?, fragte Ulrich.

Gelegentlich. Ein alter Drummer kanns nicht lassen. Am Samstag steigt ein kleines Fest in Obertraubling.

Du unterrichtest auch noch an der Musikschule, oder?

Sicher, sagte Richard. Nächstes Jahr begehe ich meinen Zwanziger.

Eine kleine Pause entstand. Es war nicht sicher, ob nicht einer der beiden den Moment zu entkommen nützen würde.

Ulrich versuchte zu taxieren, ob Richard glücklich war. Er wirkte tough, drahtig. Von irgendjemandem hatte er einmal gehört, dass Richard an Tinnitus litt.

Und sonst?, fragte er.

Geht so, sagte Richard. Du weißt ja. Auf und ab. Rock'n'Roll und so.

Verstehe, sagte Ulrich.

Er merkte, dass Richard gehen wollte.

Du kennst doch Hannes, den Sohn von Verena?, fragte Richard.

Sicher, sagte Ulrich.

Der hat ein paar Jahre bei mir Schlagzeug gelernt. Begabter Junge. Voriges Jahr hat er Abi gemacht. Vor Kurzem kommt er dann zu mir und sagt, er hat keinen Bock mehr. Und hat die Sticks von einem Tag auf den anderen an den Nagel gehängt. Ehrlich gesagt, habe ich mir Sorgen um den Jungen gemacht. Weiß ja nicht, wie Verena alles so auf die Reihe bekommt jetzt. Der Vater erschossen. Sicher für einen Jungen in dem Alter ein Hammer. Aber, was sollst du machen. Ich meine, der Junge ist volljährig, kann im Prinzip entscheiden, wie er will. Leid tut es mir schon, wenn man sieht, wie ein Begabter abzieht. Ich dachte, weil du ja vielleicht Kontakt zu Verena hast.

Das mit Hannes wusste ich nicht, sagte Ulrich. Wieder eine Pause. Auf dem Parkplatz klackten unaufhörlich Kofferräume auf und zu.

Na ja. Dann, sagte Richard. Machs gut, sagte er, man sieht sich ja jetzt öfter, meinte er und grinste.

Im Nachbargarten waren mehrere Männer damit beschäftigt, zur Straße hin eine mannshohe Mauer aus Granitsteinen zu errichten. Im Garten röhrte eine Mischmaschine, einer der Männer lud schwere Steine in eine Schubkarre. Ulrich fragte sich, ob für die Mauer eine Baugenehmigung einzuholen war. Der Nachbar, ein Immobilienmakler, war ein Pedant, der sich schon mehrmals wegen Kleinigkeiten bei ihm beschwert hatte. Überhängende Zweige, laute Musik bei geöffnetem Fenster – das alles waren schon Anlässe für Anrufe gewesen. Ulrich grüßte über den Zaun, die Männer sahen ihn erstaunt an. Als sie miteinander sprachen, bemerkte er, dass sie sich auf Tschechisch unterhielten. Der Immobilienmakler beschäftigte offenbar billige Schwarzarbeiter.

Später läutete das Telefon.

Dieter, sein Bruder, war am Telefon.

Überraschung, dass du einmal anrufst, sagte Ulrich.

Bärbel ist im Krankenhaus, sagte Dieter. In Weiden. Habe sie gestern hingebracht.

Seine Stimme krächzte, sprang nicht an. Er klang besorgt und ängstlich. Dieter war immer der Ängstlichere von ihnen beiden gewesen.

Das tut mir leid, sagte Ulrich. Ich hoffe, es ist nichts Ernstes.

Das hoffe ich auch, sagte Dieter. Das hofft sie ja auch, fügte er hinzu. Sie ist ja die Optimistische bei uns. Aber seit der Sache von vor zwei Jahren. Man weiß ja nie, sagte Dieter.

Jetzt heißt es wohl abwarten, sagte Ulrich.

Ja, heißt es wohl, sagte Dieter. Sie untersuchen sie erst mal. Und dann müssen wir mal sehen. Man muss es nehmen, wie es kommt, sagte Dieter.

Ich hoffe, du hast genug zu tun, um dich ein wenig abzulenken, sagte Ulrich.

Ja, habe ich. Auch wenn der Laden nicht so besonders läuft.

Das Wetter ist schön, sagte Ulrich. Ein wenig hinausgehen, sagte er.

Mach ich ja, sagte Dieter. Einmal die Woche gehe ich immer noch zum Tennis.

Und so?, fragte Ulrich.

Geht so, sagte Dieter. Muss gehen. Der Marktplatz stirbt langsam aus. Wir haben mehr als sechzig Prozent Leerstand. Du könntest hier eine Praxis nach der anderen eröffnen, sagte er und lachte.

Ulrich verspürte das Bedürfnis, seinen Bruder aufzumuntern und schwieg. Ihr Vater hatte nach dem Krieg in dem Ort nahe der tschechischen Grenze begonnen, mit Uhren zu handeln. Dieter, der Jüngere, hatte das Geschäft übernommen, Ulrich war weggezogen, um zu studieren. Und nicht mehr zurückgekehrt. Dafür hatte Dieter das Elternhaus geerbt. Dennoch brach gelegentlich in ihm ein bitterer Neid durch auf den, der weggegangen war. Seit Ulrich geschieden war, hatten sich die Neidanfälle reduziert. Kinderlos waren beide geblieben.

Jedes Jahr am Totensonntag, wenn sie einander am Familiengrab trafen, überfiel Ulrich die Vorstellung, was wohl in einer Generation sein würde. Vielleicht würden dann die Namen der Brüder auf dem Grabstein der Eltern stehen. Und niemand mehr davor.

Decker ist letzte Woche gestorben, sagte Dieter. Weißt du doch. Fritz Decker. Eisenwaren. Der mit dem Hinkebein.

Ulrich erinnerte sich. Ein paar Sommer lang hatte er, als Schüler noch, in dem Laden für ein paar Mark Lieferungen ausgepackt und einsortiert. Decker hatte eine Tochter, ein, zwei Jahre jünger als Ulrich, ein Mädchen mit großen, runden Augen, das Ulrich platonisch verehrt hatte. Bei einem seiner letzten Besuche im Heimatort hatte er sie wieder einmal gesehen. Sie hatten den Laden längst aufgegeben, das Mädchen von damals war eine füllige, üppige Frau geworden, die verhärmt wirkte, mit einem Blick, der einem auswich.

Bist du noch da?, fragte Dieter. Du sagst ja nichts.

Ich bin noch da, sagte Ulrich.

Als sie am Samstagmorgen aufbrachen, wollte Verena plötzlich mit Arnolds Wagen fahren. Mit dem Wagen, der seit fast einem Jahr in der Garage stand, und den sie doch zu verkaufen beabsichtigte.

Wenn du mich fragst, sagte Ulrich, also, ich halte das für keine gute Idee.

Ich habe dich nicht gefragt, sagte Verena.

Sie verhandelten eine Zeit lang. Erst als ihr Ulrich erklärte, dass er sich als ihr Chauffeur verstehe, gab sie nach. Sie nahmen schließlich seinen Wagen.

Verena hatte ihn gebeten, mit ihm den Wochenendausflug in den Bayerischen Wald zu unternehmen und Ulrich hatte sich entschieden, zwei Tage für sie zur Verfügung zu stehen. Wenn es nach ihm gegangen wäre, wäre die Fahrt wohl nach München gegangen, in die Alpen nach Oberbayern oder seinetwegen auch ins Vogtland, aber es war Verenas Reise.

Ich bin dein Chauffeur, wiederholte er. Du sagst an und ich lenke.

Es war windig und kühl, aber es würde nicht regnen. Als sie das Haus verließen, trug Verena ein Kopftuch, das Ulrich an einen Film aus den fünfziger Jahren erinnerte. Es fehlte bloß die passende Sonnenbrille.

Dass die Polizei nichts voranbrachte, hatte Verena keine Ruhe gelassen. Wieder und wieder hatte sie den Zwischenbericht der Kriminalpolizei gelesen, dem kein weiterer gefolgt war. Ihr Plan war, ein paar der Zeugen, die befragt worden waren, noch einmal zu besuchen. Vielleicht war den Kriminalisten etwas entgangen.

Du brauchst nicht denken, ich spiele mich hier als Ermittlerin auf, sagte Verena. Ich versuche nur zu verstehen, was damals mit Arnold geschah. Und wie es geschah.

Über die Route und den Sinn ihrer Reise hatten sie länger beraten. Verena wollte die Reise ausgerechnet am Ort der Tat, dem Nationalpark Bayerischer Wald in Neuschönau, beginnen. Ulrich hatte Mühe, ihr diesen Plan auszureden.

Wir sollten besser dahin fahren, wo du sicher sein kannst, dass du dich emotional nicht überforderst, sagte er. Mit Zeugen sprechen, ja. Überlege, ob es dir guttut, an den Ort zu fahren, an dem Arnold gestorben ist. Der Platz ist längst durchsucht und geräumt, Zehntausende Besucher sind seither dort durchs Gelände getrampelt – die Gefahr ist groß, dass dich der Ort zu sehr aufwühlt.

Verena hatte ihn fragend angeschaut und geschwiegen.

Sie hatten Kaffee auf der Terrasse ihres Hauses getrunken. Ulrich traute sich, seine Hand auf ihre zu legen, während er mit ihr sprach. Später strich er ihr über den Arm.

Dann merkte er, dass er sie besänftigt hatte.

Du hast recht, sagte sie. Wozu auch. Wir haben Programm genug.

Sie fuhren zu der Pension in Grafenau, in die sich Arnold häufig zum Schreiben zurückgezogen hatte. Obwohl sie angemeldet waren, schien es, als kämen sie ungelegen. Es war Samstag, die Vermieterin der Pension, eine ältere, mürrisch wirkende Frau, hatte überraschend ihren kleinen Enkel zur Betreuung übernommen, nicht ganz freiwillig, wie Ulrich aus einer Andeutung zu erkennen glaubte.

Die Frau bat sie ins Haus, einen funktionalen Bau aus den sechziger Jahren, der innen mit Motiven aus Wald und Forst behängt und sichtlich seit Jahrzehnten nicht mehr modernisiert worden war. Arnold war es nur um die Ruhe gegangen, alles andere hatte ihn nicht interessiert. Das Haus stand am Waldrand, am Ende einer Sackgasse, einige der Pensionszimmer gingen nach hinten, zum Wald hinaus.

Ich zeige Ihnen das Zimmer, sagte die Vermieterin und ging die Treppe hoch. Ulrich und Verena folgten ihr. Es war ein einfach eingerichtetes Einzelzimmer mit Dachschräge. In einer Ecke ein Tischchen, an einem Haken an der Wand hing ein Fernsehgerät, die Fernbedienung lag auf der Bettdecke. Am Kopfende des Bettes ein Reprint: eine weiße Rose. Geschmackssache, dachte Ulrich.

Er verspürte nicht das Bedürfnis, je in dieser Pension abzusteigen.

Hier hat er fast immer geschlafen, sagte die Frau, und deutete auf das Bett. Sie öffnete das Fenster. Draußen bewegten sich die Äste einer Buche im Wind. Hier hatte er seine Ruhe, sagte sie. Zum Frühstück ist er runtergekommen und zu Mittag meistens in den Ort gefahren. Wohin genau, kann ich Ihnen nicht sagen. Bei uns gibt es mehrere Gasthöfe, wo man mittags essen kann.

Verena strich mit der Hand über das Bettlaken, ging ans Fenster und schaute nach draußen.

Und hatte er jemals Besuch?, fragte Ulrich.

Niemals. Nicht, dass ich mich erinnern könnte, sagte die Vermieterin. Das habe ich alles schon der Polizei erzählt. Wen er im Ort getroffen hat, kann ich natürlich nicht sagen. Soviel ich weiß, hat die Kripo im Markt damals auch nachgefragt. Ich kann es mir nicht vorstellen, sagte die Frau. Der Herr Professor hat immer sehr diszipliniert gearbeitet und das Zimmer kaum verlassen, auch wenn draußen die Sonne schien. Bloß zur Sportschau hat er eine Pause eingelegt. Und zum Rauchen ist er auf den Balkon gegangen. Die Frau ging in den Flur hinaus und zeigte auf eine Glastür am Ende des schmalen Ganges, die hinausführte.

Und dass er mit anderen Gästen Kontakt hatte?, fragte Ulrich.

Fast alle kommen zum Wandern zu mir, sagte sie. Also vielleicht beim Frühstück einmal, dass man sich unterhält, aber untertags war das Haus fast immer leer bis auf den Herrn Professor. Ich glaube nicht, dass er da einmal jemanden kennengelernt hat, sagte sie.

Von unten rief der Enkel nach seiner Oma.

Er schreit schon wieder, sagte die Frau.

Wir wollen Sie nicht aufhalten, sagte Verena und nickte Ulrich zu.

Auf der Treppe drehte sich die Vermieterin zu Verena um. Ihr Mann war ein feiner Mensch, sagte sie. Dass es immer die Falschen erwischen muss.

Sie gingen zum Wagen zurück. Ulrich merkte, dass Verena Tränen in den Augen hatte. Sie wirkte enttäuscht. Auch darüber hatten sie vorher gesprochen. Dass sie, realistisch gesehen, sich nicht zu viel von dieser Fahrt erhoffen durfte.

Irgendwann an diesem Wochenende, hoffte Ulrich, würde sie sich beruhigen und akzeptieren, wie es war. Vielleicht gab es am Abend einen Moment, um sie auf andere Gedanken zu bringen. Um auch über andere Dinge zu reden.

Sie fuhren in ein Dorf in der Nähe. Sie suchten einen Mann, den alle hier den Albert nannten. Albert, das war der Vorname eines der Zeugen gewesen, die Arnold damals im Wald gesehen hatten. Sie fragten in dem kleinen Laden. Der Mann, der an der Kasse saß, ging mit ihnen vor das Geschäft und erklärte ihnen den Weg.

Das Haus stand außerhalb des Dorfes auf einer Anhöhe, ein ehemaliger Bauernhof, der nicht mehr bewirtschaftet wurde. Albert war Rentner, seine Frau hatte Kaffee und Krapfen gemacht und bat sie in die Stube.

Ulrich merkte, dass ihn die zwei Alten aufmerksam beobachteten. Sie wussten, dass Verena die Frau des Ermordeten war, ihn konnten sie nicht zuordnen. Während wir reden, rattern in ihren Köpfen die Fantasien, dachte Ulrich. Ulrich hatte sich mit seinem Namen, Meile, vorgestellt. Die Alten stellten keine Fragen, keine einzige.

Sie saßen eine Dreiviertelstunde in der Stube der Alten. Auf der Kredenz stand aufgereiht eine Reihe von Familienfotos. Eine Tochter hatte weggeheiratet, der Sohn, ledig, arbeitete in Ingolstadt und kam nur am Wochenende nach Hause.

Verena versuchte, Albert Köhlers Erinnerung zu befeuern. Sein Begleiter, mit dem er damals die Wanderung unternommen hatte, war sein Schwager gewesen, der in Sachsen lebte.

Sie waren damals im Nationalpark wandern?, fragte Verena.

Ja, sagte Albert. Bis zu seiner Pensionierung hatte er in einem Sägewerk in der Nähe gearbeitet, Tag für Tag Holz geschnitten. Der Lärm der Maschinen hatte ihn beinahe taub gemacht. Vielleicht war er deshalb so wortkarg.

Sie können sich noch an den Mann erinnern, den Sie damals im Wald gesehen haben?, fragte Verena und legte Albert Köhler ein Porträtfoto von Arnold vor.

Ja, das war er, sagte Albert. Der war das, sagte er mit Blick auf seine Frau. Der, wo dann ermordet wurde, sagte er zu ihr. Ja, das weiß ich schon, sagte die Frau.

Und Sie haben mit ihm gesprochen?, fragte Verena. Das haben Sie bei der Kriminalpolizei angegeben.

Was heißt gesprochen, sagte Albert. Es hat geregnet. Was man so sagt halt. Der Mann war allein unterwegs. So eine Bemerkung haben wir gemacht halt. Ganz allein unterwegs im Wald oder so. Bei dem Sauwetter. So ähnlich. Wir waren froh, dass wir mit der Wanderung beinahe fertig waren. Wir waren ja bei der Baustelle gewesen für den Baumwipfelweg, den haben wir uns angesehen. Mordssache, sagte Albert.

Und, hat er was zu Ihnen gesagt?, fragte Verena.

Nichts, sagte Albert. Gegrüßt hat er. Und dann sind wir gleich weiter. Zurück zum Parkplatz wollten wir.

Und Ihnen ist nichts Besonderes aufgefallen?

Nichts Besonderes, sagte Albert. Es hat geregnet. Ihr Mann hatte eine Jacke an mit einer Kapuze. Die hatte er hochgezogen. Es war ja nass.

Sie saßen noch eine Zeit lang und hörten den Alten zu. Ulrich beobachtete, dass die beiden beim Reden an Verena vorbeisahen. Ihn, den stummen Begleiter, ignorierten sie völlig. Wenn Albert sprach, wischte er mit der Hand unentwegt über die Tischdecke.

Ulrich begann, im Kopf die Sätze der Alten zu notieren.

Jetzt sind wir ganz allein, sagte die Frau.

In Ingolstadt werkt der, sagte Albert. Wenn der sich eine findet, bleibt er auch einmal dort, sagte er.

Man muss froh sein, dass man noch weiterkann, sagte Albert.

Jetzt sind wir ganz allein, sagte die Frau.

Der Tag vergeht, das Licht verbrennt, sagte die Frau.

Sie fuhren zurück ins Dorf. In einer Seitenstraße, neben dem Spielplatz eines Kindergartens, hielt Ulrich den Wagen an.

Glaubst du wirklich, dass diese Aktion einen Sinn hat?, fragte er.

Verena begann lautlos zu weinen. Sie stieg aus und lief vom Auto weg. Hinter dem Kindergarten führte ein Spazierweg in den Wald hinein.

Ulrich blieb sitzen und wartete. Nach einer Viertelstunde kam Verena zurück.

In Frauenberg hatte Verena in einer Pension Zimmer reserviert. Die Dame an der Rezeption sah sie fragend an: Sie haben Einzelzimmer, bestellt, oder? Ja, sagte Verena schnell.

Abends gingen sie essen in einem ruhigen Lokal auf dem Stadtplatz.

Später, bei einem Glas Wein, begann Verena plötzlich zu erzählen.

Meine Zeitrechnung besteht aus einem Vorher und einem Nachher, sagte sie.

Ich kann nicht anders. Das Bild einer Klientin fällt mir ein: Die hatte ihren Sohn im Krieg verloren, aber sie wusste, dass sie auf Dauer nicht weiterleben konnte, wenn sie nur zurückblickte. Sie erzählte mir damals die Geschichte aus dem Buch Elija, aus der Stadt Gomorrha. Eine Frau flieht aus der brennenden Stadt, sie dreht sich um und erstarrt zur Salzsäule.

Nein, erstarren will ich nicht und auch nicht immer zurückschauen, sagte Verena. Aber es fällt mir schwer, den Blick nach vorn zu richten. Als zöge mich etwas in die Vergangenheit, in die Geschichte mit Arnold, in alles, was gewesen ist, Gutes und weniger Gutes.

Verstehst du, alles, was ich schon bei dir in der Supervision versucht habe: mich an die Momente zu erinnern, die schön waren, an Dinge, die wir gemeinsam erlebt, auch an die Krise, die wir durchgemacht haben, all die Jahre mit Arnold als ein Geschenk an mein Leben zu begreifen: Dazu sagt mein Verstand Ja. Mein Herz noch nicht.

Es ist so banal. Der Schmerz über seinen Tod, die Tatsache, dass Arnold schlicht nicht mehr da ist, wenn ich abends nach Hause komme, die Tatsache, dass er mir nie mehr zuhören wird, wenn ich nach einem anstrengenden Arbeitstag das Bedürfnis habe, mich auszutauschen, diese Tatsache als Faktum anzunehmen, zu ertragen, zu begreifen, scheint mir unerträglich. Dass alles so endgültig sein muss. So irreversibel. Dass du das durch kein Bitten, kein Betteln, kein Heulen, kein Gebet rückgängig machen kannst.

Dieses bittere Begreifen, sagte Verena. Dass er einfach nicht mehr da ist und nie mehr neben mir im Bett liegen und im Traum murmeln, nie mehr neben mir husten, nie mehr im Schlaf nach meiner Hand greifen, mich nie mehr um die Hüften fassen wird, sagte sie.

Ulrich hatte seine Hand auf Verenas gelegt. Sie schwiegen. Reden wir doch von dir, sagte Verena und drückte seine Hand.

Würde ich jetzt von mir reden, müsste ich doch auch von dir reden, sagte Ulrich. Oder von meiner Rollenkonfusion, in die ich geraten bin. Als dein Therapeut, als dein Supervisor, verbesserte er sich, und als dein Freund.

Rollenkonfusion, wie?, fragte Verena.

Dann müsste ich klären, als wer ich jetzt hier sitze.

Jetzt, um diese Zeit, als mein Freund, sagte sie.

Du machst es mir wirklich nicht leicht. Es ist schon spät, sagte er.

Da gab er plötzlich auf, er wusste nicht, wieso.

Es war ihm schwergefallen, ihr zuzuhören, ihr erneut zuzuhören, ihr zum weiß Gott wievielten Male zuzuhören. Die Kellnerin kam mit der Rechnung, die Ulrich übernahm.

Als sie das Gasthaus verließen, wusste er alles, was er zu sagen verabsäumt hatte. Welche Fragen er nicht gestellt, welche Ideen er nicht vorgebracht hatte. Welche Sätze er nicht auszusprechen gewagt hatte. Dass er sein Haus verkaufen konnte. Oder sie ihres. Dass er davon träumte, mit ihr zusammenzuziehen. Alles zu früh.

Als sie über den Marktplatz zum Hotel gingen, hängte Verena sich bei ihm ein. Danke trotzdem, dass du mir zuhörst, sagte sie.

Später überkam es ihn. Im Morgenmantel ging er hinüber zum Nachbarzimmer und klopfte. Du bist noch wach?, sagte er.

Verena lag bereits im Bett.

Ich wollte fragen, wie es dir geht und Gute Nacht sagen.

Danke.

Gute Nacht, sagte Ulrich und küsste sie auf die Stirn.

Sie nahm seine Hand und richtete sich auf. Bleib bei mir, sagte sie, und drückte ihn an sich. Bleib bei mir liegen. Einfach neben mir.

Du weißt nicht, was du von mir verlangst, sagte Ulrich.

Am Sonntag fuhren sie bis an die tschechische Grenze zum Dreisesselberg. Der Heimweg führte sie entlang der österreichischen Grenze. Der Dichter Adalbert Stifter hatte hier in Lackenhäuser mehrere Sommer verbrachte. Arnold hat einen Aufsatz über ihn geschrieben und Vorträge über ihn gehalten, noch im vorigen Jahr, erzählte Verena. Das Haus, in dem ein kleines Museum untergebracht war, war geschlossen.

Was ist mit dir?, fragte Verena während der Fahrt.

Ich bin müde, sagte Ulrich. Gleich nach dem Losfahren hatte er den Klassiksender eingestellt.

Die Enttäuschung, die ihn nachts nicht hatte schlafen lassen, hatte sich beim Frühstück noch nicht verflüchtigt. Das schale Gefühl, eine Möglichkeit verpasst zu haben, überwältigte ihn, ein Gefühl, das schwallweise in Ärger umkippte, das Gefühl, ausgenutzt, übervorteilt worden zu sein, überkam ihn.

Es geht immer nur um sie, dachte er. Das ganze Wochenende lang. Um sie allein.

Möglicherweise hatte er schon in dem Moment alles verbockt,

als er sich als ihr Chauffeur angedient hatte. Während des Fahrens sah er sich einer jähen Schamattacke ausgesetzt. Er hatte unter seinem Niveau kommuniziert, er hatte sich klein gemacht, sein Begehren herabgewürdigt, sein tatsächliches Verlangen nach Verena zurückgehalten. Die Rolle des Supervisors hatte er perfekt gespielt, in der Rolle des Begehrenden hatte er kolossal versagt. Wahrscheinlich hatte ihn Verena als solchen nicht einmal im Ansatz wahrgenommen. Humorlos, uncharmant, hölzern, antriebslos hatte er agiert. Unmännlich wahrscheinlich. Sie hatten kaum gelacht an dem Wochenende. Vielleicht fand ihn Verena auch körperlich nicht anziehend, vielleicht viel zu alt. Er hatte sie nicht danach gefragt.

Verena hatte noch eine Adresse ausfindig gemacht, die eines Polizisten aus Wegscheid an der österreichischen Grenze. Der Beamte namens Gatzka hatte Verena damals einen Bericht überbracht und Arnolds Wagen überstellt. Wenn sie ihn brauchte, sollte sie sich bei ihm melden, hatte der Beamte damals zu ihr gesagt. Verena hatte seine Adresse gesucht und gefunden.

Es war ein Sonntag. Ulrichs Einwand, vorher dort wenigstens anzurufen, hatte Verena weggewischt. Wenn ich schon einmal in dieser Gegend unterwegs bin, sagte sie, möchte ich die Gelegenheit beim Schopf packen.

Ich habe keine Kraft mehr, auf sie einzuwirken, dachte Ulrich.

Ein schöner, warmer Sonntagnachmittag. Ein unauffälliges Einfamilienhaus in einer Siedlungsstraße. Garten reihte sich an Garten, vor den Einfahrten zu den Garagen standen Mittelklasseautos.

Als Verena an der Tür läutete, öffnete niemand.

Da ist keiner zu Hause, sagte Ulrich.

Vielleicht ist hinten im Garten jemand, sagte Verena.

Sie saßen auf der Terrasse, ein Mann und eine Frau. Sie tranken Kaffee. Die Frau stand auf und ging erstaunt auf sie zu. Ulrich war die Situation unangenehm, er hielt sich im Hintergrund.

Entschuldigen Sie, sagte Verena. Guten Tag, Herr Gatzka, sagte sie zu dem Mann gewandt und gab ihm die Hand. Mein Name ist Walter. In dem Moment erkannte Verena den Irrtum.

Grüß Gott. Achatz, sagte der Mann, ich bin nur ein Kollege. Der Mann war aufgestanden. Am Tisch neben der Kaffeetasse lagen ein Handy und ein Schlüssel.

Verena entschuldigte sich.

Mein Mann ist nicht zu Hause, sagte die Frau.

Er hat mir seine Nummer gegeben. Vor einem Jahr schon, sagte Verena. Wir waren in der Gegend. Und da dachte ich, man könnte. Entschuldigen Sie, es ist sicher ungelegen. Dass wir Ihnen Umstände machen.

Ein schreiendes Schweigen zwischen ihnen allen. Ulrich konnte das Tschilpen eines Vogels hören. Irgendwo in der Nachbarschaft lief ein Radio.

Wenn es dienstlich ist, muss ich Sie auf morgen verweisen, sagte die Frau. Mein Mann arbeitet in Wegscheid.

Entschuldigen Sie noch einmal, ich weiß, wir platzen da herein, es hätte sein können, stotterte Verena. Wissen Sie, mein Mann ist vor einem Jahr ermordet worden und da dachte ich.

Ich glaube, ich erinnere mich, sagte Achatz ruhig. Oben im Nationalpark. Ich bin ein Kollege.

Aber mein Mann hat heute frei. Er ist gar nicht zu Hause. Er ist Schiedsrichter, wissen Sie. Auch ein Polizist hat manchmal Freizeit, sagte die Frau. Ihre Augen blitzten. Ulrich hatte plötzlich den Eindruck, dass sie gerade geweint hatte. Er konnte sich aber auch täuschen. Es ging alles sehr schnell.

Verena versprach, Gatzka am nächsten Tag anzurufen. Dann traten sie den Rückzug an. Der Auftritt war mehr als peinlich gewesen.

Bei der Heimfahrt konnte sich Ulrich nicht mehr zurückhalten.

Ich habe mich geschämt, sagte er. Ohne Anmeldung. So etwas macht man einfach nicht.

11
KATHARINA
ICH DACHTE, DU WOLLTEST MIT MIR REDEN

Und dann haben Sie den Aushang entdeckt?, fragte Katharina.

An der Pinnwand im Supermarkt, sagte die Frau. Marina hat mir den Zettel gezeigt. Eine frühere Kollegin. Ich habe da ja früher gearbeitet, sagte sie. Fünf Jahre lang. Fast sechs.

Und jetzt arbeiten Sie nicht mehr dort?, fragte Katharina.

Dann bin ich krank geworden, wie gesagt, sagte die Frau.

Katharina hatte Kaffee angeboten, die Frau hatte abgelehnt. Katharina hatte ihr ein Glas Mineralwasser hingestellt, die Frau ihres noch nicht angerührt. Katharina bemerkte, wie die Frau ihre Daumen unter dem Tisch nervös umeinander kreisen ließ.

Und jetzt arbeiten Sie stundenweise?, fragte Katharina.

Ich nehme, was ich bekommen kann, sagte die Frau. Ein bisschen etwas zur Arbeitslosen dazu, sagte sie und versuchte zu lächeln. Mein Sohn wohnt noch bei mir.

Sie haben einen Sohn?, fragte Katharina.

Werner. Er ist achtzehn. Fast neunzehn, sagte die Frau. Er arbeitet als Mechaniker. Er wohnt noch bei mir. Nicht immer einfach als Alleinerzieherin. Aber es geht. Ich bin zufrieden mit ihm.

Eine Pause entstand, jetzt nahm sie doch einen Schluck Wasser.

Ich brauche jemanden einmal pro Woche, sagte Katharina. Einen Halbtag lang. Sonst zahlt es sich gar nicht aus. Unser Haus ist groß. Sie können natürlich auch am Nachmittag kommen.

Ist egal. Das kann ich mir einteilen, sagte die Frau. Wie es Ihnen lieber ist, sagte sie.

Ich schreibe Ihnen auf, was zu tun ist, sagte Katharina. Wann können Sie in der Früh beginnen? Um halb acht?

Halb acht ist okay, sagte die Frau.

Ich schreibe Ihnen auf, was zu tun ist. Sie arbeiten dann allein.

Ich bin es gewohnt, selbständig zu arbeiten, sagte die Frau.

Wir können es probeweise versuchen, sagte Katharina. Einen Monat lang. Wenn es für Sie und für mich passt, können wir das dann fix machen, sagte sie.

Wenn Sie wollen, kann ich gleich anfangen, sagte die Frau. Ich habe die Sachen dabei, sagte sie und zeigte auf die Sporttasche, die sie bei der Tür abgestellt hatte.

Das ist nicht notwendig, sagte Katharina.

Wie Sie wollen, sagte die Frau.

Noch etwas, sagte Katharina. Es ist vielleicht selbstverständlich, aber. Wir erwarten uns. Mein Mann ist Politiker, das wissen Sie ja. Wir haben ein Privatleben. Das möchten wir weiterhin für uns behalten.

Sehe ich keine Probleme, sagte die Frau.

Es gibt Bereiche, da brauchen Sie nichts machen, sagte Katharina. Unser Schlafzimmer. Das mache ich selber. Und die Arbeitsräume, meiner ist da hinten, mein Mann hat einen oben, um die brauchen Sie sich auch nicht zu kümmern. Ich hoffe, dass ich Ihnen vertrauen kann.

Kein Problem, sagte die Frau. Das Haus ist ja groß, sagte sie und lächelte.

Ja, und die Bezahlung?, fragte Katharina. Ich nehme an, Sie möchten, dass ich Sie bar zahle, oder?, fragte sie.

Bar, ja, sagte die Frau.

Wie viel hätten Sie sich denn vorgestellt?, fragte Katharina.

Zwölf Euro pro Stunde, sagte die Frau.

Es entstand eine kleine Pause. Katharina sah, dass die Frau ihre Füße gegeneinander rieb. Sie hatte vorher ihre Schuhe ausgezogen und saß in Strümpfen da. Hauspantoffeln hatte sie abgelehnt.

Zwölf ist tüchtig, sagte Katharina. Ich habe bisher zehn gezahlt. Wenn das für Sie okay ist, zahle ich Ihnen zehn.

Die Frau zögerte.

Sie können sich Kaffee machen und alles aus dem Kühlschrank nehmen, was Sie möchten, sagte Katharina. Ich weiß ja nicht, wie Sie arbeiten. Wenn wir zufrieden sind, dann können wir noch einmal darüber reden.

Okay, sagte die Frau. Wann soll ich anfangen?

Helga hatte angerufen, um mit ihr die Ausstellung *Störenfriede – Der Schrecken der Avantgarde von Makart bis Nitsch* im Kunstmuseum Lentos anzusehen. Sie schlenderten durch die Räume, um die Werke von Künstlern der österreichischen Moderne zu betrachten, die zu ihrer Zeit als radikale Neuerer gegolten hatten oder deren Arbeiten sehr kontrovers oder gar ablehnend beurteilt worden waren. Das Museum war am Vormittag schwach besucht, in einer Ecke hockten Schüler auf dem Boden vor dem Gemälde *Die Japanerin* und taten wenigstens so, als lauschten sie den Worten einer Museumspädagogin, die das Bild mit lebhaften Gesten erklärte: eine Frau in einem eleganten Kleid mit entblößten Brüsten. Katharina hatte sich belustigt über den Titel gezeigt: Diese Frau war ja gar keine Japanerin. Helga hatte sie mit einem Blick in den Ausstellungsführer aufgeklärt: Das Kleid war ein Kimono, deshalb der Titel.

Dann standen sie vor einem Schüttbild von Hermann Nitsch aus dem Jahr 1962. Ein blutig roter Fleck, mit großer Energie auf die Leinwand geklatscht. Vom Zentrum weg liefen dünne rote Farbfäden, wie Blut. Helga hielt den Kopf schief. Was ich immer sage, sagte sie. Nichts ist so schwer, wie in Rot zu schütten.

Schaut arg aus, sagte Katharina.

Anschließend saßen sie im Restaurant des Museums und tranken Hugo.

Helga machte sich über eine kurze Bekanntschaft im Rahmen eines Symposiums lustig: Ein Kollege aus Ungarn, Historiker wie sie, ein mehrfacher Doktor, hatte sich spätabends an der Bar und nach mehreren Gläsern Rotwein plötzlich nachdrücklich und explizit, wie Helga sich ausdrückte, für sie zu interessieren begonnen und war mit auf ihr Zimmer gegangen. Dann war rasch Schluss gewesen. Waterloo. Wo nichts steht, geht auch nichts mehr, sagte Helga trocken. Ich habe ihn rasch nach Hause geschickt. Sie lachten beide laut auf.

Dann wandte sich Helga ihr plötzlich zu. Wenn ich ehrlich bin, du schaust nicht gut aus, sagte sie. Du wirkst bedrückt. Spucks aus, sagte sie. Ist was mit Andreas? Mit Sandra? Mit deinem Vater?

Katharina schüttelte den Kopf. Ich bin oft müde. Manchmal habe ich das Gefühl, es hat mit dem Kreislauf zu tun.

Du isst zu wenig.

Blödsinn. Mein Gewicht ist seit Jahren stabil. Ich glaube fast, die Wechseljahre stehen vor der Tür.

Du bist doch erst Mitte vierzig. Hast du Wallungen?

Das noch nicht. Ich schlafe schlecht, bin nervös.

Blutungen?

Alles normal. Noch.

Sie schwiegen. Katharina sah aus dem Fenster. Von ihrem Platz aus konnte sie die zwei Türme des Pöstlingbergs erkennen. Jetzt fiel ihr ein, dass sie vergessen hatte, der Sekretärin im Büro Bescheid zu geben, dass sie ihr die Unterlagen für die Pressekonferenz für das Leichtathletikmeeting nach Hause schickte. Sie wollte den Text noch einmal durchsehen. Sie würde die Sekretärin nach dem Treffen mit Helga anrufen.

Helga redete munter weiter. Und, darf ich fragen, wie es mit dem Sex ausschaut?, fragte sie.

Ich bin mit einem Politiker verheiratet, sagte Katharina. Und der mit der Politik. Oder habe ich mich jetzt nicht klar ausgedrückt?

Heißt was?, fragte Helga.

Mühsam nährt sich das Eichhörnchen, sagte Katharina.

Helga formulierte vorsichtig. Nicht besonders lustig also, meinte sie.

Kann man so sehen, sagte Katharina.
Du hast auch mit dem Tennis aufgehört, sagte Helga.
Mit dem Turnierspielen, ja. Sonst spiele ich schon noch gelegentlich.
Du bist heute wirklich nicht gut drauf, sagte Helga.
Sie schwiegen wieder.
Helga hatte den Versuch, sie aufzumuntern, fast aufgegeben. Wenn du einen Wunsch frei hättest. Was würdest du dann machen? Jetzt.
Dann hätte ich gerne Flügel. Wie ein Vogel. Wie ein Engel. Dann würde ich hier auf die Terrasse laufen, einen Anlauf nehmen und davonfliegen. Über die Donau hinweg. Über die Hügel. Einfach davon.

Sie rief die Sekretärin nicht an und fuhr noch einmal ins Büro zurück. Die Mappe für die Pressekonferenz lag auf dem Schreibtisch. Sie hatte sie hergerichtet und doch im letzten Moment liegen gelassen.
Katharina hatte das Gefühl, sich für ihren Mehraufwand belohnen zu dürfen und genehmigte sich eine kurze Runde im Casino. Wie immer spielte sie ausschließlich am Automaten. Falls sie gewann, würde sie den Gewinn an diese neue Putzfrau weitergeben. In einer knappen halben Stunde verlor sie achtzig Euro, das Limit, das sie sich gesetzt hatte.
Die Frau an der Kasse, mit der sie gelegentlich ein paar Worte sprach, musterte sie seltsam. Entschuldigung, sagte die Frau, die am Revers ein Schildchen mit dem Namen Breitenwanger trug. Gestern habe ich, glaube ich, Ihren Mann im Fernsehen gesehen. Irgendwo an der Autobahn. Da gings um Verkehrskontrollen, glaube ich, sagte die Frau.
Ich habe gestern die Nachrichten gar nicht verfolgt, sagte Katharina knapp und ging. Schönen Tag noch, Frau Bogner, sagte die Frau und schaute ihr nach. Der Blick der Kassiererin brannte noch im Nacken, als Katharina bereits auf der Straße war.

Abends surfte sie im Netz und landete wieder auf der Homepage der Psychotherapeutin aus Regensburg. Täglich ging sie jetzt auf die Seite dieser fremden Frau. Sofort stellte sich bei ihr das Gefühl der Vertrautheit wieder ein. Der Nähe. Der Verbundenheit. Vielleicht auch deshalb, weil sich am Erscheinungsbild der Homepage über Wochen und Monate kaum etwas geändert hatte. Nichts deutete darauf hin, dass Verena Walter seit fast einem Jahr Witwe war.

Irgendwann hatte sie ein neues Foto von sich auf die Seite mit dem Lebenslauf gestellt. Verena Walter trug ihre Haare jetzt kürzer, was ihr besser stand als die Locken vorher. Sie wirkte ernster als auf dem früheren Foto. Auf dem hatte ihr Lächeln etwas aufgesetzt gewirkt. Jetzt trug sie auch eine randlose Brille. Den Spruch des Dalai Lama über das Glück hatte sie durch ein Zitat von Mahatma Gandhi ersetzt. Statt *Der Sinn des Lebens besteht darin, glücklich zu sein* stand nun *Das Glück entflieht uns, wenn wir hinter ihm herrennen. In Wahrheit kommt das Glück von innen.* Katharina war unschlüssig darüber, ob das neue nun das alte Zitat konterkarierte.

Katharina suchte die Seite auf wie die einer alten Bekannten. Gut konnte sie sich vorstellen, mit dieser Frau befreundet zu sein und ihr Probleme anzuvertrauen. Verena Walter war ausgebildete Therapeutin, sie war die Partnerin von Arnold gewesen. Arnold hatte bei den Treffen mit Katharina immer sehr wertschätzend von ihr gesprochen. Nun bot Verena Walter nach längerer Pause wieder ein Familienaufstellungsseminar an. Katharina suchte den Ort im Netz, eine Stadt hoch oben nahe der früheren innerdeutschen Grenze, weit weg von Linz. Ein Ort, an dem sie noch nie gewesen war.

Gegen elf Uhr am Abend schaltete sie den Computer aus. Andreas hatte sich noch immer nicht gemeldet. Er war auf einer Veranstaltung oder bei der Verabschiedung irgendeines verdienten Beamten, Katharina wusste nicht mehr genau, wo. Andreas hatte am Morgen zwischen Tür und Angel seinen Tagesablauf heruntergebetet, sie hatte ihn wieder vergessen.

Katharina zog sich aus und schlüpfte in ihr Nachthemd. Sie

überlegte, ob sie noch eine CD einlegen sollte. Andreas' Anzug, den er am Vortag getragen hatte, hing an einem Kleiderbügel neben seinem Bett.

Mit wenigen Handgriffen durchforstete sie die Sakkotaschen, ein routinierter Vorgang. In der Innentasche des Anzugs steckten ein Kugelschreiber sowie, mehrmals gefaltet, das Programm eines Konzerts, das Andreas ein paar Tage zuvor besucht hatte. An den Rand des Programmzettels hatte Andreas ein paar Anmerkungen gekritzelt, wahrscheinlich hatte er auch eine kleine Ansprache halten müssen.

Am Revers roch Katharina abgestandenen Zigarettenrauch. Andreas rauchte selten, es kam aber vor, dass er sich in stressigen Situationen eine ansteckte. Keine, auch nicht die feinste Andeutung eines Parfüms. In der einen Hosentasche ein zerknülltes Papiertaschentuch, in der anderen Hosentasche die vergessene Verpackung eines Müsliriegels. Es kam oft vor, dass Andreas keine Zeit zum Essen blieb.

Katharina hängte den Anzug wieder zurück. Mit raschem Blick kontrollierte sie den Stoß Bücher und Papier, der auf Andreas' Nachtkästchen lag: ein paar Krimis, ein Buch über Politik und Bildung, ein Bildband über die Geschichte der Sozialdemokratischen Bewegung im Salzkammergut.

Nichts Auffälliges. Keine Hinweise. Nichts, was ihren Argwohn weckte. Sie löschte das Licht und schlief ein, lange bevor Andreas nach Hause kam.

Anderntags ließ es sich nicht vermeiden, mit der Nachbarin ins Gespräch zu kommen. Katharina war auf die Terrasse gegangen, um die Blumen zu gießen. Genau in diesem Augenblick trat auch die Nachbarin in den Garten, um Katzenfutter nachzuschütten.

Sie grüßten einander über die Hecke hinweg. Der Kater lag auf seinem sonnenbeschienenen Platz neben der Tür und rührte sich nicht.

Die Nachbarin war die Frau eines Bankers, neugierig, mit der Neigung zur kumpaneihaften Übergriffigkeit, im Gespräch immer subtil auf der Suche nach gemeinsamen abwesenden vermeintlichen Feinden, über die herzuziehen ihr Spaß machte. Der Banker und seine Frau wählten konservativ, Katharinas und Andreas' Verhältnis zu ihnen war korrekt und distanziert. Man ging sich aus dem Weg. In den Anfangsjahren – sie hatten ihre Häuser etwa zur selben Zeit gebaut – hatten sie einander mehrmals abends gegenseitig zum Grillen eingeladen. Lähmende, nicht enden wollende Abende waren das gewesen.

Die Nachbarin ließ eine Bemerkung übers Wetter fallen – nach ein paar nasskalten Regentagen schien es, als würde es wieder wärmer werden. Das war auch für die Blumen in Katharinas Garten gut. Katharina machte eine freundliche Miene und tat geschäftig. In diesem Moment piepste ihr Handy. Sie entschuldigte sich und ging hinein ins Haus.

Die SMS stammte von Sandra und war von typischer Kürze: *Dringend! Ruf mich an!,* schrieb sie. Ohne Unterschrift.

Sie erreichte Sandra zu Hause in ihrem Zimmer. Bist du nicht auf der Uni?, fragte sie mit einem Ton in der Stimme, der die kontrollierende Absicht kaum unterdrückte. Immer wieder nahm sie sich vor, Sandra nicht in die Gestaltung ihres Lebens dreinzureden oder gar ihren Studienfortgang überprüfen zu wollen. Es misslang ihr immer wieder aufs Neue.

Sandra war nicht zur Uni gegangen, eine Lehrveranstaltung war ausgefallen.

Ihre Stimme klang stumpf. Eingetrübt. Angeschlagen.

Stimmt was nicht?, fragte Katharina.

Mama, sagte Sandra. Ich muss mit dir reden. Es ist dringend, sagte sie mit müdem Nachdruck.

Ist was passiert?, fragte Katharina. Nicht am Telefon, sagte Sandra. Wann kannst du da sein?

Wo da sein? In Wien?

Ich muss mit dir reden. Es ist dringend, sagte Sandra. Katharina hatte den Eindruck, dass Sandra knapp davor war, in Tränen auszubrechen.

Du möchtest mir nicht sagen, worum es geht?, fragte Katharina.

Nicht am Telefon, sagte Sandra. Und sag bitte nichts Papa, fügte sie hinzu.

Seltsam klang das.

Ist es so schlimm?, fragte Katharina. So schnell geht das aber nicht, sagte sie.

Da legte Sandra auf.

Im Zug saß ihr ein Mädchen, eine Schülerin, gegenüber, die ihr Smartphone traktierte und dabei Grimassen schnitt.

Katharina fühlte sich wieder sicherer. Auf dem kurzem Fußweg von der Tiefgarage in die Bahnhofshalle war ihr schwindlig geworden, kurz hatte sie das Gefühl gehabt, das Gleichgewicht zu verlieren. Sie hatte eine Flasche Wasser gekauft und eine von den Tabletten eingeworfen, die ihr Philipp für diesen Fall verschrieben hatte. Sie trug die Tabletten immer bei sich.

Sie schlüpfte aus den Schuhen und streckte die Beine aus. Die Schülerin unterbrach kurz die Tipparbeit am Handy und warf ihr einen irritierten Blick zu.

Als der Zug Richtung Wien abfuhr, kamen die negativen Gedanken schwallartig wieder. Sandras Anruf beunruhigte sie. Vor allem, dass sie nicht gesagt hatte, was ihr Problem war. Seltsam erschien Katharina auch, dass Sandra ihr strikt verboten hatte, Andreas einzuweihen.

Katharina hatte kurz im Büro angerufen und erklärt, dass sie am nächsten Tag zu Hause arbeiten wolle und per Handy erreichbar sei. Anschließend hatte sie bei Vater angerufen, weil sie wusste, dass um diese Zeit die Betreuerin im Haus war.

Gut möglich, dass die sich durch den Anruf kontrolliert und überwacht fühlte. Nach mehreren Vorfällen hatte Katharina beschlossen, Sabine an die Kandare zu nehmen. Ihr zu beweisen, dass sie sehr daran interessiert war, dass die Pflege des Vaters genau und gewissenhaft durchgeführt wurde.

Natürlich war schon wieder ein Missgeschick geschehen: Vater hatte sich beim Brotschneiden in den Finger geschnitten, obwohl die Pflegerin direkt neben ihm gestanden war. Nicht der Rede wert, ein kleiner Schnitt, hatte Sabine den Zwischenfall abgetan, während Katharina fühlte, wie die Wut in ihr aufstieg. Dieser Trampel war offenbar unfähig, Vater von solch selbstgefährdenden Situationen abzuhalten. Dabei verhielt er sich jetzt wie ein Kind: Messer, Schere, Gabel, Licht sind für alte Männer nicht, erklärte sie ihm immer wieder. Sabine sah das nicht so dramatisch, oder es war ihr schlicht egal, ob Vater sich direkt vor ihren Augen verletzte oder nicht.

Die Schülerin hatte ihr Smartphone zur Seite gelegt, baute vor sich eine kleine Palette von Fläschchen und Döschen auf und begann, ihre Fingernägel penibel zu säubern.

Katharinas Gedanken waren bei Sandra. Was war geschehen? War sie schwanger? War etwas mit ihrer Bachelorarbeit, mit der sie in letzter Zeit nur mühsam vorangekommen war? War sie krank? War etwas mit ihrem Freund?

Sie hatten diesen Martin erst einmal gesehen, als Sandra ihn nach Hause mitgebracht hatte, und sie hatte ihn vom ersten Augenblick an unsympathisch gefunden. Ein Schnösel aus bürgerlichem Haus, der Vater Arzt, die Mutter Anwältin, ein Pseudobohemien mit pubertärer Künstlerattitüde, angeblich ein aufstrebender Musiker, Gitarrist in einer Band. Katharina hatte seine Demo-CD nach wenigen Minuten wieder abgedreht.

Eine Trennung von diesem Martin war zu verschmerzen. Hierbei Sandra zu trösten, sah Katharina sich imstande. Komplizierter wurde es wohl, wenn Sandra schwanger war. Plötzlich begann Katharina zu rechnen: Sie war eine junge Studentin gewesen, knapp vor ihrem Studienabschluss, als sie mit Sandra schwanger geworden war, Sandra war jetzt bloß knapp drei Jahre jünger als ihre Mutter damals.

Das nicht, dachte Katharina. Bloß das nicht. Sie hörte den Satz ihrer lange verstorbenen Mutter, der ihre Jugend bestimmt hatte:

Lass dir ja kein Kind andrehen! Sie hatte die Mahnung damals nicht ernst nehmen können. Vielleicht war sie so falsch auch nicht gewesen. Der Gedanke, dass sie bald Großmutter werden würde, war einfach nur absurd. Sie beschloss, ihn nicht mehr zu denken und starrte auf das Mädchen gegenüber, das gerade dabei war, seine Nägel akribisch mit knallroter Farbe zu überpinseln. Als das Handy der Manikürenden läutete, stand Katharina auf und ging zur Toilette. Der Zug fuhr die Donau entlang, gerade zog er am Stift Melk vorbei.

Sandra wartete am Bahnsteig. Sie küssten einander flüchtig auf die Wange. Katharina hatte den Eindruck, dass Sandra vorher geweint hatte.

Sie nahmen die U-Bahn, stiegen um, fuhren stadtauswärts Richtung Schönbrunn, wo Sandra in der Nähe mit einer Freundin in einer kleinen Wohnung lebte.

Was los sei, fragte Katharina ihre Tochter ein paar Mal. Sandra schüttelte nur den Kopf. Nicht hier. Nicht vor allen Leuten. Katharina betrachtete die Füße der mitfahrenden Passagiere: Es war relativ kühl, trotzdem fand sich alles mögliche an Schuhmode, von schweren Bergschuhen bis zu leichten Sandalen, von Highheels bis zu Flipflops, ein Punk mit Hund war barfuß unterwegs und kaute seelenruhig an einem Dönerkebab, aus dem Sauce troff.

An der Kennedybrücke stiegen sie aus.

Ich dachte, du wolltest mit mir reden, sagte Katharina.

Es war nicht möglich, in die Wohnung zu gehen. Sandras Mitbewohnerin hatte gerade ihren Freund zu Besuch.

Sie schlugen den Weg Richtung Schlosspark ein.

Katharina sah Sandra von der Seite an und merkte, dass ihre Tochter mit den Tränen kämpfte. Sie spürte, wie ihr Herz heftiger schlug und wie das Schwindelgefühl, das sie erfolgreich bekämpft hatte, dabei war, wiederzukehren.

Ich mache mir Sorgen, Sandra, ich bitte dich, sagte Katharina, sag mir, worum es geht. Ich halte das nicht aus.

Dann saßen sie auf einer Parkbank mit Blick auf das Palmenhaus.

Vor ihnen ein Brunnen, aus dem eine Fontäne spritzte, die vom Wind leicht abgelenkt wurde. Eine Dohle tauchte ins Wasser ein, tauchte wieder auf und schüttelte das Gefieder.

Was ist los mit dir?, fragte Katharina und berührte Sandra leicht am Oberarm. Sandra schob ihre Hand zurück und sah sie nicht an.

Dann griff Sandra in ihre Tasche, nahm ein Kuvert heraus und reichte es ihr. Das da ist los, sagte sie mit gepresster Stimme und hielt sich eine Hand vor den Mund.

Das Kuvert war weiß, hatte einen neutralen Umschlag und war an Sandra adressiert. Der Brief war in den Niederlanden aufgegeben worden. Auf der Marke zwei Herzen, die sich zu küssen schienen. Katharina entnahm dem Kuvert ein Blatt und entfaltete es.

Auf dem Blatt prangte die Aufschrift *Attest.* Katharina las die Worte *mit 99,5%iger Sicherheit.* Sie las das Wort *negativ.* Sie verstand.

Es war, als hätte der Blitz zwischen ihnen eingeschlagen, als hätte sich in einem Augenblick eine gläserne Wand zwischen Mutter und Tochter geschoben.

Katharina spürte, dass sie vielleicht im nächsten Moment umkippen würde. Aber sie kippte nicht um.

Was ist das?, fragte sie tonlos. Die Frage war dumm, die Frage war unangebracht.

Ich weiß es seit vier Wochen, sagte Sandra.

Dann brachen die Tränen aus ihr, ein herzzerreißendes Schluchzen schüttelte ihren Körper, eines, das Katharina immer schon gefürchtet hatte. Jetzt brachen die Dämme. Katharina saß neben ihrer Tochter und war wie gelähmt.

Sie beobachtete, wie ein Passant mit seinem Hund vorbeiging und sich aus sicherer Entfernung nach ihnen umdrehte. Auf der Bank daneben saßen zwei Frauen, eine mit Kopftuch, die andere mit einem weißen Schleier, der nur einen kleinen Schlitz für die Augen frei ließ.

Katharina spürte, wie sich ein Teil von ihr löste. Sie sah sich von außen, von schräg oben, wie sie starr neben ihrer Tochter auf der Parkbank saß. Sie war der Vogel, war der Engel, von dem sie vor ein paar Tagen erst gesprochen hatte. Und der Vogel erhob sich bis auf die Höhe der Bäume und überblickte den Park von Schönbrunn, sah hinunter auf die Szene auf der Parkbank, auf der eine Tochter begann, auf ihre Mutter einzuschreien, erst verhalten, dann immer drängender.

Wer ist mein Vater! Wer ist mein Vater!

Die Mutter saß neben ihrer Tochter und hob schützend die Arme, weil nun die Tochter begann, auf die Mutter einzuschlagen. Und nicht aufhörte *Wer ist mein Vater!* zu rufen.

Und der Vogelengel hörte von oben, wie etwas aus der starren Gestalt, die die Mutter war, sprach.

Was geht dich das an?, flüsterte die Mutter. Und sie fügte hinzu: Wem hast du das bisher erzählt? Hast du das Martin erzählt? Hast du Papa etwas gesagt? Das waren ihre Fragen.

Und noch andere Sätze sprach die Mutter: Du zerstörst unsere Familie! Ich warne dich!

Und der Engel, der so ängstlich über den Bäumen flog, hörte die Tochter sprechen: Du hast drei Wochen Zeit. Drei Wochen. Dann sage ich es Papa. Und was dann passiert, ist mir egal.

Und der Engel flatterte über die kugelig und zylindrisch geschnittenen Büsche und über das Palmenhaus und er flog über den Tierpark hinweg.

Das schlurfende Geräusch der Absätze einer Spaziergängerin. Aus der Ferne das unentwegte Schwellen des Verkehrs. Die Sirene eines Rettungswagens. Das Knattern eines Hubschraubers.

Auf der Parkbank packte eine junge Frau ein Kuvert in ihre Handtasche, verschloss sie und ging weg. Sie drehte sich nicht mehr um.

Die ältere Frau blieb sitzen. Wie festgefroren. Wie angekettet. Saß da. Und keine Sprache mehr. Kein Gedanke. Der Himmel war bewölkt, eine große, dunkle Wolke hatte sich vor die Sonne geschoben. Ihr Rand wurde so hell beschienen, dass man nicht hinsehen konnte, ohne geblendet zu werden. Möglicherweise würde es bald Regen geben.

12
ERIK
MAN MUSS SPÜREN, WIE DAS IST

Sie betraten die Mall gegen halb elf. Die Sonne knallte auf den Parkplatz. Als Erik sein Rad absperrte, merkte er, wie kurz sein Schatten war, ein kleiner schwarzer Hund, der ihm ständig zwischen die Beine lief. Im Einkaufscenter brannte künstliches Licht. Sie durchquerten den Gang, rechts ein Elektroladen, links eine Drogerie. Die Fleischtheke befand sich vor dem Eingang zum Supermarkt. Zwei Frauen waren damit beschäftigt, große Nirostabehälter mit Essen zu füllen. Auf der Tafel an der Wand waren die Mittagmenüs mit Kreide angeschrieben. Zur Auswahl gab es Schweinsbraten und Gemüselasagne.

Werner bestellte zwei Leberkässemmeln, dazu für Erik ein Cola. Dann verschwand er wie vereinbart auf der Toilette. Erik setzte sich an einen der nackten Tische vor der Theke. Am Nebentisch saßen zwei ältere Männer in karierten Baumwollhemden und unterhielten sich bei einem Bier. Unauffällig stellte Erik unter dem Tisch sein Handy auf leise. Der winzige lichtlose Verschlag gegenüber, in dem sich ein Kaffeehaus befand, war menschenleer. Werner hatte recht gehabt. Knapp nach elf Uhr, noch bevor die Arbeiter aus der Umgebung und die Angestellten aus den Geschäften kamen, um sich für Mittag zu versorgen, war es hier am ruhigsten.

Erik war vom Supermarkt nur durch eine transparente Glasscheibe getrennt. Im Moment war nur eine Kasse besetzt. In der Weinabteilung räumte eine Angestellte Flaschen ein. Ein Aufkleber auf der Glaswand wies darauf hin, dass die Mall videoüberwacht wurde. Aber darüber hatten sie gesprochen. Alles Attrappen, hundertprozentig, hatte Werner gesagt. Er hatte die Information von seiner Mutter, sie hatte fünf Jahre lang in dieser Filiale gearbeitet.

Erik spürte, dass er nervös wurde. Werners Idee kam ihm immer noch ziemlich verrückt vor. Wir arbeiten nicht mit jedem zusammen, hatte Werner gesagt. Ich muss wissen, ob du es bringst. Wenn du mitmachen willst, müssen wir uns hundertprozentig auf dich verlassen können. Bedingungslos. Das waren die Sätze gewesen. Es war ein Test. Ob Erik nervlich stark genug war. Loser, die sich anscheißen, können wir nicht brauchen, hatte Werner gesagt.

Erst jetzt beachtete Erik die Männer am Nebentisch, der eine ein unscheinbarer Typ mit dunklen Haaren, die rund geschnitten waren wie bei einem Mönch. Er redete ununterbrochen auf den anderen, größeren ein, dessen graue Haare begonnen hatten, sich ins Gelbe zu verfärben. Alle zwei Jahre habe ich mir einen neuen gekauft, sagte der Mann mit den dunklen Haaren, und ich bin über siebzigtausend Kilometer im Jahr gefahren. Offenbar war er als Vertreter unterwegs gewesen, was er verkauft hatte, war seiner Erzählung nicht zu entnehmen. Erik stellte sich vor, wie es sein musste, als Vertreter zu arbeiten. Ein angenehmes Gefühl streifte ihn. Man war unabhängig. Man konnte seinen Tagesablauf relativ frei gestalten. Man übernachtete oft auswärts. Der Job war wahrscheinlich abwechslungsreich. Man fuhr, wenn man Glück hatte wie dieser Mann, Mercedes.

Jetzt sagte auch der andere etwas. Und das, obwohl du ja Beamter warst, sagte er. Die ganze Zeit über schob der Grauhaarige sein Bierglas hin und her.

Der Mann mit den dunklen Haaren lächelte. Ja, die haben mich zu Hause nicht oft gesehen, sagte er. Am Wochenende vielleicht. Aber Mittwoch und Freitag haben wir nur bis Mittag gearbeitet, sagte der Mann. Vielleicht war er siebzig Jahre alt, ganz feine Falten liefen über seine Wangen.

Die Leberkässemmel lag angebissen vor Erik auf dem Verpackungspapier und kühlte langsam aus. Erik nahm einen Schluck aus der Colaflasche. Er war zu nervös, um Appetit zu verspüren.

Dann stand Werner wieder vor ihm und grinste breit.

Erik merkte, wie sein Herz schneller zu schlagen begann. Kurz blickten die beiden älteren Männer auf, dann setzten die Burschen ihr Gespräch fort und beachteten sie nicht mehr.

Es geht los, sagte Werner leise, alles erledigt, und drückte Erik die Einkaufstasche in die Hand. Er setzte sich an den Tisch und wickelte seine Leberkässemmel aus dem Papier. Erik hatte das Gefühl, dass ihn alle beobachteten.

Er stand auf und machte alles so, wie sie es besprochen hatten. Er sollte sich völlig unauffällig verhalten, vor allem sollte er sich nicht umdrehen. Das war das Wichtigste. Wir brauchen jemanden, den man eigentlich gar nicht sieht, hatte Werner gesagt.

Erik spürte Werners Blick, wie er ihn von seinem Platz am Tisch neben der Fleischtheke aus beobachtete.

Er drückte einen Euro in einen Einkaufswagen, stellte die Tasche auf das erhöhte Tablett, das sich mit der Hand ausfahren ließ und passierte den Eingang zum Supermarkt. Eine kleine Kontrollrunde mit dem Wagen, um auszukundschaften, ob sich Personal in der Nähe befand, hatte Werner ihm erlaubt.

Beim Gemüsestand griff Erik sich einen Apfel, einen hellgrünen, einen einzigen. Während er den Apfel wog, konnte er unauffällig seinen Blick über den Gemüsebereich schweifen lassen. Es war niemand in der Nähe.

Langsam drehte er eine Testrunde, vorbei an den Kühlvitrinen, hinein in den Gang, in dem Wein sortiert war – dort war noch immer eine Frau damit beschäftigt, Flaschen einzuräumen. Sie rückte beiseite, ohne sich aufzurichten, damit Erik den Wagen an ihr vorbeischieben konnte. Erik sah, dass es eine ältere Mitarbeiterin war. Wenn sie schon länger im Betrieb arbeitete, hatte sie Werners Mutter sicher gekannt, dachte er.

Bei einer Partie Aktionsware bog er wieder zurück in den Obst- und Gemüsebereich.

Kurz riskierte er einen Blick und bemerkte draußen an einem der Tische Werner, wie er die Leberkässemmel aß.

Erik spürte sein Herz wild klopfen. Die Salatbar befand sich in der Nähe der Kühlvitrine. Direkt daneben gab es eine Tür, die zum Personalbereich führte. Werner hatte ihm eingeschärft, mit dem Rücken zu dieser Tür vor der Salatbar stehen zu bleiben, damit ihn niemand überraschte. Für die *Aktion* sollte er den Kartoffelsalat nehmen. Werner hatte die Salatbar nicht zufällig gewählt. Probleme mit verdorbenem Kartoffelsalat gab es öfter, das kam vor.

Erik nahm einen Plastikbecher von einem Stapel, steckte den Servierlöffel in den Kartoffelsalat und füllte den Becher. Bevor er den Löffel ein zweites Mal in den Salat steckte, griff er in die Einkaufstasche. Das Glasdöschen steckte in einem Plastiksack, Werner hatte zwei Holzspachteln, wie sie ein Arzt zur Rachenuntersuchung verwendete, dazugegeben. Erik öffnete das Glas und fuhr mit der Spachtel in die braune Substanz, die sich darin befand. Diesen Moment hatte er gefürchtet. Was mache ich, wenn das recht stinkt?, hatte er gefragt. Du hältst für zehn Sekunden die Luft an, das ist alles, hatte Werner gesagt. Erik zog die Spachtel mit der braunen Substanz aus dem Plastiksack und steckte sie in den Kartoffelsalat. Den Salatlöffel verwendete er dazu, nachzustochern und die Spachtel tief und unsichtbar im Salat zu versenken. Dann versah er den Becher, der bereits gefüllt war, mit einem Deckel und rollte den Einkaufswagen vom Tatort weg. Die Aktion war beinahe abgeschlossen. Erik fuhr zügig und unauffällig durch den Laden Richtung Kasse. In einer Ecke, in der Reisekoffer gestapelt waren, schob er den Becher mit dem Kartoffelsalat unter eine Palette. Unterwegs nahm er noch Billigschokolade mit Nüssen mit. Die Kassierin sah ihn nicht einmal an, als er den Apfel und die Schokolade bezahlte. Neben sich hatte die Frau, an deren Revers ein Namensschild hing, einen Becher mit Trinkschokolade stehen.

Erik schob den Einkaufswagen in die Reihe zurück, nahm die

Münze heraus und ging zu Werner. Die beiden älteren Männer waren verschwunden. Langsam gingen sie nach draußen.

Sie fuhren mit Werners altem Škoda Felicia zum Spielplatz an der Donau. Erik sollte sein Rad später abholen. Werner parkte den Wagen in der Nähe der Asphaltbahnen.

Hast dich angeschissen?, fragte er. Erik schüttelte den Kopf.

Gut gemacht, sagte Werner. Dann: Ich zeig dir was. Er nahm Erik die Einkaufstasche ab. Darin befand sich noch immer der Plastiksack mit der Dose. Werner fingerte das Säckchen aus der Tasche und hatte plötzlich eine Spachtel in der Hand. Er drehte die Dose auf und fuhr mit der Spachtel in die braune Masse. Erik drehte angeekelt das Gesicht weg. Ich zeig dir was, wiederholte Werner.

An der Spachtel haftete eine hellbraune Masse. Werner nahm die Spachtel in den Mund und schleckte sie ab.

Erik gab einen Laut des Abscheus von sich. Jetzt begann Werner zu lachen. Er setzte sich auf die hölzerne Umrandung der Asphaltbahn und lachte, bis ihm die Tränen kamen.

Erik hatte noch immer nicht begriffen. Spinnst du?, fragte er und drehte sich um, ob sie auch niemand beobachtete.

Ein Test, lachte Werner. Ein Test!, schrie er. Erdnussbutter, sagte er, fuhr mit dem Finger in die Dose und hielt sie ihm an den Mund. Kannst kosten, sagte Werner lachend. Erdnussbutter!

Auf der Rückfahrt von Denzels Häuschen zwischen den Feldern hatte Werner plötzlich angedeutet, dass er etwas plante.

Sie hatten sich bei den Feldkirchner Badeseen getroffen, hinten am See mit der Wasserskianlage. Die ganze Gruppe. Mario, der eine Lehre als Schildermaler absolvierte und in seiner Freizeit Fußball spielte, Otto, der Glatzkopf mit den O-Beinen, von dem Erik nicht wusste, was er so trieb, Denzel, der gemeinsam mit seinem Bruder in dem Häuschen wohnte, das früher seiner Großmutter gehört hatte, und schließlich Werner. Dass Werner in einer Autowerkstatt arbeitete, wusste Erik bereits. Eigentlich war es verwunderlich, dass ihn die Gruppe akzeptierte. Erik war mindestens drei Jahre jünger als die anderen. Werner hatte ihn sogar in Schutz genommen, als Otto versuchte, ihn wegen seiner abstehenden Ohren zu hänseln. *Halts zsamm*, hatte Werner gesagt und Otto hatte nicht mehr blöd gemeldet.

Sie waren im See geschwommen und dann zu Denzel gefahren, um zu grillen. Ein heißer Sommerabend, die Luft lau bis lange nach Sonnenuntergang. Sie hatten Basketball gespielt – der Korb hing über dem Eingang zum Schuppen, in dem Denzels verstaubtes Schlagzeug stand, an dem sich Otto später versuchte. Denzel hatte seine Gitarre an einen Verstärker angeschlossen und schräge Akkorde geschrammt. Sie saßen um den improvisierten Grill auf alten, ausrangierten Gartenplastikmöbeln, die Denzel von der Altwarensammelstelle organisiert hatte und aßen fette Würste auf Papptellern. Dazu tranken sie Bier und Cola. Alle bis auf Mario rauchten, sie boten auch Erik eine an. Wer pissen musste, ging bloß um die Ecke und schiffte auf den angrenzenden Acker. Fern am Horizont war ein Spalt zwischen zwei dunklen Wolkenwülsten auszumachen, es sah so aus, als wäre die Sonne in ihn hineingekrochen. Dort brannte es orange bis dunkelrot. Später blinkten Flugzeugwarnleuchten am Himmel.

Sie akzeptierten Erik, weil sein Vater erschossen worden war. Das machte ihn interessant. Es schien beinahe, als bewunderten sie ihn dafür. Fast alle hatten davon in der Zeitung gelesen, Werner forderte Erik auf, zu erzählen, wie das gewesen war.

Erik war bei seiner Mutter aufgewachsen. Seinen Vater, der Harald hieß und von allen Hari genannt worden war, hatte er selten gesehen, die Eltern hatten sich schon vor seiner Geburt getrennt. Sabine, seine Mutter, arbeitete als Altenhelferin. Sie hatte oft über seinen Vater geklagt, weil er die Alimente gar nicht oder viel zu spät zahlte. Zum Geburtstag und zu Weihnachten ließ Hari sich aber nicht lumpen und lud Erik regelmäßig ein, zum Mac oder auf einen Döner. Gelegentlich waren sie auch gemeinsam ins Kino gegangen. Wirklich kannte Erik seinen Erzeuger nicht. Als Kind hatte er ihm manchmal Fragen gestellt, auf die Hari oft nur ausweichend geantwortet hatte. Später stellte Hari die Fragen und Erik sagte wenig.

Davon erzählte Erik nichts. Bloß das waren seine Sätze gewesen: Mein Vater war Privatdetektiv. Er ist im Dienst erschossen worden. Im Böhmerwald. Wahrscheinlich von einem tschechischen Dealer.

Jeder aus der Runde hätte eine ähnlich coole Geschichte aus seinem Leben erzählen können. Werner hatte Erik die Gruppe schon vorher, bei der Fahrt im Auto, vorgestellt. Denzel war bei seiner Oma aufgewachsen; als sie starb, war er mit seinem volljährigen Bruder in dem Häuschen geblieben. Mario war angeblich als kleines Kind von seiner Mutter vor einer Apotheke abgelegt worden und bei einer Pflegefamilie aufgewachsen. Kein Scheiß, sagte Mario oft. Auch Werner lebte bei seiner Mutter. Sein Vater war eines Tages zu einer anderen Frau gezogen und wollte von seinem Sohn nichts mehr wissen. Nun hatte er eine neue Familie und es gab Geschwister, die Werner noch nie gesehen hatte.

Sie waren um die Grillstelle gesessen, Denzel hatte die immer gleichen Akkordfolgen gespielt, bis Werner ihn gebeten hatte, leiser zu drehen. Und Erik hatte weitere Sätze von Werner aufgeschnappt. Das Leben ist Scheiße, aber wir können selber entscheiden, ob wir oben schwimmen oder untergehen. Keiner von uns ist auf die Butterseite gefallen. Die auf der Butterseite leben, sollen spüren, dass es uns gibt.

Werner war der Anführer, das war klar.

Irgendein Plan stand hinter ihrem Treffen. Da gab es Regeln, die eingehalten werden mussten. Und den richtigen Zeitpunkt, der abzuwarten war. Sie sprachen in Andeutungen. Ein Haus am Stausee in Tschechien spielte eine Rolle. Da sollte noch etwas ausgekundschaftet werden.

Sie sprachen weiter, als Erik in die Küche geschickt wurde, um Senf und Ketchup zu holen. Auf dem Herd standen angebrannte Töpfe, in der Abwasch stapelte sich schmutziges Geschirr. Neben einem überquellenden Abfalleimer entdeckte Erik eine verstaubte Mausefalle. Als er wieder nach draußen ging, hatte er das Gefühl, sie hatten über etwas gesprochen, was er nicht wissen sollte. Oder sie hatten über ihn geredet.

Werner hatte einen Plan. Vielleicht hatte der mit seiner Mutter zu tun. Werner hatte ihm von ihr erzählt, als sie allein gewesen waren. Werners Mutter war entlassen worden. Sie war Kassierin in einem Supermarkt gewesen. Ein paar Mal hatte die Kasse nicht gestimmt, daraufhin war sie gekündigt worden. Ohne Beweise. Es war immer nur um kleine Beträge gegangen. Ein paar Monate später wurde Brustkrebs bei ihr festgestellt. Sie bekam Bestrahlungen, es ging ihr schlecht.

Sie hat geschuftet, damit ich in die Schule gehen konnte, sagte Werner. Nach ihrer Entlassung hatte sich niemand für sie eingesetzt. Offenbar gab es einen Hauptverantwortlichen für die Kündigung. Einen Schuldigen. Werner kannte den.

Solche Sätze merkte sich Erik: Die denken nur an sich. Wir müssen für uns kämpfen, sonst kämpft keiner für uns. Was uns nicht umbringt, macht uns nur härter. Wer zu uns gehört, hat gespürt, wie Scheiße schmeckt. Spießer haben bei uns nichts zu suchen. Hass gehört zum Leben. Unrecht gehört bestraft.

Sie fuhren durch die Dunkelheit über schmale Feldwege. Links und rechts wogten Felder, Gerste, Weizen, Mais, der erst kniehoch stand, an einer Stelle sogar Schilfrohr: Ist ein Versuchsfeld, sagte Werner, als sie daran vorbeifuhren. Hinter ihnen verschwand im Außenspiegel der letzte Rest von Tageslicht hinter den Wolken. Ein Auto kam ihnen entgegen. Lange bevor sie aneinander vorbeifuhren, hatten sie den fremden Lichtschein über die Felder huschen gesehen.

In der Dunkelheit begann Werner plötzlich zu sprechen. Du musst dich entscheiden, ob du mitmachst, sagte er. Ich muss dir vertrauen können. Die Sache im Markt neulich, das war Kinderkram. Du hast dich nicht angeschissen, das war gut. Du kannst dir die Sache noch einmal überlegen. Es geht um den Manager der Supermarktkette. Ich weiß, wie er heißt, ich weiß, wo er wohnt, sagte Werner. Ich weiß, wie er wohnt. Wir wissen alles über ihn, sagte er. Was seine Frau macht. Was die einkauft. Wir wissen, wo er joggt. Er hat auch eine Tochter, sagte Werner. Er sagte das Wort *Partytussi*.

Wer nicht hören will, muss fühlen, sagte Werner. Das Schwein hat meine Mama ausgelöscht, sagte Werner. Er hat sie ausgetreten. Man muss spüren, wie das ist. Ausgetreten werden. Du bist der Jüngste von uns, sagte Werner. Du wirst nichts Gefährliches tun. Wir brauchen Leute für die Versorgung, wir brauchen Leute, die Dinge für uns erledigen. Du bist jung, du bist noch nicht einmal sechzehn. Du bist mein Mann, wenn du willst, sagte Werner.

Sie schwiegen, bis sie zur Hauptstraße kamen.

Am Bahnhof Ottensheim ließ Werner Erik aussteigen. Du kennst den Typen, sagte Werner. Ich bin mir sicher, dass du ihn schon einmal gesehen hast. Du rufst mich an, wenn du weiter zu uns gehören willst.

Ich rufe an, sagte Erik.

Zu Mittag traf er seine Mutter Sabine im Schnitzelland bei der Rudolfplatzkreuzung. Erik nahm das Aktionsmenü mit Schnitzel und großem Cola, Sabine einen Putensalat.

Sabine hatte ihr Handy neben dem Tablett liegen und füllte das Formular ihrer letzten Betreuung aus, während sie aß. Zwischen ihrem und seinem Tablett lag das Kärtchen mit dem Treuebonus. Auf dem Kärtchen waren sechs Zitronen aufgestempelt. Für zehn Zitronen gab es eine Nachspeise gratis.

Sie saßen direkt am Fenster, draußen strömte der Verkehr Richtung Nibelungenbrücke, ein älterer Fußgänger mit einer karierten Mütze auf dem Kopf blieb direkt vor der Scheibe stehen und starrte auf ihr Essen. Er ging erst weiter, als Erik zurückstarrte. Sabine war noch immer damit beschäftigt, ihr Formular auszufüllen, ihr war der Alte gar nicht aufgefallen.

Als sie mit dem Salat fertig war, begann sie mit dem Verhör. Erik hatte genug Zeit gehabt, sich darauf vorzubereiten.

Und, wie war der Termin?, fragte sie.

Erik kramte, wie er es geplant hatte, lange in seiner Tasche.

Ich hoffe, du warst dort, wiederholte Sabine. Schau mich an, sagte sie. Das sagte sie oft, wenn sie versuchte, ihre Autorität zu unterstreichen. Er wich ihrem Blick nicht aus.

Sicher war ich dort, sagte Erik.

Dann legte er ihr den Zettel vom AMS auf den Tisch. Irgendwo unten stand die Adresse eines Autohauses, bei dem zu melden ihm der Berater aufgetragen hatte. Ganz unten eine krakelige Unterschrift. Kein Stempel. Das würde Sabine wahrscheinlich gar nicht auffallen.

Sie haben gesagt, dass sie zurückrufen, sagte Erik.

Du warst dort?, fragte Sabine. Ihre Stimme klang ein wenig schärfer, die Härchen auf ihrer Oberlippe waren deutlich zu sehen. Vielleicht lag es am künstlichen Licht im Laden.

Hab ich doch gesagt, sagte Erik.

Mit wem hast du geredet?, fragte Sabine.

Mit so einem Typen halt, sagte Erik.

Und?, fragte Sabine.

Sie rufen zurück, sagte Erik.

Sie runzelte die Stirn und schüttelte den Kopf, aber sie gab sich zufrieden. Sie hatte keine Zeit und, seit sie mit Scherer zusammen war, auch etwas anderes im Kopf, als sich um seine Jobsuche zu bemühen. Scherer war der frühere Partner des Vaters gewesen. Nach einem Streit war er aus der Firma ausgeschieden. Nachdem Papa erschossen worden war, hatte Scherer die Privatdetektei wieder übernommen. Und die Freundin gleich dazu.

Sie saßen da und schwiegen. Vorne an der Theke klapperte jemand mit Besteck, die Kasse piepste.

Erik überlegte, ob er das Stück Zitrone, das er über dem Schnitzel ausgedrückt hatte, aussaugen sollte. Das hatte er als Kind gern gemacht. Er ließ es dann doch bleiben.

Ich treffe jetzt Manfred auf einen Kaffee. Dann fahre ich nach Wels zum Alten, sagte Sabine. Wenn du willst, kannst du mitkommen. Dann fahren wir anschließend gemeinsam nach Hause.

Der Alte, das war ein pensionierter *Gendarm*, wie das früher geheißen hatte, den Sabine seit Jahren betreute. Der Typ litt an Demenz. Dem fiel nicht einmal auf, wenn Sabine jemanden zum Dienst mitnahm, und wenn es ihm auffiel, dann hatte er es zehn Minuten später wieder vergessen.

Dann läutete Sabines Handy. Scherer war dran.

Wir sind im Schnitzelland, sagte Sabine aufgeräumt. Sie war mit dem Salat fertig geworden, vor ihr lag, zu einem Häufchen geknüllt, eine gebrauchte Papierserviette mit Fettspuren.

Erik versuchte sich vorzustellen, wie Scherer im Hinterzimmer des Privatdetektivbüros mit Sabine poppen würde, nichts anderes bedeutete es, wenn sie davon sprach, *einen Kaffee* mit ihm trinken zu wollen. In der Mittagspause. Die Vorstellung misslang.

Kurz darauf stand Scherer schon draußen auf dem Gehsteig, wo zuerst noch der alte Mann mit der Mütze gestarrt hatte. Scherer klopfte an die Scheibe und grinste. Sabine schnappte ihre Handtasche und stand auf. Sie konnte es offenbar nicht mehr erwarten, *Kaffee zu trinken.*

Und du?, fragte sie, schon im Stehen.

Ich fahre mit dem Zug nach Hause, sagte Erik. Er hatte beschlossen, die Spielhalle aufzusuchen, die sich in der Nähe befand.

Draußen stand Mandi Scherer und klopfte noch einmal an die Scheibe. Erik winkte ihm lässig zu.

Also dann, sagte Sabine. Ich bin jetzt weg, sagte sie und ging.

Erik hatte sein Cola noch nicht ausgetrunken und blieb sitzen. Durch die Scheibe beobachtete er, wie Sabine Mandi umarmte und sich dann bei ihm einhängte. So zogen sie los, in Richtung Neues Rathaus, wo vermutlich Scherers Wagen stand.

Tagsüber war es jetzt so heiß, dass Erik meistens zu Hause blieb. Er stand spät auf, frühstückte oft erst nach Mittag. Da saß er schon vor dem Fernseher und schaute die Übertragung der Tour de France, stellte sich vor, wie es wäre, als Leipheimer im Feld mitzufahren, oder wenigstens im Tross, als Mechaniker in einem

Begleitfahrzeug oder als Kameramann auf einem Motorrad oder in einem Hubschrauber mitzufliegen. Frankreich, das war ein grünes, bewaldetes Land mit vielen kleinen Dörfern, die in Schluchten hockten, die ein Gebirgsfluss ausgegraben hatte, mit alten, steinernen Kirchen, die ihre Türme in den Himmel reckten. Und einmal im Jahr zischte das Feld der Radfahrer durch den Ort und alles war auf den Beinen, um für Sekunden einen Blick auf die Stars zu werfen, die auf dem Weg in die ferne Hauptstadt waren.

Abends, wenn es kühler wurde, spielte Erik die Tour in der Ebene von Ottensheim donauaufwärts Richtung Kraftwerk nach. Er hatte sich ein paar Runden ausgedacht, durch die Obstgärten, direkt am Damm an der Donau, vorbei an den Badeseen, vorbei am Häuschen, in dem Denzel lebte, eine Strecke führte auch durch die Siedlung, in der der Supermarktmanager mit seiner Familie wohnte. Erik kannte den breiten, dunklen SUV, der abends oft in der Garageneinfahrt stand. Eine hohe Hecke schränkte den Blick auf den Garten ein, aber vom Rad aus war ein Blick auf die erhöhte Terrasse und den Swimmingpool möglich.

Die nächste Aufgabe war leicht. Regelmäßig gegen Abend, wenn sich der Parkplatz vor dem Einkaufscenter langsam leerte, kam die Frau des Managers, um ihre Einkäufe zu machen. Aus Gewohnheit oder auch, weil ihr Mann ihr das geraten hatte, parkte die Frau auf der Rückseite des Centers, von wo man erst ein Sportgeschäft durchqueren musste, um zu den anderen Geschäften zu gelangen. Auf der Rückseite parkten eher die Angestellten des Centers, dort war es abends noch ruhiger. Erik brauchte bloß dreimal um den Wagen zu gehen, in seiner rechten Hand ein Stanley-Messer, das er einen Fingerbreit ausgefahren hatte. Er zog eine Spur rund um das Auto, als Metall an Metall kratzte, gab es ein leicht singendes Geräusch. Es sah aus, als hätte jemand ein nicht ganz akkurat gezogenes Band um den Wagen gespannt.

Du bist erst fünfzehn, sagte Werner. Wer zu uns gehört, muss hundertprozentig funktionieren. Hundertzwanzigprozentig. Feiglinge haben bei uns nichts zu suchen. Damit das klar ist. Vielleicht versuchte Werner, ihn einzuschüchtern. Erik musste an Hari denken, auch der hatte manchmal so auf ihn eingeredet.

Sie saßen im Schatten eines Baumes am Rand des Strandes auf der Donauinsel in der Nähe der Ruderstrecke. Weiter vorne Richtung Wasser, etwa fünfzehn Meter von ihnen entfernt, lag eine Frau, vielleicht dreißig, fünfunddreißig Jahre alt, völlig nackt ausgestreckt auf einer Decke auf dem Rücken und las in einem Taschenbuch. Erik hatte den Eindruck, die Brustwarzen der Frau wären steif, vielleicht bildete er sich das auch nur ein. Er war noch nie an einem Nacktbadestrand gewesen.

Du wirst dir denken, was soll der Scheiß, sagte Werner. Aber wir müssen auf Nummer sicher gehen. Wir müssen auch daran denken, was passiert, wenn etwas anders läuft als geplant, sagte er. Du wirst nichts Gefährliches machen. Du wirst für uns einkaufen gehen, vielleicht in ein Bauhaus, vielleicht in einen Großmarkt. Wenn etwas schiefgeht, darf niemand die Nerven verlieren. Deswegen machen wir das alles.

Werner saß da in kurzen Hosen, auf seine Arme gestützt, seine bloßen Füße ragten aus dem Schatten, er schaute geradeaus, er konnte nicht sehen, was Erik sah. Die nackte Frau, die nur eine Sonnenbrille trug, hielt sich mit der rechten Hand das Taschenbuch wie einen kleinen Sonnenschirm vor die Augen, ihre linke Hand lag in der Zwischenzeit auf ihren braunen Schenkeln. Oder dazwischen. Und ihre Brustwarzen waren aufgerichtet, da war Erik sich jetzt ziemlich sicher.

Jeder hat eine Grenze, irgendwo, sagte Werner. Das ist normal. Manchmal muss man sich überwinden. Das kann man üben. Ich sage nicht, dass du so weit gehen musst, wenn die Aktion anläuft. Aber wenn es nötig ist, solltest du es können.

Der Kater gehörte einem Mädchen aus der Nachbarwohnung, Marie. Das Mädchen hatte ihn im Tierheim mit seiner Mutter ausgesucht. Sie nannten ihn Aladin, wegen seiner leuchtend gelben Augen, die aus seinem tiefschwarzen Fell hervorblitzten. Augen, die leuchteten wie eine Wunderlampe. Mit verletzter Pfote war er gefunden worden, seine dramatische Geschichte hatte Erik mehrmals gehört. Die Wunde war längst verheilt, nun konnte er wieder normal laufen, klettern und springen.

Vormittags, wenn Marie in der Schule war und ihre Mutter in der Arbeit – sie arbeitete als Verkäuferin in einem Elektroladen im Ort –, spazierte Aladin gern von einem Balkon zum anderen. Sabine hatte einen Napf aufgestellt, daneben einen Sack mit Trockenfutter. Erik brauchte nichts anderes zu tun, als das schnurrende Paket, das um seine Beine strich, aufzuheben und zu streicheln.

Er hob Aladin vorsichtig in den schwarzen Rucksack, in den er vorher schon Futter gestreut hatte. Im Rucksack würde dem Kater genug Platz zum Atmen bleiben.

Den Rucksack klemmte er auf den Gepäckträger. Minuten später war er unterwegs quer durch die Streuobstwiesen Richtung Badeseen. Die Sonne brannte vom Himmel, in seinem Kopf war er wieder ein Radprofi der Tour de France, ein Mann aus dem Team von Lance Armstrong, kein Spitzenfahrer wie Contador, sondern Levi Leipheimer, der Wasserträger, der an guten Tagen auch eine Etappe gewinnen konnte.

Erik trat in die Pedale, bis er seinen Puls laut pochen hörte, bis er den Schmerz in der Lunge spürte. Der Kater im Rucksack blieb ruhig.

Er fuhr zu dem Haus, in dem Denzel mit seinem Bruder wohnte. Denzel lag noch im Bett. Erik nahm Aladin, der die Fahrt unbeschadet überstanden hatte, aus dem Rucksack. Es bestand keine Gefahr, dass ihm die Katze davonlief, solange er sie mit Futter versorgte. Der Tag zog sich. Erik versenkte eine Serie von Würfen im Basketballkorb, später setzte er sich in der Garage ans Schlagzeug und klopfte mit der Fußtrommel leise einen Rhythmus. Er wollte Denzel nicht wecken.

Dann legte er sich auf eine der Sonnenliegen, die im Garten neben dem Häuschen standen und schaute in den Himmel. Der Himmel war wolkenlos, erst jetzt fiel ihm auf, wie viele Flugzeuge den Horizont kreuzten. Erik lag nicht lange, da hatte sich Aladin in seine Armbeuge gekuschelt. Irgendwann war Erik eingeschlafen, ehe ihn laute Musik weckte.

Denzel war aufgestanden, nur in Unterhosen und mit nacktem Oberkörper trug er Kaffee auf und lud Erik zum Frühstück ein. Es gab Speckscheiben direkt aus der Plastikverpackung und Brot, das schon ziemlich hart war. Den Kater registrierte Denzel mit einem knurrenden Lachen. Es gab Mäuse im Haus, ein Kater konnte sich da nur nützlich machen.

Kannst Musik hören, hatte Denzel noch gesagt, ehe er kurz nach Mittag mit seinem Moped verschwand. Er müsse noch etwas besorgen.

Werner kam gegen sechs. Erik hatte Aladin den ganzen Tag über mit Wasser und Futter versorgt. Unmittelbar bevor Werner aus dem Škoda ausstieg, schob Erik das Tier vorsichtshalber vom Bauch. Werner sollte nicht den Eindruck bekommen, dass ihm an dem Kater etwas lag.

Sie fuhren zum Badesee schwimmen. Auch gegen Abend war das Gelände noch gut besucht. Die Katze bleibt im Rucksack, hatte ihm Werner eingeschärft, Haustiere durften ohnehin nicht ins Wasser, Werner wollte nicht, dass sie Badegäste auf sich aufmerksam machten. Zwischendurch tauchte Otto einmal auf, er hatte sich das linke Ohr mit einem Metallring piercen lassen, nach Arbeitsschluss war auch Mario noch zur Gruppe gestoßen. Sie zogen Mario auf, weil das Gerücht aufgekommen war, dass er eine Freundin hätte. Mario war rot geworden und hatte alles bestritten.

Der Tag war lang. Gegen neun Uhr am Abend ging die Sonne unter. Jetzt erst leerte sich das Gelände, von einer Taverne, Hunderte Meter entfernt, drang Licht.

Zu zweit, Otto und Mario hatten sich verabschiedet, schlenderten sie zum Motorikpark, wo man an verschiedenen Stationen Übungen absolvieren konnte. Werner hatte den Pendelbogen ausgesucht. An einem Bogen aus Stahl hing ein Drahtseil, an dem ein Bügel befestigt war.

Nicht mehr lange überlegen jetzt, sagte Werner und schnappte nach dem Kater, der sich schnurrend alles gefallen ließ. Werner band dem Tier ein Seil um die Hinterpfoten und hängte es an den Bügel. Jetzt fauchte Aladin ein wenig und blitzte mit seinen gelben Augen, sodass Werner Erik bat, den Kater so lange zu halten, *bis es losgeht*, wie er sagte.

Werner hatte in einer Plastikflasche Benzin mitgebracht. Damit funktioniert es hundertpro, sagte er und besprühte den Kater mit dem Benzin. Aladin schüttelte sich kurz und paddelte mit den Krallen. Überall roch es jetzt nach Treibstoff.

Dann hing Aladin frei am Bügel. Sie standen in der Senke des Pendelbogens, einem kleinen künstlichen Krater, der mit Gummimatten ausgelegt war. Der Platz lag abgelegen von den Badeseen und war von keiner Seite außer vom kleinsten der Seen einsehbar, einer Lacke am Rand des Geländes, die kaum zum Baden benutzt wurde.

Nicht nachdenken, sagte Werner und hielt Erik das Feuerzeug hin. Auch Erik hatte keine Lust mehr, den Kater anzusehen.

Ich gehe zum Parkplatz und warte im Auto, sagte Werner. Wenn du fertig bist, gehst du schnell weg. Und dreh dich nicht um. Das ist das Wichtigste. Nicht umdrehen.

Werner wartete mit laufendem Motor. Sie fuhren und schwiegen. In das Schweigen hinein spürte Erik noch immer, wie er den Bügel mit dem brennenden Kater in Schwingung versetzt und wie der Kater aufgejault hatte. Es war ein Jaulen gewesen ähnlich dem einer rolligen Katze im Frühjahr. Nur lauter.

Als sie in die Bundesstraße einbogen, sagte Werner nur einen Satz: Jetzt gehörst du zu uns.

Neben den Postkästen klebte ein Blatt mit dem Foto einer Katze: Aladin entlaufen! Wer hat ihn gesehen? Daneben war die Telefonnummer von Maries Mutter angegeben.

Mit der Post war ein Brief des Arbeitsmarktservice gekommen, in einem unscheinbaren weißen Umschlag. Er enthielt die Mitteilung, dass Erik die letzten zwei Termine nicht eingehalten hatte und eine dringende Vorladung.

Du kannst mich nicht zwingen, hatte Erik zu seiner Mutter gesagt.

Das schaue ich mir an, hatte Sabine geantwortet. Von dir lasse ich mich nicht mehr anlügen. Sie zwang ihn tatsächlich, mit ihr nach Wels zum Alten zu kommen. Erik sollte warten, bis sie mit dem Dienst fertig war und dann anschließend mit ihr zum AMS nach Linz fahren.

Erik war lange nicht mehr in dem Haus gewesen. Früher hatte er Sabine öfter zu ihrem Klienten begleitet. Meist hatte er es sich vor dem Fernseher gemütlich gemacht, während Sabine Essen machte oder aufräumte, einmal hatte er die nicht mehr benützten Zimmer im oberen Stock des Häuschens durchsucht. Da gab es ein Kinderzimmer, das offenbar die Tochter des Alten bewohnt hatte. Diese Tochter war mit einem bekannten Politiker verheiratet, mit ihr war nicht gut Kirschen essen. Erik wusste, dass Sabine es vermied, ihn mitzunehmen, wann immer zu befürchten war, dass diese Frau im Haus auftauchte. In den Laden ihres Schreibtischs fand Erik alte Schulhefte mit Aufsätzen und Rechnungen in kindlicher Schrift, auf dem Bord über dem Bett einen Stapel Freundschaftsbücher mit frommen Sprüchen, *Stammbücher* hatte man die früher genannt. Jungmädchenkram alles. Im Zimmer daneben hatte Erik einen Schrank des Alten durchwühlt und eine Uniform entdeckt und Mappen mit Zeitungsausschnitten und Dokumenten aus einem Gendarmenleben: Ein paar alte Ausweise, mehrere Urkunden und Auszeichnungen, eine silberne Ehrenmedaille des Landes, Zeitungsausschnitte über einen Unglücksfall, der sich vor Jahrzehnten an einem See ereignet hatte, Erik hatte den Artikel bloß überflogen. Auf einem Schwarz-Weiß-Foto war ein vielleicht acht- oder neunjähriger Bub abgebildet; er war gerettet worden, sein Vater und noch andere waren damals ertrunken.

Jedes Mal, wenn Erik das Häuschen betrat, fiel ihm der süßliche Geruch auf, der einem entgegenschlug. Ein Mischung aus Moder, Mief und schlechtem Körpergeruch. Anscheinend wurde in dem Haus selten gelüftet.

Der Alte saß in der unbeleuchteten Küche, neben sich das Radio, das in voller Lautstärke Schlagermusik spielte. Während Sabine den Mann ins Bad schleppte, um ihn zu duschen, ging Erik in den Garten, um der Hütte einen Inspektionsbesuch abzustatten. Sabine würde mindestens eine halbe Stunde lang beschäftigt sein.

Der Schuppen war nicht versperrt und anscheinend schon länger nicht mehr benützt worden. An einer Wand lehnten Gartengeräte, ein Rechen, eine Schaufel, eine Sense, deren Bogen ein riesiges Spinnennetz zierte. Gegenüber, über einer Hobelbank, hing Werkzeug an einem Wandgestell. Im Schraubstock klemmte ein vergessenes Stück Holz, das Blatt einer Säge war abgebrochen, in einer Dose: rostige Nägel, in einer anderen: dunkles, eklig riechendes Schmierfett. Erik stöberte ein bisschen im Werkzeug, ehe er den Metallkasten an der Wand entdeckte. Der Kasten war versperrt. Erik fand, was er suchte, als er die Tür schloss. An ihrer Rückseite befand sich ein Schlüsselbord. Der Wandkasten war mit einem einfachen Schlagschlüssel, wie man ihn auch für einen Hausbriefkasten verwendete, zu öffnen. Der zweite Schlüssel, den Erik probierte, passte.

Im Wandkasten lag ein Futteral, daneben eine angebrochene Schachtel mit Patronen. Erik öffnete das Futteral, in dem sich eine Pistole befand. Er hob die Waffe vorsichtig aus der Pistolentasche, vielleicht war sie ja noch geladen. Schon mehrmals hatte er sich darüber gewundert, dass sich im Haus keine Waffen befanden. Der Alte, der jetzt mühsam einen Rollator durch seine Zimmer schob, war immerhin jahrzehntelang bei der Gendarmerie gewesen. Die Waffe fühlte sich anders an als die Plastikrevolver, mit denen Erik als Kind gespielt hatte. Schwerer, echter, gefährlicher. Sicher war mit der Knarre auch schon einmal geschossen worden. Er beugte sich über den Lauf und roch daran.

Vielleicht sollte er Werner von dem Fund erzählen. Vielleicht konnten sie eine Waffe gebrauchen.

Im nächsten Moment hörte er ein Geräusch. Eine menschliche Stimme. Das war nicht Mama. Er legte die Pistole ins Futteral zurück und versuchte, den Wandkasten zu schließen. Irgendetwas klemmte. Erik drückte gegen den Kastenflügel. Gleich darauf ging die Tür auf und Erik hielt sich, vom Tageslicht geblendet, die Hand vors Gesicht.

Sie schrie vom ersten Augenblick an, es gab keine Möglichkeit, sich zu verteidigen, sie zuckte aus, von null auf hundert. Da stand die Frau des Politikers vor ihm und fauchte ihn an. Was er da mache. Dass er da drinnen nichts verloren habe.

Sie trug ein Sommerkleid mit Spaghettiträgern, Erik fiel die blasse Haut auf den Schultern der Frau auf.

Raus, du Arschloch, schrie die Frau, du hast hier nichts zu suchen! Dreckskerl, verdammter!, schrie sie.

Erik hatte die Frau noch nie schreien gehört. Sie war eine prominente Person, bei der letzten Wahl hatte er sie sogar auf einem Wahlplakat entdeckt. Dann bemerkte sie den Wandschrank. Der Flügel stand offen, an der unteren Kante hatte sich ein Stück Karton verfangen, der Schlüssel steckte noch im Schloss. Plötzlich packte ihn die Frau an den Haaren und zog ihn aus dem Schuppen. Erik hatte noch kein einziges Wort gesagt. Die Frau trat in den Schuppen und versperrte den Wandschrank.

Dann stand Sabine in der Tür und schaute ihn fragend an. Erik bemerkte, dass sie noch immer die Handschuhe trug, die sie überstreifte, wenn sie den Alten berührte. Was hast du schon wieder ausgefressen?, fragte sie. Ihre Stimme zitterte vor Angst.

Sie können verschwinden, schrie die Frau des Politikers. Auf der Stelle!

Sekundenlang überlegte Erik, wie die Frau hieß, im ersten Schreck war ihm ihr Name nicht eingefallen. Bogner. So hieß sie. Katharina Bogner.

Sie sprach jetzt leise, ihre Stimme war messerscharf.

Das reicht, sagte die Frau zu Mama. Sie sind entlassen. Das wird gemeldet, darauf können Sie sich verlassen, setzte sie nach.

Sabine stand reglos da und sah ihn an. Erik bemerkte, dass eine Laufmasche über die linke Wade seiner Mutter lief. An ihren Handschuhen baumelten Tropfen von Badewasser.

Frau Bogner schrie noch einmal so laut wie vorher. Wenn sich jemand auf dem benachbarten Grundstück befand, musste dieser Ohrenzeuge alles mithören.

Du undankbares Dreckstück!, schrie Bogner Sabine an. Was ich alles für dich getan habe! Du undankbares! Sie brach mitten im Satz ab.

In den nächsten Minuten wurde nicht mehr gesprochen. Als Sabine zum Auto ging, trug sie keine Handschuhe mehr, auch den blauen Arbeitskittel hatte sie ausgezogen. Erik hatte das Haus nicht mehr betreten. Sie fuhren los, ohne miteinander zu sprechen. Erik hatte das Gefühl, dass der süßliche Geruch des Alten noch immer an seiner Mutter hing.

Sie fuhren über einige Ampelkreuzungen. Dann bog Sabine plötzlich bei einer Tankstelle ein und stellte den Motor ab.

Sie drehte sich zu ihm herüber und begann, mit Fäusten auf ihn einzuschlagen. Als ihre Kraft nachließ, brach sie in Tränen aus. Jetzt war sie es, die schrie.

Du Idiot! Du bist an allem schuld! Das ist nur wegen dir! Du Trottel!

Ihr Schreien klang weit weniger scharf als das von Bogner. Dann ging ihr Heulen in ein Wimmern über. Eines, das Erik an das Jaulen eines Tieres erinnerte. An das einer Katze.

Nach ein paar Minuten hatte sie sich wieder gefasst. Als ein Tankwart an die Fensterscheibe klopfte, startete Sabine den Wagen und fuhr los.

13
WERNER SCHEU
IRONISCHE PROZESSE

Du fehlst mir. Ich wäre jetzt gern bei dir.

Ich auch, sagte sie. Wir treffen uns ja übermorgen wieder.

Und was macht du heute noch?

Ich gehe dann ins Bett. Aber vorher trinke ich ein Glas auf dich. Hol dir eins, dann stoße ich mit dir an.

Aber nicht zu fest, sagte er. Sonst. Prost.

Und jetzt schaue ich dir tief in die Augen, sagte sie.

Nicht zu tief, sagte er.

Mach ich aber, sagte sie.

Du machst mich hart, sagte er.

Weiß ich, sagte sie.

Am Abend saß Scheu am Schreibtisch und spürte, wie der Ärger, den er in der Sprechstunde verspürt und mühsam unterdrückt hatte, erneut aufflammte, scheinbar ohne sein Zutun. Mit einem seiner Studenten einem zu groß geratenen, grobschlächtigen Kerl mit Vollglatze, hatte er beinahe eine halbe Stunde lang über ein mögliches Thema einer Bachelorarbeit diskutiert und war sich am Ende der zum Schluss reichlich emotional geführten Debatte regelrecht übervorteilt vorgekommen, überstimmt und überredet und überrumpelt von diesem arroganten Spätpubertierenden. Scheu hatte im vergangenen Semester eine Vorlesung zum Thema Gedächtnis gehalten und dem jungen Mann dazu passend eine Arbeit über Studien zum gelenkten Vergessen vorgeschlagen. Der Schnösel hatte sich aber aus irgendeinem Grund auf ein Thema aus der Geschichte der experimentellen Psychologie, insbesondere auf die Untersuchungen von Daniel Wegner über die

Experimente zur Unmöglichkeit der Gedankenunterdrückung, auch *ironische Prozesse* genannt, eingeschossen gehabt und war von seinem Vorhaben nicht mehr abzubringen gewesen. Jetzt saß Scheu am Schreibtisch und, anstatt an einem Bericht über einen neurobiologischen Kongress in Hamburg zu feilen, den abzuliefern er längst versprochen hatte, ertappte er sich dabei, wie er in eine Erinnerungsschleife an die Nachmittagsdebatte und damit in einen Vorgang der Selbstbezichtigung hineinglitt. Geradezu lächerlich erschien Scheu im Nachhinein nicht nur, dass er seinem Studenten nachgegeben hatte, noch lächerlicher war, dass sich ihm dieses Nachgeben nur wenige Stunden später als diskursive Niederlage, ja geradezu als intellektuelle Demütigung aufs Gemüt schlug: Allein diese offensichtliche Selbstabwertung, die rational nicht mehr abzustellen war, erhöhte den Lächerlichkeitsgrad des Vorgangs noch einmal beträchtlich. Und hohnhaft lächerlich war wohl auch, dass Scheu mit seiner Reaktion nun zielsicher auch noch das Experiment Wegners, worüber der Student zu schreiben beabsichtigte, auf persönliche und direkte Art und Weise bestätigte: Scheus Bemühen, das Denken und seinen Ärger an das nachmittägliche Über-den-Tisch-gezogen-Werden zu unterdrücken, hatte bloß zur Folge, dass die Erinnerung daran umso stärker in den Vordergrund rückte. Dieser Vorgang benannte sich in der Forschung seit einer Studie aus dem Jahr 1994 eben als *ironischer Prozess*, eine Erkenntnis, die sich in diesem Augenblick vollkommen ironiefrei bei Scheu einstellte. Scheu fühlte sich wie ein Versuchsteilnehmer am Experiment: Aufgefordert, nicht an einen weißen Bären, in seinem Fall an einen glatzköpfigen Bachelor-Studenten zu denken, verstärkte sich der Gedanke an diesen in den folgenden Minuten umso mehr.

An ein Weiterarbeiten war nicht zu denken. Scheu schloss das Dokument mit dem angefangenen Bericht, den er bloß angestarrt hatte, ging ins Internet und warf einen Blick auf die Homepage der Eisbären – seit Wochen gab es Gerüchte über einen drohenden Konkurs. Auch der Jahn schwächelte seit mehreren Spielen.

Der Satz *Das Verletzungspech liegt wie ein Damoklesschwert über dem Kader* erheiterte ihn wenigstens. Als das Telefon läutete, spontan der Wunsch, Ulli möge endlich anrufen. Sie hatte versprochen, sich abends zu melden.

Am Apparat war Ulrich Meile, ein Kollege aus Studientagen, ein paar Jahre älter als Scheu. Während Scheu an der Uni hängen geblieben war, hatte es Ulrich geschafft, sich selbständig zu machen und war erfolgreich als Therapeut und Ausbildner tätig. Scheu vernahm Ulrichs sanfte Stimme und wusste augenblicklich, dass er es versäumt hatte, Erkundigungen einzuholen.

Ulrich hatte ihn vor Wochen gebeten, sich an der Uni umzuhören. Nach Arnold Walters gewaltsamem Tod und weil der Mord immer noch nicht geklärt worden war, waren eine Menge wüster Gerüchte aufgetaucht. Vielleicht kam der Mörder Arnolds ja aus dem Umfeld der Universität. Da gab es Fichtner, einen Vertragsassistenten, der Arnold beim Berufungsverfahren unterlegen und seither aufs Heftigste mit ihm verfeindet gewesen war. Da sollte es dem Vernehmen nach nicht nur eine Dissertantin gegeben haben, mit der sich Arnold regelmäßig zum Mittagessen und wer weiß wozu sonst noch getroffen hatte.

Dass Ulrich in der Sache anrief, war kein Zufall. Scheu wusste, dass Ulrich mit Verena, Arnolds Witwe, seit Jahren befreundet war. Seit dem Tod ihres Mannes unterstützte er sie. Angeblich nicht ganz uneigennützig. Aber das war eine andere Angelegenheit.

Ulrich war unverschämt direkt gewesen, als er Scheu um seine Mithilfe gebeten hatte. Du bist ja jetzt, was man so hört, mit dieser Germanistin zusammen, mit dieser Plößmann, ich kenne sie gar nicht persönlich, hatte Ulrich mit einem leichten Näseln in der Stimme gesagt. Vielleicht kann sie uns weiterhelfen.

Scheu war am Telefon zusammengeschreckt. Dass Ulrich seine Beziehung zu Ulli so unverfroren benannte, als wäre sie öffentlich in der Stadt plakatiert, kränkte ihn augenblicklich. Wie kam Ulrich dazu, ihn, Scheu, sozusagen vor den Ermittlungskarren zu spannen? Ihrer langjährigen Bekanntschaft zuliebe hatte Scheu nichts eingewendet und schließlich versprochen, sich bei Gelegenheit bei Ulli – am Telefon hatte er förmlich von ihr als *Frau Plößmann* gesprochen – zu erkundigen.

Als Ulrich nun nachfragte, fiel Scheu siedend heiß ein, dass er den Auftrag schlicht vergessen hatte. Es gab also durchaus Angelegenheiten, bei denen das Vergessen nach wie vor vorzüglich funktionierte.

Jetzt half nur die Flucht nach vorn und eine Mischung aus Ehrlichkeit und Notlüge: Die Gelegenheit zum Nachforschen habe sich einfach noch nicht ergeben. Einerseits stecke er bis zum Hals in Arbeit, andererseits seien die Kontakte zu *Frau Plößmann* ja doch nicht so intensiv, wie Ulrich vermutete.

Dass er mit Arbeit eingedeckt war, stimmte. Wie wohl bei jedem Universitätslehrer, der *halbwegs normal* tickte. Außer einigen notorischen Faulpelzen und Müßiggängern lief doch allen ständig die Zeit davon. Dass er Ulli seltener traf, als ihm lieb war, stimmte eigenartigerweise auch, hatte aber Gründe, über die Ulrich in Kenntnis zu setzen jede Form von Diskretion weit überschritten hätte.

Ulrich nahm die Ausrede unkommentiert zur Kenntnis und bat noch einmal nachdrücklich um Scheus Mithilfe. Die Begründung, die Ulrich mitlieferte, klang ja plausibel und verständlich. Verena ging es nicht gut, sie litt an der Tatsache, dass die Kriminalpolizei bei der Aufklärung des Mordes noch immer nicht vorangekommen war. Deshalb wünschte sie auch, dass jeder auch noch so abwegigen Spur nachgegangen wurde, selbst wenn die Polizei diese nicht mehr verfolgte.

Ulrich lieferte mit seiner telefonischen Nachfrage gleich auch noch einen Hinweis. Ein Mitarbeiter der Universitätsbibliothek, eine Hilfskraft namens Dascola – Scheu hatte von dem Mann noch nie gehört – sei vor Kurzem von der Kripo direkt von seiner Arbeitsstelle weg verhaftet worden, angeblich wegen eines Mordes an einem Obdachlosen an der Donau. Vielleicht kannst du dich daran erinnern, das stand ja vor Kurzem in der *Mittelprächtigen*, sagte Ulrich. Und das sei ja genau das Eigenartige: In Regensburg werde eben nicht jeden Tag ein Mord begangen. Es sei zumindest auffällig, dass dieser Dascola just auf der Etage arbeitete, auf der auch Arnold beschäftigt gewesen war. Vielleicht weiß ja Frau Plößmann darüber etwas, fügte Ulrich übergriffig hinzu und setzte damit Scheus Verbindung zu ihr abermals unverifiziert voraus. Scheu spürte, wie neuer Ärger in ihm hochkroch. Einer, der durchaus das Zeug in sich hatte, sich zu einem *ironischen Prozess* auszuwachsen.

Scheu zog die Notbremse. Ulrich, du hörst von mir, sagte er, tut mir leid, aber ich muss augenblicklich weg, betonte er und legte grußlos auf. Sollte der distanzlose Herr Therapeut am anderen Ende der Leitung doch ein wenig unrund den weiteren Abend verbringen.

Seit sieben Monaten ging Werner Scheu nun mit Ulli Plößmann ins Bett.

Aus der Auswahl der Möglichkeiten, den Zustand zu beschreiben, der das durch einen Zufall gestiftete Verhältnis angemessen benannte, hatte Scheu sich für die Bezeichnung *vorläufige Liaison* und damit gegen Affäre, Techtelmechtel oder ähnliche Beschreibungen entschieden.

Am Anfang ihrer *vorläufigen Liaison* war die Beerdigung von Arnold Walter gestanden, genauer genommen der dem kirchlichen Begräbnis folgende Leichenschmaus in einem bürgerlichen Gasthaus im Regensburger Stadtteil Ziegetsdorf, zu dem Verena Freunde und Berufskollegen im Anschluss an die Beerdigung eingeladen hatte.

Da keine festgesetzte Tischordnung bestand, ergab es sich, dass Scheu zufällig gegenüber der Linguistin Ulli Plößmann, die er nur aus Arnolds Erzählungen kannte, zu sitzen kam.

Während des Essens und nachdem sie einander vorgestellt und zögerlich eine unverfängliche Unterhaltung begonnen hatten, hatte Scheu gleichzeitig versucht, sich alles in Erinnerung zu rufen, was ihm Arnold bei ihren donnerstäglichen Treffen in der Unipizzeria so nebenbei über diese Kollegin erzählt hatte: dass sie als sehr ehrgeizig galt, dass sie sich angeblich an die Uni Bochum beworben hatte, dass sie Gerüchten zufolge lesbisch war, dass ihr aber auch schon etliche Männerbeziehungen angedichtet worden waren und dass sie skurrilerweise in ihrer Freizeit Markennamen erfand. Ob diese Angaben auch tatsächlich stimmten, ließ sich augenblicklich natürlich nicht verifizieren.

Bei ihrem ersten Treffen stellte Scheu nun erstaunt fest, dass er sich die Frau anders vorgestellt hatte, als sie jetzt vor ihm saß, kleiner, gedrungener, vielleicht nicht ganz so attraktiv: Er war seinem eigenen, von wenigen Hinweisen genährten Vorurteil aufgesessen.

Keine Ahnung, was Plößmann umgekehrt von ihm, Scheu, wusste. Sie hatte keine Ahnung von ihm gehabt, *keinen blassen Schimmer*, wie sie später einmal gestand, als sie diese ihre *Urszene* einmal vertraut Revue passieren ließen. Und seine spätere vorsichtige Frage an sie, ob es tatsächlich stimme, dass sie für Markenprodukte Namen erfinde, hatte bei ihr einen Lachkrampf ausgelöst.

Sie hatten sich die Arnold'sche Leichenschmaussuppe zugeführt, sie hatten einer kurzen Rede des Dekans der Uni und den gefassten Dankesworten von Verena gelauscht, und waren dann nach ein paar plänkelnden Eingangs- und Vorstellungsfragen binnen Kürze – der gedanklich assoziative Weg dahin war später nicht mehr eruierbar – beim Thema Tod und Religion beziehungsweise bei verschiedenen Todesritualen und -bräuchen gelandet.

Bevor Scheu irgendetwas anderes Persönliches über Ulli Plößmann in Erfahrung gebracht hatte, wusste er, dass sie sich gut vorstellen konnte, dass ihr Körper nach ihrem Tod verbrannt und die Asche dann in der Nordsee verstreut würde.

Ihr Kennenlernen hatte also vom Erörtern des Lebensendes her begonnen. Ullis Frage, wie Scheu sich sein Begräbnis vorstelle, war einer Ablenkung der Kellnerin wegen, die den Hauptgang servierte, unbeantwortet geblieben.

Vom Reden hatten sich ihre Wangen gerötet, was ihr gut stand. Ihre dunklen Augen funkelten. Es fiel Scheu schwer, den Blick von ihr zu lassen.

Als sie nach dem Leichenschmaus auseinandergingen, hatten sie die Telefonnummern getauscht, um das *anregende Gespräch*, wie Scheu es neutral beschrieb, *andernorts* irgendwann wieder einmal aufzunehmen.

Das Unglück des einen, in diesem Fall der tragische Tod Arnold Walters, war das Glück des anderen gewesen. Ohne Arnolds Begräbnis wäre Scheu, dessen Institut sich in einem anderen Unigebäude befand, Ulli wohl niemals begegnet.

Beziehungsdynamisch konnte ihre Verbindung wohl als galoppierend bezeichnet werden. Eine Woche nach dem Leichenschmaus hatten sie sich zum Abendessen in der Stadt verabredet, nach dem zweiten Mal bereits waren sie in Scheus Wohnung gelandet, die dieser vorsorglich penibel aufgeräumt hatte.

Scheu, der nach der Trennung von Lydia jahrelang allein gelebt und sich mental in einer Phase sexueller *Wüstenei* (welch seltsamer, gleichzeitig doppeldeutiger Begriff!) eingerichtet hatte, wunderte sich über sich selbst, dass er nun dank Ulli völlig unverhofft eine Art zweite Adoleszenz und einen so nicht mehr erwarteten erotischen Frühling erleben durfte.

Ulli überraschte ihn jedes Mal, wenn er sie traf, ihr trockener Humor, ihre Unbefangenheit, ihre geradezu lakonische Laszivität legten ihn buchstäblich flach.

Erstaunlich war: Sie redeten gern und ausführlich miteinander, sie beherrschten beide die Fähigkeit der assoziativen Monologrede, die zwingend den anderen als Zuhörer erforderte *(so lass mich doch einmal ausreden!)*, sie lachten viel, sie waren neugierig aufeinander, nicht ohne sich ständig ironisch wegen ihres doch nicht mehr ganz jugendlichen Alters aufzuziehen, und sie ertrugen die Auffassungsunterschiede, die bei ihren Diskussionen zutage traten, mit großer Gelassenheit. Vielleicht begann jetzt eine Lebenszeit, in der es nicht mehr darauf ankam, weitgehende Deckungsgleichheit zu erzielen, was Meinungen, Vorlieben und Gewohnheiten betraf, vielleicht kamen jetzt die Jahre, in denen sie sich als jene *wahrnehmen* und ertragen konnten, die sie eben waren: zwei verschiedene Individuen mit unterschiedlichen Interessen (Ulli liebte klassische Musik, und, *Horror!:* Wagner noch dazu, das war ihrer dazumal gründlichen Mediävistikausbildung geschuldet). Sie waren verschieden sozialisiert (Ulli kam aus einer bürgerlichen Familie aus Kiel) und sie stammten aus unterschiedlichen religiösen Milieus (sie war protestantisch aufgewachsen, Scheu im katholischen Kernland). Scherzhaft versuchten sie einander (mit Teilerfolgen) immer wieder für den Beruf des anderen zu interessieren.

Zu den speziellen Spielregeln ihrer Beziehung gehörte auch, dass sie Distanz hielten. Weder telefonierten sie täglich miteinander, noch trafen sie sich mehr als zweimal pro Woche. Und sie trafen einander ausschließlich in Scheus Wohnung. Auf seine Frage, ob man nicht einmal zu ihr gehen könne, hatte Ulli kokett geantwortet, dass sie sich die quasi jungfräulich singlehafte Aura ihrer kleinen Wohnung nicht durch einen ungezügelten Liebhaber verwüsten lassen wollte.

Scheu hatte sich vorerst mit der Antwort zufriedengegeben.

So war es: Sie trafen einander regelmäßig zum Sex, sie speisten gelegentlich abends bei einem Italiener in der Stadt und tranken dabei ein Glas Rotwein oder auch mehrere, sie gingen vor allem in der dunklen Jahreszeit miteinander ins Kino – und führten dennoch weiter ihr eigenes Leben. Ihre Beziehung blieb eine klassische Zweierbeziehung, Freunde hatten – auf Wunsch von Ulli – keinen Zutritt zu dieser neu erworbenen Zweisamkeit, ein Umstand, den Scheu allmählich und schleichend als leisen Mangel empfand. Den regelmäßig in ihm aufkommenden Wunsch, mit ihr zusammenzuziehen oder Ulli wenigstens danach zu fragen, ob sie sich das vorstellen konnte, hatte er lieber unterdrückt. Ihre

Ablehnung hätte ihn gekränkt. Die Abweisung hätte Komplikationen nach sich gezogen. Er hätte nicht verstanden, warum sie nicht zusammenziehen wollte. Und er hätte sich selbst nicht verstanden. Warum ihm das nach so vielen Jahren als Single nicht egal gewesen wäre.

In Regensburg lebte Ulli vor allem ihren Beruf. Sie war ehrgeizig, in ihrem Kern glühte die Begeisterung für die für Scheu geradezu provokant spröde Materie der Grammatiktheorien und gelegentlich blitzte die gelernte Feministin in ihr auf: Dann klagte sie über die Männernetzwerke an der Uni und darüber, dass hier die gläsernen Decken zur Macht noch undurchdringlicher schienen als anderswo. Was ihre Zukunftsambitionen betraf, so hatte sie daher den Plan, sich an eine andere Uni zu bewerben, im Gegensatz zu Scheu noch nicht ganz aufgegeben.

Über ihre Herkunftsfamilie erfuhr er wenig; irgendwo im Norden lebte eine ältere Schwester, mit der es wohl nach dem Tod der Eltern zu einem sich lang hinziehenden Erbschaftsstreit gekommen war. Dennoch besuchte Ulli die Schwester regelmäßig übers Wochenende. Scheu hatte rasch begriffen, dass Ulli an nichts interessiert war, was nach einem Familienanschluss seinerseits geklungen hätte. Scheu hatte den Wunsch, sie nach Kiel zu begleiten, einmal und dann nie mehr geäußert.

Ihre Beziehung verblieb im Aggregatzustand der Monade. Scheu, das Einzelkind, hätte bezüglich eines Kontakts nur seine Tochter Marlene aufzubieten gehabt. Diese hatte aber gleichsam *vorauseilend* und umissverständlich bekundet, dass sie die neue Frau in seinem Leben nicht interessierte.

Gelegentlich besuchte ihn Marlene, die als Laborleiterin in einem chemischen Betrieb arbeitete, an der Uni. Dann gingen sie gemeinsam mittagessen und meistens pumpte ihn seine Tochter um Geld an. Aus einer gescheiterten Beziehung hatte sie eine Wohnung und den dazugehörenden Kredit geerbt, der sie finanziell überforderte.

Seit sie erkrankt war, telefonierten sie wieder öfter miteinander.

Ulli existierte aber nicht für sie. Das lag wohl auch an Marlenes engem Kontakt zu ihrer Mutter Lydia.

Ein Thema, das Scheu sorgfältig vermied, wenn er sich mit seiner Tochter traf. Auch Lydia lebte noch immer alleine, obwohl die Trennung so lange zurücklag. Marlene hatte ihm die Scheidung nie verziehen.

So gab es für sie beide Themen, die sie tunlichst aussparten. Wovon sie nicht sprechen konnten, darüber mussten sie schweigen.

Während der Woche hatte Marlene ihn angerufen, dass sie zu einer Untersuchung ins Krankenhaus gegangen sei. Schon zwei Jahre zuvor war sie wegen eines Gebärmuttermyoms behandelt worden, nun waren erneut die Blutwerte nicht in Ordnung.

Scheu war beunruhigt. Marlene hatte während des Gesprächs mehrmals darauf hingewiesen, dass es sich nur um eine Kontrolluntersuchung handle. Es ist zur Kontrolle, Papa, hatte sie beschwichtigt. Aber sie hatte den Satz ein paar Mal wiederholt. Die Dringlichkeit der Wiederholung machte ihm Angst. Die Tochter suchte den Vater zu beruhigen.

Er versprach, Marlene am Samstagnachmittag – Ulli wollte die Stadt ohnehin Richtung Kiel verlassen – in der Klinik zu besuchen.

Bevor ich es noch einmal vergesse, sagte Scheu. Ulrich Meile hat angerufen. Der Therapeut. Er ist mit Verena Walter befreundet.

Der Frau von Arnold?, fragte Ulli.

Genau. Der Mörder wird noch immer gesucht. Sie klammern sich an jeden Strohhalm. Ulrich meinte, du arbeitest am Institut. Vielleicht ist dir was aufgefallen. Mit wem Arnold Umgang hatte. Mit wem er verfeindet war. Was weiß ich.

Wieso kommt dieser Ulrich eigentlich auf mich?, fragte Ulli.

Er weiß, dass wir zusammen sind. Die Welt ist klein, sagte Scheu. *Fama crescit eundo.*

Ich habe Arnold kaum gekannt. Man trifft sich mal am Gang,

man grüßt sich, man sitzt mal in einer Prüfungskommisson, sagte Ulli.

Hätte ja sein können, dass du was weißt.

Du warst doch mit ihm befreundet. Arnold hatte eine tragische Kindheit. Das weiß ich. Sein Vater ist bei einem Segelunfall ertrunken. Keine Ahnung, wer mir das erzählt hat, sagte Ulli.

Das wusste ich selber gar nicht, sagte Scheu erstaunt. Das hat er mir gegenüber nie erwähnt.

Sie schwiegen.

Ulrich hat noch von jemand anderem gesprochen, sagte Scheu. Einem gewissen Dascola. Kennst du den?

Sie schwieg. Was soll mit dem sein?, fragte sie dann.

Scheu hatte für einen Moment den Eindruck, Ulli wollte noch etwas hinzufügen.

Der arbeitet doch in der Bibliothek bei euch. Den haben sie angeblich verhaftet vor Kurzem. Sagt Ulrich. Bei euch. Du hast nichts mitbekommen?, fragte Scheu.

Hör mal, ich habe vielleicht auch was zu tun.

Wegen eines Mordes an der Donau. Genaueres wusste Ulrich nicht. Aber er fand es seltsam. Arnold tot. Dieser Tote an der Donau. Vielleicht hat dieser Dascola mit beiden zu tun. Den musst du ja kennen, sagte Scheu.

Wahrscheinlich kenne ich den, sagte sie. In der Bibliothek arbeiten zig Leute. Aber was soll das eigentlich? Ich bin ja kein Auskunftsbüro in Fragen unseres Hauspersonals. Wenn dieser Ulrich was will von mir, soll er sich bei mir melden. Entschuldige, das kommt mir jetzt ein wenig krank vor.

Bist du jetzt eingeschnappt, oder was?, fragte er.

Am Samstagnachmittag traf sich Scheu mit Marlene auf der Terrasse der Cafeteria des Bezirksklinikums. Ein sonniger, milder Nachmittag, aus dem Radio an der Theke drangen leise die aufgeregten Stimmen der Reporter von *Aus dem Stadion.* Scheu hatte in seinem Büro den Bericht über die Hamburger Tagung fertig gestellt, Marlene war von der Uniklinik herüberspaziert. Die Luft tut mir gut, sagte sie. Und das Gehen. Hab sonst eh keine Zeit dazu. Sie wirkte blass.

Aber auch erleichtert. Es war nur ein kleiner Entzündungsherd. Die bringen das wieder hin, sagte sie. Und dass sie vielleicht doch etwas zu viel gearbeitet habe in letzter Zeit. Vielleicht bekomme ich noch Urlaub vor dem Sommer, sagte sie. Dann fliege ich mit Mama eine Woche nach Mallorca. Scheu hörte nur mit einem Ohr zu. Innerhalb weniger Sekunden hatte Schalke ein Tor erzielt, der Club in einem anderen Stadion den Ausgleich.

Marlene hatte eine große Apfelschorle getrunken und musste aufs Klo. Scheu sah sich um. Die Tische waren gut besetzt mit Patienten und ihren Angehörigen. Fast alle trugen Alltagskleidung. Das Bezirksklinikum hatte seinen Schwerpunkt auf psychiatrischen und psychosomatischen Erkrankungen. Wer kann denn schon sagen, wer gesund ist und wer krank, dachte Scheu. Onkel Otto fiel ihm ein. Ein einfacher Klempner war der gewesen. Jeder Mensch hat einen Vogel, hatte Otto immer gesagt. Und wer behauptet, er habe keinen, der hat drei.

Dann sah Scheu Ulli. Er beobachtete sie durch die Büsche hindurch, die die Terrasse von einem Fußweg trennten. Der Weg führte zu den Klinikgebäuden weiter hinten auf dem Gelände. Ulli trug ihren beigen Blazer über dem Arm. Und Sonnenbrille. Sie schaute sich nicht um, hielt den Blick gesenkt und ging zielstrebig dahin.

Einen Augenblick glaubte Scheu, sich getäuscht zu haben. Ulli war gestern zu ihrer Schwester nach Kiel aufgebrochen. Möglich, dass die Frau, die gerade vorbeiging, Ulli zum Verwechseln ähnlich sah. Einen Augenblick überlegte er, der Frau nachzurufen. Scheu sprang auf und lief hinunter zum Fußweg. Die Frau hatte schon mehr als zwanzig Meter Vorsprung. Scheu folgte ihr ein paar Schritte, ungläubig. Neben einer Wegweistafel blieb er stehen. Der Weg führte zum Zentrum für klinische Suchtmedizin.

Scheu fühlte sich wie betäubt. Langsam ging er zur Cafeteria zurück. Marlene saß bereits wieder am Tisch und zog sich die Lippen nach.

Was war denn?, fragte sie.

Ich habe geglaubt, da war jemand, sagte Scheu. Ich habe mich getäuscht.

Sie saßen da und schwiegen.

Gleich darauf ein verzweifelter Aufschrei eines Reporters aus dem Radio: Der Club war in Rückstand geraten.

Du kriegst ja langsam Flecken auf der Hand, sagte Marlene später. Ist dir das schon mal aufgefallen?

Abends saß Scheu in der Küche und grübelte. Er sah, wie Ulli an ihm vorbeigegangen war. Er hätte sie ansprechen sollen. Er überlegte, ob er jemanden kannte, der in der Abteilung für Suchtmedizin tätig war. Im Fernsehen lief eine Wettsendung, in der ein Pilot versuchte, mit einem Hubschrauber Bierflaschen zu öffnen. Scheu stellte den Ton aus und überlegte, Ulli anzurufen.

Er schenkte sich ein Glas Wein ein. Und später noch eines. Immer wieder lief Ulli durchs Bild. Der Blazer. Den kannte er. Die Sonnenbrille. Sie hatten sie bei einem Bummel in München gemeinsam ausgesucht.

Er versuchte zu vergessen, was er gesehen hatte. Aber es ging nicht.

14
KATHARINA
WAS IST WAHRHEIT

Sie standen am Ufer des Sees, Vater machte das Boot los und winkte ihr, einzusteigen. Katharina erinnerte sich nicht daran, dass der Vater je ein Boot besessen hatte.

Mit kräftigen Schlägen ruderte er über den See und lächelte ihr zu. Der Vater war jung, sie bemerkte seine buschigen Brauen unter dem Rand einer breiten Kappe, seine Unterarme waren gebräunt. Sie ließ ihre Hand ins Wasser gleiten und schloss die Augen. Als sie die Augen wieder öffnete, war der Vater verschwunden. Plötzlich saß Arnold am Ruder. Er war wieder der Schüler, der zwei Klassen über ihr ins Gymnasium gegangen war. Sein Blick war warm, liebevoll, zärtlich. Ich zeige dir die Stelle, sagte er und lachte. Dann bemerkte sie, dass er nackt war und nur einen Moment später, dass auch sie nackt im Boot saß. Mitten auf dem See hörte Arnold auf zu rudern und begann sie überfallsartig zu küssen. Sie warf den Kopf zurück, schloss die Augen und spürte seine feuchte Zunge an ihrem Hals, auf ihren Brüsten, zwischen den Beinen. Dann sah sie Arnold von einer Art Balustrade aus von oben im glasklaren Wasser schwimmen. Nackt tauchte er lange unter der Oberfläche. Sie wusste, das hatte mit dem Unfall zu tun. Dann hörte sie ihn unter Wasser zählen. Laut. Er sagte unentwegt aufwärts, abwärts. Sie hörte ihn aufwärts, abwärts sprechen, aber für sie war es, als zählte er. Als er wieder auftauchte und sich am Bootsrand hielt, rief sie ihm zu, dass sie ihn zählen gehört hatte. Arnold lachte laut und beglückt auf. Ein Traum der reinen Begierde.

Katharina wachte auf und sah auf das Display des Weckers. Sie merkte, dass sie stark schwitzte. Sie griff sich mit der Hand an den Hinterkopf und fühlte, dass die Haare feucht waren. Es war halb fünf Uhr früh. Draußen dämmerte der Morgen. Sie verspürte Durst und überlegte, ob sie in die Küche gehen und ein Glas Wasser trinken sollte. Andreas lag neben ihr auf dem Rücken mit leicht geöffnetem Mund und schnarchte leise. An seinem Kinn zeichneten sich dunkle Bartstoppel ab, seine Atemzüge hörten sich lange und gleichmäßig an, die Pausen bis zum nächsten Einatmen waren so lang, dass es den Anschein hatte, als atmete er nicht mehr. Dann sah sie doch, wie sich sein Brustkorb hob und senkte.

Sie lag wach und starrte an die Decke. Der Traum flirrte in ihr nach, hinterließ ein Gefühl einer schweren, wohligen Süße, einer Melancholie, die sie im Wachzustand nicht kannte.

Sie stützte sich auf und betrachtete Andreas. Seine linke Hand lag schlaff neben seinem Körper. An der Stelle, an der er seine Armbanduhr trug, zeichnete sich eine helle, kreisrunde Stelle ab.

Er weiß es, dachte sie plötzlich. Er sagt nichts, aber er weiß es. Dann stand sie auf.

Sie ging auf die Toilette, anschließend ins Bad, um zu duschen. Sie versuchte, möglichst leise zu sein, um Andreas nicht zu wecken.

In der Küche goss sie Wasser in die Kaffeemaschine. Während der Kaffee in die Kanne tropfte, ging sie barfuß auf die Terrasse. Die Fliesen fühlten sich kühl an, auf dem Rasen glitzerte der Tau. In einem der Nachbarhäuser oben am Hügel brannte Licht in der Küche, wenig später konnte man das Kreischen einer Garagentür hören, die schlecht geschmiert war. Der Nachbar fuhr früh zur Arbeit nach Linz.

Sie kontrollierte ihr Handy nach eingegangenen SMS, wie jeden Tag. Was immer sie auch schrieb, von Sandra kam nichts als grenzenlose Wut. Und dieser Countdown, das Ultimatum: noch sechzehn Tage. Noch dreizehn. Noch neun. Dann würde sie Andreas alles erzählen.

Katharina goss sich Kaffee ein und strich Butter auf ein kleines Stück Schwarzbrot. Sie nippte an der Tasse, dann nahm sie die

Tablette, die sie mit ein bisschen Wasser hinunterspülte. Das Brot ließ sie nach einem Bissen stehen.

Die Gedanken gingen im Kreis. Seit Tagen.

Es gab Wahrheiten, Dinge, Geheimnisse, die niemanden etwas angingen. Gefühle, Erfahrungen, in Bernstein gegossen, eingekapselt in einem Bereich ihres Inneren, zu dem niemand Zutritt hatte. Niemand außer sie selber. Seit einigen Wochen wusste Sandra plötzlich, was Katharina bis dahin als Einzige gewusst hatte. Dass Andreas nicht ihr leiblicher Vater war.

Aus einer plötzlichen Laune heraus, aus jugendlichem Übermut, aus Dummheit, die die Folgen nicht bedachte, hatte Sandra zu stöbern begonnen, wo es nichts zu stöbern gab. Sie hatte die verbotene Zone betreten und setzte damit alles aufs Spiel. Sie brachte ins Wanken, was bisher sicher gewesen war. Nichts hatte Sandra in ihrem jungen Leben bisher gefehlt, weder materiell noch emotional. Sie war Andreas' *Herzikratzi*, immer gewesen. Und war es noch. Auch wenn sie jetzt dabei war, ihre eigenen Wege zu gehen. Auch wenn Andreas in den letzten Jahren aufgrund seines beruflichen Engagements nicht mehr so viel Zeit für seine Familie hatte wie früher.

Es gab kein Recht zu wissen, was nicht einmal Andreas wusste. Es gab ein Wissen, das nur Unglück brachte. Das sie alle in die Verzweiflung trieb. Vielleicht sogar Andreas' Karriere schadete. Ein Wissen, so gefährlich, dass die Familie daran zerbrechen konnte.

Und irgendwo in Salzburg lebte dieser fremde Mann, der vor mehr als zwanzig Jahren ein Freund von Andreas gewesen war, ein junger Studienabgänger in seinen ersten Berufsjahren. Katharina hatte mit Andreas ein Fest in der Wohnung eines Arbeitskollegen besucht, Andreas hatte das Fest verlassen müssen, er hatte auch damals schon für die Partei gearbeitet, er war tüchtig und gewissenhaft gewesen. Und Katharina hatte sich mit dem Freund unterhalten. Sie hatte den Mann nett gefunden, es hatte ihr geschmeichelt, dass sie ihm gefiel. Sie hatte sich nach Mitternacht von ihm nach Hause bringen lassen. Im Freien, in einem Park, hatte sie mit ihm schnellen Sex gehabt. Der Mann hatte sie überrumpelt, vielleicht hatte sie ein bisschen zu viel getrunken gehabt, vielleicht war sie leichtsinnig gewesen. Sie hatte nicht gewusst, dass sie an dem Tag schwanger werden konnte, also hatte sie sich auch keine Gedanken über die Folgen dieser paar Minuten gemacht. Es war geschehen. Sie hatte die Situation seither Hunderte, Tausende Male wiedergekäut. Sie hatte sich Vorwürfe gemacht, sie hatte sich vergeben, sie hatte sich mit der Situation versöhnt. Sie hatte ihr Geheimnis für sich behalten und sie hatte mit diesem Wissen mehr als zwanzig Jahre gelebt. Sie hatte niemandem geschadet und niemanden verletzt. Sandra nicht, die in einer intakten Familie mit einem fürsorglichen Vater aufwuchs. Nicht Andreas, von dessen möglichen Affären Katharina in all den Jahren auch nie etwas erfahren hatte, und nicht seinen damaligen Freund Christoph. Den schon gar nicht. Katharina hatte ihn aus den Augen verloren. Sie hatte nicht gewusst, dass Andreas losen Kontakt zu ihm hielt. Bei seiner Geburtstagsfeier zum Vierziger hatte er den Freund aus Studienjahren mit Familie eingeladen. Christoph war mit seiner Frau und zwei Kindern, jünger als Sandra, angereist. Im Trubel der Feier war es Katharina leicht gefallen, den Kontakt zu meiden. Seither, und es waren schon wieder mehrere Jahre vergangen, hatte sie nichts mehr von ihm gehört.

Sie war nicht verliebt gewesen in diesen Mann, er war für sie ohne Bedeutung. Ein Mann aus früheren Jahren wie einige andere auch. Vielleicht hätte sie ihn gar nicht mehr erkannt, wenn er ihr heute auf der Straße begegnet wäre. Als Sandra geboren wurde, war sie das gemeinsame Kind von Katharina und Andreas gewesen. Für alle. Bis vor wenigen Tagen.

Katharina hatte den Brief, den Sandra ihr im Park in Schönbrunn in die Hand gedrückt hatte, noch immer vor Augen. *Attest. Mit 99,5%iger Sicherheit. Negativ.* Katharina erinnerte sich an den holländischen Absender. Später hatte sie die Firma gegoogelt. Tatsächlich war es in Holland möglich, einen Vaterschaftstest ohne Wissen und Zustimmung der Beteiligten zu machen. Nach österreichischem Recht war das Attest möglicherweise ungültig, ein wertloses Stück Papier.

Sie war sich immer sicher gewesen, ihr Geheimnis gewahrt zu haben. Keine Freundin, kein Mensch hatte je davon erfahren. Sie war stolz gewesen auf ihre Verschwiegenheit.

Nach dem Treffen in Wien hatte Katharina fast täglich versucht, Sandra am Handy zu erreichen. Sandra drückte die Anrufe einfach weg. Ein paar Mal hatten sie hin und her gesimst. Es waren kopflose Versuche gewesen, den massiven Vorwurf von Sandra zu entkräften. Es war wie ein Tennisspiel gegen einen übermächtigen Gegner. Jeder Versuch, den Ball zu retournieren, schlug fehl.

Sandra, du verrennst dich, hatte sie geschrieben. Es ist nicht so, wie du denkst. Wer sollte das besser wissen als ich, hatte sie geschrieben.

Warum erzählst du es dann nicht Papa, hatte Sandra geantwortet. Wenn doch nichts dran ist. Dann halt mich doch für hysterisch, schrieb Sandra.

Du tust mir unrecht, schrieb Katharina zurück. Das kannst du mir nicht antun.

Du lügst, hatte Sandra geantwortet. Hör auf, mir etwas vorzumachen. WER IST MEIN VATER?, schrieb Sandra. Noch fünfzehn Tage.

Du musst mich verstehen, schrieb Katharina. Ihre Repliken waren hilflose Nutzlosigkeiten, für die sie sich verachtete.

ICH HABE EIN RECHT AUF MEINEN VATER.

Hast du es Martin erzählt? Hast du es sonst jemandem erzählt?

Hast du Angst? Was geht dich das an?, schrieb Sandra.

Es ist so lange her. Es war vieles anders, als du glaubst. Du bist unsere Tochter! Die Tochter von Papa und mir.

Lügen wie gedruckt, schrieb Sandra. Warum dann deine Panik in Wien? ICH MÖCHTE DEN NAMEN MEINES VATERS WISSEN.

Ich kenne diesen Mann ja gar nicht. Ich habe ihn seit damals nicht mehr gesehen. Es gibt ihn und du weißt es. Noch zwölf Tage, schrieb Sandra.

Ich werde versuchen, ihn zu erreichen. Du musst mir Zeit geben. Bitte zerstöre nicht unsere Familie. Tu uns das nicht an. Bitte.

Dann stand plötzlich Andreas in der Küche. Er war noch im Pyjama und hielt die Zeitung in der Hand, die er von draußen geholt haben musste. Er schaltete das Radio ein, in dem das *Morgenjournal* lief.

Du bist aber früh auf, sagte er. Kannst du nicht schlafen?, fragte er.

Sie zuckte mit den Schultern.

Er löste das Smartphone, das er über Nacht aufgeladen hatte, vom Ladegerät und goss Kaffee in ein Häferl. Er drückte auf dem Gerät herum und checkte Mails und SMS. Den Kaffee trank er schwarz und im Stehen.

Sie stellte die leere Tasse in die Abwasch. Als sie die Küche verlassen wollte, sprach Andreas sie an.

Was Neues wegen der Pflegerin?

Sie hatte ihm von der Auseinandersetzung mit Vaters Betreuerin erzählt.

Sie schicken vorerst diese Ersatzfrau aus der Slowakei, sagte Katharina. Ich habe keinen schlechten Eindruck von ihr. Nur ihr Deutsch ist sehr schlecht.

Zur großen Unterhaltung wird der Vater niemanden mehr brauchen, sagte Andreas.

Dann baut er noch schneller ab, sagte Katharina.

Du weißt, wie so eine Krankheit verläuft, sagte Andreas.

Sie haben die Frau gekündigt, sagte Katharina. Die bei Papa gearbeitet hat. Ich habe geglaubt, sie wird versetzt.

Du selber hast sie ja gefeuert, sagte Andreas.

Ich habe mit denen vom Verein gesprochen. Es war eine Dienstpflichtverletzung. Und es war nicht der erste Vorfall. Das geht nicht, dass ein Halbwüchsiger im Haus herumkramt, sagte Katharina. So etwas lässt sich keiner gefallen.

Und jetzt haben sie sie gekündigt?

Ich habe mit diesem, wie heißt er, Kramer, geredet, dem Geschäftsführer. Es kann sein, hat er gesagt, dass die Frau politisch intervenieren wird. Die hat einen Freund, der kennt sich damit offenbar aus, sagte Katharina.

Du weißt genau, dass ich dafür nicht zuständig bin, sagte Andreas.

Ich sage nur, was dieser Kramer gesagt hat.

Und du glaubst, die werden zu mir kommen?

Natürlich wissen sie, wer du bist.

Wie heißt die Frau?, fragte Andreas.

Holter, sagte Katharina. Sabine Holter.

Nach einer hitzigen Zweisatzpartie saß sie mit Iris im chinesischen Restaurant im Sportpark zum Mittagessen. Hier trafen sie sich gern, die Bedienung war sehr freundlich, das Essen vorzüglich, die Atmosphäre ruhig. Nach längerer Zeit hatte die Freundin, die im Sportverband im gleichen Stockwerk arbeitete, Katharina wieder einmal angerufen und zu einer Partie eingeladen.

Katharina hatte zugesagt. Die Ablenkung tat ihr gut, dazu die Bewegung. Sie hatte klar verloren, das war egal. Für eine Stunde vergaß sie, was sie seit Tagen beschäftigte und quälte.

Sie redeten wie immer über die Arbeit im Büro, klagten wie üblich über ihre Kollegen und kamen einander vor allem nicht zu nahe.

Dass Iris erwähnte, dass sie und ihr Ernst sich schön langsam, wie Iris sich ausdrückte, Enkelkinder von ihren beiden fast dreißigjährigen Kindern wünschten, konnte bereits als sehr persönliche Mitteilung angesehen werden.

Iris hatte den Mund ununterbrochen offen. Katharina fiel jetzt zum ersten Mal auf, was sie vorher noch nie so deutlich beobachtet hatte: Iris' Beredsamkeit wirkte, als würde sie in Wahrheit von sich ablenken. Sie gestikulierte stark, sie untermalte die Schilderung von Banalitäten mit zu großen Handbewegungen, sie quasselte. Sie war mit hohem Aufwand und geradezu unbeholfen bemüht, irgendetwas nicht zur Sprache zu bringen.

Wer bist du?, dachte Katharina. Was ist los mit dir? Was verbirgst du?

Aber sie stellte die Fragen nicht.

Wir haben etwas Gemeinsames, dachte sie im nächsten Moment. Sie quatscht, um die Kontrolle über sich zu behalten, ich halte den Mund, um mich zu schützen. Das war ihr vorher so noch nie an der Kollegin aufgefallen.

Katharina kam erst wieder zu Wort, als sie nach einem nächsten Termin für das Tennisspielen suchten und ihre Kalender hervorkramten. Iris schlug einen Termin vor, an dem Katharina bereits *Papa* und *Wels* eingetragen hatte. Sie wollte der neuen Pflegerin, die nun offenbar fix zur Pflege vorgesehen war, Vaters Haushalt mit all seinen Tücken (mit tropfenden Hähnen und der schwer zu schließenden Waschmaschinentür) erklären, damit sie gut zurecht kam.

Katharina erwähnte daher kurz, dass es zu einem Wechsel bei der Pflege gekommen war. Iris' Kommentar kam knapp und direkt: Das kann bei euch aber nicht wirklich das Problem sein, oder? Da war er wieder: ihr schneidender, kurz aufblitzender Neid auf die Kollegin, die Frau eines Politikers, die offenbar immer schon die besseren Kontakte, die besseren Konditionen, die besseren Kanäle gekannt und genutzt hatte. Katharina ging auf die kleine Stichelei nicht ein, Iris insistierte auch nicht weiter, sie suchten nach einem Spieltermin und fanden einen.

Als Katharina von der Toilette wieder zurück an den Tisch kam, saß Iris über einen Artikel aus der Zeitung gebeugt und las.

Neun Jahre nach einem Raubmord an einer Witwe in Deutschland war die Tat endlich dank einer DNA-Abgleichung aufgeklärt worden. Ein tatverdächtiger Busfahrer war wegen sexueller Nötigung zu einer Bewährungsstrafe verurteilt worden und hatte im Zuge des Verfahrens eine Speichelprobe abgeben müssen.

Früher wäre so was nie geklärt worden, sagte Katharina.

Das perfekte Verbrechen gibt es nicht mehr, sagte Iris. Und trotzdem. Vor Kurzem habe ich gelesen, dass vielleicht bis zu fünfzig Prozent aller Morde gar nicht entdeckt werden.

Was heißt das?, fragte Katharina.

Du kennst doch den Scherz, den jeder Strafrechtler zum Besten gibt. Wenn auf jedem Grabstein eines Ermordeten eine Kerze brennen würde, wären die Friedhöfe immer hell erleuchtet.

Fünfzig Prozent ist verdammt hoch, meinst du nicht?, sagte Katharina.

Giftmorde, Morde am Totenbett, was weiß ich. Da kommt einiges zusammen, sagte Iris. Die Mörder sind unter uns, sagte sie scherzhaft. Aber man sieht ihnen die Tat nicht an.

Wie lebt man damit, wenn man jemanden umgebracht hat?, fragte Katharina.

Ich glaube, man merkts, sagte Iris. Manche können es vielleicht verdrängen. Ich glaube, ich würde verrückt werden. Aber irgendwann kommt es raus. Irgendwann macht jeder einen Fehler. Also, mir würde man es ansehen, sagte sie.

Und mir?

Bei dir würde ich es merken. Ich glaube schon, sagte sie.

Sie hatte wieder zu trinken begonnen. Der Prozess war schleichend vor sich gegangen. Erst hatte sie eine Kiste mit sechs Flaschen vom Keller in die Wohnung heraufgetragen und im Abstellraum versteckt. Wenn sie eine Flasche aufmachte, stellte sie den Rest in die oberste Lade in der Küche, später in das Kästchen unterhalb des Waschbeckens, in dem das Putzzeug verstaut war. Andreas machte dieses Kästchen nie auf. Bevor die Reinigungsfrau wieder ins Haus kam, würde sie die Flaschen entsorgen. Jede halbe Stunde ging sie zum Schrank, um ihr Glas nachzufüllen.

Sie fühlte sich innerlich warm, prall, geschützt. Irgendwo in ihrem Kopf surrte ein hoher Ton.

Abends klickte sie sich durch Verena Walters Homepage. Sie suchte die Seite mit der Ankündigung für das Familienaufstellungsseminar und starrte das Anmeldeformular an. Sie wünschte sich in den Traum der vergangenen Nacht zurück. Sie hörte Arnolds Stimme. Sie saß mit ihm im Kaffeehaus in Krumau direkt an der

Moldau. Arnold hatte nur positiv über seine Frau gesprochen. Sie sei eine empathische Therapeutin mit großer Lebenserfahrung. Sie sei eine geerdete, runde, reife Persönlichkeit. Das hatte er gesagt.

Ich würde sie gern kennenlernen, deine Frau, sagte sie.

Kann ich verstehen, sagte er.

Darf ich mich trauen?, fragte sie.

Er nickte. Sie füllte das Formular aus und schickte die Anmeldung ab.

Später, als sie zu Bett gehen wollte, piepste ihr Handy mit Sandras täglicher SMS: noch acht Tage. Kein weiterer Kommentar. Keine Grüße, nichts.

Sie ging durch, was sie in den letzten Tagen alles oft und oft überlegt hatte. Sie konnte Sandra erzählen, der Mann sei ins Ausland verzogen, sie wisse gar nicht, wo er sich aufhalte. Sie hörte Sandras Antwort, ohne dass sie mit ihr sprach: Heute sei doch alle Welt vernetzt, dann solle sie doch jemanden nennen, der diesen Mann gekannt habe. Sie konnte behaupten, er sei tot. Längst gestorben. Sandras Replik, wie aus der Pistole geschossen: Dann gebe es wohl irgendwo ein Grab. Vielleicht irgendwo Geschwister. Vielleicht lebten die Großeltern noch. Angehörige. Freunde. Jemand, der das Grab pflegte.

Und wenn sie, Katharina, Sandra zuvorkam und Andreas die Wahrheit erzählte? Die Wahrheit von vor zwanzig Jahren?

Die Wahrheit ist dem Menschen zumutbar. Der Satz von Ingeborg Bachmann kam ihr in den Sinn. Ein Satz, der sich so leicht und selbstherrlich hinschrieb. War diese Frau nicht selber voller Widersprüche gewesen, tablettenabhängig, alkoholkrank? Hatte nicht auch die Vielgepriesene ihrer prekären Wahrheit nicht nüchtern ins Auge sehen können? Was war Wahrheit denn? Allein die Tatsache, dass Sandra die Tochter eines Fremden war?

Gehörte nicht zur Wahrheit auch und vielmehr die Geschichte der vergangenen einundzwanzig Jahre, die Momente, in denen sie und Andreas liebevoll in die Wiege des Kindes geschaut hatten, die Küsse und Umarmungen, mit denen sie das Kind verwöhnt hatten, Sandras erstes Lächeln, das sie erwidert, Sandras Schritte, die sie vom ersten vorsichtigen Tapsen der Einjährigen bis zum selbstbewussten Auftreten der Maturantin am Gymnasium begleitet hatten, mitfühlend, empathisch, mitbangend, sich mitfreuend? War das nichts?

Jetzt, da Andreas sogar überlegte, ob er als Minister nach Wien gehen sollte, ihn jetzt mit dieser Wahrheit zu konfrontieren, die bisher nicht die geringste Rolle in seinem innigen Verhältnis zu Sandra gespielt hatte?

Andreas mit der Wahrheit, die es gar nicht gab, zu konfrontieren, hieß, ihn vorsätzlich zu zerstören. Hieß, alles mutwillig aufs Spiel zu setzen. .

Die Gedanken gingen im Kreis. Als Katharina das Licht in der Küche löschte, hatte sie eine Flasche Rotwein ausgetrunken.

Nach Mitternacht ging sie in ihr Arbeitszimmer und googelte den fremden Mann. Christoph. Sie kannte seinen Namen, aber sie hatte sogar vergessen, wo er arbeitete. Sie fand ihn nach einer Minute auf der Homepage der Salzburger Arbeiterkammer. Er war in der Rechtsabteilung beschäftigt und führte Beratungen durch. Sie entdeckte sein Foto: ein Mann mit schütterem Haar und Brille.

Sie wusste nicht mehr, was sie damals an ihm fasziniert hatte.

Sie klickte das Foto weg und holte es wieder zurück. Sie lud ein Foto von Sandra auf den Monitor und stellte es neben das des fremden Mannes. Sie sah Vater und Tochter, die sich einmal im Leben, bei der Vierziger-Feier von Andreas, gesehen und gegrüßt hatten, ohne voneinander zu wissen.

Sie begann zu vergleichen und erschrak, als sie die Ähnlichkeit entdeckte. Die Form der Ohren, die Farbe der Augen, eine Partie um den Mund herum. Sie ging in die Küche und leerte den Rest Wein ins Glas. Andreas war noch immer nicht nach Hause gekommen.

Sie saß vor dem Computer und zögerte. Dann schrieb sie dem Mann eine Mail und klickte auf senden. Es war ein Uhr dreißig.

15
MANDI SCHERER
DU KANNST IN KEINEN MENSCHEN HINEINSCHAUEN

Seit Hari Seisenbacher tot war, ging Mandi Scherer wieder wie früher an jedem zweiten Donnerstag im Monat vormittags in den Friseursalon Carmen, um die Kollegen von damals zu treffen, Herbert König und Werner Minihold, die er als knapp Zwanzigjähriger bei der CURE Security kennengelernt hatte.

Bei der Sicherheitsfirma waren sie nach und nach aus unterschiedlichen Gründen ausgeschieden. Hari und Mandi, um sich als Privatdetektive selbständig zu machen, Herbert, um in der Wirtschaft Fuß zu fassen – ein Fehltritt, wie sich herausstellte: Herbert saß, nachdem er seinen Vorgesetzten wegen vorgeblichen Mobbings erstochen hatte, sechs Jahre in Garsten, mauserte sich danach aber als Geschäftsführer einer Tagesbar –, und schließlich Werner, dessen Nerven dem Stress nicht standgehalten hatten und der jetzt als Billeteur am Landestheater arbeitete.

Um sich nicht ganz aus den Augen zu verlieren, hatten sie vereinbart, sich einmal im Monat beim Friseur und anschließend in einer Bar oder in einem Straßencafé zu treffen, um zu besprechen, was der Fall war.

Bis zu seinem Ausscheiden aus der Firma – wegen einer unsauberen Spesenabrechnung war es zum Eklat und zum Bruch mit Hari gekommen – war auch Mandi monatlich zum Friseur gegangen, nach der Trennung von Hari war der Termin für ihn naturgemäß tabu gewesen. Für Hari hatte der Friseurtermin immer nur als Vorwand gedient, Freunde zu treffen, sich von schönen Frauen verwöhnen zu lassen und seine neuesten Anmachsprüche auszuprobieren. Viel zu machen gab es bei ihm nicht, er trug ja Vollglatze. Ein Besuch in Carmens Friseursalon war für Hari immer ein Gang in eine *reine Einbratversuchsanstalt* gewesen, das war sein Spruch gewesen.

Seit er tot war, waren die Karten neu gemischt. Mandi hatte Haris Firma übernommen und war von den alten Freunden nach anfänglichem Zögern wieder in ihren Kreis aufgenommen worden.

Einige Zeit war ja das Gerücht umgegangen, Mandi habe etwas mit Haris Tod zu tun gehabt. Die Kriminalpolizei hatte ihn dazu tatsächlich etliche Male befragt: Mandis Abgang aus der Firma war nicht lautlos vor sich gegangen, bis zu Haris gewaltsamen Tod hatte Mandi mehrmals Prozesse beim Arbeitsgericht wegen Abfertigungsforderungen angestrengt, die alle abgewiesen worden waren. Ein simples Gemüt hätte aus dieser Faktenlage durchaus ein Motiv für einen Mord aus Rache zimmern können. Mandis Glück war, dass er an dem Tag, an dem der Mord an Hari geschehen war, dem Bruder einer Exfreundin beim Ausmalen einer Altbauwohnung geholfen hatte.

Haris gewaltsamer Abgang hatte alle betroffen gemacht und sogar Herbert König etliche Kripobesuche und eine Hausdurchsuchung beschert. Einem ehemaligen Mörder und nunmehrigen führenden Angestellten eines Tagespuffs wurde auch ein weiterer Mord zugetraut. Für den Mord an Hari, an dem Herbert König aber so unschuldig war wie nur irgendwer, blutete sein Unternehmen quasi aus Versehen ganz beträchtlich: Bei der Hausdurchsuchung waren einige Mädchen aus Osteuropa ohne Papiere angetroffen worden, eine Untugend, die Herbert seit Jahren nicht hatte abstellen können, obwohl regelmäßig Anzeigen auf ihn eingeprasselt waren. Die Ermordung Haris, der Stammgast bei Herbert gewesen war, bescherte diesem nun also erneut eine saftige Geldstrafe. Ob Herbert seinen Laden überhaupt noch gewinnbringend führte oder ob das Etablissement ohnehin nur deshalb noch existierte, weil es dazu diente, Geld aus unbekannten Quellen zu waschen, wie es gerüchteweise hieß, entzog sich Mandis Kenntnis.

Jetzt saßen sie wieder jeden zweiten Donnerstag im Monat im Salon Carmen, um sich von der Chefin und ihren attraktiven Mitarbeiterinnen die Haare waschen und schneiden zu lassen. Carmen hatte sich jeglichen Abwerbungsversuch ihrer Mädels vonseiten Herberts strikt verbeten: Wenn du das nur einmal probierst, schmeiße ich dich auf der Stelle hinaus, hatte sie ihm gedroht.

Mandi Scherer versetzte dieser monatliche Termin in ein Gefühl, als wäre alles wie früher. Obwohl sich naturgemäß alles verändert hatte.

Wenige Tage nachdem Hari erschossen und in einem Waldstück nahe der tschechischen Grenze aufgefunden worden war, war Sabine, Haris Lebensgefährtin, bei ihm, Mandi, aufgetaucht und hatte ihn verzweifelt um Unterstützung gebeten. Hari hatte die Exfreundin, mit der er einen gemeinsamen Sohn hatte, von der er aber seit Jahren getrennt lebte, aus schwer begreiflichen Gründen – aus einer dunklen Vorahnung heraus? – als Gesellschafterin ins Firmenbuch eintragen lassen. Nun stand Sabine, die bei einem Verein als Sozialpflegerin beschäftigt war, ahnungs-, konzessionslos und total überfordert an der Spitze einer Firma mit zwei Angestellten, einem toughen Türken namens Ümit und einer ziemlich hübschen Sekretärin namens Kerstin Schmidradner.

Binnen weniger Tage fand sich Mandi Scherer, der bereits überlegt hatte, sich auf Mallorca oder den Kanarischen Inseln um einen Job umzusehen, in einer Position wieder, die er bereits einmal ausgeübt hatte: als Geschäftsführer einer Privatdetektei. Nur war er es diesmal allein.

Das Schicksal hatte sich gedreht. Ein Privatdetektiv, der eines gewaltsamen Todes stirbt, kommt in der Regel nur in rasch zusammengefaselten Kriminalromanen vor. In Wirklichkeit waren alle Privatdetektive, die Mandi kannte und die bereits verstorben waren, auf ganz profane und allzu menschliche Weise verschieden: an Herzversagen, Krebs, Fettleibigkeit, Leberzirrhose und so weiter. Hari Seisenbachers Unglück, sein rätselhaft dummer Tod an der Grenze, war Mandi Scherers Glück gewesen, eine unverhoffte Wende in seinem Leben. Monatelang hatte Mandi Arbeitslosengeld bezogen und sich mit den damit verbunden Belästigungen abgeben müssen – ständig drängte die Arbeitsmarktverwaltung auf irgendwelche absurden Umschulungsmaßnahmen, derer er sich nur mithilfe einer erklecklichen Zahl von ärztlichen Attesten erwehren konnte. Zu den Klienten der Firma zählte glücklicherweise auch eine Reihe von Zahnärzten, Urologen und Schönheitschirurgen. Irgendwann ging aber auch die Geduld der kooperativsten Mediziner zu Ende.

Unvermutet fand sich Mandi nun in der Rolle des Chefs wieder. Und mit dem Handwerk des Privatdetektivs verhielt es sich wie mit dem Skifahren – man verlernt nicht, was man sich einmal angeeignet hat.

Als Mandi die Geschäftsführung der Firma erneut übernahm, rückte er gleich noch einmal ins Visier der Kriminalpolizei. Dass Sabine vor den Beamten ihre lautere Absicht bezeugte, Mandi als Fachmann, als Retter in die Firma geholt zu haben, überzeugte die Kripo nämlich wenig. Tagelang ermittelten die Beamten in Sachen krimineller Verabredung gegen sie beide, naturgemäß erfolglos.

Besonders unangenehm schlug zu Buche, dass der firmeneigene Hauptcomputer, auf dem die Kundendaten gespeichert gewesen waren, entweder unmittelbar vor dem Tod Haris oder auch gleich danach infolge eines Softwarefehlers abgestürzt war und die kaputte Festplatte von Ümit getauscht und der Computer von ihm neu aufgesetzt worden war. Der zeitliche Zusammenhang des Computerabsturzes mit dem Tod Haris erregte zwingend den Argwohn der Kripo. Tagelang standen alle Firmenangestellten, Sabine eingeschlossen, unter Verdacht und wurden verhört. Unter Tränen hatte Ümit, den Hari einfach Kurt genannt hatte, geschworen, dass es sich um ein technisches Gebrechen gehandelt habe, und er, da er sich technisch dazu in der Lage sah, die Festplatte auszutauschen, persönlich den Tausch vorgenommen habe. Die alte, unbrauchbar gewordene Festplatte hatte er seinen Angaben zufolge ins Altstoffsammelzentrum nach Ansfelden nahe Linz verbracht. Dort war sie allerdings trotz heftiger Suche nicht mehr aufzufinden gewesen. Naturgemäß.

Haris gewaltsamer Tod blieb für sie alle unerklärlich. Am wahrscheinlichsten war immer noch die Variante, dass er einem zufälligen Raubmord zum Opfer gefallen war. Sein Wagen war auf einem Waldweg nahe der Grenze auf tschechischem Staatsgebiet aufgefunden worden, im Inneren des Autos war unter anderem eine tschechische Zeitung sichergestellt worden. Einen logischen Hinweis auf ein Tatmotiv ergaben diese Details aber nicht. Möglich, dass die Kripo andere relevante Fakten, aus welchen Gründen auch immer, zurückhielt. Vielleicht spielte der Fall sogar in ihre eigenen Kreise hinein.

Ein paar Wochen nach Haris Ermordung hatte Mandi zum Beispiel den Anruf eines bayerischen Polizisten namens Achatz erhalten, der sich ängstlich erkundigt hatte, ob er sich auch darauf verlassen konnte, dass sein Name nicht irgendwo in den Unterlagen der Detektei und damit im Zusammenhang mit Hari aufgetaucht war. Achatz war Hari und ihm vor Jahren bei einer Observierung in einem Bordell in Schärding gleichsam versehentlich vor die Linse gerannt. Der Mann, der irgendwo im Bayerischen Wald verheiratet war und erschrocken um Diskretion gebeten hatte, hatte in der Folge regelmäßig als Verbindungsmann für schnelle und unbürokratische Informationen aus dem Umfeld der bayerischen Polizei gedient. Mandi hatte den Polizisten Achatz beruhigen können. Weder schien etwas über ihn auf, noch hatte sich je jemand für ihn interessiert.

Nach dem Sturm der polizeilichen Vernehmungen, die auch mit offenen Einschüchterungsversuchen und sogar der völlig absurden Androhung einer Abschiebung für Ümit verbunden gewesen waren, hatte Mandi, unterstützt von einem Rechtsanwalt, einem langjährigen Kunden der Firma, umgehend mit einer Amtshaftungsklage reagiert.

Erst als die kriminalpolizeilichen Vernehmungen endlich vorbei waren, hatte sich Mandi Ümit (und mit ihm Kerstin Schmidradner) persönlich zur Brust genommen und ihn unter Androhung der sofortigen Entlassung aufgefordert, Mandi darüber aufzuklären, weswegen der Computer just zum Zeitpunkt der Ermordung Haris seinen Geist aufgegeben hatte.

Bei der Befragung trat Erstaunliches zutage. Ümit hatte, so beteuerte er zerknirscht und erleichtert, aus Panik und auch um aus seiner Sicht größeren Schaden abzuwenden, die Festplatte ausgebaut und zerstört. Bei einer kriminaltechnischen Untersuchung des Gerätes wäre sonst an den Tag gekommen, dass Ümit seit einiger Zeit (mit Wissen von Kerstin Schmidradner) für eine Gruppe von Landsleuten auf dem weiten, aber rechtlich reichlich unsicheren Feld der Sportwetten tätig war. Wider besseres Wissen hatte Ümit geglaubt, seine Wetttransaktionen seien auf dem firmeneigenen Computer, zu dem er auch außerhalb der Dienstzeiten freien Zugang hatte, am leichtesten und in maximaler Diskretion abzuwickeln. Hari habe jedenfalls von dieser Art freiberuflicher Tätigkeit seines Angestellten keine Ahnung gehabt.

Ümit hatte fest beteuert, dass er bloß als normaler Zocker, nach Anruf von einem Landsmann, auf bestimmte Ergebnisse gewettet und für seinen harmlosen Einsatz am Bildschirm bescheidene Provisionen kassiert hatte. Damit, dass Hari ermordet und sich plötzlich die Kriminalpolizei für den Firmencomputer interessieren würde, hatte er nie und nimmer gerechnet.

Trotz dieser internen Verfehlung kam für Mandi eine Trennung von Ümit nicht infrage. Im Gegenteil. Ümit hatte ausgezeichnete Ermittlungsarbeit für Hari geleistet, eine Konkurrenzfirma hatte sogar versucht, ihn abzuwerben. Es war allein Kerstin Schmidradner zu verdanken, dass Ümit in der Firma geblieben war.

Bei der Befragung, bei der Mandi die beiden Angestellten scharf angegangen war, hatte Schmidradner dann einen Schwächeanfall erlitten. Gleichzeitig mit Ümits Geständnis, dass er den Computer manipuliert hatte, kam auch ans Licht, dass Ümit und Schmidradner seit Längerem ein sexuelles Verhältnis unterhielten, was aufgrund der ethnischen Herkunft Ümits, Ümit war kurdischer Türke oder türkischer Kurde, so genau hatte das Mandi nie verstanden, gelinde gesagt nicht unproblematisch war. Ümits Familie durfte von seiner Liaison mit einer Ungläubigen auf keinen Fall erfahren.

Dass Ümit mit seinem reumütigen Geständnis gleichzeitig auch sein *Gspusi* mit Kerstin Schmidradner eingestand, wertete Mandi Scherer als Zeichen des Zutrauens und der Kooperationswilligkeit. Das Gespräch mit Ümit und Kerstin etablierte Scherer damit einerseits als Chef, andererseits schweißte es die Mitarbeiter der Firma zusammen. Mandi würde die Liebesbeziehung der beiden für sich behalten, das hatte er seinen Angestellten versprochen. Solange ihre Arbeitsleistung stimmte.

Zu diesem Zeitpunkt war er bereits mit Sabine liiert. Nach einer abendlichen Besprechung über Details der Kontenführung hatte ihn Sabine noch auf ein Glas Wein in ihre Wohnung eingeladen und Mandi schließlich in ihr Bett gezogen. Er wunderte sich jedes Mal, wenn er über den Verlauf dieses Abends nachdachte.

Sabine war nicht mehr die Jüngste und in den vergangenen Jahren wohl auch etwas *fester* geworden, wie man sagt. Aber sie war nicht unattraktiv und durchaus auch eine *Gstandene,* wie es heißt. Sie hatte Mandi so selbstsicher und angenehm überrumpelt und verführt, dass er keinen Grund gesehen hatte, sich ihrer Zuneigung zu erwehren. Außerdem hatten sie sofort, nachdem sie überrascht festgestellt hatten, nun *zusammen zu sein*, vereinbart, dass jeder von ihnen weiter in seiner eigenen Wohnung verbleiben würde. Das hatte zwingend zur Folge, dass sich Mandi in keiner Weise für Sabines Sohn Erik zuständig zu fühlen brauchte.

Ihre Treffen, die stets einem kleinen Ritual folgten, entwickelten sich so als angenehme Höhepunkte ihres Alltags. Meist gingen sie zuerst miteinander essen, manchmal sogar zu Mittag, um anschließend noch ein Schäferstündchen im Bett zu verbringen. So eine reibungslose Beziehung hatte Mandi, der ein halbes Dutzend gescheiterter Verhältnisse vorzuweisen hatte, schon lange nicht mehr geführt. Dieses Mal hatte er beschlossen, sich ausschließlich auf die angenehmen Seiten des *Pantscherls* zu konzentrieren und Konflikte gar nicht erst aufkommen zu lassen.

Seit einigen Tagen war das leider nicht mehr möglich. Was ganz genau vorgefallen war, hatte Sabine nicht erklären können. Erik hatte verbotenerweise seine Mutter zu einem Klienten begleitet und, während diese mit der Pflege des dementen Mannes beschäftigt war, im Schuppen des Hauses herumgekramt. Plötzlich war die Tochter des Mannes aufgetaucht und hatte Radau geschlagen. Diese Tochter, die Frau eines bekannten sozialdemokratischen Politikers, hatte den harmlosen Vorfall offenbar zum Anlass genommen, Sabine auf der Stelle loszuwerden. Schon vorher war es zwischen den beiden Frauen ein paar Mal zu Meinungsverschiedenheiten gekommen. Tags darauf war Sabine dann von ihrer Dienststelle gekündigt worden. Eriks blödsinniges Verhalten hatte die sofortige Entlassung zur Folge. Es gab weder eine Anhörung noch eine Abmahnung. Ein Vorgang, mit dem sich Sabine und Mandi nicht abfinden wollten. Erik hatte nichts gestohlen, er hatte nichts kaputt gemacht, ein Halbwüchsiger hatte, wohl aus purer Langeweile, im Schuppen eines alten Mannes *herumgestierlt*, in dem Gerümpel und alte Gartengeräte lagen. Das konnte doch nicht Anlass für so eine überzogene Reaktion sein.

Mandi und Sabine würden sich diese Maßnahme jedenfalls nicht gefallen lassen. Ein erster Protest bei dem Sozialverein, bei dem Sabine immerhin acht Jahre lang ohne Beanstandung gearbeitet hatte, wurde schnöde zurückgewiesen, was jetzt anstand, war eine politische Intervention, die sich gewaschen hatte.

In einem Brief, den Mandi mit Sabine aufgesetzt hatte, wandten sie sich an den Schwiegersohn des Klienten, den Politiker Andreas Bogner, baten um einen Termin zur Klärung der Angelegenheit und eine Rücknahme der Kündigung.

Als Mandi nun im Friseurstuhl saß und von einem jungen Lehrmädchen die Kopfhaut auf eine Art und Weise massiert bekam, dass er Überlegungen darüber anstellte, wo denn dieses Mädchen das Massieren erlernt und wie wohltuend es wohl andere Körperstellen massiert hätte, wenn es schon beim Kopfhautmassieren solch angenehme Nervenrieselungen auslöste, summte sein Handy und kündigte vom Eintreffen einer SMS.

Gleichzeitig mit Scherer saßen auch Minihold und Herbert König bereits auf ihren Stühlen. Herbert, dessen Haarwuchs reichlich schütter war, bevorzugte einen Trockenschnitt, während Minihold vorher gewaschen worden war und nun von Carmen geschnitten wurde. Carmen war jahrelang in ihrer Freizeit als Tänzerin in einer Faschingsgarde in Linz Süd aufgetreten. Ihr Lachen, ihre Freundlichkeit, ihr Können und ihre Schlagfertigkeit trugen sicher dazu bei, dass sich in ihrem Salon erstaunlich viele Herren als Kunden einfanden.

Minihold hatte eben noch an Carmen geschnüffelt und sich nach der Marke ihres Parfüms erkundigt, als er plötzlich und unvermutet in die Wiedergabe einer Erzählung seiner Lebensgefährtin einbog.

Diese Lebensgefährtin, Gerlinde Breitenwanger, Mandi war ihr vielleicht zwei-, dreimal flüchtig begegnet, arbeitete unweit im Casino am Schillerplatz. Minihold erzählte, dass man sich so einen Arbeitsplatz leichthin als einen angenehmeren vorstelle, als er sich dann in Wahrheit erweise und führte als Beispiel einen Kollegen seiner Lebensgefährtin an, der sich vor einem Jahr das Leben genommen habe, und über dessen unerwarteten Selbstmord Gerlinde und ihre Kollegen noch immer nicht hinweggekommen waren.

Da arbeitet man Tag für Tag Seite an Seite und plötzlich nimmt sich der Kollege das Leben. Der ist bis dahin nie aufgefallen, sagte Minihold. Du kannst in keinen Menschen hineinschauen, ergänzte er und wischte in einer erregten Bewegung Haare von der Schürze, die ihm Carmen umgelegt hatte.

Sie saßen zu dritt aufgereiht nebeneinander und blickten geradeaus in ihre Spiegelbilder, drei Herren, einer mit schütterem

Haar, zwei, an deren Schläfen sich bei jedem Friseurbesuch ein bisschen mehr Grau fand, weshalb Carmen schon einmal vorsichtig die Anwendung eines Tönungsschaums vorgeschlagen hatte, der dem Haar dezent und unauffällig wieder einen dunkleren Ton verpassen würde. Mandi und Minihold hatten dankend abgelehnt.

Niemand machte Anstalten, Miniholds philosophisch anmutende Sentenz fortzuspinnen, nur Herbert König witzelte die Aussage schließlich mit einem *ich hätte auch keine Lust, in einen anderen Menschen hineinzuschauen, nicht einmal als Pathologe*, weg.

Nach einem angemessenen Schweigen schwenkte das Gespräch dann auf das Casinogehen und die Frage ein, wer schon wann und wie oft ein Spielcasino besucht hatte. Es stellte sich heraus, dass es in Carmens Salon üblich war, dass die Chefin ihren Angestellten zum Geburtstag ein Essen und einen Eintritt ins Casino spendierte.

Mandi las die SMS, die Sabine ihm geschickt hatte. *Brief von Bogner bekommen,* schrieb sie, *Typ fühlt sich nicht zuständig. KEIN TERMIN!* Mandi spürte, wie die Wut in ihm hochkroch.

Jetzt hatte er verpasst, wie das Casinogespräch eine Wende genommen hatte. Minihold sprach nun darüber, dass sehr viele Prominente, und zwar aus allen Branchen, ins Casino gingen: Sportler, Schauspieler, Rechtsanwälte, Journalisten. Die Leute haben Kohle, sagte Minihold, und manche reichlich. Und manche verwendeten ihr Kleingeld eben zum Spielen. Vor Kurzem erst, sagte Minihold, habe seine Gerlinde die Frau eines Politikers identifiziert, die regelmäßig am einarmigen Banditen sitze. Von dem Ding war die, sagte Minihold, von dem Sozi, dem, jetzt fällt er mir nicht ein, von dem Sozi die Frau, Bogner heißt er, sagte Minihold und nickte. Die Gerlinde hat die Frau in einer Broschüre entdeckt, da tun die so auf sozial, sagte Minihold, und dann verplempern sie ihre Kohle im Casino, mich geht das ja nichts an, sagte er, aber wundern braucht einen da nichts mehr.

Ab diesem Zeitpunkt konnte sich Mandi Scherer nicht mehr auf das Gespräch konzentrieren, er war mit seinen eigenen Gedanken beschäftigt. Es gab Zufälle, die gar keine waren, so wie man jemanden auf der Straße traf, den man jahrelang nicht gesehen und an den man gerade gedacht hatte. Dass Minihold Bogner und dessen Frau in dem Moment erwähnte, in dem Mandi Sabines SMS mit eben einer Bemerkung über diesen Bogner erhalten hatte, war wohl kein Zufall gewesen.

Bogners Frau hatte Sabine einer Lappalie wegen aus dem Job gekickt. Ihr Mann, ironischerweise ein Sozialdemokrat!, einer, dem es nicht egal sein konnte, ob die kleinen Leute zu ihrem Recht kamen, einer, der es in der Hand hatte, erlittenes Unrecht wieder ins Recht zu setzen und zu planieren, hatte sich gerade in einem Brief an Sabine abgeputzt und für nicht zuständig erklärt.

Ein Mandi Scherer würde sich nicht von oben herab behandeln, er würde sich nicht einfach abschasseln lassen. Wer glaubte, sich nicht um ihn und Sabines Anliegen kümmern zu müssen, der hatte sich getäuscht.

Für einen Privatdetektiv gibt es keinen Menschen, der nicht auch Dreck am Stecken hat. Jeder Mensch hatte seine Schattenseiten und wenn Herr Bogner glaubte, das Gespräch verweigern und ihn ignorieren zu müssen, dann würde Mandi Scherer sich das Privatleben des Herrn Bogner ein bisschen genauer anschauen. Die Frau eines sozialdemokratischen Politikers, die Stammgast im städtischen Casino war, das war möglicherweise doch eine Geschichte, für die sich ein Journalist interessierte. Und wahrscheinlich gab es auch Leute, die diesem Bogner, der nach der letzten Wahl erfolgreich bis an die Parteispitze geklettert war, den Erfolg neideten und Interesse an anders gelagerten Nachrichten hatten.

Als die drei, Herbert König, Werner Minihold und Mandi Scherer, den Salon Carmen verließen, hatte Scherer einen Plan gefasst, wie er Bogner das Messer ansetzen konnte. Wie sagte Herbert König immer: In dieser Stadt werde nur beschissen. Jeder bescheiße jeden. Wer das begriffen habe, begreife auch, dass es einzig darauf ankam, *vor* den anderen zu bescheißen.

Zu dritt schlenderten sie über die Landstraße, gewaschen, geschnitten, geföhnt und getönt; Minihold hatte sich schließlich doch für eine Tönung entschieden. Auf dem Weg zum Schillerparkhotel begegnete ihnen der Bestattungsunternehmer Ewald Sendelsburner. Diese traurige Figur war der Anlass dafür gewesen, dass Hari sich von Scherer getrennt hatte. Mandi hatte damals Sendelsburners Frau überwacht und des Ehebruchs überführt. Sendelsburner hatte ihm daraufhin vorgeworfen, eine zu hohe Spesenrechnung gelegt zu haben. Sendelsburner ging im Gedränge vor einer Kreuzung ganz nahe an ihm vorbei. Ein kurzer Augenkontakt war unvermeidlich. Mandi drehte den Kopf weg und tat so, als kennte er den Mann nicht.

Die Zeiten hatten sich verändert. Sendelsburner war nun verwitwet, Hari war tot. Und Mandi Chef der Firma. Ein Chef, der eben beschlossen hatte, sich im Privatleben der Familie Bogner ein wenig umzuschauen.

16
VERENA
ALLE IHRE EIGENEN GESCHICHTEN

In einem Karton im Badezimmer fand sie diese weiße Hotelseife, verpackt in raschelnden Kunststoff. Das Seifenstück hatte die Form eines Eishockeypucks, kreisrund, nur kleiner, die Verpackung war an einer Stelle aufgerissen. Arnold hatte die Angewohnheit gehabt, aus allen Hotels, in denen er übernachtete, Seifen und andere Accessoires als Souvenir nach Hause mitzunehmen und zu horten. Seit sie im Haushalt fast ausschließlich Flüssigseife verwendeten, vergammelten die Sammelstücke in einer Schuhschachtel im Badezimmerschrank. Gelegentlich, wenn die Kinder mit Freunden am Wochenende zum Zelten gefahren waren, hatte Verena ihren Halbwüchsigen ein Stück aus dem Warenlager in den Kulturbeutel gesteckt. Nicht nur einmal hatten die Kinder die Seifen wieder mit nach Hause gebracht.

Das Sortiment aus verschiedenfarbigen, in Plastik oder Papier verpackten Seifen erinnerte Verena an die Reisen mit Arnold und an die zahllosen Unterkünfte, in denen sie in all den Jahren übernachtet hatten. Mit ihrem süßlich-parfümierten Geruch stiegen blitzhaft Bilder in ihr auf: an ein sündteures Hotel in Oslo, eine billige Absteige in einem Drogenviertel in Paris, in dem sie abends aus Angst die Tür versperrt hatten, an ein barock verspieltes Wellnesshotel in Oberbayern, dessen Kosmetikartikel nach Honig und Rosenöl dufteten.

Auf der eingerissenen Verpackung war in blauer Schrift der Name eines Hotels aufgedruckt, an das sich Verena nicht erinnern konnte: ein Hotel namens Zlatý Andĕl in Krumau in Tschechien. Einmal hatte sie mit Arnold und den Kindern bei einem Österreichbesuch einen Abstecher in die Stadt an der Moldau unternommen, in der Egon Schiele einige Zeit verbracht hatte. Sie waren durch die kleine Altstadt mit ihren Plätzen, Gassen und Höfen spaziert, hatten das Schloss der Rosenberger besichtigt und waren abends wieder in ihre Unterkunft am Traunsee zurückgefahren. Damals hatten sie in keinem Hotel Zlatý Anděl übernachtet.

Verena konnte sich nicht entsinnen, dass Arnold jemals in Krumau gewesen war. Berufliche Termine hatte er immer mit ihr abgestimmt, an eine Reise nach Südböhmen hätte sie sich gewiss erinnern können.

Mehr als ein Jahr nach Arnolds Tod hatte sie immer öfter das Gefühl, dass sie den anderen mit ihren anhaltenden Nachforschungen auf die Nerven ging.

Sie erinnerte sich an Scheus ungläubiges Gesicht, als sie ihm die Kunstkarte von Renoir gezeigt und gemeint hatte, dass sie sich nicht vorstellen konnte, wie diese unter Arnolds Sachen gekommen war. Scheu hatte ihren Arm gedrückt und sie milde angelächelt, eine Geste der subtilen Herablassung. Sind wir nicht alle Sammler, Verena?, hatte er gefragt.

Für seinen Zusatz, es handle sich bei dem Bild ja nicht um Courbets *Ursprung der Welt*, hatte er sich zwar augenblicklich entschuldigt. Seine alberne Bemerkung war aber der Beweis für Verena, dass Scheu sie nicht ernst nahm. Ihren Hinweis, Arnold habe sich niemals für Kunst interessiert, ignorierte er nicht einmal.

Ulrich hatte anfangs professionell reagiert, als sie ihm in einer Therapiesitzung von der Seife erzählte. Du hast eine Fantasie, die dich nicht loslässt, hatte er gemeint, und sie hatte ihm von ihrer Angst erzählt, Arnold habe vielleicht eine Frau gekannt, von der sie nie etwas erfahren hatte.

Kaum hatte sie über ihre Ängste gesprochen, ließ Ulrich auch schon ansatzlos eine Reihe von alternativen Fantasien über die Herkunft dieser Seife vom Stapel. Rational konnte Verena sich

Ulrichs Reaktion erklären: Seit Jahren beschäftigte er sich mit der Theorie der narrativen Therapie nach White und Epston, derzufolge jede dominante Erzählung unzählige Alternativerzählungen kannte, die es im therapeutischen Prozess zu heben galt. *Diese Seife ist ein Hinweis darauf, dass Arnold eine mir unbekannte Außenbeziehung hatte:* Das war ihre dominante Erzählung gewesen.

Dass Ulrich aber ihre Befürchtung mit einer Serie von möglichen Erklärungen abtat, empfand sie als Beschwichtigung, Marginalisierung, als Banalisierung ihrer eigenen Darstellung. In Ulrichs wuchtiger Antwort tarnte sich wohl seine eigene aggressive Abwehr: Auch er hatte in Wirklichkeit keine Lust mehr, sich mit ihren Fragen bezüglich Arnolds Tod zu beschäftigen. Vielleicht rächte er sich mit seinem schlecht kaschierten Desinteresse auch dafür, dass sie ihn in seiner hilflosen Werbung so lange zappeln ließ.

Sie hatte ihre Recherchen nicht eingestellt, weil die Fahnder der Kriminalpolizei nicht vorankamen. Auch ihre eigenen Nachforschungen der letzten Monate hatten wenig gefruchtet. Auf die Gerüchte, Arnold habe möglicherweise mit einer seiner Studentinnen ein Techtelmechtel gehabt, hatte sie von vornherein nichts gegeben. Arnold hatte sogar selber darüber lachen können, wenn er erzählte, dass da in seinen Lehrveranstaltungen manchmal eine junge Frau saß, die bewusst mit ihren körperlichen Reizen spielte, um vielleicht günstige Zensuren zu erhalten. Gegen diese Spielchen war Arnold wohl immun gewesen. Ja, selbst wenn er einmal bei einer Studentin schwach geworden wäre, was hatte das denn mit dem Mord im Bayerischen Wald zu tun? Das waren doch nur abstruse Gedankenspiele.

Verena hatte sich in Arnolds Berufsumfeld umgehört, bei Professorenkollegen, bei Kollegen an der Uni, bei seinen Studenten und Dissertanten, in ihrem gemeinsamen Freundeskreis. Und dabei viel Tröstendes erfahren: Arnold fehlte und hatte eine Lücke hinterlassen. Alle hatten ihn als freundlichen, umgänglichen, humorvollen und gebildeten Menschen in Erinnerung. Da gab es einen Kollegen vom germanistischen Institut, Fichtner, dem Arnold bei der Bewerbung vorgezogen worden war. Fichtner war damals verletzt gewesen, aber er hatte die Bewerbungsniederlage Arnold nie persönlich zum Vorwurf gemacht. Außerdem waren seither Jahre vergangen. Unvorstellbar, dass dieser lang zurückliegende Vorfall Motiv für einen Mord gewesen sein könnte. Die Kripo hatte außerdem routinemäßig die Alibis von Arnolds Kollegen abgefragt: Aus den Befragungen hatte sich kein einziger Tatverdacht ergeben.

Arnold war in den Nationalpark Neuschönau gefahren. Warum, hatte die Polizei nie eruieren können. Entweder er war dort im Wald zufällig seinem Mörder begegnet oder er war dort mit jemandem verabredet gewesen, der ihn dann vorsätzlich? im Affekt? ermordet hatte.

Immer wieder durchforstete Verena Arnolds schriftlichen Nachlass, las in den wenigen Briefen, die er aufbewahrt hatte, in den Texten, die er verfasst, seinen Notizen, die er im Computer hinterlassen hatte, stöberte in seinen Mails. Nichts, kein Hinweis. Stundenlang hockte sie über den vielen Fotoalben, die sie im Lauf der Jahre angelegt hatten, immer auf der Suche nach einem möglichen Gesicht, nach *dem* Gesicht, das mit Arnolds Tod zu tun gehabt haben konnte.

Besonders lange studierte sie die Aufnahmen von Arnolds Begräbnis, auf denen ein Großteil der Trauergemeinde zu sehen war. Wenn Arnold aus irgendeinem persönlichen Motiv ermordet worden war, war es möglich, dass der Mörder am Begräbnis teilgenommen hatte. Die Fotos von den wenigen Begräbnisbesuchern, die Verena unbekannt waren, hatte sie Ulrich, Scheu und Margot vorgelegt, die fast alle Trauergäste identifiziert hatten.

Irgendwann im Frühjahr entschloss sich Verena, noch einmal nach Österreich zu fahren und sich an den Plätzen zu erkundigen, an denen Arnold seine Jugend verbracht hatte. Auch wenn es sehr abwegig anmutete: Vielleicht verbarg sich dort das Motiv, das zu seinem gewaltsamen Tod geführt hatte.

Sie war sich bewusst, dass sie erst nach der Reise wissen würde, ob es richtig gewesen war, Ulrich noch einmal zu einer Recherchefahrt einzuladen. Sie wollte nicht allein reisen, wollte einen Vertrauten an ihrer Seite haben. Sie brauchte jemanden, der ihr half, klaren Kopf zu bewahren, jemanden, der mit ihr plante, wo sie suchen, mit wem sie sprechen, welche Fragen sie stellen sollte. Ulrich schien ihr für diese Aufgabe der geeignete Begleiter zu sein, auch wenn das Verhältnis zwischen ihnen nach wie vor voll gespannter Erwartung war.

Um Weihnachten herum hatte Ulrich es einmal direkt ausgesprochen: dass er bereit war, sich noch mehr um sie zu kümmern, dass er bereit war, gemeinsam mit ihr zu leben. Seine Liebeserklärung, die er am Telefon ablegte, geschah an dem Tag, an dem sie sich erneut Sorgen wegen Hannes machte, weil dieser entgegen jeder Abmachung zwei Nächte lang nicht nach Hause gekommen war. Verena hatte mit ihrem Sohn eine schriftliche Vereinbarung getroffen, unter welchen Bedingungen sie ihm zusicherte, daheim wohnen bleiben zu können und grundversorgt zu werden. Eine Bedingung war, dass er seine Mutter informierte, wenn er nicht nach Hause kam. Hannes hielt sich selten bis gar nicht an die Regeln. Seit Arnolds Tod hatte Verena das Gefühl, den Kontakt zu ihrem Sohn verloren zu haben. Sie ahnte, dass er litt, aber es gelang ihr nicht, einen Zugang zu ihm zu finden. Außer Banalitäten erfuhr sie nichts von ihm. Ob er sich Kerstin, die noch immer in Schweden studierte, anvertraute, wusste sie nicht. Sie war froh, als er ihr erzählte, dass er seine Schwester bald besuchen würde.

Mit welchen Leuten sich Hannes sonst traf, wusste Verena nicht. Ein paar Mal war er mit Milli aufgetaucht, einem blonden Mädchen mit Lippenpiercing, das Verena reichlich patzig vorgekommen war und das sie kaum gegrüßt hatte. Angeblich stammte sie aus einer russlanddeutschen Familie, ein Umstand, der Verena an ihre eigene Familiengeschichte erinnerte. Auch ihre Eltern waren nach dem Krieg als Flüchtlinge nach Regensburg gekommen und hatten sich durch Fleiß und große Anpassungsfähigkeit, die bis zur Selbstverleugnung gegangen war, in der Oberpfalz integriert.

Dass Ulrich ausgerechnet an dem Tag seine Liebeserklärung abgab, an dem Verena den ganzen Tag vergeblich darauf wartete, dass Hannes anrief (er meldete sich tatsächlich erst einen Tag vor dem Heiligen Abend), passte ins Bild. Ulrich, der eine gescheiterte Ehe hinter sich hatte (und sich immer wieder Gefechte mit Silke lieferte), war an ihr, Verena, allein interessiert, nicht an ihren Kindern. Dass er zu ihr zog, solange Hannes noch daheim wohnte, schien Verena unvorstellbar, dass sie umgekehrt zu Ulrich übersiedelte, erschien ihr vollends grotesk.

Gemeinsam planten sie die Reise, gemeinsam besprachen sie, wen Verena kontaktieren sollte, gemeinsam brachen sie an einem milden Frühsommertag nach Österreich auf, dorthin, wo Verena mit Arnold und den Kindern mehrere Sommer lang Urlaub gemacht hatte. Ulrich hatte ihr das Versprechen abgerungen, am Ende ihrer Fahrt noch einen Abstecher in die Wachau zu unternehmen, um Wein einzukaufen.

Dann saß sie im Linzer Stadtteil Urfahr auf einem durchgesessenen Sofa einer kleinen Zweizimmerwohnung Dolores Broscher, Arnolds Mutter, gegenüber. Sie war Mitte siebzig, wirkte aber nicht wie die drahtigen älteren Menschen, denen man heutzutage in Wellnesshotels oder auf Radwegen begegnete, sondern eher wie eine Figur aus einer bereits vergangenen Zeit. So haben die Alten meiner Kindheit ausgesehen, dachte Verena, als ihr die Frau, ihre Schwiegermutter!, am Stock gehend und von ihrer Tochter Andrea gestützt, im Flur entgegenkam. Mühsam kam eine Unterhaltung in Gang, Frau Broscher hörte schlecht und obwohl Verena sich bemühte, deutlich zu sprechen, hatte sie das Gefühl, dass die Frau die Hälfte von dem, was sie sagte, gar nicht verstand. Was sagt sie?, fragte diese mehrmals ihre Tochter und ließ sich übersetzen.

Nie hatte Verena ein Gefühl von Nähe zu dieser Frau aufbauen können und sich damit immer mit Arnold solidarisiert. Das war die Frau, die schon in den frühen sechziger Jahren eingewilligt hatte, dass ihr Sohn Arnold, damals fünf, sechs Jahre alt, in die Obsorge seines Vaters kam, damals ein seltener Vorgang. Die Scheidungsrate war noch niedrig, noch seltener kam es vor, dass Kinder nach einer Trennung bei ihrem Vater lebten. Über seine frühesten Jahre hatte Arnold immer sehr zurückhaltend gesprochen. Dass er in seinem jungen Leben zweimal verlassen worden war – einmal von seiner Mutter, als die Eltern sich scheiden ließen, dann wenige Jahre später von seinem Vater, als dieser im Traunsee ertrank, darüber hatte Arnold nie von sich aus erzählt. Die traumatischen Erlebnisse jener Jahre schienen von seinen Gefühlen abgeschnitten, weggesperrt in einem Bereich seines Ich, zu dem sie keinen Zugang hatte. Nur indirekt erfuhr Verena, wie sehr Arnold damals gelitten hatte, wenn er ihr gestand – und das geschah häufig – wie froh er war, seiner Kindheit entkommen und in Regensburg mit ihr ein neues Leben begonnen zu haben.

Seine Mutter hatte Arnold nur als abweisend und kalt erlebt, eine eisige, tieftraurige Geschichte musste sich im Inneren dieser Frau verbergen, eine Geschichte, die wohl niemals je erzählt werden würde. Sie ist unfähig gewesen, sich um mich zu kümmern, hatte Arnold immer gesagt, den ganzen Tag lang sei sie, nachdem der Vater, ein kleiner Angestellter, aus dem Haus zur Arbeit gegangen war, im Bett gelegen und habe Radio gehört. In der Zeit habe er begonnen und gelernt, sich allein zu beschäftigen, eine Eigenschaft, die auch Verena später, als sie verheiratet waren, deutlich zu spüren bekam. Wirklich gesprächig, auskunftsfreudig und gefühlsbetont hatte sie Arnold selten erlebt, obwohl sie spürte, dass er ihr gegenüber eine tiefe Zuneigung empfand. Erst seit der Geburt der Kinder und durch den Umgang mit ihnen war sein weicher Kern spürbarer geworden.

Nun saß Verena dieser depressiv wirkenden Dolores Broscher gegenüber, die über ihren vor knapp einem Jahr verstorbenen Sohn so sprach, wie wahrscheinlich nicht einmal eine Hundertjährige nach sechzig Jahren über ihren im Krieg gefallenen Sohn gesprochen hätte: kühl, pragmatisch, fatalistisch. Dieser Frau war ihr Sohn schon vor Jahrzehnten, vielleicht schon vor der Scheidung von ihrem Mann, aus dem Leben gefallen. Verena fühlte Mitleid mit der Frau und eine heftige Wut auf sie, sie spürte, wie ihr Tränen aufstiegen, weil sie in diesem Moment an Arnold dachte. Verena ertappte sich dabei, immer zu Ulrich zu schauen, der ihr gegenüber saß und ihre Kontaktaufnahme mehrmals mit einem ernsten Hochziehen der Brauen erwiderte.

Aus der alten Frau war nicht wirklich etwas herauszubringen. Immer wieder unterbrach sie ihr schwer verständliches Gemurmel, setzte neu an, immer wieder kramte sie in den vor ihr liegenden Fotos, die ihre Tochter herbeigeschafft hatte: Es waren hauptsächlich Familienfotos, die Frau Broscher mit ihrem zweiten Ehemann Horst und der kleinen Tochter zeigten. In dem Haufen Fotos gab es überhaupt nur zwei Aufnahmen, auf denen auch Arnold abgebildet war: einmal mit beiden Eltern, einmal allein, auf einem Holzpferd sitzend. Fotos, arrangiert in einem Studio.

Sie saßen, fragten und hörten zu. So lange Frau Broscher auch brabbelte, über Arnold sagte sie kaum etwas. Je länger Verena zuhörte, umso mehr hatte sie das Gefühl, dass hinter dem Gemurmel der Frau auch eine Art Kalkül lag: Diese Frau war nicht dement, aber sie hatte aus irgendeinem Grund gelernt, wirksam abzulenken und so zu tun, als verlöre sie ständig den Faden.

Neben ihrer Mutter saß Andrea Blüml, Arnolds Halbschwester, die, acht Jahre jünger als er, kaum Kontakt zu ihm gehabt hatte. Mit ihr war wenigstens so etwas wie ein Gespräch möglich. Andrea arbeitete als Sekretärin bei einer Autofirma und hatte wohl einen bescheidenen Aufstieg aus diesen tristen Verhältnissen geschafft.

Als die Rede dann auf Andreas Tochter Nicole kam, blühte die Großmutter plötzlich auf.

Nicole hatte die nächste Stufe auf der Leiter des sozialen Aufstiegs erklommen und sogar studiert, Wirtschaftswissenschaften, wie Andrea stolz erzählte. Ein jäher Schmerz, den Verena in diesem Augenblick verspürte, als ihr schlagartig bewusst wurde, dass sie jetzt nicht nur ihrer Schwiegermutter, sondern auch der Großmutter von Hannes und Kerstin gegenüber saß. Die Großmutter hatte keine einzige Frage nach ihren Enkeln gestellt, keine einzige. Verena spürte, wie ihre Achseln feucht wurden, etwas schnürte ihr die Luft ab. Sie schaute zu Ulrichs, der ihr auffordernd zunickte. Sie beruhigte sich wieder.

Diese Nicole war in der Wohnung der Großmutter auf mehreren Fotografien gegenwärtig, über sie wusste die Oma Großartiges zu berichten. Sie habe nach dem erfolgreichen Studium ein Praktikum bei einem Landesrat absolviert und in dessen Wahlkampfteam gearbeitet.

Sie ist fesch und hat eine *Goschen*, sagte Dolores Broscher und legte ein grimmiges Lachen nach. Ihrer Tochter schien dieser Anfall von Großmutterstolz fast ein wenig peinlich zu sein. Nicole sei beruflich gut unterwegs, aber sie habe es auch nicht immer leicht, deutete Andrea an.

Irgendwann blickte Ulrich zu Verena und deutete mit einem Nicken an, dass er aufbrechen wollte.

Sie hatten nicht mit der geheimen Regieführung von Dolores Broscher gerechnet, die noch einen Gast in die nachmittägliche Runde gebeten hatte. Die Renate kommt, sagte sie. Sie hatte diese Renate extra wegen des Besuchs aus Deutschland eingeladen.

Erst als Renate die Wohnung betrat, fiel Verena ein, dass sie die Frau vom Begräbnis in Regensburg kannte. Renate war die Tochter von Horst und dessen erster Ehefrau, also die Stieftochter von Dolores und damit gewissermaßen auch eine Stiefschwester von Arnold, eine Frau um die fünfzig, die älter aussah, versehen mit allen Attributen, die man klischeehaft einem nicht privilegierten Menschen zuschrieb: das aufgedunsene Gesicht mit roten Äderchen überzogen, die Haare strähnig, eine Zahnlücke im Oberkiefer, in einem gemusterten Kleid, das längst aus der Mode gekommen war. Renate schien regelmäßiger Gast in der Wohnung zu sein. Ihre Stiefmutter nannte sie Dolli. Von der bekam sie zum Kaffee automatisch Cognac serviert. Sobald Renate saß, übernahm sie die Konversation und legte los. Die Frau schien es gewohnt zu sein, ausladend zu erzählen und keine Unterbrechung zu dulden. Auch sie hatte ein paar vergilbte Schwarz-Weiß-Fotos mitgebracht, auf denen Arnold ein paar Mal zu sehen war. Die Fotos stammten aus der Zeit, als sein Vater bereits tot war und Arnold bei seinen Großeltern lebte.

Es war nicht zu übersehen, dass Renate nicht mehr nüchtern war. Die Frau lachte dauernd über ihre eigenen Formulierungen und musste sich nach jedem Lachanfall räuspern. Zum Rauchen ging sie auf Dollis engen Balkon hinaus, wo ihr Ulrich Gesellschaft leistete. Andrea schenkte währenddessen Kaffee nach und das Gespräch drehte sich minutenlang um Dollis Katze, die sich zutraulich an Verena schmiegte. Als Renate wieder am Tisch saß, setzte sie ihre Erzählung, die einige unbezeugte Kinderstreiche Arnolds enthielt, fort. Der Zeitpunkt kam, an dem Verena Unwillen in sich aufsteigen fühlte – sie und Ulrich waren unvermutet Publikum für eine erbarmungswürdige Anekdotenerzählerin geworden, die allmählich in ihren Nachmittagsrausch hineinkippte. Nicht dass Verena vorher große Erwartungen gehegt hatte, jetzt, da sie aber merkte, dass sie an einem Vorgang teilnahm, der den Ausdruck Gespräch nicht verdiente – es gab keine Fragen, keinen Austausch –, war sie doch enttäuscht. Zwei Gäste aus Deutschland saßen im Raum, die belabert wurden, die aber, je länger der Nachmittag dauerte, ohne Eigenleben blieben, beinahe stumme Zeugen.

Dass die Frau gar nicht merkte, wie sehr sie Arnold vereinnahmte, nervte Verena zunehmend. Renate sprach ständig von ihm als *Bruder* (er war nicht ihr Bruder gewesen!, Renates Vater Horst hatte bloß Arnolds Mutter geheiratet) und tat so, als hätten sie sich ständig gesehen. Aus Arnolds Regensburger Erzählperspektive hatte diese Renate immer höchstens eine Randfigur, eine Fußnote, den Stellenwert einer Cousine zweiten Grades abgegeben.

Zuletzt und mit leichtem Zungenschlag trumpfte Renate dann noch damit auf, dass sich in ihrer Familie – sie hatte auch zwei Kinder, wie sie nebenbei erwähnte – innerhalb kürzester Zeit zwei gewaltsame Todesfälle ereignet hatten. Erst wird der Arni erschossen im Wald, sagte Renate, mein Stiefbruder, und gut zwei Wochen später unser kleiner Hari. Dass Hari ein weiterer Stiefbruder von Renate war, klärte sich wenig später: Auch Renates Eltern hatten sich scheiden lassen, ihre Mutter hatte noch einmal geheiratet und eben diesen Hari, ein paar Jahre jünger als Renate, geboren.

Ich weiß es noch, wie wenn es gestern gewesen wäre, sagte Renate mit glasigen Augen. Das war, wie dem Arni sein Papa ertrunken ist im See. Da sind wir alle beisammen gesessen bei euch – bei Papa und bei dir, Dolli, sagte sie. Im Garten. Warm war es. Im Frühsommer. Als ihr noch in dem Häuschen in der Neuen Heimat gelebt habt. Ich habe mit dem Arni gespielt und dann ist meine Mama gekommen mit dem Hari. Es ist verrückt, sagte Renate, wenn man die Zeit anhalten könnte in so einem Moment und die Buben warnen: Passt auf ihr zwei, dass ihr nicht einmal erschossen werdet. Tränen der Rührung und des Selbstmitleids liefen ihr über die Wangen. Die Luft im Wohnzimmer war verbraucht, Andrea legte den Arm um ihre Stiefschwester und bat sie, sich zu beruhigen.

Verena sah Ulrich an. Jetzt müssen wir aber aufbrechen, sagte der knapp und kniff die Lippen zusammen.

Sie gingen schweigend zu Fuß über die Donaubrücke Richtung Hauptplatz, dann saßen sie auf der Caféterrasse des riesigen Lentos Museums und tranken Wasser. Leichter Wind kam vom Strom und strich angenehm über die Haut.

Ulrich schien erschöpft. War es das, was du erleben wolltest?, fragte er.

Verena schaute an ihm vorbei über die Donau auf das andere Ufer, wo ein Zirkus sein rot-gelbes Zelt aufgeschlagen hatte.

Irgendetwas schnürte ihr die Kehle zu. Sie war unfähig, zu antworten und schüttelte nur den Kopf.

Den Plan, die Ausstellung zu besuchen, ließen sie fallen. Sie beschlossen, sofort nach Gmunden zu reisen.

Sie trafen Arnolds Abiturkollegen Erich Schürer am Rathausplatz in Gmunden. Bei uns sagt man Matura, hatte der Mann sie sofort korrigiert. Der Typ war klein und wirkte bieder, trug einen Pullunder über einem Rollkragenpullover und eine braune Hornbrille, die irgendwann einmal modern gewesen war. Schürer hatte mit Arnold dieselbe Klasse besucht und war nach dem Studium als Biologielehrer in seine Herkunftsstadt zurückgekehrt.

Ulrich hatte vorher schon erklärt, dass er nicht am Gespräch teilnehmen wollte. Er war begeistert vom Ambiente der italienisch wirkenden Kleinstadt und der sie umgebenden Berge, die bis ans Seeufer heranrückten.

Schürer führte Verena in ein Kaffeehaus, in dem angeblich der Schriftsteller Thomas Bernhard Stammgast gewesen war – Verena erinnerte sich daran, dass ihr Arnold dessen autobiografischen Bücher zu lesen gegeben hatte. Seine Beschreibung einer Kindheit und Jugend der Nachkriegszeit hatte sie auch aus systemischer Sicht berührt.

Ulrich wollte während ihres Gesprächs einen Spaziergang am Ufer des Traunsees und durch die Stadt unternehmen. Vielleicht fand er ja auch ein Restaurant, in dem sich abends gut essen ließ.

Verena hatte vor der Reise im Gymnasium, in dem Arnold *Matura* gemacht hatte, angerufen und gefragt, ob noch Schüler aus Arnolds Jahrgang in der Stadt lebten. Sofort war sie an Schürer verwiesen worden.

Sie konnte sich nicht erinnern, dass Arnold irgendwann einmal über diesen Mitschüler gesprochen hatte. Nur mit zwei Maturakollegen, die in Wien lebten und ebenfalls Germanistik studiert hatten, hatte er fallweise Kontakt gehabt.

Schürer wirkte schüchtern, zurückhaltend, unsicher. Er bemühte sich, sein Mitgefühl darüber auszudrücken, dass Arnold ermordet worden war, aber er war sichtlich verlegen. Vom Mord hatte er aus der Zeitung erfahren. Er hatte ein paar Klassenfotos mitgebracht, die Verena noch nie gesehen hatte, Fotos von einer Brotzeit bei einem Schulausflug – bei uns heißt das *Jause*, hatte der Biologe sie korrigiert –, ein paar Aufnahmen von einer Turnstunde im Freien – die Jungen beim Fußballspielen: Arnold hatte nicht zu den besseren Kickern gehört, das wusste Schürer noch genau. Sonst fiel ihm zu Arnold nicht mehr viel ein. Ihre persönlichen Interessen waren damals sehr weit auseinandergelegen, Arnold hatte sich für Sprachen und für Literatur interessiert, Schürers bevorzugte Fächer waren Naturgeschichte, Chemie und Physik gewesen. In Singen sind wir wohl beide Nieten gewesen, sagte der Mann und grinste.

Dann legte Verena auch die wenigen Fotos auf den Tisch, die Arnold aus dieser Zeit besessen hatte. Seltsam, welche Koinzidenz sich aus einigen Aufnahmen ergab. Vom Schulball besaß auch Erich Schürer mehrere Aufnahmen. Die Fotos befeuerten seine Erinnerung und er begann, Namen aufzuzählen. Einige hatte Verena schon einmal gehört, schnell war ihr die Aufzählung aber zu viel. Ihre Frage, ob Arnold in seiner Schulzeit Feinde gehabt habe, verblüffte Schürer. Nein, der Zusammenhalt in der Klasse sei gut gewesen. Ja, man habe damals gewusst, dass Arnolds Vater im See ertrunken war, aber als Halbwüchsige hätten sie damals nicht darüber gesprochen.

Dann legte Verena Schürer die rote Mappe mit den Zeitungsausschnitten vom Bootsunglück vor. Er konnte sich dunkel an den Vorfall erinnern, der eine Zeit lang Stadtgespräch gewesen war. Aber tödliche Unfälle hatten sich damals fast jedes Jahr ereignet. Und diese Ausschnitte hatte Schürer noch nie gesehen, seine Eltern hatten damals noch keine Zeitung abonniert gehabt.

Aufmerksam las Schürer die Artikel durch, betrachtete das Bild vom neunjährigen Arnold: In dem Alter hatte Schürer ihn noch gar nicht gekannt, Arnold hatte ja in Linz die Volksschule besucht.

An den erinnere ich mich auch, sagte Schürer und zeigte auf

einen Namen im Text. Raftl, so habe der langjährige Postenkommandant von Gmunden geheißen.

Der hat den Arnold nach Hause mitgenommen, nach dem Unfall, interessant, das wusste ich gar nicht, kommentierte Schürer. Damals hat es noch keine Notfallpsychologen gegeben, sagte Verena und dachte an Mariana und ihren unbeholfenen Versuch nach Arnolds Tod.

Ob denn dieser Raftl noch lebe, fragte sie.

Keine Ahnung, sagte Schürer. Gendarm steht da, sagte er und deutete auf den Artikel. Gibts heute nicht mehr. Die Kieberer heißen jetzt auch bei uns Polizisten.

Kieberer?, fragte Verena. Bullen heißt das bei euch, verbesserte Schürer. Man könnte bei der Polizei nachfragen, was aus dem Mann geworden ist und ob er noch lebt, meinte er.

Ulrich war bis zum Seeschloss Orth gelaufen und schwärmte von einem Park direkt am Seeufer. Er schlug vor, eine Schifffahrt zu machen. Dass Verena ihm von ihrer Absicht erzählte, ihre Befragungsliste um den ehemaligen Gendarmen Raftl zu erweitern, begeisterte ihn wenig.

Die Polizeidienststelle befand sich in unmittelbarer Nähe des Cafés. Ulrich würde eine Buchhandlung aufsuchen und danach auf dem Rathausplatz auf Verena warten.

Ein Polizeibeamter, um die dreißig Jahre alt, sah verwundert auf, als Verena ihm die Zeitungsausschnitte aus den sechziger Jahren vorlegte. Von einem Herrn Raftl hatte er noch nie etwas gehört. Er holte einen älteren Kollegen aus einem Nebenzimmer, der sich sofort erinnerte. Ja, Raftl habe in Gmunden gearbeitet und sei dann nach Wels verzogen. Der Mann sei sicher schon lange in Pension. Wenn Sie ein Momenterl warten, sagte der Beamte zu Verena, wir haben da eine Liste mit unseren Pensionisten.

Kurz darauf kritzelte der Mann die Telefonnummer Raftls auf einen Zettel. Verena bedankte sich und ging nach draußen. Am Kai sammelte sich eine Gruppe von Rentnern vor einem

Ausflugsschiff. Im Wasser schwebten Schwäne und schnappten nach Brotstücken, die ihnen ein Dreikäsehoch auf wackligen Beinen über die Kaimauer zuwarf. Verena ging ein paar Schritte zur Seite, um zu telefonieren. Sie bekam sofort jemanden an den Apparat, eine Frauenstimme, die nur gebrochen Deutsch und zu laut sprach. Verena stellte sich vor und erklärte, mit Herrn Raftl sprechen zu wollen.

Herr Raftl schläft, sagte die Frauenstimme. Worum geht?, fragte sie.

Herr Raftl war doch früher Gendarm, sagte Verena.

Nicht verstehen, sagte die Frau.

Wann kann ich mit ihm sprechen?, fragte Verena.

Nicht mit ihm sprechen können. Herr Raftl dement, sagte die Frau. Ich bin soziale Pflegerin. Herr Raftl schläft.

Gibt es jemanden, mit dem ich sprechen kann?, fragte Verena.

Tochter gibt, sagte die Frau.

Kann ich mit der Tochter sprechen?, fragte Verena.

Tochter nicht da, sagte die Frau. Tochter wohnen in Linz.

Können Sie mir eine Telefonnummer von der Tochter geben?

Kann ich nicht Nummer von Tochter geben. Nicht meglich, sagte die Frau.

Aus den Augenwinkeln sah Verena, wie Ulrich an der anderen Ecke des Rathausplatzes auftauchte und sich nach ihr umschaute.

Wann kommt denn die Tochter?, fragte Verena.

Nicht heute kommt. Morgen vielleicht, sagte die Frau.

Jetzt hatte Ulrich sie bemerkt und winkte ihr zu.

Also kann ich sie morgen anrufen?, fragte Verena.

Morgen meglich vielleicht, sagte die Frau.

Ich rufe morgen noch einmal an, sagte Verena und legte auf.

Schon stand Ulrich bei ihr. Eben hatte das Ausflugsschiff abgelegt und fuhr auf den See hinaus.

Dann gehen wir essen, ich habe Hunger, sagte Ulrich.

Im Restaurant erzählte sie ihm von dem Gespräch.

Vergiss es, sagte er. Das hat keinen Sinn. Du klammerst, sagte

Ulrich. Ich kann dich verstehen. Ich dachte, diese Reise würde dir helfen, loszulassen. Stattdessen wühlst du dich vom Hundertsten ins Tausendste.

Einen Moment lang hatte Verena überlegt, bei der Rückfahrt nach Linz diesen Herrn Raftl zu besuchen. Sie beschloss, Ulrich einen Gefallen zu tun und die Überlegung für sich zu behalten.

Gleich darauf wurde Traunseefisch serviert.

Heute Nacht habe ich von dir geträumt, sagte Ulrich, als sie auf der Autobahn waren. Es war, das muss ich zugeben, ein erotischer Traum. Ich möchte dir keine Einzelheiten erzählen. Nur so viel: Es war ein Traum, der keine Wünsche offenließ.

Sie fuhren durch das oberösterreichische Alpenvorland, langsam wurden die Berge im Rückspiegel kleiner.

Und jetzt bist du enttäuscht, sagte Verena. Sie hatte zum Fisch ein Glas Wein getrunken und fühlte sich müde. Sie hatte ihre Jacke zwischen sich und die Wagentür geklemmt und versuchte zu dösen.

Enttäuscht ist der falsche Ausdruck, sagte Ulrich. Nach dem Traum bin ich mit einem angenehmen Gefühl erwacht. Es war ein Traum von der Art, der mich denken ließ, dass vielleicht doch einmal alles gut wird zwischen uns.

Ulrich sprach weiter, als Verena nicht antwortete. Er hielt den Blick starr nach vorn auf die Fahrbahn gerichtet.

Heute Nachmittag habe ich zu grübeln begonnen. Was mich hinzieht zu dir. Und was mich daran hindert, dir zu zeigen, wie sehr ich dich begehre. Mein Vater fiel mir ein. Der kam nach dem Krieg zurück und hat nie viel gesprochen. Und Gefühle hat der schon gar nie gezeigt. Manchmal habe ich mich gefragt, wie er es überhaupt geschafft hat, meine Mutter kennenzulernen. Als ich mich als Jugendlicher in ein Mädchen unserer Stadt verliebt hatte, habe ich mich nicht getraut, ihr meine Zuneigung zu zeigen. Ich blieb solidarisch mit meinem Erzeuger und habe meine Empfindungen für mich behalten. Idiot, der ich war.

Verena hatte die Augen geschlossen und hörte zu. Ulrich schien jetzt sehr schnell zu fahren. Der Fahrtwind schaukelte den Wagen.

Vielleicht versuche ich eben nachzuholen, was mir als Jugendlicher nicht möglich war, sagte Ulrich. Meinen Gefühlen nachzugeben. Wenn ich nur wüsste, wie man das richtig macht. Verstehe einer die Frauen, sagte er. Wie offensiv sollte man als Mann sein, und gleichzeitig wie verständnisvoll und zurückhaltend. Wer versteht sich schon auf solche Kunst.

Du bist doch ein Profi, sagte Verena spöttisch.

Ulrich verstummte. Sie schwiegen lange. Vor Linz nahm der Verkehr auf der Autobahn deutlich zu.

Als Ulrich das Radio aufdrehte, wachte Verena auf. Sie hatte kurz geschlafen.

Bald sind wir da, sagte Ulrich und legte wie zufällig seine Hand auf ihren Oberschenkel.

Damit du es weißt, sagte er: Mein Zimmer bleibt die ganze Nacht unversperrt. Du kannst jederzeit klopfen.

Anderntags fuhren sie nach Krumau.

Verena hatte ihr Zimmer nachts abgesperrt, eine Aktion, die ihr kindisch, aber notwendig vorkam nach dem, wie Ulrich sich auf der Fahrt verhalten hatte.

Beim Frühstück: kein Wort Ulrichs über seine Bemerkungen vom Vortag. Er studierte den Stadtführer von Krumau und die Autokarte von Südböhmen. Es war seine erste Reise in die Stadt an der Moldau.

Noch bevor sie ankamen, vereinbarten sie, es wieder so zu halten wie Tags zuvor. Während Verena ihre Nachforschungen anstellte, würde Ulrich durch die Stadt bummeln. Das Schloss würde er aussparen. Vielleicht hatten sie am Nachmittag Lust, es gemeinsam zu besichtigen.

Die Stadt war voller, als Verena sie in Erinnerung hatte. Vom Parkplatz weg strömten Besuchergruppen in die schmalen Gassen der Altstadt, wo links und rechts Souvenirläden mit Holzspielzeug, Marionetten und böhmischem Glas auf Käufer warteten.

Das Hotel Zlatý Anděl befand sich direkt am leicht abschüssigen Hauptplatz. An der Rezeption legte Verena das Seifenstück und ein Foto von Arnold vor und erklärte in wenigen Sätzen, weshalb sie nach Krumau gekommen war. Der Rezeptionist, der Deutsch sprach, schaute sie verdutzt an und tat, als verstünde er nicht.

Es geht nur um einen kurzen Zeitraum von ein paar Wochen, sagte Verena. Ich möchte wissen, ob mein Mann bei Ihnen im Hotel übernachtet hat. Es ist wichtig für mich.

Der Mann an der Rezeption wies sie ab. Er bedaure. Informationen über Hotelgäste dürften nicht an Fremde weitergegeben werden.

Ich bin keine Fremde, sagte Verena scharf.

Ich kenne Sie nicht, sagte der Rezeptionist.

Ich bin die Ehefrau des Mannes, der ermordet wurde, sagte Verena.

Das kann ich glauben oder nicht, sagte der Mann. Die Information, die Sie wünschen, geben wir nicht einmal der Polizei. Verena bemerkte, dass er einen Ehering trug.

Sie verlangte den Geschäftsführer oder den Hoteldirektor zu sprechen.

Irgendwie hatte sie die Geduld des Mannes überschätzt.

Der Direktor ist nicht da, sagte der Rezeptionist knapp. Und jetzt bitte ich Sie, unser Haus zu verlassen.

Sie wartete am Brunnen auf Ulrich, der eine rasche Runde in der Stadt gedreht hatte.

In einem kleinen Kaffeehaus unter der Brücke, die in die Altstadt führt, bestellten sie Wasser und Kaffee. Ulrich amüsierte sich über eine Büste des Komponisten Bedřich Smetana, die in einer Nische stand. Irgendein Spaßvogel hatte der Büste eine moderne Lesebrille mit rötlichem Gestell aufgesetzt. Das Kaffeehaus war nach einer Oper von Smetana benannt worden und hieß *Dvě Vdovy.* Sie rätselten ein paar Minuten, bis sie den Titel mithilfe der Kellnerin übersetzt hatten. *Zwei Witwen* hieß die Oper, *Zwei Witwen* hieß das Lokal.

Welch bittere Ironie, dachte Verena. Ich bin die Witwe. Hier in Krumau hat Arnold möglicherweise übernachtet. Vielleicht ist er damals nicht allein hier gewesen. Vielleicht war er mit einer Frau hier. Dann existierte jetzt irgendwo eine Art zweite Witwe.

Direkt neben ihnen floss die Moldau vorbei, unmittelbar neben dem Fluss war es beinahe zu kühl zum Sitzen.

Verena erzählte, wie sie im Hotel behandelt worden war und Ulrich kommentierte ihre Erzählung, ohne dass sie ihn darum gebeten hatte.

Er schüttelte überheblich den Kopf. Vielleicht machte es ihm Spaß, sie zu verletzen.

Das hätte ich dir gleich sagen können, meinte er. Die können nicht gegenüber einer Wildfremden mit irgendwelchen persönlichen Informationen herausrücken, meinte er knapp.

Verena fühlte Wut in sich aufsteigen. In der Tür stand die Kellnerin und beobachtete den sich entfachenden Streit, der allmählich lauter wurde. Es war Verena egal, dass die Frau, die gebrochen Deutsch gesprochen hatte, ihnen zuhörte.

Du redest genauso wie dieser Arsch, sagte sie.

Ich habe dir nichts getan, sagte Ulrich. Aber du lässt dir ja nichts sagen.

Verena kniff die Lippen zusammen.

Mach endlich einen Punkt, sagte Ulrich. Seit drei Tagen triffst du dich mit Leuten, die in Wirklichkeit gar nichts über Arnold wissen. Die laborieren doch alle nur an ihren eigenen Geschichten. Seit drei Tagen fahren wir durch die schönsten Gegenden, du hast für nichts einen Blick und verkrampfst dich völlig. Das ist, Entschuldigung, auch für mich nicht ganz einfach.

Dass du keine Lust hast, mich zu unterstützen, merke ich schon die ganze Zeit, sagte Verena.

Und dass ich mir Urlaub nehme und dich drei Tage lang durch die Gegend kutschiere, ist keine Unterstützung?, fragte Ulrich.

Er unternahm noch einen Versuch. Alles was er sagte, klang wie von oben herab. Machen wir einen Punkt. Du hast recherchiert und jetzt ist es genug. Morgen fahren wir in die Wachau und machen uns einen schönen Tag.

Verena nahm ihre Handtasche und sprang auf.

Bring mich nach Linz, sagte sie. Du kannst dir deine Weine auch alleine holen. Ich nehme die Bahn.

Und jetzt eingeschnappt, das kennen wir schon, sagte Ulrich wütend.

Verena verließ das Lokal und wartete oben auf der Brücke, bis Ulrich bezahlt hatte.

Der Krumau-Ausflug war zu Ende, es gab nichts mehr zu verhandeln. Sie suchten den kürzesten Weg zum Parkplatz. Die Kellnerin des Kaffeehauses kam ihnen nachgelaufen, Verena hatte die rote Mappe mit den Zeitungsausschnitten und den Fotos auf einem Stuhl liegen gelassen.

Sie fuhren über die alleegesäumten schmalen Straßen entlang der Moldau bis zur österreichischen Grenze. Unvermittelt schlug Ulrich wütend mit der Hand aufs Lenkrad. Mensch, das habe ich doch so nicht gewollt, schrie er. Das ist doch nicht zu fassen!

Sie hatte dem nichts zu entgegnen. Am Linzer Hauptbahnhof stieg sie aus und kaufte eine Fahrkarte nach Regensburg.

17
STEFAN
ES GEHT LOS

Nach dem Mittagessen in der Kantine telefonierte Stefan kurz mit Anna. Nichts Neues, sagte sie. Ich liege, lese ein bisschen und höre die CD mit der Entspannungsmusik. Und Mama macht mir Tee. Aber eigentlich kann ich mich nicht mehr konzentrieren, sagte sie. Dann rede ich mit dem Baby und sage ihm, dass es langsam Zeit wird.

Anna war drei Tage über dem Termin. Am berechneten Geburtstermin war sie bei der Ärztin gewesen und hatte sich untersuchen lassen: Alles in Ordnung, sie brauche sich keine Sorgen zu machen.

Na dann, sagte Stefan. Ich habe noch einen Berg Papier vor mir liegen.

Er sah aus dem Fenster. Es war stark bewölkt, der Himmel über der Stadt wirkte düster, die Bäume vor der Polizeidirektion bewegten sich im Wind leicht hin und her. Wenn es trocken bleibt, gehe ich am Abend noch ein wenig laufen. Ich bin ja auch aufgeregt. Ich denke an dich, sagte er und legte auf.

Für den Nachmittag hatte er sich die Akten des Mordfalls Seisenbacher vorgenommen. Bei der Dienstbesprechung am Morgen hatte Weinmann ihm und Stöger aufgetragen, die Unterlagen noch einmal durchzusehen. Am Vortag waren endlich lange angeforderte Telefonlisten eingegangen, die zu überprüfen waren. In dem Fall hatte es seit Monaten trotz zahlreicher Vernehmungen keine neuen Erkenntnisse gegeben.

Regelmäßig hatte die Gruppe Weinmann Kontakt zu tschechischen Beamten aus Budweis gehabt, eine zeitraubende, mühsame Tätigkeit, weil immer ein Deutsch sprechender Beamter kontaktiert werden musste. Wenn der Mann frei hatte, verschoben sich die Ermittlungen. Dank der Zusammenarbeit mit den Tschechen war es zwar zu einigen Festnahmen gekommen, die Delikte hatten aber mit dem Mordfall nichts zu tun gehabt. Vielleicht führte die Spur zum Täter ja auch nach Deutschland. Am Tatort war eine Faschingsmaske mit den Gesichtszügen des ehemaligen bayerischen Ministerpräsidenten Edmund Stoiber gefunden worden.

Stefan sah noch einmal die Liste durch, auf der verzeichnet war, mit wem der ermordete Harald Seisenbacher in seinen letzten Lebenstagen telefoniert und mit wem er Mails gewechselt hatte. Mit all diesen Kontaktpersonen hatten Stefan und seine Kollegen in der Zeit nach dem Mord gesprochen und ihre Alibis notiert.

Einen Teil der Protokolle hatte Stefan selber angefertigt. Er erinnerte sich an ein Gespräch mit der Gattin eines Politikers, Katharina Bogner, eine delikate Angelegenheit. Frau Bogner hatte ihren Mann verdächtigt, mit einer Frau aus seinem beruflichen Umfeld eine Affäre gehabt zu haben. Deshalb hatte sie Kontakt zu Seisenbacher aufgenommen. Zu einer Observierung des Politikers war es dann nicht mehr gekommen. Stefan erinnerte sich auch deswegen an das Telefonat, weil ihm die Frau überaus sympathisch erschienen war und sie beiläufig erwähnt hatte, dass ihr Vater früher einmal Gendarm gewesen war.

Stefan überflog das Protokoll dieses Gesprächs, das er selber getippt hatte und blieb an einem Detail hängen. Diese Katharina Bogner hatte damals angegeben, sich an dem vermeintlichen Mordtag im Haus ihres dementen Vaters in Wels aufgehalten zu haben, in der Schumannstraße. Was Stefan jetzt seltsam vorkam, war die Tatsache, dass er diese Adresse wenige Minuten zuvor schon einmal in dem Aktenkonvolut gelesen hatte. Er blätterte zurück und fand sie in einem Telefonprotokoll, das sein Kollege Lengauer verfasst hatte.

Lengauer hatte die Exlebensgefährtin des ermordeten Harald Seisenbacher befragt, eine gewisse Sabine Holter, von Beruf Altenpflegerin. Bei der Einvernahme hatte die Frau angegeben, an dem besagten Tag, es war ein Samstag gewesen, drei Klienten betreut zu haben: einen in Traun, eine Klientin in Haid und einen in Wels. Lengauer hatte dazu die drei Adressen notiert. Die Welser Adresse war jene in der Schumannstraße, exakt jene, die auch diese Katharina Bogner angegeben hatte.

Im Gesprächsprotokoll mit Frau Bogner war allerdings mit Kugelschreiber eine zweite Adresse, offenbar ihre Wohnadresse in Walding nahe Ottensheim, eingefügt worden. Stefan sah, dass der Vermerk von ihm stammte. Vielleicht hatte er beim Erstellen des Protokolls einen Abschreibfehler gemacht und versehentlich die Welser Adresse von Lengauers Protokoll, das dieser einen Tag vor seinem verfertigt hatte, abgeschrieben. Das kam vor, wenn es Stress gab und man durch irgendetwas bei der Schreibarbeit abgelenkt wurde.

Wenn aber kein Schreibfehler vorlag, war die Sache doch eigenartig: Dann hatte sich diese Katharina Bogner am Tag der Ermordung dieses Seisenbachers am selben Ort wie dessen ehemalige Lebensgefährtin befunden. Dann lag nahe, dass Katharina Bogner die Exfrau des Detektivs, den sie ein paar Tage zuvor kontaktiert und mit einer Observierung betraut hatte, persönlich kannte. Ein seltsamer Zufall. Irgendetwas stimmte hier wohl nicht. Posch löste ein Post-it von einem Block, krakelte in Kürzelschrift *Wels* auf das Blatt und klebte es auf die Wand vor sich, die mit gleichartigen Blättern jeglicher Farbe übersät war.

Gleich darauf läutete sein privates Handy. Es wurde nicht gern gesehen, wenn man während der Dienstzeit private Gespräche führte, aber er saß allein in seinem Büro und jeder im Haus wusste, dass er in diesen Tagen auf einen wichtigen Anruf wartete. Stefans Bruder Bernhard war am Telefon und druckste herum. Bernhard hatte versprochen, ihm am darauffolgenden Sonntag beim Fußbodenlegen zu helfen. Es tue ihm leid, stammelte Bernhard, was er ganz einzuplanen vergessen habe: Am Sonntag finde das Lokalderby gegen Lembach statt. Er habe gestern beim Training mit dem Trainer und dem Sektionsleiter gesprochen, die ihm mitgeteilt hätten, dass er für das Spiel unabkömmlich sei. Du weißt ja, Erich ist noch immer gesperrt, sagte Bernhard, wenn Erich nicht gesperrt wäre, wäre es nicht so schlimm, aber so kann ich die Burschen gerade in der jetzigen Situation nicht im Stich lassen. Dafür würde er sich gern in der nächsten Woche einen Tag freinehmen, um ihm, seinem Bruder, zu helfen.

Stefan spürte den Ärger in sich hochsteigen. Am vergangenen Wochenende hatte er mit einem Pfuscher aus dem Ort begonnen, den Fußboden im Vorraum zu legen. Am Dienstag, als er abends in den Rohbau gekommen war, hatte er bemerkt, dass sich der Boden aus irgendeinem verdammten Grund gewölbt hatte: Der Boden musste neu gemacht werden, das stand fest. Stefan war nur froh gewesen, dass er den Mann noch nicht bezahlt hatte. Für diesen Pfusch würde er ihn auch nicht bezahlen. Er hatte daraufhin seinen Bruder angerufen und um Hilfe gebeten. Dieser hatte zugesagt. Nun, zwei Tage später, sagte er mit einer fadenscheinigen Begründung wieder ab.

Du wirst das verstehen, sagte Bernhard, du weißt doch, wie das ist, du hast doch selber auch einmal gespielt, sagte er.

Scheiße, sagte Stefan. Das haut mich im Zeitplan noch einmal zurück.

Die Brüder schwiegen sich an.

Was Neues von Anna?, fragte Bernhard schließlich.

Das fragten jetzt alle.

Nix Neues, sagte Stefan. Aber passt alles. Ich muss jetzt auflegen, sagte er.

Dann saß er weiter über den eintönigen Vernehmungsprotokollen der Menschen aus dem Umfeld Seisenbachers. Ein paar zwielichtige Figuren befanden sich darunter, die früher bereits straffällig geworden waren. Unter anderem war Seisenbacher mit einem Typen aus dem Rotlichtmilieu befreundet gewesen. Ein gewisser Herbert König war einige Jahre wegen Totschlags gesessen, weil er als kleiner Angestellter in einem Bürohaus seinen Vorgesetzten erstochen hatte. Über das genaue Tatmotiv hatte sich König damals ausgeschwiegen, der Staatsanwalt hatte sogar die Einweisung in eine Anstalt für geistig abnorme Rechtsbrecher gefordert, die aber abgewiesen worden war. Stefan erinnerte sich daran, dass über diesen Mord damals sogar ein Theaterstück gelaufen war, das sich ein paar seiner Kollegen angesehen hatten. Das Stück hatte natürlich mit der Realität nicht das Geringste zu tun gehabt.

Nach Seisenbachers Ermordung war König besonders penibel befragt worden und hatte, wie schon mehrmals, eine saftige Geldstrafe wegen illegal beschäftigter Damen in seiner Tagesbar ausgefasst. Mit dem Tod von Seisenbacher hatte König offenbar nichts zu tun gehabt, er hatte ein lupenreines Alibi und war am Mordtag vormittags in einem Golfklub und nachmittags in den VIP-Räumen des LASK gesehen worden.

Gegen fünfzehn Uhr ging Stefan in den Aufenthaltsraum, um sich einen Kaffee mit Milchschaum aus dem Automaten zu holen. Draußen hatte es zu regnen begonnen, das Laufen am Abend würde wohl ausfallen. Eine Kollegin saß am Tisch, Erika Schlager. Sie hatte die Kappe neben sich auf den Tisch gelegt und wirkte genervt. Scheiß Wetter, sagte sie ungefragt. Hat mich voll erwischt, sagte sie und zerrte an ihrem Hemd, um Stefan zu zeigen, dass sie nass geworden war.

Stefan stand am Fenster und schaute nach draußen. Der Wind drückte den Regen gegen das Fenster, das Wasser lief in kleinen Bächen über das Glas.

Wenn es mit dem Laufen nichts wurde, würde er wohl abends auf die Baustelle fahren. Der Plan war gewesen, dass sie bis zur Geburt einziehen konnten. Den Plan hatten er und Anna schon vor Monaten fallen gelassen, zu oft waren sie von Professionisten im Stich gelassen worden.

Alles hatte sich verschoben. Erst Haus, dann Kind, dann Hochzeit. So war der Plan gewesen. Jetzt kam doch zuerst das Kind. Maria, Stefans Schwester, hatte ihm angeboten, im Bauernhof der Eltern provisorisch zwei Zimmer auszubauen, damit er und

Anna mit dem Baby dort wohnen konnten, ehe sie ins Haus zogen. Anna hatte sofort abgelehnt. Sie würde weiter bei ihren Eltern wohnen und dort ihr Kind betreuen, Stefan würde sie jederzeit besuchen können, aber vorerst noch in seinem Zimmer im Bauernhof bleiben.

Anna und Maria, das war ein Kapitel für sich. Maria war ihrer zukünftigen Schwägerin von Anfang an sehr reserviert gegenüber gestanden. Maria hatte vor zwei Jahren während der Schwangerschaft ein Kind verloren. Sie hatte den Verlust dieses Kindes noch immer nicht verkraftet. Stefan hatte daher mit Anna vereinbart, die Vorfreude auf das Kind nicht zu überschwänglich zu zeigen, wenn Maria dabei war. Es hätte nicht funktioniert, wenn sie mit dem Baby im Haus der Tante gewohnt hätten.

Stefan ging in sein Büro zurück. An der Anschlagtafel hing die Einladung zu einem Bikerausflug des Polizeisportvereins. Stefan hatte auch eine Maschine im Schuppen stehen, in diesem Jahr hatte er das Motorrad noch nicht einmal ausgepackt. Früher hatte er öfter an Ausfahrten mit den Kollegen teilgenommen. Seit er Haus baute, hatten sich die Prioritäten verschoben.

Über einen Antrag bei der Staatsanwaltschaft hatte Weinmann die Überprüfung der Telefonate gehörig ausgedehnt: Jetzt sollten auch alle Anrufe der Leute, mit denen Seisenbacher in seinen letzten Tagen Kontakt gehabt hatte, ausgewertet werden. Die umfangreiche Liste war erst tags zuvor im Haus eingetroffen, es hatte zwei Monate lang gedauert, die Informationen von den verschiedenen Telefongesellschaften einzuholen. Jetzt lagen die Daten in einem umfangreichen Aktenordner vor Stefan, aufgeschlüsselt nach Anschlüssen.

Unglaublich, mit wie vielen Menschen diese zwei Dutzend Personen im Laufe eines Monats – zwei Wochen vor und zwei Wochen nach dem Mord an Seisenbacher, diesen Zeitraum allein hatte der Staatsanwalt genehmigt – Kontakt aufgenommen hatten beziehungsweise von wem sie in dieser Zeit kontaktiert worden waren.

Die Daten waren vollständig entschlüsselt worden: Neben der Anschlussnummer waren die Nummern der Anrufer und deren Wohnadressen vermerkt. Man konnte sich schnell einen Überblick verschaffen.

Katharina Bogners Name war schon nach wenigen Seiten zu finden, die Liste war alphabetisch geordnet. Sie hatte tatsächlich, wie angegeben, zweimal mit Seisenbacher telefoniert, wenige Tage vor seinem Tod. Beim zweiten Mal hatte Seisenbacher sie zurückgerufen.

Dann stach Stefan noch ein Anruf ins Auge: ein Telefonat aus Deutschland, aus Regensburg. Der Anruf war einige Tage nach Seisenbachers Tod getätigt worden und von der Kriminalpolizei Regensburg gekommen. Das war doch irgendwie seltsam. Es war der einzige Anruf aus dem Ausland, der in diesen Tagen im Haus Bogner am Festnetz eingegangen war. Vielleicht hatte er ja auch dem Politiker Bogner gegolten. Stefan nahm sich vor, in den nächsten Tagen noch einmal bei Frau Bogner anzurufen. Außerdem würde er bei den Kollegen in Regensburg nachfragen, worum es sich bei dem Anruf gehandelt hatte. Manchmal wurden ja wegen Parkschäden oder kleiner Geschwindigkeitsübertretungen Gespräche mit ausländischen Behörden geführt. Stefan beschrieb ein weiteres Post-it-Zettelchen mit einem Kürzel, das entfernt an Stenografie erinnerte, aber nur mehr von ihm selber entziffert werden konnte.

Im nächsten Moment läutete sein Handy.

Monika, Annas Mutter, war dran. Es geht los, sagte sie. Anna hatte erst leichte Bauchschmerzen, musste aufs Klo, da hatte sie auch schon den Blasensprung, sagte sie. Und jetzt kommen schon die ersten leichten Wehen. Sie klang aufgeregt. Wir haben bereits die Rettung gerufen, sagte Monika. Die werden gleich da sein. Wenn du möchtest, kann ich dir Anna geben.

Gleich darauf war Anna am Hörer. Es ist so weit, sagte sie mit klarer, fester Stimme. Stefan spürte, wie sich ein warmes Gefühl in seinem Bauch ausbreitete.

Wie gehts dir?, fragte er und musste sich räuspern.

Brauchst dir keine Sorgen machen, sagte Anna. Die Rettung wird gleich da sein. Ich freue mich, wenn du nachkommst.

Stefan sah auf die Uhr. Es war sechzehn Uhr siebenundvierzig. In einer Stunde schaffe ich es bis Rohrbach, sagte er. Wenn der Abendverkehr bereits eingesetzt hat, brauche ich vielleicht ein wenig länger. Um viertel nach sechs Uhr, denke ich, werde ich bei dir sein.

Stress dich nicht, sagte Anna. Das kann dauern. Das weißt du ja.

Stefan sah das Bild vor sich, wie er bei der Schwangerschaftsgymnastik hinter Anna auf dem Boden gesessen war und mit ihr geatmet hatte.

Pass gut auf dich auf, sagte er. Bis bald.

Bis bald, sagte sie. Dann legte sie auf.

Weinmann saß noch in seinem Büro, als Stefan ihn anrief.

Es geht los, sagte er.

Na, dann ab mit dir, sagte Weinmann. Aber fall mir im Kreißsaal nicht in Ohnmacht.

Fünf Minuten später saß Stefan in seinem Wagen und fädelte sich in den allmählich stärker werdenden Abendverkehr ein.

Auf der Nibelungenbrücke hatte sich eine lange Kolonne gebildet. Stefan schaltete das Radio ein, wo gerade die Nachrichten liefen. Irgendwo streikte das Flughafenpersonal, irgendwo im Irak war eine Bombe hochgegangen, irgendein Politiker erklärte etwas *in aller Deutlichkeit* und sprach vom *Ende des Tages,* der Wetterbericht bestätigte, was auch Stefan sah: Es regnete in Strömen, die Temperaturen würden am nächsten Tag noch weiter nach unten gehen. Nur langsam kroch die Wagenkolonne durch die Rudolfstraße. Am Bernaschekplatz versuchte eine Lenkerin, sich in den Verkehr einzureihen und stellte sich quer. Für Minuten war auch der Gegenverkehr blockiert. Stefan sah, wie die Fahrerin verbissen auf ihr Lenkrad starrte.

Dann war er endlich aus der Stadt. Von den Autos vor ihm

und auf der Nebenspur spritzten Wasserfontänen auf, in den Spurrillen hatten sich bereits Pfützen gebildet.

Stefan fühlte eine angenehme Leichtigkeit in seinem Körper, gleichzeitig ein seltsam melancholisches Gefühl, wenn er so wie seit vielen Jahren die Donau entlangfuhr. Das war kein Tag wie jeder andere. Der Tag, an dem sein Kind geboren wurde. Ein Tag, der nach Abschied und Anfang schmeckte. Stefan war einunddreißig Jahre alt, bis heute war er kinderlos gewesen. Der Tag fiel ihm ein, an dem Anna ihm mitgeteilt hatte, dass sie schwanger war. Er war aus allen Wolken gefallen. Er hatte völlig arglos mit ihr geschlafen, weil sie ihm versichert hatte, dass nichts passieren konnte. Stefan hatte sich bis dahin immer auf Anna verlassen können. Die Schwangerschaft kam ungeplant, aber nicht ganz ungewollt: Sie hatten bereits begonnen, ihr Haus zu bauen und berufliche Zukunftsvorstellungen entwickelt. Stefan würde weiter nach Linz pendeln und sich später um einen Posten in Rohrbach bewerben, Anna wie bisher als Kindergartenhelferin arbeiten. Bis vielleicht Kinder kamen.

Das Kind kam schneller, als sie erwartet hatten.

Da war plötzlich etwas Drittes zwischen ihnen, auf das Rücksicht genommen werden musste. Stefan hatte sich anfangs nur schwer daran gewöhnen können. Anna war oft schlecht, mit dem Sex war es für einige Zeit vorbei.

Jetzt wuchs ein Kind heran und zwang einen, plötzlich und innerhalb von wenigen Monaten, erwachsen zu werden. Bisher hatte die Mutter immer noch Stefans Wäsche gewaschen, zu Hause hatte er sich um nichts zu kümmern brauchen. Den Umgang mit einem kleinen, schreienden Kind konnte er sich überhaupt nicht vorstellen. Er hatte nie mit Kindern zu tun gehabt, mit Ausnahme der Zeit, als er in einer Kleinstadt nahe Linz an einer Volksschule Fahrradprüfungen abgenommen hatte.

Manchmal kroch die Angst in ihm hoch, mit einem Kind würde alles zu Ende gehen, was er bisher genossen hatte. Die Freiheit, am Wochenende tun und lassen zu können, was er wollte, zu schlafen, so lange er wollte, auszugehen bis in den frühen Morgen. Manchmal beschlich ihn die Fantasie, dass nun eine Phase ununterbrochener Sorge anbrechen würde, Sorge um ein kleines, zerbrechliches Leben, das immer und unentwegt gefährdet sein würde und dessentwegen er nie mehr ruhig schlafen würde können. Anna, seine starke Anna, hatte ihn beruhigt. Sie liebte die Arbeit mit den Kindern. Wir werden das schon schaukeln, hatte sie immer wieder gesagt.

Mit diesem Tag ging die Zeit zu Ende, die sie zu zweit verbracht hatten. Sie kannten einander seit acht Jahren, Anna war damals erst achtzehn Jahre alt gewesen, ein Mädchen aus dem Nachbardorf. Stefan hatte sie bei einem Sommerfest kennengelernt. Beim Bestellen an der Bar war sie neben ihm gestanden. Sie roch gut und sie war hübsch. Er hatte sie angestarrt. Was schaust du mich so komisch an?, hatte sie gefragt. Du hast wunderschöne Augen, hatte er spontan gesagt. Das haut einen um. Sie hatte gelacht und sich eine Strähne aus dem Gesicht gestrichen. Er hatte sie auf ein Getränk eingeladen. So einfach war das gewesen. Später hatte er sie zum Tanzen aufgefordert, sie mit dem Moped nach Hause gebracht, eine Woche später waren sie in Rohrbach ins Kino gegangen. Anna hatte ihm niemals zum Vorwurf gemacht, dass ihr seine Eltern und Maria so reserviert gegenüberstanden. Sie hatte immer von einem selbständigen Leben in einem Einfamilienhaus geträumt. Auf einen fremden Hof zu ziehen und dort Bäuerin zu werden, kam für sie nicht infrage.

Ab der Höhe von Gerling zogen Nebelschwaden über die Hügellandschaft, noch immer herrschte dichter Kolonnenverkehr. Irgendwo überholte Stefan die Mühlkreisbahn, die wie immer auf diesem Abschnitt nur mit ein paar Schülern besetzt war.

Ich fahre meinem Kind entgegen, dachte Stefan. In ein paar Stunden werde ich es in meinen Händen halten. *Es*. Er hatte das Herz seines Kindes bereits einmal schlagen gesehen, bei einer Ultraschalluntersuchung, zu der er Anna begleitet hatte. Als die Ärztin gemeint hatte, dass sie jetzt das Geschlecht des Kindes erkennen könne, hatte er sich weggedreht. Anna war neugieriger gewesen und wusste bereits, ob sie einen Buben oder ein Mädchen gebären würde. Stefan bat sie, das Geheimnis für sich zu behalten. Er wollte sich überraschen lassen.

Ich fahre meinem Kind entgegen, dachte er unentwegt. Er spürte, wie ihn der Gedanke daran beflügelte. Dann fiel ihm ein, dass er sich vorgenommen hatte, am Geburtstag seines ersten Kindes einige Tageszeitungen zu kaufen, um ihm später zeigen zu können, was sich damals, also am heutigen Tag, ereignet hatte. Das Kind hatte sich aber offensichtlich entschieden, am Abend zur Welt zu kommen. Stefan würde sich beeilen müssen. Vielleicht hatte der Laden im Krankenhaus noch offen und es gab noch Zeitungen zu kaufen.

Der Regen prasselte heftig gegen die Scheibe. Stefan schaltete den Scheibenwischer eine Stufe höher. Auf der lang gezogenen Geraden auf einer Brücke kam ihm ein Lastwagen entgegen.

Plötzlich löste sich ein Fahrzeug direkt hinter dem Lkw und setzte zum Überholen an.

Stefan bremste und verriss den Wagen. Dann sah er einen hellen Blitz.

Um 17.41 Uhr ging in der Rotkreuzstelle in St. Martin ein Notruf eines Lkw-Fahrers ein, der einen schweren Unfall auf der Bundesstraße 127 in der Nähe von Neufelden meldete.

Um 17.56 Uhr traf eine Polizeistreife am Unfallort ein, um 17.59 Uhr ein Rettungswagen, um 18.03 Uhr der Notarzt.

Um 18.33 Uhr traf die Besatzung des Rotkreuzwagens mit dem verunglückten Lenker im Landeskrankenhaus Rohrbach ein. Der Verunglückte wurde sofort in einen Operationsraum gebracht.

Um 19.30 Uhr wurde der Kriminalbeamte Stefan Posch von einem Unfallchirurgen für tot erklärt.

Um 21.42 Uhr läuteten zwei Beamte an der Tür des Elternhauses von Stefan Posch und teilten ihnen den Tod ihres Sohnes mit.

Um 22.00 Uhr wurde der Leichnam des Verunglückten in die Pathologie des Krankenhauses gebracht.

Um 22.30 Uhr kam auf der Geburtsstation des Krankenhauses Rohrbach der erstgeborene Sohn Daniel der Mutter Anna Rebhandl zur Welt. Bei der Geburt waren eine Hebamme und Annas Schwester Franziska anwesend. Die Ärzte hatten der Mutter gesagt, dass ihr Mann dringend dienstverhindert war und aus diesem Grund nicht an der Geburt teilnehmen konnte.

Um 7.30 Uhr des folgenden Tages teilte der Primar der Geburtsabteilung im Beisein einer Notfallseelsorgerin der Mutter Anna Rebhandl mit, dass ihr Freund und Lebensgefährte am Vorabend an den Folgen eines Verkehrsunfalls verstorben war.

18
IVETA
WENN ICH MICH ANDERS ENTSCHIEDEN HÄTTE

Iveta servierte gerade am hintersten Tisch einen Espresso und einen Caffè Latte, als das Pärchen auf die Terrasse trat.

Unmittelbar vorher hatte sie drinnen an der Theke Streit mit Zuzana gehabt. Zuzana hatte die Gläser auf das Tablett gestellt und gefragt, was denn nun los sei mit dem Dienst am Samstag. Iveta hatte erst darüber sprechen wollen, wenn Marek vom Einkauf zurück war. Zuzana hatte von sich aus damit begonnen. Auf sie einzugehen, war ein Fehler gewesen.

Sie stritten sich häufig wegen der Wochenenddienste. Zuzana war Single, sie hatte keine Kinder. Von ihr war kein Verständnis zu erwarten. Iveta hatte Zuzana gebeten, den Dienst zu wechseln. Das war in letzter Zeit häufiger vorgekommen.

Richtig war, dass Iveta für den Samstag zum Dienst eingetragen war. Plötzlich waren mehrere Dinge zusammengekommen: Radek, der Trainer vom Hockeyklub, hatte erst am Donnerstag Abend angerufen wegen des Turniers der U-13 Mannschaft von Jakub in Tachov. Er brauchte jemanden von den Eltern als Begleitperson und hatte gedacht, dass vielleicht Pavel Zeit hätte, mitzufahren. Aber für dieses Wochenende hatte Pavel bereits einem Kumpel versprochen, ihm bei Reparaturarbeiten in einem der Ferienhäuschen am Lipno zu helfen. Also würde Iveta einspringen müssen: Brote streichen, anfeuern, Tränen trocknen.

Diese Verkettung von Umständen war Zuzana nicht in den paar Sekunden zu erklären gewesen, die Iveta bei ihr an der Theke stand und auf die Bestellung wartete. Ich kann leider doch nicht, hatte sie gesagt und ratlos mit den Schultern gezuckt. Daraufhin war Zuzana ausgerastet. Sozusagen ohne Anlauf. Das Lokal war leer, die Gäste saßen alle draußen auf der Terrasse. Wozu besprechen wir den Plan Wochen vorher, wenn du dich dann doch nicht daran hältst?, schnaubte sie.

Iveta spürte Zuzanas giftigen Blick in ihrem Rücken, ein Blick, der nicht danach schmeckte, dass sie einlenken würde. Sie würde Marek vorschlagen, zwei Abenddienste für die Kollegin während der Woche zu machen.

Das Paar kam aus Österreich. Mit den Jahren hatte Iveta ein Gespür für die unterschiedlichen Dialekte der Deutschen und Österreicher entwickelt. Die Deutschen sprachen exakter, deutlicher, das Österreichische klang weicher, runder, oft verstand sie aber gar nichts.

Das Paar, ein Mädchen, vielleicht knapp zwanzig Jahre alt, in einem zitronengelben kurzen Kleid und ihr Begleiter, kaum älter als das Mädchen, mit auffallenden Rastalocken und einer großen, unförmigen Mütze auf dem Kopf – Iveta wusste nicht, wie sich so ein Ding nannte –, ging zielstrebig auf den Tisch zu, der am nächsten zur Brücke stand. Der Tisch war frei und der junge Mann sagte: Das ist es. Hier war es.

Das verstand Iveta ganz genau. Sie servierte dem Paar am hintersten Tisch und kam dann auf das Pärchen zu, um die Bestellung aufzunehmen. Die beiden waren aufgeregt, das Mädchen hielt etwas in der Hand, das sie aufmerksam studierte, als Iveta näherkam, sah sie, dass es sich um ein Foto handelte. Noch bevor sie die Bestellung aufnehmen konnte, verwickelte sie der junge Mann in ein Gespräch.

Ob sie Deutsch spreche, fragte er in einem Hochdeutsch, dem anzumerken war, dass er sich bemühte, möglichst deutlich zu sprechen.

Iveta hatte in der Schule, knapp nach der Samtenen Revolution, ein paar Jahre Deutsch gelernt, der Unterricht war langweilig gewesen. Ihre leidlichen Deutschkenntnisse hatte sie erworben, seit sie als Kellnerin arbeitete und mit Gästen zu tun hatte.

Wir kommen aus Österreich, aus Wien, sagte der junge Mann, als wollte er sich für seinen ungestümen Auftritt entschuldigen. Sie ist aus Linz, eigentlich, sagte er und zeigte auf seine Begleiterin. Und das ist doch hier bei Ihnen, sagte er und legte ihr das Foto vor, das er in der Hand hielt. Jemand musste es vorher in Teile gerissen und wieder zusammengeklebt haben. Es zeigte das Café Dvě Vdovy, von der Brücke aus aufgenommen. Am unteren Bildrand ragte einer der Holzträger der Brücke ins Foto. Die Terrasse war voll besetzt. Am Gelb der Getränkekarten, die auf den Tischen standen, erkannte Iveta, dass es sich um eine Aufnahme handeln musste, die im Vorjahr aufgenommen worden war. Später hatte Marek die Karten auswechseln lassen.

Die beiden erklärten, was sich auf dem Foto befand. Das ist meine Mutter, sagte das Mädchen, und deutete auf eine Person am vordersten Tisch. Es war derselbe Tisch, an dem die beiden eben Platz genommen hatten.

An dem Tisch saßen, mit dem Rücken zur Kamera, eine Frau, ihr gegenüber ein Mann, der ihre Hand hielt.

Das ist meine Mutter, wiederholte das Mädchen und zeigte auf die Frau, und das hier, dieser Mann hier, sagte sie und sprach nicht weiter. Sie deutete auf ihren Begleiter, damit dieser weiter erklärte.

Wir suchen diesen Mann, wir wollten Sie fragen, ob Sie sich an ihn erinnern können. Es ist wichtig, sagte der junge Mann. Es ist vielleicht eineinhalb Jahre her. Haben Sie damals schon hier gearbeitet?

Iveta überlegte. Es fiel ihr schwer, Deutsch zu sprechen. Ich arbeite dreimal pro Woche, drei Tage bin ich da, sagte sie. Sonst frage ich meine Kollegin Zuzana, ist in Küche. Meglich, dass Zuzana erinnert. Mann war ja da, ist ja klar, sieht man, sagte Iveta und grinste. Die beiden jungen Menschen grinsten freundlich zurück.

Es ist sehr wichtig für uns, sagte der junge Mann. Die junge

Frau wirkte nervös. Es ist möglich, dass dieser Mann mein Papa ist, sagte sie. Verstehen Sie? Mein Vater.

Ihre Vater?, fragte Iveta zurück. Sie verstand das Mädchen nicht.

Das Mädchen hob beschwichtigend die Hände. Das klingt alles sehr kompliziert, sagte sie. Der Mann wohnt nicht bei Mama. Ich kenne ihn nicht, sagte das Mädchen. Ich suche ihn. Vielleicht ist er mein Papa. Wahrscheinlich ist er mein Papa. Deswegen ist es wichtig.

Das Mädchen zeigte ihr ein zweites Foto, ein Porträtfoto des Mannes, der mit dieser *Mama* damals hier am Tisch gesessen war. Auch dieses Foto war eine Kopie, die jemand auf ein Blatt aufgeklebt hatte. Man konnte die Kleberänder erkennen. Auf dem Foto war ein Mann mit brünetten Haaren zu sehen, etwa Mitte vierzig, Brillenträger, ein unauffälliger Typ mit dichten Augenbrauen.

Das Kaffeehaus hatte beinahe sechs Monate im Jahr Terrassenbetrieb. An den Tischen saßen pro Jahr Tausende Gäste. Iveta schüttelte den Kopf. Tut mir leid, sagte sie, frage ich Zuzana, ich arbeite nur drei Tage in Woche hier.

Wenig später, als sie die Getränke servierte, stand sie mit Zuzana bei den jungen Leuten am Tisch und schaute noch einmal die Fotos durch.

Wer kann sich daran schon erinnern?, sagte Zuzana zu Iveta und schüttelte den Kopf. Wer soll das denn sein?

Sie suchen den Vater des Mädchens, sagte Iveta.

Sollen sie ihn doch googeln, sagte Zuzana.

Sie sprachen tschechisch miteinander. Die jungen Leute schauten sie erwartungsvoll an.

Wer hat bei uns gearbeitet damals?, fragte Zuzana. Katarina, Lenka. Die sind doch heute irgendwo.

Kann sie sich an den Mann erinnern?, fragte der Junge auf Deutsch und sah Iveta an.

Sorry, sagte Iveta.

Was hat sie gesagt?, fragte das Mädchen. Googeln?

Zuzana ging zurück ins Lokal.

Müssen andere Weg suchen, sagte Iveta. Googeln, meint Kollega.

Was glauben Sie, wie viel wir schon gegoogelt haben, sagte der junge Mann. Deswegen sind wir da. Deswegen haben wir diesen Platz hier gefunden.

Die beiden wirkten enttäuscht.

Sorry, sagte Iveta. Muss arbeiten.

Zwischen Schule und Nachmittagstraining saß Adam, ihr Großer, an seinem Platz am Küchentisch, vor sich einen Riesenteller Halušky mit Speck und schaufelte mit Appetit in sich hinein. Normalerweise sprach er nicht viel: Lass mich essen, sagte er für gewöhnlich, wenn sie ihn fragte, wie es in der Schule gewesen war. Heute erzählte er freiwillig. Vor dem Schulgebäude war es zu einer Keilerei zwischen einem Jugendlichen aus der Siedlung Domoradice und Zdeněk aus der siebten Klasse gekommen. Zdeněk wohnte gemeinsam mit seiner Mutter im ersten Stock des Hauses. Ist wieder ausgezuckt, sagte Adam trocken. Der kanns nicht lassen. Hat den Jungen provoziert, was weiß ich, sagte Adam. Gypsies, geht arbeiten oder so ähnlich. Milan heißt der, sagte Adam. Geht in die Parallelklasse. Das wars dann wohl für Zdeněk am Gym. Ist doch vergangenes Jahr bereits verwarnt worden.

Iveta erinnerte sich an Gerüchte, dass Zdeněks Bruder, der irgendwo im Norden lebte, Mitglied der DS war, der rechtsextremen Partei. Du mischst dich da bloß nicht ein, sagte sie. Sonst erlebst du was.

Ich habs nur vom Fenster aus gesehen. Da haben sich andere eingemischt. Und die Schlägerei ging los. Mehrere blutige Nasen. Dann kam der Direktor. Kannst du dir ja vorstellen, sagte Adam.

Du gehst diesem Zdeněk aus dem Weg, sagte Iveta.

Für wen hältst du mich?, sagte Adam, der inzwischen die Zeitung las und auf der Sportseite gelandet war. Am Sonntag spielte HC České Budějovice zu Hause gegen Sparta Prag und Adam wollte mit seinen Freunden vom Verein hinfahren.

Sie hörten, wie im Flur eine Tür anschlug. Jakub, der Jüngere, war von der Schule nach Hause gekommen. Sie hörten, wie er die Schultasche fallen ließ. Unmittelbar darauf trat er gegen den Lederball, der irgendwo da draußen zwischen Schuhen und Taschen herumlag. Sie hörten das Ploppen des Balles und wie die Kugel laut gegen eine Tür prellte. Iveta kam zu spät, um Jakub zu warnen.

Gleich brüllte Pavel los, der im Schlafzimmer lag. Ob man denn verdammt noch mal nicht in Ruhe schlafen könne.

Adam sah seine Mutter an und machte eine Kopfbewegung in Richtung Schlafzimmer.

Er liegt noch immer, sagte Iveta.

Adam seufzte. Es ist vier Uhr, sagte er.

So ist das, sagte sie.

Lieber Tomáš,

gestern habe ich Dich im Radio mit dem Reicha-Konzert gehört. Gratuliere! Du warst großartig! Deine Musik berührt mich und hat mich traurig und glücklich gemacht.

Ich freue mich für Dich, Deinen Erfolg und Deine Karriere und ich bin doch traurig. Nicht wegen Dir. Du weißt das.

Es ist wie immer. Ich weiß nicht, ob ich diesen Brief absenden werde. Ob Du verstehen könntest, was in mir vorgeht. Wie oft ich an Dich denke.

Ich weiß, wie flüchtig Gefühle sind. Gefühle kommen heftig, sind da, und sie fliehen. Wir können sie nicht festhalten. Und die da sagen, Gefühle sind nichts als Botenstoffe, die durch unseren Körper, unser Gehirn fließen, reine Chemie: Ich weigere mich, ihnen zu glauben.

Warum aber lösen meine Gedanken an Dich diese heftigen Gefühle aus? Oder sind die Gefühle zuerst da, die meine Gedanken an Dich auslösen? Ich schreibe Unsinn, vergiss das.

Es vergeht kaum ein Tag, an dem ich nicht an Dich denke. An uns. An mich.

Die Arbeit fordert mich, die Kinder. Die Jungs verbringen so viel Zeit mit ihrem Hockey, da ist ein Training, dann ein Spiel, dann schon wieder ein Trainingslager. Krystina hat viel Freude mit der Flöte. Elena, ihre Lehrerin, ich glaube, Du kennst sie, sagt, dass sie begabt ist. Ich hoffe sehr, dass ich sie einmal an den Punkt gebracht, den ich selber nicht geschafft habe.

Daran denke ich oft. Was gewesen wäre, wenn ich mit Dir nach Prag gegangen wäre. Wenn ich mich anders entschieden hätte. Nicht dafür, hierzubleiben. In diesem Kaff. In diesem Museum. In dieser Weltkulturerbeprovinz!

Ich weiß, ich fange an zu jammern. Dafür könnte ich mich hassen. Wenn ich das tue, habe ich begonnen mich aufzugeben. Das möchte ich nicht.

Ich möchte leben, Tomáš. Ich wünsche Dir, dass Du lebst, dass Du Deine Träume verwirklichen kannst. Aber ich möchte es auch. Es ist nicht der Neid, der mich das wünschen lässt. Ich weiß, dass es auch mir zusteht, zu leben.

Wir leben nur einmal. Und das ist jetzt.

Meine Gefühle zu Pavel sind abgestorben. Alles tot. Ich kann mir dauernd sagen lassen, was alles nicht genügt. Ich spüre ihn nicht mehr. Ich sitze am Ufer, er schwimmt im Alkohol, das Trinken schwemmt ihn von mir weg. Seit er bei der Polizei entlassen wurde, verschwendet er seine Zeit und lässt seine Talente ungenützt. Jobbt mal da, mal dort. Er mag sich selber nicht. Ich glaube, er spürt sich gar nicht mehr. Er tut sich selber nur leid.

Seit wir mit der Psychologin geredet haben, schlägt er mich nicht mehr. Das ist aber schon alles. Sein Sarkasmus, die Art, alles zynisch abzutun, verletzen mich. Und die Kinder tun mir leid, die uns ständig streiten hören.

Wie fremd wird sich das für Dich anhören in Deinem Künstlerleben.

Manchmal wünsche ich mir den einen Knopf, den Schalter, den ich nur zu drücken brauchte und ich könnte noch einmal von vorn beginnen. Ich bin zu früh in die Geleise meines Lebens gedrängt worden. Diese Spur habe ich nie mehr verlassen können.

Das Träumen ist mir geblieben. Und die Kinder. Sie halten mich. Ich wäre nicht unverfroren. Manchmal wünsche ich mir, Du wärest bei mir und wir säßen irgendwo an der Moldau, wie damals, als wir jung waren, erinnerst Du Dich? Ich könnte meinen Kopf an Deine Schulter lehnen und Dich spüren.

Lieber Tomáš, ich weiß, wie dumm es von mir ist, immer noch an Dir zu hängen. Nach so vielen Jahren.

Du bist gegangen. Ich bin geblieben. Es ist, wie es ist.

Es tut mir gut, aufzuschreiben, wie es mir geht.

Ich wünsche Dir das Beste, es möge Dir gut gehen.

Ich umarme dich,

Iveta

Sie stand in der Tür, die auf die Terrasse führte und überschaute die Tische, von denen vier besetzt waren. Das Paar aus Deutschland, offenbar zwei Intellektuelle, saß an dem Tisch, das der Brücke am nächsten stand.

Die beiden hatten sich über die Smetana-Büste mit der roten Brille belustigt, der Mann hatte das Notenblatt, das über der Büste hing, ausführlich betrachtet. Wahrscheinlich konnte er Klavier spielen. Als sie bestellten, hatten sie Iveta nach der Bedeutung des Lokalnamens gefragt. Das machten die Deutschen oft. Sie wollten immer alles ganz genau wissen. Marek hatte den Namen für sein Café direkt an der Moldau geschickt gewählt. Eine Prise Kultur, eine Prise Lokalkolorit, auch wenn Smetana nicht wie Schiele in Krumau gelebt hatte. Touristen liebten das. Die Oper *Zwei Witwen* kannte außerhalb Tschechiens kaum jemand. Auch das Paar aus Deutschland hatte davon noch nie gehört.

Die beiden hatten Kaffee bestellt und sprachen angeregt miteinander. Irgendwann schlug das Gespräch in einen Streit um, die beiden begannen heftig zu gestikulieren. Plötzlich schlug die Frau ihre Beine energisch übereinander und drehte sich von ihrem

Partner weg. Erst hatte Iveta vermutet, dass die beiden miteinander verheiratet waren, sie wusste nicht genau, warum, jetzt dachte sie, dass es sich eher um ein Liebespaar handelte. Der Mann war etliche Jahre älter als seine Begleiterin. Iveta sah, wie die Frau zu ihr herüberschaute; vielleicht fühlte sie sich in ihrem Ärger beobachtet. Iveta ging zu einem anderen Tisch, räumte leeres Geschirr weg und brachte es in die Küche.

Als sie wieder in der Tür stand, eskalierte der Streit. Die beiden sprachen jetzt sehr laut miteinander, der Mann wischte mit einer wütenden Geste über das Tischtuch, die Frau drehte den Kopf von ihm weg und blickte trotzig auf den Fluss. Plötzlich sprang sie auf und griff nach ihrer Handtasche. Sie war wütend, oder gekränkt und schüttelte erregt den Kopf, während sie auf den Mann einredete. Der stand sich auf und schaute seine Begleiterin verblüfft an.

Dann rauschte die Frau auch schon an Iveta vorbei. Er zahlt, sagte sie und verschwand, ohne zu grüßen.

Iveta ging an den Tisch. Der Mann wirkte zerknirscht und etwas verlegen. Er hatte wohl mitbekommen, dass Iveta den Streit verfolgte hatte. Die Frauen, sagte er verbindlich und versuchte zu lächeln. Sein Trinkgeld war großzügig, vielleicht hatte er es auch aus schlechtem Gewissen gegeben. Es konnte ihr egal sein.

Als der Mann das Café verlassen hatte und Iveta den Tisch abräumte, fiel ihr die rote Mappe auf, die auf dem Stuhl daneben lag und die das Paar offenbar vergessen hatte.

Eine rote Mappe aus Pappendeckel, abgegriffen, an den Kanten eingerissen. Iveta schlug sie auf; darin befanden sich Zeitungsausschnitte in deutscher Sprache, auf einem Blatt ein Schwarz-Weiß-Foto mit einem Kind, oben auf einer Seite die Jahreszahl 1965. Dann bemerkte Iveta das Foto eines Mannes: ein Mann um die vierzig, Brillenträger, mit dichten Augenbrauen. Iveta erkannte den Typ sofort: Es war derselbe, nach dem die beiden jungen Leute aus Österreich vor ein paar Tagen gefragt hatten. Der Mann auf dem Foto war nicht der Mann, der sich soeben mit seiner Begleiterin gestritten hatte.

Iveta schlug die Mappe zu und lief durch das Lokal, die Treppe hinauf auf die Straße, auf der man links in die Stadt und gleich rechts hinauf zum Schloss kam. Sie bemerkte die beiden auf der Nepomukbrücke. Die Frau ging dem Mann voraus, dieser folgte ihr mit großen Schritten. Die Straße war jetzt voll mit Touristen. *Promiňte*, rief Iveta dem Mann nach, ehe ihr klar wurde, dass der Mann wahrscheinlich kein Tschechisch verstand. *Sorry,* rief sie, so laut sie konnte. Da drehte er sich um bemerkte sie. Sie winkte mit der Mappe. Nach wenigen Schritten war Iveta bei ihm. Sie haben vergessen, sagte sie atemlos und drückte ihm die Mappe in die Hand. *Thank you very much,* sagte der Mann und lächelte ihr zu. Die Frauen, sagte er und deutete in Richtung seiner Begleiterin, die sich eben in diesem Augenblick nach ihnen umdrehte. Der Mann hielt die Mappe hoch und ging langsam auf die Frau zu.

Iveta sah ihnen nach, wie sie in der Radniční verschwanden.

Sie traf sich mit David vor dem Abenddienst im Kaffeehaus des Hotels. Marina, Davids Exfrau, hatte sie angerufen. Es ging um die gemeinsamen Kinder. Sie wollten, wie die Jahre zuvor auch, in den Sommerferien eine Woche in Krumau verbringen. Die Frage war, wo sie wohnen würden. Die Kinder hatten ihrem Vater geschrieben, er hatte aber, wie üblich, noch nicht geantwortet. Seit Marina und David getrennt lebten, fungierte Iveta als Vermittlerin, wenn es Probleme gab. David und Marina hatten am Stadtrand miteinander ein Haus gebaut.

Iveta sah, wie David sich wand. Noch könne er nicht sagen, ob er sich in der besagten Woche für die Kinder würde freischaufeln können. Immerhin war da Hochsaison.

Außerdem gab es ein Gerücht, dass er wieder eine Freundin hatte. Iveta hatte beschlossen, ihren Bruder nicht danach zu fragen.

Ich werde mir überlegen, wie wir das am besten machen, sagte David. Wenn ich mir freinehme und mit den Kindern campen fahre, könnte ja auch einer von deinen Jungs mitkommen. So wie im Vorjahr.

Dann wechselte er das Thema. Im Hotel war eine Stelle frei geworden, die vielleicht für Iveta interessant war. Allerdings ging es um eine volle Arbeitsstelle, vierzig Stunden pro Woche.

Natürlich ist das was für mich, sagte Iveta. Aber wie soll ich das mit den Kids hinkriegen?

Pavel ist doch arbeitslos, sagte David.

Du weißt, was mit ihm los ist, sagte Iveta.

Es ist dein Leben, sagte David und öffnete seine Handflächen.

Wir haben einmal vereinbart, uns in das Leben des anderen nicht einzumischen, sagte Iveta.

Tu ich ja nicht, sagte David. Ist ein Angebot. Überlegs dir.

Wenns so leicht ginge, sagte Iveta. Sie dachte an Zuzana. Die würde ihr nicht fehlen. Sie dachte an Marek. Sie hatte das Gefühl, ihn im Stich zu lassen, wenn sie jetzt kündigte.

Danke für den Kaffee, sagte sie und stand auf.

Tomáš hat eine Neue, sagte David. Eine Musikerin. Gleich und gleich gesellt sich gern. Ich weiß gar nicht, ob dich das interessiert.

Iveta spürte, dass sie rot anlief.

Jeder kann machen, was er will, sagte sie.

Kurz vor der Nepomukbrücke nahm sie den Brief aus ihrer Handtasche. Sie hatte ihn tagelang mit sich herumgetragen. Sie spürte das Ziehen im Bauch wieder, das sie seit Tagen begleitet hatte. Naiver Trampel, schalt sie sich innerlich. Sie zerriss den Brief und warf ihn bei der Brücke in einen Abfallkorb.

19
MITTERBACH
NICHTS, WAS ES NICHT GIBT

Ich liege auf dem Bett, wenn du es so genau wissen willst, sagte Mitterbach. Vorher habe ich Lachs auf Toast gegessen, dann habe ich überlegt, ob ich eine Runde laufen gehen soll. Das habe ich gelassen, bei uns regnet es. Also aufs Bett geflätzt, ein wenig Zeitung gelesen, mein tägliches Sudoku gelöst. Wahrscheinlich hätte ich wohl geschlafen, wenn du nicht angerufen hättest.

Und jetzt höre ich deine Stimme und bekomme Fernweh, verstehst du. Du in Swinging Amsterdam und ich noch fast sieben Wochen hier mit Arbeit eingedeckt, ich habe heute gerade im Kalender nachgesehen. Du quasi am Hintern des Planeten, darf ich doch sagen, oder? Nicht am Arsch, habe ich nicht gesagt. Und ich? Ich jammere nur, meinst du?

Mir hilft nur die gute, alte Suggestion. Das positive Mir-etwas-Vormachen. Ich bin dort, wo die Welt ist, rede ich mir ein. Wo wenigstens meine kleine Welt ist. Keine Ahnung, woher diese Formulierung stammt: kleine Welt. Das heißt auch, dass es eine große gibt. Wo ich natürlich nicht bin.

Du hast recht, junger Mann. Ich sollte mich nicht beklagen. Genau. So rede ich ja auch, wenn es mir gut geht. Ich sitze da und die Welt kommt zu mir. So schauts nämlich aus. Ein Luxusleben führe ich. Ich brauche morgens nur in mein Kabäuschen hinunterzugehen und schon bekomme ich auf dem Tablett serviert, was der Fall ist – täglich, sechs bis acht Stunden lang. Die kleine Linzer Welt. Die Linzer Kleinwelt. Die sich wahrscheinlich auch nicht anders anfühlt als die Paderborner oder die Luzerner oder die kleine Welt von Luton oder von Bratislava oder was weiß ich. Von Amsterdam rede ich nicht. Das ist eine andere Nummer.

Wenn es mir gut geht. Meine ich ja. Dann kann ich mich nicht beklagen. Kommt ja alles bei mir zur Tür herein. Täglich Drama, täglich Tragödie, Komödie sowieso. Weltliteratur sozusagen. Ich müsste bloß mitschreiben. Bräuchte nur meinen Part wegzulassen. Ich bin ja der Geschichteneinkocher. Ich nivelliere. Ich beruhige. Ich hole runter. Gefühlsdampfgarer. Gefühlsverkocher. Ich, der Gefühlsdoktor. Ich lege ein Ventil an und der Gefühlsdampf entweicht. Zisch und der Druck ist raus. Das ist meine Aufgabe. Dafür gibt's natürlich keinen Nobelpreis. Damit verdiene ich mein Brot. Ich bin der Ressourcenklempner, der Quellenanbohrer, der Hebammer. Gibts das Wort überhaupt? Der Hebammer bohrt an, richtet auf, tröstet, putzt Nasen, drainagiert Gedankengänge, legt verstopfte Denkkanäle frei. Kannst dir ja vorstellen, dass ich mir da nicht auch noch abends in einem Lokal eine fremde Lebensgeschichte reinziehen möchte. Die Fortgehfrequenz wird geringer. Ich spüre die Jahre. Du nimmst mich nicht ernst. Ich meine es so, wie ich es sage.

Ich spüre, dass ich älter werde. Der Jagdtrieb lässt nach. Zumindest während des Arbeitsjahrs. Ehrlich, mich abends vor den Kasten zu legen und Champions League zu schauen, das hätte ich mir vor zehn Jahren nicht vorstellen können. Jetzt beobachte ich mich dabei, wie ich von Zeit zu Zeit den Auszug meiner Sozialversicherung studiere, auf dem verzeichnet ist, wie viel mir noch bis zur Pension fehlt. Es sind noch einige Jährchen, beruhige ich mich. Aber ich habe mich schon beim Zählen ertappt.

Einen Schwank aus meinem Leben, fragst du? Wenn du noch Zeit hast, gern. Einen habe ich tatsächlich. Hat sich erst vor wenigen Tagen abgespielt.

Du bist weit genug weg von hier, du kennst die Leute nicht, damit ist der Verschwiegenheit Genüge getan.

Ich weiß gar nicht, wo ich anfangen soll. Die Sache hat mich übrigens an *Blow-Up* von Antonioni erinnert. Erklär ich dir später.

Vor ein paar Wochen meldet sich eine Klientin um die Mittagszeit bei meiner Sekretärin. Eigentlich wollte ich was essen gehen, ein Klient hatte kurzfristig abgesagt. Die Frau hat also Glück, dass sie gleich drankommt. Ist zwar untypisch bei mir, dass quasi Laufkundschaft hereinschneit, aber das kommt vor. Vor allem bei einem Erstgespräch. Ich bitte die Frau also herein – so der Typ Geschäftsfrau war das, Blazer, Hose, gepflegtes Äußeres, durchaus attraktive Erscheinung. Aufs Erste eher resolut. Das Erste, was sie mich fragt, ist, ob sie anonym bleiben kann. Sage ich, na ja, wenn Sie bar bezahlen, habe ich nichts dagegen. Ich erkläre ihr, dass alles, was hier bei mir besprochen wird, der Verschwiegenheitspflicht unterliegt. Das war ihr nicht genug. Nein, sie wollte partout anonym bleiben.

Ich frage die Frau, ob ich sie mit einem anderen Namen anreden darf, sie schüttelt nur den Kopf. Und dann stelle ich eine Frage zur Anamnese und schon schießt sie los. Akuter Problemüberschuss. Alles würde ihr zu viel. Zu viele Baustellen auf einmal. Und gleich fließen die Tränen und die Frau ist nicht zu halten. Sie kann sich vor Schluchzen kaum verständlich machen, es dauert ein paar Minuten, bis sie sich wieder gefangen hat. Bist du noch da?

Soll ich weiter erzählen? Du sagst, wenns dir reicht, okay?

Und sie erzählt mir ihre Geschichte, oder den Teil davon, den sie eben loswerden will. Die Frau hat eine Tochter, die, aus welchem Grund auch immer, vor Kurzem herausgefunden hat, dass ihr rechtlicher Vater nicht ihr biologischer ist. Irgendwie hatte das Mädchen eine Ahnung gehabt – das haben ja viele irgendwann einmal – und einen Vaterschaftstest machen lassen; ohne Zustimmung geht das bei uns nicht, dafür aber bei euch in Holland. Siehst du, lernst auch du was dazu.

Und jetzt setzt die Tochter die Mutter unter Druck. Sie möchte ihren leiblichen Vater kennenlernen. Der sitzt gut verheiratet in Salzburg und hat offenbar keine Ahnung, dass er in einer unruhigen, studentischen Nacht vor über zwanzig Jahren ein Kind gezeugt hat. Und die ebenfalls resolute Tochter stellt der Mutter ein Ultimatum. Wenn sie binnen dreier Wochen nichts über ihren leiblichen Vater erfährt, informiert sie den rechtlichen. Der seinerseits nichts weiß davon, dass er ein Kuckuckskind aufgezogen hat.

So weit alles klar? Und im Prinzip alles zu kommunizieren, wirst du meinen. Aber meine Klientin möchte auf keinen Fall, dass ihr Mann von der Sache erfährt. Sie hat Angst. Sie flippt fast aus. Die Tochter wolle die Familie zerstören und dann sei alles aus und so weiter.

Als ich die Frau frage, was sie sich von mir erwarte, sagt sie einen Moment gar nichts. Ich möchte gar nichts davon hören, sagt sie. Ich möchte, dass das alles nicht wahr ist, sagt sie. Klassische Verdrängungsstrategie. Klassische Fassadenfamilie.

Erst jetzt erfahre ich, warum das Aufdecken ihres Geheimnisses in ihren Augen eine Katastrophe auslösen würde. Das Mädchen ist das einzige Kind des Ehepaares, der gehütete Augapfel des vermeintlichen Vaters. Außerdem befindet sich der Vater, also der Mann dieser Frau, auch noch in einer sehr prominenten gesellschaftlichen Position, was er genau macht, erzählt mir die Frau nicht. Und obendrein habe ihr Mann gerade eine kurze Affäre hinter sich gebracht und sie ihr gebeichtet. Und sie habe ihm generös verziehen. Und jetzt soll sie ihm gestehen, dass sie ihm die vielen Jahre über ein Kind untergeschoben hat. Das kann sie nicht, sagt meine Klientin.

Damit nicht genug. Es gebe noch eine Geschichte, sagt sie. Auch sie habe eine Affäre gehabt. Vor etwa eineinhalb Jahren habe sich ein Jugendfreund bei ihr gemeldet, den sie getroffen habe und mit dem wohl was war. So weit, so gut. Plötzlich wird dieser Mann erschossen. Und sie erhält Post von einem Unbekannten, der sie mit kompromittierenden Fotos erpresst. Schräge Geschichte, oder? Ich sitze also da, höre zu, beobachte, wie diese Erzählung aus der Frau herausstürzt und überlege mir, was ich davon glauben soll, als die Frau noch einmal nachlegt. Sie wird hoch emotional, bricht wieder in Tränen aus und stammelt den Satz, dass ihr dann *noch ein Unglück* passiert sei. Da war was mit dem Erpresser, einem Privatdetektiv, wenn ich die Geschichte richtig verstanden habe. Anstatt zur Polizei zu gehen, hat sie sich mit dem getroffen und dann sei es zum Unglück gekommen. *Unglück*, sagte sie. Und plötzlich springt sie auf, packt ihre Handtasche, schreit *ich kann nicht mehr* und läuft aus meiner Praxis und ist auf und davon. So schnell konnte ich gar nicht reagieren, war die auch schon weg. Ich gehe zum Fenster und sehe noch, wie sie in Richtung Dom verschwindet.

Mir kommt viel unter, aber so was passiert mir auch nicht jeden Tag. Da bleibt einem ohnehin nichts anderes übrig, als die Sache abzuhaken. Klientin will anonym bleiben und bricht Kontakt beim Erstgespräch gleich wieder ab.

Aber jetzt kommts. Jetzt folgt meine Geschichte. Besser, diese Geschichte hat noch eine Fortsetzung. Oder hast du schon genug?

Was machst du jetzt gerade? Auf dem Balkon, in der Sonne? Schaust du hinunter in dein Gässchen? Du hasts gut, fang doch ein paar Strahlen für mich auf.

Und, ehrlich gesagt, die Geschichte, so schräg sie war, ich hatte sie fast wieder vergessen. Aber diese Woche. Lass es mich so erzählen. Du weißt, es gibt bei uns diesen Sozialverein, *Helfende Hände*, genau, bei dem ich seit zwei Jahren Obmann bin. Wir haben nicht die Unmenge Kohle, aber doch so viel, dass wir jedes Jahr eine stattliche Anzahl von Projekten und Menschen unterstützen können. Vor Kurzem gabs da einen tragischen Fall mit einer jungen Familie: die Frau, besser, die Freundin, hochschwanger, ihr Freund Polizist. Beide aus einem Mühlviertler Nest, er pendelt täglich nach Linz, ein Eigenheim im Grünen entsteht, natürlich alles nur mit einem Mordskredit möglich, und am Tag der Geburt des Kindes verunglückt der Vater auf der Fahrt ins Krankenhaus tödlich. Stand bei uns in allen Zeitungen, tragische Sache. Die junge Frau praktisch mittellos, steht nun mit dem Neugeborenen und den Schulden da. Der Fall kommt bei uns auf den Tisch, im Vorstand sind wir uns sofort einig, die Frau wird unterstützt, ist ja sowieso nur ein Tropfen auf den heißen Stein.

Wir nehmen also Kontakt auf mit der Frau und kurze Zeit

später meldet sich die Polizeidirektion bei uns: Die beteiligen sich auch mit dem Erlös einer Tombola und unterstützen die Familie des verunglückten Kollegen. Die junge Frau freut sich und es ergibt sich, dass die Übergabe der Schecks bei einer kleinen Feier anschließend an die Taufe des Kindes stattfinden soll. Und ich werde als Obmann dazu eingeladen. Ich gehe also hin zu dieser Taufe, die wegen der anschließenden Feier in Linz stattfindet, und da sind schon die Familien des Polizisten und der jungen Mutter versammelt, alles Leute vom Land, ziemliche Trachtenverdichtung, ich denke mir, Augen zu und durch, du kennst mich eh, und dann sind die Leute auch noch ziemlich fromm, da war so ein mittelalterlicher Pfarrer, oder Kaplan war der, ich denke mir noch, der kommt mir irgendwie bekannt vor, vielleicht aus dem *Chic* damals, ich weiß nicht, ob du dich erinnerst, da gab es mal so einen auffälligen Kellner, ganz ein junger, blonder, fesch war der, und ich weiß nicht, ob ich den nicht einmal mit diesem Kaplan gesehen habe, wurscht. Also die Taufe läuft ab, und das Besondere dran war, dass die Patenschaft ein Politiker übernommen hat, weil der Tote ja ein Beamter war. Der Name des Politikers tut hier nichts zur Sache, aber mir war er natürlich ein Begriff. Einerseits, weil er ja gelegentlich in der Zeitung steht, ein Sozialdemokrat ist der, und speziell, weil sein Name vor Kurzem auch in meiner Praxis einmal gefallen ist bei einer Supervision mit dem Leitungsteam eines Sozialvereins, die erzählt hatten, dass sie eine Mitarbeiterin, eine Altenpflegerin, kündigen mussten, weil diese die Dienstvorschriften verletzt hatte. Und diese Pflegerin hatte ausgerechnet den Schwiegervater dieses Politikers gepflegt, woraufhin jemand Druck machte wegen der Kündigung. Du kennst dich noch aus? Die Leute von dem Verein saßen also bei mir und berieten, ob sie auch alles richtig gemacht hatten und ob die Kündigung halten würde, ich weiß, ich schweife ab, aber du merkst, das ist die Welt, die bei mir zusammenläuft. Ich war also bei der Taufe und der Politiker war der Taufpate und nachher machen wir vor der Kirche ein Foto, und da sind drauf die junge Frau mit dem Kind, ein führender Offizier von der Polizei in Uniform, der Politiker, der Kaplan und ich. Und in dem Moment, in dem es heißt, bitte in die Kamera schauen, entdecke ich in meiner Blickrichtung hinter dem Fotografen eine Frau und augenblicklich weiß ich, wer das ist: die Frau mit dem Kuckuckskind, die aus meiner Praxis weggelaufen ist. Und wie ich mich noch frage, was denn diese Frau bei dieser Taufe zu suchen hat, bemerke ich, dass sie mich bemerkt und ebenfalls erkennt. Und im nächsten Moment zischt die Frau ab und ist weg. Und was passiert? Neben mir steht der Politiker und schreit seiner Frau nach, Katharina, so warte doch auf mich!, schreit er und läuft ihr hinterdrein. Später, beim Essen im Gasthaus sitzt er allein am Tisch, mir gegenüber, und entschuldigt sich, seine Frau habe leider gleich wegmüssen und so weiter.

So ist das, junger Freund. Und ich sitze da mit dieser Geschichte. Und die Tauffeier verläuft in beinahe gelöster Stimmung und die junge Mutter kann sogar wieder ein bisschen lachen und das Kind lächelt die Gäste freundlich an und ich gehe nach Hause und kanns nicht lassen. Mir fällt wieder ein, was mir die Frau alles erzählt hat, und was macht man heute: Man googelt, du sagst es. Und ich gebe ein *Linz + Privatdetektiv + Unglück* und finde tatsächlich einige Meldungen über einen Privatdetektiv, der vor eineinhalb Jahren an der tschechischen Grenze erschossen worden ist und einige weitere Meldungen über ein paar Festnahmen und darüber, dass der Mörder dieses Mannes noch immer nicht ausgeforscht werden konnte.

Da bin ich schon da gesessen und habe mir diese abstrusen Geschichten noch einmal durch den Kopf gehen lassen und zwei und zwei zusammengezählt und bin zu dem Schluss gekommen, dass mir möglicherweise eine Mörderin gegenübergesessen ist, die jetzt eine Menge Probleme mit sich herumträgt. Und, ehrlich gesagt, ich habe an diesem Abend tatsächlich das Psychotherapiegesetz aus dem Regal gezogen und mich schlau gemacht, wie es sich in diesem Fall wohl mit meiner Verschwiegenheitspflicht oder mit einem rechtfertigenden Notstand verhält, oder ob ich nicht sogar verpflichtet wäre, die Sache anzuzeigen. Und, du wirst lachen, ich habe im Gesetz lediglich den Passus gefunden, dass ich zu einer Anzeige verpflichtet wäre, wenn eine unmittelbar bevorstehende und für mich erkennbare Straftat vorläge. Und, Hobbyjurist der ich bin, folgere ich: Die Straftat, wenn denn diese Klientin eine begangen hat, was ich natürlich nicht sicher weiß, steht nicht bevor, sondern hat sich, wenn überhaupt, bereits vor eineinhalb Jahren zugetragen. Ergo gibt es nichts anzuzeigen. Ergo habe ich mein Maul zu halten und meine Theorien und Fantasien für mich zu behalten. Respektive höchstens dir in den holländischen Äther hinauszublasen, wo sie hoffentlich bald wieder verpuffen werden.

Was das mit *Blow-Up* zu tun hat? Den Film habe ich vor Kurzem wieder einmal im Fernsehen gesehen. Antonioni hatte den Mitte der sechziger Jahre nach einem Drehbuch von Julio Cortázar gedreht. Und Herbie Hancock hat die Musik dazu geschrieben. Weiß ja heute kaum einer mehr. Ein Fotograf kommt per Zufall einem Mord auf die Spur. Aber die Frau, die etwas darüber wüsste, entwischt ihm. Ob der Mord tatsächlich geschehen ist, erfährt man gar nicht.

Du erinnerst dich nicht mehr an den Film? Bist ja auch einige Jahre jünger. Es gab da auch ein Konzert mit den Yardbirds. Jeff Beck zertrümmert auf der Bühne seine Gitarre. Na, dann hast du ihn auch nicht gesehen.

Ich erinnerte mich spontan an den Streifen. Ich weiß etwas, ich halte ein paar Teile eines Puzzles in der Hand, aber ich kenne nicht die ganze Geschichte. Ich sehe nur Bruchstücke. Ich habe keinen Überblick. Und: Mein Wissen ist wertlos. Ich muss es sogar für mich behalten. Aus Berufsethos. Du bist natürlich eine Ausnahme. Du bist mein Ventil.

Steile Geschichte, oder? Die vermutlich nur zeigt, was der Fall ist. Wir wissen mehr voneinander, als wir meinen. Von unseren Geschichten, unseren Geheimnissen. Und wissen doch nichts.

Von den feinen Verzahnungen, die unser aller Leben verbinden. Dass uns manchmal mehr verbindet, als wir für möglich halten.

Du wolltest einen Schwank aus meinem Leben hören. Das war er. Es gibt nichts, was es nicht gibt. Und manchmal stimmt sogar, was wir ahnen.

Und weißt du, was ich seltsam finde? Dass ich die Frau, die da bei mir war, irgendwie beneide. Wenn ich ehrlich bin. Klingt wahrscheinlich ein wenig verrückt. So redet einer, der geerdet ist, und den eine Story, die ihm in der Praxis erzählt wird, nicht so schnell unruhig macht. So redet einer, der gesettelt ist, ich weiß. Der gut verdient, aber nur noch wenig erlebt. Vielleicht tönt da gerade der Spießer aus mir. Aber: Ein Kuckuckskind, ein Mann mit Affäre, selber eine Affäre, ein Mord. Das hat was. Das riecht nach Leben. Nach Aufregung. Nach Abwechslung. Ich weiß, es wird Zeit, aufzuhören. Vielleicht hört jemand mein Telefon ab und glaubt, mir das Zulassungsdiplom aberkennen zu müssen.

Am Samstag war ich auf dem Flohmarkt und habe mir eine Bootleg-Pressung der Doors gekauft. Live in Stockholm 1968. Hatte ich noch nicht. Beim Hören habe ich in meinem Doors-Buch geblättert und diesen Satz gefunden, der Jim Morrison zugeschrieben wird. Sinngemäß lautet er so: *Es gibt Dinge, die man weiß, und es gibt Dinge, die man nicht weiß, und dazwischen sind Türen. Das sind wir.*

Halt mich nicht für größenwahnsinnig, Henry. Es gibt keinen Grund dafür, es zu sein. Ich bin nicht die Doors. Aber ich glaube, ich bin auch so eine Tür. Ich blicke hierhin, ich blicke dahin. Das Los der Tür ist, dass sie in einer Angel hängt, solange sie funktionieren will. Hebe dich aus der Angel und geh: Das hat noch keiner zu mir gesagt.

20
CHRISTOPH
DIE SUMME VON ALLEM, DAS IST ES

Die Mail kam ihm sonderbar vor. Er hatte eigentlich keine Zeit, sich damit zu beschäftigen. An die Frau konnte er sich nur mehr dunkel erinnern.

Er traf Holzner hinten am Gang vor dem Eingang zur Toilette und fasste ihn am Arm.

Was Neues von Widner?, fragte Christoph. Holzner schüttelte den Kopf. Es schien, als wiche er zurück.

Holzner war Referatsleiter für Arbeitsrecht, genauso lange im Haus wie Christoph. Er sah mitgenommen aus, offensichtlich hatte er sich die Haare nicht gewaschen, seine Augen waren gerötet, er wirkte übernächtigt.

Ich war bei ihm, sagte Holzner leise. Schaut nicht gut aus. Der fällt uns monatelang aus.

Das Fenster zur Straße hin war offen, man hörte das Mahlen einer Mischmaschine und das Klirren von Metallwerkzeug, gestern hatten Kanalarbeiter die Straße aufgerissen.

Wie geht es ihm?

Er liegt in der Nervenklinik, auf Klasse. Fix und fertig. Erschöpfungsdepression. So kennst du ihn gar nicht, sagte Holzner. Ich weiß nicht, was sie ihm gegeben haben. Ich habe ihn fast nicht verstanden. *Ich schaffe es nicht mehr.* Das hat er dauernd gesagt.

Hast du mit einem Arzt gesprochen?

Eine Oberärztin war da. Man erfährt nicht viel. Ich bin ja kein

Angehöriger. Widner braucht Ruhe. Wenn er aus der Klinik herauskommt, geht er auf Reha. Das kann dauern.

Was heißt das für uns?

Wir setzen uns am Montag zusammen.

Was denkst du?

Holzner schaute ihn müde an und zuckte mit den Schultern. Er roch schlecht nach Körperschweiß.

Ich kann niemanden aus dem Hut zaubern. Ich habe keine Personalreserven. Widner geht in Krankenstand und die anderen werden sich die Akten aufteilen. Anders kann ich es mir nicht vorstellen.

Christoph fühlte eine jähe Welle von Ärger aufsteigen. Immer, wenn es brenzlig wurde, fehlte Holzner jegliche Strategie. Immer einfach weitermachen. Augen zu. Das war seine Devise. Immer gewesen.

Du weißt, wie es uns geht, sagte Christoph.

Was soll ich tun?, sagte Holzner und ließ ihn stehen.

Dass Holzner so abgekämpft aussah, hatte vielleicht gar nichts mit Widner zu tun. Das fiel Christoph erst später ein. Auch Holzners Frau war krank, seit Monaten. Genaueres wusste man nicht. Da gab es nur Gerüchte.

Ich habe ihn nicht gefragt, wie es ihm geht, dachte Christoph. Aber er hat mich auch nicht gefragt.

In der Mittagspause bekam er die Mail dieser Frau aus Oberösterreich. Als er ihren Familiennamen las, setzte die Erinnerung ein.

Mit Andreas Bogner hatte er die ersten zwei Jahren nach dem Studium zusammengearbeitet. Andreas war ein ehrgeiziger Kollege gewesen, eloquent, mit Durchsetzungsvermögen. Einer, der nach oben wollte. Christoph hatte nie mit einem politischen Mandat spekuliert, obwohl auch ihm eines angeboten worden war. Andreas hatte sich schon früh in der Studentenpolitik engagiert, später war er dann in der Parteiorganisation aktiv gewesen.

Sie hatten einander geschätzt. Sie waren nicht miteinander

befreundet gewesen, aber ihre Bekanntschaft hatte dafür ausgereicht, dass sie gelegentlich zu einem Spiel der Salzburger Austria gegangen waren, als diese noch in der Bundesliga und im Stadion Lehen gespielt hatte. Damals schon war Andreas mit dieser Katharina befreundet gewesen, von der jetzt diese Mail kam. Christoph versuchte sich zu erinnern, wie die Frau ausgesehen hatte, es gelang ihm nicht mehr.

Er googelte nach einem Foto von ihr, im Netz war keines zu finden.

Du wirst dich wundern, von mir zu hören, schrieb sie. Und dass sie seiner Erinnerung erst einmal auf die Sprünge helfen wolle. Sie schrieb von damals, den achtziger Jahren. Damals hätten sich ihre Wege *ja öfter gekreuzt.* Sie wurde nicht deutlicher.

Sie habe ein *dringendes Anliegen, eigentlich eine dringende Bitte.* Weswegen sie mit ihm sprechen wollte. Nicht per Mail. Auch nicht am Telefon. Wenn es möglich war, *persönlich. Auch, um vielleicht Missverständnisse gleich ausräumen zu können.*

Etwas verworren klang das. Die Frau rechnete anscheinend damit, dass sich das Gespräch verhaken konnte. Warum?

Vielleicht bist du ja einmal in der Gegend, schrieb sie, *sonst fahre ich dir auch entgegen. Und noch etwas,* fügte sie hinzu: *Ich weiß, dass du mit Andreas bekannt oder befreundet warst. Ich weiß nicht, ob du noch Kontakt mit ihm hast. Wenn ja, bitte ich dich in dieser Sache um Vertraulichkeit. Sag ihm nichts von meiner Kontaktaufnahme. Ich hoffe auf deine Bereitschaft, mich in meinem Anliegen zu unterstützen. Alles andere mündlich. Wenn du mich lieber anrufen möchtest, hier meine Handynummer.*

Mit herzlichen Grüßen, Katharina.

P.S. Wir haben uns das letzte Mal ganz kurz bei Andreas' Vierziger gesehen. Seither habe ich nichts mehr von dir gehört. Weiß nicht, wie es dir, deiner Familie, deinen Kindern geht. Wenn wir uns treffen, werde ich dich gern danach fragen.

Irgendwie klang das dreist und aufdringlich. Und ein bisschen verschwörerisch.

Dunkel erinnerte er sich an die Geburtstagsfeier von Andreas. Irgendwo in Linz hatte die stattgefunden. Seither waren fast zehn Jahre vergangen. Der Kontakt zu Andreas war völlig eingeschlafen. In der Steiermark waren sie einander am Rand eines Parteitags zufällig begegnet und hatten ein paar verlegene Worte gewechselt. Dass man sich so lange nicht mehr gesehen hatte. Dass man sich aber doch wieder einmal treffen sollte. Sie hatten einander alles Gute gewünscht.

Das war es gewesen. Sie hatten sich seither nicht mehr gesehen. Verschiedene Lebensphasen hielten verschiedene Bekanntschaften bereit. Wenige Kontakte hielten, die meisten brachen ab.

Vielleicht hatte Katharinas Bitte um ein Treffen ja auch mit einer neuerlichen Geburtstagsfeier zu tun.

Erst jetzt fiel ihm ein, was er die Jahrzehnte über vergessen, wohl auch verdrängt hatte. Einmal war er mit dieser Frau ins Bett gegangen. Stimmte nicht. Er hatte Sex mit ihr gehabt. Im Freien.

Es war völlig unverbindlich gewesen. Er war nicht in die Frau verliebt gewesen, er hatte sie vorher gar nicht gekannt. *Carpe diem,* das war sein Leitspruch als Schüler am humanistischen Gymnasium gewesen. Ein Spruch, der bald darauf von *Make love, not war* abgelöst worden war. Das Private war politisch gewesen. Die Verbesserung der Welt denkmöglich. Das Richtige erkennbar. Das Gute war zu tun. Der Idealismus war verschwistert gewesen mit einer grotesken Selbstüberschätzung.

Die Sprüche der Jungen heute klangen dagegen oft nach sarkastisch-resigniertem Arrangement mit den neoliberalen Gegebenheiten: *Stressed Depressed But Well Dressed* hatte er vor Kurzem auf dem T-Shirt eines Praktikanten gelesen. Damals hatten sie sich an die alten Lateiner gehalten, das Che-Guevara-Shirt getragen oder die rote Zunge der Rolling Stones. *Du hast keine Chance, aber nutze sie.*

Make love, not war. Er hatte die Zeit als Student genossen, er war kein Streber gewesen und hatte gern gefeiert. Er war gut angekommen bei den Mädchen, hatte passabel ausgesehen mit seiner langen blonden Mähne, und er war schlank gewesen. Er hatte leidlich Gitarre gespielt, ein paar Griffe gekonnt, ein paar Nummern von Dylan und den Beatles, den Riff von *Smoke on the Water*, das reichte damals schon. Und er hatte es verstanden, den Mädchen Sätze ins Ohr zu hauchen, die sie schmelzen ließen, ihnen schmachtend in die Augen zu schauen, bis sie verlegen den Blickkontakt abbrachen oder von sich aus in die Offensive gingen. Irgendwann war er draufgekommen, wie das funktionierte. Und es hatte erstaunlich oft funktioniert.

Es war ziemlich unkompliziert gewesen. Es war nicht um ewig tiefe Gefühle gegangen, sondern darum, dass man einen Abend miteinander verbrachte und sich gegenseitig aufheizte, bis es lustig wurde. Christoph wusste nicht, ob der Begriff *One-Night-Stand* damals in seinem Bekanntenkreis überhaupt schon verwendet worden war. *Petting statt Pershing* und *Lieber geil als Cruise Missile* schon eher.

Im Lauf der Jahre war eine Reihe von Bekanntschaften zusammengekommen. Ein Don Juan war Christoph nicht gewesen, einer, der mit Bekanntschaften geprahlt hätte, eher ein stiller Genießer, ein Schelm, ein Schlitzohr, einer, der später, wenn er eine der Frauen von damals traf, über diese Zeit auch lachen konnte. Und witzig war es gewiss, wenn er diesen Frauen nach Jahrzehnten bei irgendeiner Gelegenheit, einer Feier, einer Ausstellung, einem Konzert, womöglich mit Ehemann, wieder über den Weg lief. Die eine war Abgeordnete geworden, die andere Journalistin, etliche Rechtsanwältinnen, eine Richterin, eine Unternehmerin, eine Pfarrerin, eine sogar bekannte Sängerin, eine war zur Polizei gegangen.

Jahre später traf man einander bei einer meist sehr seriösen Gelegenheit wieder und erinnerte sich, vielleicht nur mit der Andeutung eines Augenzwinkerns, an die damaligen Augenblicke der, ja was: Lust? Lebenslaune? Der Freude am Dasein?

Und, erstaunlich: Wenn Christoph an diese Zeit dachte: bereute er nichts. Niemals hatte er das Gefühl gehabt, dass etwas zurückgeblieben war, das ihm ein schlechtes Gewissen bereitete, oder dessentwegen er sich später hätte genieren müssen. Nicht bei den Frauen, mit denen er tatsächlich etwas gehabt hatte. Die paar platonischen Verhältnisse, bei denen er mit seinem Begehren abgeblitzt war, hatten da schon gröbere Spuren in seiner Psyche hinterlassen. Das Urteil darüber, ob das etwas mit seinem gekränkten Narzissmus zu tun hatte, überließ er gern anderen.

Die Begegnung mit Katharina war ziemlich flüchtig gewesen. Vielleicht hatte Alkohol damals eine Rolle gespielt, er konnte sich nicht mehr so genau erinnern.

Christoph sah in den Kalender und überlegte, welchen Termin er Katharina anbieten konnte.

Per Mail schlug er ihr ein Treffen in Strobl vor. Ihre zustimmende Antwort kam eine Viertelstunde später.

Am Nachmittag, als er über den Akten saß, rief Eva an.

Ich bekomme noch was von dir, sagte sie knapp.

Ich habe alles für diesen Monat überwiesen.

Es gibt eine Sonderzahlung, sagte sie. Steffi braucht neue Medikamente. Wir haben den Arzt gewechselt. Der möchte es mit einer Kur versuchen. Das kostet.

Und warum werde ich nicht gefragt?

Ich habe es dir gesagt. Wenn du nicht zuhörst, ist das dein Problem.

Was für eine Kur?

Vitaminpräparate ohne Zusatzstoffe. So genau hat dich das doch noch nie interessiert.

Ich habe übrigens gerade gestern das Trainingslager für Thomas eingezahlt, sagte er.

Wenn du es ihm genehmigst, ist ja alles okay. Da hast du mich ja auch nicht gefragt.

Möchtest du mitzahlen?

Deinen Zynismus schenke ich dir. Ich schicke dir die Rechnung.

Dann legte sie auf.

Ein Tag im Frühherbst. Als das Ausflugsschiff abfuhr, begannen die Boote, die am Ufer vertäut waren, leicht in den Wellen zu schaukeln. Eine Gruppe von Enten fischte nach Brotkrümeln. Der Fahrer eines Kastenwagens lieferte Gebäck aus. Auf der Terrasse des Seerestaurants saß ein einziger Gast, der eine Zeitung mit Halterung ganz nahe an sein Gesicht hielt. Der Marktplatz war ruhig. Eine ältere Frau verließ den Friedhof, eine Gießkanne unterm Arm. Auf der Ostseite des Sees nahmen die Laubbäume langsam Farbe an.

Christoph hatte den Terminplan umgestellt. Er war direkt nach Strobl gefahren. Nachher würde er seinen Bruder besuchen.

Die Frau saß auf einer Bank in der Sonne, direkt am Ufer. Sie trug einen roten Blazer und eine Sonnenbrille. Sie stand auf, als er auf sie zuging und nahm die Brille ab. Sie wirkte bleich, ihr Gesicht hatte einen ungesunden, wächsernen Teint. An einem ihrer Ohrläppchen entdeckte Christoph zwei Muttermale.

Er fiel ihm schwer, ihr Gesicht in seinem Gedächtnis abzurufen. Es war, als wäre er dieser Frau noch nie begegnet. Sie hat mich gleich erkannt, dachte er.

Sie gaben sich die Hand, Katharina bedankte sich, dass er gekommen war.

Sie stellte sich vor und meinte, dass sie hier auch gleich sitzen bleiben konnten. Es sei angenehm in der Sonne. Und sie hoffe, dass sie ihn duzen dürfe, auch wenn es sehr lange her war, dass sie einander das letzte Mal gesehen hatten. Kein Problem, sagte er.

Sie setzten sich und schwiegen.

Langsam schaukelte eine Schar Enten am Ufer vorbei.

Sie wolle ohne Umschweife zur Sache kommen, sagte Katharina. Ob ihm das recht sei.

Kein Problem. Ich bin schon gespannt, sagte Christoph. Er merkte, dass sich sein Puls beschleunigte.

Was ich dir erzählen möchte, fällt mir nicht leicht, sagte Katharina.

Wir, Andreas und ich, haben eine Tochter, sagte sie. Sandra. Sie ist zweiundzwanzig und studiert in Wien Publizistik. Sie ist auf die Welt gekommen, kurz nachdem wir übersiedelt sind. Ich bin gerade mit dem Studium fertig geworden, Andreas hat den Job gewechselt, dann sind wir nach Linz gegangen.

Sie sprach leise und so monoton, als hätte sie den Text ihrer Erzählung auswendig gelernt. Sie hatte die Sonnenbrille wieder aufgesetzt und sah auf den See hinaus.

Vor Kurzem hat mir Sandra. Sie stockte und sprach dann weiter. Sandra habe ihr, aus heiterem Himmel, wie sie sich ausdrückte, ein Vaterschaftsattest in die Hand gedrückt. Ich weiß nicht, wie sie darauf kam. Egal. So ist es gewesen, sagte Katharina.

Christoph spürte, wie sich etwas in ihm anspannte. Wie er den Atem anhielt.

Die Frau flüsterte beinahe. Sie erzählte stockend. Das Attest war. Zeigte. Das Ergebnis war. Dass Andreas mit 99,5%iger Sicherheit nicht der Vater ist.

Sie schwieg. Sie schlug sich eine Hand vor das Gesicht. Dann sprach sie weiter. Sie wiederholte: Das Attest sagt, dass Andreas nicht ihr Vater ist.

Ich war geschockt. Und bin es noch. Und Sandra war so. Durcheinander. Völlig durch den Wind. Sie setzt mich unter Druck. Wer ist mein Vater?

Christoph saß da und rührte sich nicht. Leicht fuhr der Wind durch die Wipfel der Bäume, unter denen sie saßen.

Wer ist mein Vater, hat sie gefragt, sagte Katharina. Sie sagt, dass sie Andreas alles erzählen will. Sie ist bereit, unsere Familie zu zerstören.

Sie schwieg.

Ich habe nachgedacht. Ich habe an Salzburg gedacht. Damals. Da war dieses Fest bei einem Freund von Andreas. Oder bei einem Arbeitskollegen. Ich habe es vergessen. Du warst auch dabei.

Sie sprach plötzlich lauter.

Wir haben geredet. Vielleicht haben wir getanzt. Wahrscheinlich auch getrunken. Ich habe es vergessen. Oder verdrängt. Du hast mich nach Hause gebracht. Ich habe in der Nähe des Bahnhofs gewohnt. In einem Hochhaus. Unten gab es einen kleinen Park. Du hast mich zum Haus gebracht. Dann. Wir haben Sex gehabt. Unten. Bei einem Busch. Im Stehen. Es hat nicht lange gedauert.

Sie schwieg. Ich habe Andreas nie davon erzählt. Ich habe niemandem davon erzählt.

Sie schwiegen.

Ich habe lange nachgedacht. Ich hatte gehofft, dass ich mir das ersparen kann. Dass ich dir das ersparen kann.

Sie hatte Mühe, weiterzusprechen.

Du bist Sandras Vater. Das wollte ich dir sagen.

Sie schwieg. Christoph spürte, wie sein Atem plötzlicher heftiger ging. Er fühlte ein Rauschen im Kopf.

Das ist nicht wahr, sagte er leise. Seine Stimme kam ihm fremd vor. Als spräche nicht er, sondern ein anderer.

Das glaube ich nicht. Wir kannten uns doch überhaupt nicht.

Ich sage nur, was ich gesehen habe. Das Attest.

Nach über zwanzig Jahren? Das ist lächerlich. Du lügst.

Warum sollte ich lügen? Glaubst du, mir fiel es leicht, hierherzufahren und dir das zu sagen?

Und du glaubst, ich habe sonst nichts zu tun, als mir solche Geschichten anzuhören?

Christoph stand auf. Am liebsten wäre er weggegangen.

Meine Tochter schickt mich, sagte die Frau.

Die Angelegenheit geht mich nichts an. Das ist eine Farce. Berede das mit deinem Mann.

Das kann ich ihm nicht antun, bevor ich nicht mit dir geredet habe. Das *ist* deine Angelegenheit, sagte die Frau hart. Meine Tochter. Deine Tochter. Sie möchte wissen, wer du bist, sagte die Frau. Nur deswegen bin ich hier. Es geht nicht um mich. Ich bitte dich inständig. Ich habe es ihr versprochen.

Du überfällst mich mit dieser lausigen Geschichte. Das ist. Das ist. Solange kein Beweis auf dem Tisch liegt.

Allmählich reagierte Christoph aufgebracht. Er rang um Fassung. Es fehlte nicht viel und er hätte angefangen zu schreien.

Sie ist der Beweis.

Die Frau öffnete ihre Handtasche und kramte ein Foto heraus.

Das ist Sandra, sagte die Frau. Ihre Stimme zitterte.

Dann sah Christoph das Bild. Es zeigte ein dunkelhaariges junges Mädchen.

Er drehte sich weg. Für einen Moment hatte er das Gefühl, zu stürzen. Er hielt sich an der Parkbank fest.

Kurz hatte er geglaubt, seine Tochter Stefanie auf dem Foto zu sehen. Die Ähnlichkeit war auffällig.

Du hast doch auch Kinder, sagte die Frau weiter.

Alles, was sie sagte, war von einer Grausamkeit, die ihm den Hals zuschnürte.

Du kommst hierher und wirfst mir solche Ungeheuerlichkeiten an den Kopf. Er brach ab, seine Stimme versagte. Das Foto brannte in seiner Hand.

Sie schwiegen und starrten auf den See, auf dessen Oberfläche die Sonne glitzernd höhnte.

Ich habe ihr bis jetzt nicht gesagt, wer du bist. Ich habe auch dich geschützt. Sie möchte nur wissen, wer du bist. Ich habe es ihr versprochen, sagte Katharina. Alles andere macht ihr euch selbst aus. Ich möchte, dass alles so bleibt wie bisher. Wir beide haben Familie. Ich möchte dir nicht in dein Leben pfuschen. Und ich möchte meines nicht zerstören.

Sie zögerte einen Augenblick. Die Sache soll unter uns bleiben. Wenn du willst, zahle ich auch dafür, dass du schweigst.

Ihr habt es wohl geschafft, sagte Christoph bitter.

Er fühlte sich müde und erschöpft. Er spürte, dass ihn schwindelte. Er setzte sich wieder.

Ich wollte nicht in dein Leben eindringen, sagte Katharina. Aber ich habe keinen anderen Ausweg gesehen, als dir das zu sagen. Die Adresse und die Telefonnummern stehen auf der Rückseite.

Er drehte das Foto um und las die Ziffern.

Ich weiß nicht, wie es dir sonst geht, sagte Katharina.

Ich bin geschieden, sagte er und seufzte.

Das wusste ich nicht, sagte sie.

Niemand weiß davon, außer die, die es betrifft, sagte sie. Sandra, ich und du. Wir könnten es dabei belassen.

Du stellst dir das einfach vor.

Ich habe viel Zeit gehabt, darüber nachzudenken.

Nach einer Pause sprach sie weiter.

Vor ein paar Tagen hat mir Andreas gestanden, dass er eine Affäre mit einer jungen Mitarbeiterin gehabt hat. Die Frau wollte die Sache an die Presse geben. Er hat das anständig beendet. Ich habe ihm verziehen. Die Sache bleibt unter uns.

Warum erzählst du mir das?

Damit du siehst, wie es mir geht. Und wie ich damit umgehe. Auch ich habe es nicht leicht. Andreas steht in der Öffentlichkeit. Wir können uns keinen Skandal erlauben.

Der Preis der Karriere, sagte Christoph.

Ich möchte Andreas' Leben nicht ruinieren. Und nicht meines. Und deines auch nicht.

Sie schwiegen.

Das ist schwer zu fassen, sagte er dann. Er stockte und sprach nicht weiter.

Er sah, dass Katharina nervös am Verschluss der Handtasche fingerte.

Ich habe getan, worum Sandra mich bat, sagte sie. Melde dich bei ihr. Ich weiß nicht, was sie vorhat. Sie wird nicht lockerlassen, bis sie dich gefunden hat. Am Wochenende fliegt sie zu einer Freundin nach Schweden, sagte Katharina. Ich werde ihr sagen, dass wir miteinander gesprochen haben.

Er saß neben der Frau und betrachtete das Foto des Mädchens. Es hatte dieselben dunklen Augen wie seine Mutter.

Ich fahre dann, sagte Katharina. Ich wollte nicht in dein Leben eindringen. Wir müssen uns nicht wiedersehen.

Er sagte den Termin bei seinem Bruder ab und fuhr nach Hause.

Er setzte sich an den Computer, googelte Sandra Bogner und suchte nach ihr auf Facebook. Zweihundertvierzehn Freunde. Fotos von Studentenpartys, Sonnenuntergängen, Strandfotos: Sandra Bogner im Bikini bis zu den Knien im Wasser stehend an einem Sandstrand. Dahinter ein azurblauer Himmel. Lieblingsbands: *Wolf Parade, Death Cab for Cutie, Placebo.* Namen, die er noch nie gehört hatte. Serien: *Scrubs, The O.C., Ghost Whisperer.* Die hatten wahrscheinlich auch seine Kinder gesehen. Lieblingsbücher: *Die Bücherdiebin, Feuchtgebiete, Das Versprechen, Bauchlandung, Astrid Lindgren. Egon Erwin Kisch. Alfred Kerr.*

Er kramte im Leben einer Fremden. Er wühlte in den Daten eines unbekannten Mädchens, das seine Tochter sein sollte. Er folgte den Buchstaben ihres Namens wie ein Spürhund, klickte die Homepage der Uni an, auf der sie in einer Teilnehmerliste geführt wurde, klickte auf das Logo eines Sportvereins, bei dem Sandra als Kind Leichtathletik betrieben hatte. Schlagball. Weitsprung. Sechzig Meter. Er klickte Gesichter an, die mit Sandra befreundet waren, schnupperte in andere fremde Leben. Er surfte durch ein unbekanntes Universum.

Nach einer Stunde war er erschöpft.

Er verspürte Sehnsucht nach seiner Tochter. Stefanie war neunzehn und bereitete sich auf die Matura vor. Es war kurz vor elf.

Mama schläft schon, sagte sie. Was ist denn, fragte sie verwundert.

Wie geht es dir?, fragte Christoph. Ich wollte nur fragen, wie es dir geht.

Soweit alles okidoki, sagte Stefanie. Übermorgen haben wir Mathetest.

Weil du ja jetzt neue Medikamente hast, sagte Christoph.

Das wird schon, sagte sie.

Ich wollte dich einfach nur hören, sagte Christoph. Dass es dir gut geht.

Spätnachts lag er im Bett und konnte nicht schlafen.

Widners Erkrankung, der Streit mit dem Bruder, das Gezerre mit Eva, das Treffen mit der Frau am See. Die unglaubliche Beschuldigung. Aber er war nicht schuld.

Es ist alles zusammen, dachte er. Die Summe von allem, das ist es.

Immer wieder sah er die Szene vor sich. Wie er mit Katharina am See gesprochen hatte. Sie redete auf ihn ein, er verneinte. Sie bezichtigte ihn. Er schrie.

Im Schlafzimmer war es still, kein Geräusch. Plötzlich glaubte er, das Ticken einer Küchenuhr zu hören. Aber da war keine Uhr im Zimmer. Da war nichts.

21
SANDRA
WAS SIE NICHT HÖREN WOLLEN

Das Ultimatum lief. *Noch zwei Tage.*

Mama schwieg. Dann schrieb sie ein paar Zeilen, warf ihr ein paar Brocken hin. Wie einem räudigen Hund. Friss! *Ich weiß noch nichts. Ich kann dich verstehen. Ich brauche Zeit.*

Mama hatte entschieden. Sich entschieden. Für sich und für alle. So war das. Für dieses Leben.

Mit Karriere, mit einem Mann, der in der Öffentlichkeit stand. Mit Haus und Garten. Mit Lebensversicherung. Mit Ferienhäuschen im Grünen. Mama hatte kontrolliert und überwacht und Regeln aufgestellt und für gut befunden. Und Freunde ausgeladen. Mama hatte auf Sicherheit gesetzt. Das Leben musste überschaubar bleiben.

Mama hatte den Urlaub geplant und die Schule ausgesucht. Und kleine Wahlfreiheiten gelassen. Zum Luftschnappen zwischendurch. Das vanillegelbe Eis oder das schokobraune? Der rote Vorhang oder doch der hellblaue? Die rosa oder die grüne Schultasche? Die Sportwoche in Kärnten oder der Kulturtrip nach London?

Mama hatte sich eine Tochter gehalten nach ihrem Ebenbild. Nach ihren Wunschvorstellungen. Sie hatte eine Tochter aus ihrem Körper gepresst und geformt wie Wachs. Geknetet wie Teig. In Form gebracht wie Ton. Und dann gebrannt.

Nicht zu heiß. In der perfekten Tochter durfte kein Sprung zu sehen sein.

Die perfekte Tochter musste glänzen. Makellos. Die Tochter war glatt geschliffen wie ein Diamant. Die Tochter, das Auslegestück. Das perfekte Produkt.

Die Tochter, die Mamaaktie. Artgerecht gehalten.

Was haben wir nicht alles in sie hineingesteckt. Investiert.

Die Tochter hatte funktioniert. Die Tochter hatte die Firmung über sich ergehen lassen. Den Tanzkurs. Die Tochter hatte die Matura geschafft. Sie hatte den Eltern keine Schande gemacht. Sie war im Schultheater aufgetreten. Beim Redewettbewerb. Sie hatte bei der Maturafeier gesprochen. Sie hatte im Wahlkampf von Papa mitgespielt.

Die Tochter zeigte, dass jeder etwas aus sich machen konnte. Die Tochter studierte in Wien. Die Tochter lief nun an der langen Leine.

Mama hatte gemacht. Gebastelt. Getrickst. Sie hatte beschlossen.

Die Anschaffung der Tochter war eine private Angelegenheit. Die Anschaffung der Tochter geschah außer Haus. Die Anschaffung der Tochter ging niemanden etwas an. Außer der Mutter. Dem Ausbackofen.

Der Anschaffung der Tochter folgte die Beiziehung eines Vaters.

Eine Familie ist eine Familie. Ein Vater gehört zur Familie. Ein Kind gehört zur Familie. Die Familie war etwas Geschaffenes. Eine Schöpfungsgeschichte in zweiundzwanzig Jahren.

Bitte, sei doch vernünftig, schrieb Mama.

Die Mama hatte die Hand auf der Vernunft wie auf einem Steuerknüppel. Das Monopol. Was Vernunft hieß, bestimmte Mama.

Nicht über die Stränge schlagen. Nicht auszucken. Was sagen die Nachbarn. Was sagen die Leute. Das können wir uns locker leisten. Das können wir uns beim besten Willen nicht leisten.

Wir stehen in der Auslage. Wir bewahren einen klaren Kopf. Wir verlieren nicht die Nerven. Und nicht den Überblick. Wir bleiben vernünftig. Wir machen uns nicht verrückt. Wir bleiben am Boden. Wir heben nicht ab.

Wir wollen nur das Beste für dich. Wir möchten, dass es dir gut geht.

Mama hatte die Vernünftigkeit dressiert wie einen Hund, der ihr nicht von der Seite wich. Der bellte, wenn er Gefahr witterte. Der aus Anstand wauwaute, wenn Kontrollverlust drohte. Alles mit Maß und Ziel. Alles mit Fingerspitzengefühl. Alles mit Weitblick. Apperzeption!

Mama hatte weit geblickt. Mama hatte entschieden.

Mama war die Wisserin. Sandra das Produkt.

Ein Produkt wird nicht frech. Ein Produkt muckt nicht auf. Ein Produkt begeht keinen Fehler. Ein Produkt macht keine Dummheiten, die es später bereuen wird. Ein Produkt ist nicht dazu da, alles zu zerstören, was wir uns aufgebaut haben. Ein Produkt *schlägt nicht aus der Art.* Niemals.

Das Tochterprodukt funktioniert wie geschmiert. Wie hingemalt. Wie hingepinselt auf den himmelblauen Hintergrund. Wie hingetupft mit der Tortenspritze auf den Elternkuchen. Und fragt nicht plötzlich nach dem Vater. Wenn schon einer da ist.

Ein Tochterprodukt nimmt die Welt, wie sie ist. Ein Tochterprodukt weiß, dass man die Welt nur im Kleinen ändern kann.

Ein Produkt sieht ein, dass man nicht ändern kann, was nicht zu ändern ist.

Kuckuckskind. Das Wort kennt man nicht. Das Wort gebraucht man nicht. Das Wort existiert gar nicht.

Mama sagte, wie spät es war. Mama sagte, wie viel es geschlagen hatte. Mama bestimmte, wann die Sonne unterging. Was chic war. Was unmöglich. Wer nett war. Wer deppert. Wer nur g'schert.

Mama definierte, was zu denken war. Mama stellte die Denkverbote auf.

Ein anderer Vater, ein anderer Erzeuger, war nicht vorgesehen. Denkverbot.

An ihn zu denken, war unvernünftig. Es war verboten, vom Erzeuger zu wissen. Es war verboten, sich dem Erzeuger zu nähern. Achtung, treten Sie dem Erzeuger nicht zu nahe! Keine unsittliche Annäherung.

Der Kuckuck, der sich im fremden Nest nährt, hat sein Recht verwirkt. Ein Kuckuck, der bei Adlers aufwächst, hat seine Chance verspielt, nach dem Kuckuck zu rufen. Zum Kuckuck!

Das habe ich nie gesagt. Sei bitte vernünftig!

Martin, auch so eine Null im Mutterauge. Martin saß in der zum Studio umgebauten Küche und schrammte auf der Gitarre mit einem willigen Jünger. Sie sprachen Worte der heiligen Musik. Murmelten Mantras. Geheimformeln. Führten Insidergespräche. Subdominante. Kreuzneun. Kreuzelf. Und statt der I 7, die 7 natürlich tief alteriert, spielst du die Tritonussubstitution. Superlokrisch passt. Lydian dominant vielleicht. Da aber besser dominant diminished.

Was sagte die Kopfliste:

Morgen würde sie zu Franziska nach Schweden fliegen. Lange vereinbart. Lange ersehnt. Weg aus der Scheiße. Ohne Martin, die Subdominante.

Was sagte die Zeitleiste:

Das Ultimatum lief. Noch zwei Tage. Die Frist war nun um. Zeit, um Papa zu besuchen.

Was sagte Orwell:

Wenn Freiheit überhaupt etwas bedeutet, dann das Recht, anderen Leuten das zu sagen, was sie nicht hören wollen.

Was sagte das klopfende Herz:

Irgendwo lief ein Mann herum. Ein Erzeuger. Der wusste nichts von seinem pulsierenden Appendix. Erzeugnis. Appendnix.

Zeit fürs Echtvatergeocaching. Irgendwo in der Landschaft war eine Box versteckt. Vaterbox. Man musste sie nur aufspüren. Trüffeljagd. Die Box aufbrechen. Die Vaternuss knacken. Den Hirsch stellen in der Lichtung. Den Zwölfender auf den Scheffel stellen. Licht in die Finsternis bringen.

Zeit für das klopfende Herz, laut zu singen. Aus der Haut zu fahren. Aus der Art zu schlagen.

Papa tat ihr leid. Sandra wusste, was Mama wusste, was Papa nicht wusste.

Im Kopf der ganze Papavorrat, die PapaeinLebenlangGeschichte. Sein Lachen. Sein kratzender Bart. Sein weicher Bauch. Seine starken Arme, die sie hinaufwirbelten in die Luft. Seine Schultern, an die sie sich lehnte als Kind. Seine verschmitzten Augen. Die Mitwisseraugen, die mitverschwiegen, wenn in der Schule etwas misslang. Seine Sandalen im Sommer. Das Barfußlaufen in der Wiese. Das NurwiralleinHeidelbeersuchen. Versteckenspielen im Wald. Der Geruch feuchter Erde.

Das Mausloch. Die Losung des Hasen. Dort im Unterholz das Reh. Die Schnecke. Der Käfer. Der Frosch. Der Tau auf der Wiese am Morgen. Die Rundung seiner Ohren. Das weiche Ohrläppchen. Seine Vorlesestimme. Seine Vorlachstimme. Der Sonntagsausschlafpapa. Der DasmussmanjetztaberauseinanderhaltenDiskussionspapa. Der Lautdenkerpapa. Der Aucheinmalzuhörpapa. Der Vorzeigepapa. Der AußerhalbderHaustürveränderpapa. Der Politikerpapa. Papa, der Redner. Der Rhetor. Der Diskutant. Papa, der Ernste.

Papa, der Müde. Papa, der SpätabendsamBettSitzer. Papa, der SpätabendsüberdenKopfStreichler. Papa, der auf den Zehenspitzen-Geher. Papa, der ZeitungsleserFrühstücker. Papa, der StreichholznachdemKlogehenEntzünder. Papa, der AlteMusikLiebhaber. Papa, der Jazzfreund. Papa, der VoestLinzFan. Papa, der VoestLinznachweinFan. Der Niagarafallpapa.

Papa, der Stolze. Papa, erstes Bewunderauge. Papas Applaus, der tausendmal schwerer wog als alle anderen Applause. Papas Lob, die angenehme Seelensalbe. Papas erstaunter Blick auf die heranwachsende junge Frau wie rieselnder Regen auf der Haut. Seine leise Eifersucht auf junge Tochterbewunderer. Papas Zorn, der schnell verrauchte. Papas Verschwindungs- und Verlegungskunst: Brille. Schlüssel. Handy. Fort!

Papa, der Freund. Der mit ihr Zusammengeschweißte. Der, den sie nicht im Stich lassen würde. Den sie nicht verletzen wollte. Zu dem sie ganz gehörte.

Papa, der Ferne. Der manchmal vergeblich Erwartete. Der Nichtnachhausekommer. Der Nichtanrufer. Der Keinezeithabepapa. Büropapa. Der an die Öffentlichkeit ausgeliehene Papa. Der

Papa der Partei. Der Papa vor dem Mikrofon. Der Medien und Politik im Spannungsverhältnispapa. Der Papa für den Pressesprecher. Der Papa jenseits der Absperrung. Der Papa im Fernsehen. Der Papa hinter dem Papier.

Den sie nicht verletzen wollte. Nicht verlieren. Der immer ihr Papa bleiben würde.

Im Kopf seit Tagen das Gespräch mit diesen zwei Männern, die einander gar nicht kannten. Mit ihrem Vater und dem, von dem sie erst seit Kurzem wusste: Attestvater. Dem Kuckuck. Erzeugervater. Dem WowarstdudieganzeZeitVater.

Sie wusste nicht, wie sie ihn nennen sollte. Wo sich die beiden doch in allem unterschieden: der eine aus Haut und Haar, mit Stimme, Händedruck und Umarmung, der andere: eine Ziffer auf dem Papier. *Mit 99,5%iger Sicherheit.*

Papa und leiblicher Vater. Selbst mit dieser Unterscheidung tat sie sich schwer.

Sie sprach mit dem einen, da hörte der andere zu. Sie sprach zu dem Fremden, da spitzte der *lange schon Eingebürgerte* die Ohren.

Einmal, sagte sie, möchte ich den fremden Mann hören. Ihn fragen. Einmal. Und Papa verstand und ging aus dem Raum.

Sie führte Gespräche mit dem Mann. Dem Fremden. Sie fragte ihn aus. Woher er kam. Was er machte. Wo, wie er lebte. Hatte er nie von ihr gewusst? Einmal vielleicht von ihr geträumt? Nie etwas geahnt? Sie erzählte von der Großmutter, die schon verstorben war. Sie, die über Sandra sagte: *aus der Art geschlagen.* Was hast du, was ich auch habe? Was bist du, was ich auch bin? Was fühlst du, was auch ich fühle?

Wie hört sich deine Stimme an? Dein Dialekt? Dein Lachen? Hast du Humor?

Kannst du singen? Liebst du Barfußgehen? Magst du Musik? Warst du schon in der nördlichsten Gemeinde Österreichs? Am Großglockner? Am Nordkap? Am Eiffelturm?

Fürchtest du den Blitz wie ich? Hast du je schwimmen gelernt? Was isst du gern?

Hast du eine Frau? Kinder? Enkel gar?

Wenn ja, wie fühlt sich die Vorstellung an, deinen Kindern noch eine Tochter hinzuzufügen? Wäre ich eine jüngere? Eine ältere? Hätte ich einen Bruder, eine Schwester?

Würdest du wollen, dass ich sie treffe? Siehst du Ähnlichkeiten zwischen mir und ihnen?

Bist du temperamentvoll? Verlierst du schnell die Nerven? Bist du ausdauernd? Ordnungsliebend? Ein Freigeist oder zögerlich? Am Land oder in der Stadt? Hasst du Trachten wie ich? Für wie politisch hältst du dich? Benennst du Unrecht? Was regt dich auf?

Kannst du mich verstehen? Das Verworrene, die Wut?

Einmal wollte ich dich sehen, dich treffen. Nur mit dir sprechen. Kaffee trinken. Fühlen, was mit mir geschieht. Ob etwas fließt. Ob ich dich spüren, riechen kann.

Meine Neugier stillen. Meine Ungeduld belohnen. Den Vorhang öffnen. Die Box. Das Geheimnis lüften.

Das wollte ich. Nur das. Mehr will ich nicht.

Sie hatte Franziska, der fernen Freundin, gemailt. Sie überlegte lange, ob sie andeuten sollte, was sich in den letzten Wochen bei ihr abgespielt hatte.

Kryptisch schrieb sie: *Neuigkeiten in meinem Leben. Aufregend. Aufwühlend. Es geht um Mama und mich und einen fremden Mann! Schick dir die Fotos. Schau sie dir an. Mein Vater???? Alles andere mündlich. Freu mich, Bussi.*

Zum Packen musste sie nach Hause fahren. Dort lagen die Sachen für schlechtes Wetter – Stockholm war immer für einen Regenguss gut.

Mama hatte in der Früh noch geschrieben: *Bald kann ich dir mehr sagen. Heute wahrscheinlich Kontakt. Bin am WE nicht da, bei einem Seminar in Deutschland. Info dann am Montagabend. Soll ich dich in Schwechat abholen?*

Sie würde morgen nach Hause fahren und packen. Das Ultimatum war abgelaufen. Mama war nicht da. Der Tag, an dem sie mit Papa reden konnte.

Sie hatte die Sätze vorbereitet. Innerlich abgewogen. Sie hatte sich in den vergangenen Wochen auf das Gespräch vorbereitet. Sie hatte sich die Sätze immer wieder vorgesagt. Sie hatte einen Vorrat von Worten angelegt. Sie hoffte, dass ihr im entscheidenden Moment die richtige Formulierung einfallen würde.

Ich möchte mit dir reden. Es fällt mir nicht leicht. Es zerreißt mir das Herz. Ich habe eine Entdeckung gemacht. Ich bin deine Tochter. Wie du das mit Mama regelst. Das ist nicht meine Sache. Das müsst ihr ganz für euch. Wir werden damit zurechtkommen. Wir werden einen Weg finden.

Aber einmal möchte ich den fremden Mann sehen. Ihn fragen. Wie das war. Einmal nur. Ich hoffe, du kannst das verstehen. Ich möchte dich nicht verlieren. Du bleibst für immer mein Papa. Ich habe dich lieb.

Am Nachmittag schrieb ihr Franziska zurück: *Wow! Hammer! Musst du mir ausführlich erzählen! Freu mich auf Stockholm. Gut, aus diesem Nest herauszukommen!*

Franziska studierte als Austauschstudentin in Skövde, einer Kleinstadt in Mittelschweden, und hatte noch gar keine Zeit gehabt, die Hauptstadt zu besuchen.

Stockholm als Treffpunkt war auch Sandra lieber gewesen. Dorthin waren die Flugverbindungen besser. Auch sie hatte keine Lust, drei Tage an einem Ort zu verbringen, an dem es außer der Uni und zwei Handballvereinen nichts Nennenswertes gab.

Anderntags nahm sie am Morgen die Tablette, noch bevor sie am Westbahnhof in den Zug einstieg.

Sie hatte geglaubt, ruhig bleiben zu können. Sie war aber so aufgeregt, dass sie in der U-Bahn ihre Sonnenbrille liegen ließ.

Sie saß im Zug und schaute aus dem Fenster. Draußen zog

die Landschaft vorbei. Ein wolkenbedeckter Himmel. Zwischendurch ein bisschen Sonne, die helle Flächen zauberte und wieder verschwinden ließ. Abgeerntete Getreidefelder. Die Obsternte hatte begonnen. Der Wind, der in den Bäumen zauste. Der Schatten, den die Wolken über die Felder schoben. Kulissenschieber der Natur.

Sie versuchte sich abzulenken und hörte Musik. Indierock von Placebo. Später dann Soul von Norah Jones, Natalie Cole, Alicia Keys. Sie konnte sich nicht konzentrieren und schaltete den Player wieder ab.

Sie kam nach Hause und fand das Elternhaus leer bis auf den Kater, der auf der Terrasse döste. Er schaute sie verdutzt an, richtete sich auf, schmiegte sich schnurrend in ihre Hand.

Sie füllte die Waschmaschine mit der schmutzigen Wäsche und schaltete die Maschine ein. *Papa ist im Ferienhaus,* hatte Mama in ihrer letzten SMS geschrieben.

Mama war unterwegs zu einem Seminar nach Deutschland, zu welchem hatte sie nicht gesagt, auch nicht, wohin sie fuhr. Papa war offenbar im *Ferienhaus*, nur ein paar Kilometer weit entfernt. Ein kleines Häuschen im Rodltal ohne Heizung und Fließwasser. Kein Fernseher, keine Sauna, kein Schnickschnack. Nur zwei kleine Kochplatten, um Frühstück zu machen. Ein Rückzugsort, an dem sich Papa am Wochenende gern aufhielt. Das Häuschen hatte Papa von seinen Eltern geerbt. Im Sommer, wenn es in der Donauebene vor lauter Hitze nicht auszuhalten war, war es dort neben der Rodl am erträglichsten. Es gab eine kleine Liegewiese direkt am Bach. Ein paar Schritte nur und man konnte sich im fast immer ziemlich kalten Wasser abkühlen. Um Allerheiligen herum wurde das Häuschen winterfest gemacht, zu Pfingsten wieder bewohnbar, die Saison wurde meistens mit einer kleinen Grillparty eröffnet.

Sandra würde sich aufs Rad schwingen und die paar Kilometer die Mühlkreisbahn entlang nach Rottenegg und weiter, in das

Rodltal hinein bis zu dem Häuschen fahren. In ihren Rucksack hatte sie Schokobananen und gesalzene Erdnüsse gepackt, die Papa so gerne aß.

Seit sie nach Hause gekommen war, fühlte sie sich stärker, ruhiger. Hier war sie aufgewachsen.

Sie würde mit Papa reden können, gefasst, erwachsen, auf Augenhöhe.

Papas Auto stand in der Parknische oben an der Straße. Sandra stellte ihr Rad ab. Sie öffnete das Gartentor. Sie sah, dass der Platz an der Hauswand, wo die Gartenstühle, wenn sie nicht benutzt wurden, lehnten, leer war.

Papa hatte es sich offenbar im Garten gemütlich gemacht. Sie ging um das Häuschen herum.

Vielleicht würde Papa überrascht sein, wenn er sie traf. In ihrem Kopf schwirrten die Worte, die sie sich zurechtgelegt hatte. Zuvor hatte sie noch eine Tablette genommen. Sie fühlte sich ganz ruhig.

Gerade beschien die Frühherbstsonne die Rückseite des Hauses. Ein Teil der Wiese lag bereits im Schatten. Nebenan das unentwegte Rauschen des Baches, das sie immer als so beruhigend empfunden hatte. Im Garten waren zwei Liegestühle aufgeklappt und der Gartentisch, an dem zwei Stühle standen. Auf dem Tisch benutztes Kaffeegeschirr und Sektgläser. Zwei.

Die Tür zum Haus stand offen. Möglich, dass Papa einen Gast mitgebracht hatte. Das kam vor. Selten, aber gelegentlich hatte er sich hier auch schon mit Leuten aus der Partei getroffen.

Sie schlich ins Haus, wie sie es als Kind gemacht hatte, wenn die Eltern sich nach dem Mittagessen hingelegt hatten.

Neben der Küche, dem einzigen Wohnraum im Haus, gab es zwei winzige Schlafzimmer. Sandra hatte sich immer vor den Spinnen gefürchtet, die es hier gab. Oft hatte Papa auch eine Mausefalle aufgestellt.

Dann hörte Sandra Stimmen. Sie kamen nicht aus der Küche. Papas Stimme. Und die Stimme einer Frau. Die Stimme klang jung. Die Frau kicherte. Sandra blieb im Flur stehen, der von der Küche nach draußen führte und duckte sich instinktiv hinter einem Kleiderständer, an dem alte Jacken und Gartenkleidung hing.

Sie sah, wie jemand aus dem Schlafzimmer in die Küche huschte. Es war eine Frau. Sie sah sie von hinten. Die Frau war nackt. Am Küchentisch stand eine Plastikflasche Mineralwasser. Die Frau griff sich die Flasche und trank mit ein paar durstigen Zügen.

Nimm sie mit, rief Papa aus dem Schlafzimmer. Die junge Frau nahm die Flasche vom Tisch und drehte sich um.

Für einen Moment sah Sandra die Frau von vorn. Sie war schlank, sie war schön, sie hatte gebräunte Haut.

Die Frau verschwand im Schlafzimmer. Sie hatte Sandra nicht bemerkt.

Dann wusste Sandra, wer Papa die Flasche ins Schlafzimmer trug.

Sie hatte die Frau bei der Siegerparty am Wahlabend das letzte Mal gesehen. Das war fast eineinhalb Jahre her. Die Frau hieß Nicole und war Mitarbeiterin in Papas Wahlkampfteam gewesen. Sie war etwa gleich alt wie Sandra. Sandra hatte das Mädchen nie gemocht.

Sie stand wie gelähmt und rührte sich nicht. Sie hörte die beiden im Schlafzimmer lachen. Sie hatte keinen Bedarf an weiteren Geräuschen. Lautlos schlich sie aus dem Haus und schloss die Gartentür, ohne dass es quietschte.

Als sie oben auf der Straße das Fahrradschloss aufmachte, trat ein Passant auf sie zu. Sie hatte ihn nicht bemerkt. Der Mann sah aus wie ein Tourist. Hier war aber keine touristische Zone. Klein, untersetzt, um seinen Hals baumelte eine Kamera.

Der Mann trat auf sie zu und sprach sie direkt an. Entschuldigung, du bist doch die Tochter von dem Bogner. Von dem Politiker?, fragte er.

Was wollen Sie denn?, fragte sie.

Herr Bogner ist doch da drinnen in dem Haus, sagte der Mann. Das ist doch sein Auto, oder?, fragte er und zeigte auf Papas Wagen.

Schleich dich!, fuhr Sandra ihn zornig an. Das hier ist privat.

Sie schwang sich aufs Rad und fuhr los. Möglich, dass der Idiot die Kamera nahm und knipste, während sie davonfuhr.

Sie trat in die Pedale, so schnell sie konnte. Sie floh. Sie ging ins Haus, schnappte den Koffer, den sie gepackt hatte und rief ein Taxi zum Bahnhof.

Sie hielt die Tränen zurück. Sie war Sandra. Die Tochter des Politikers Andreas Bogner. Sie starrte aus dem Fenster auf die Donau. Sie fuhr mit dem Zug, mit dem sie Hunderte Male während ihrer Schulzeit nach Linz ins Gymnasium gefahren war.

Sie hoffte, dass sie niemanden treffen würde, den sie kannte, dass niemand sie ansprechen würde.

Am Hauptbahnhof in Linz kaufte sie fünf Fläschchen Klopfer.

Im Großraumwagen nahm sie einen Platz in einer Ecke.

Sie wünschte sich weit weg. Sie wünschte, sie könnte sich auflösen. Sie wünschte, sie verschwände und nichts von ihr bliebe übrig.

Als der Zug anfuhr, begann sie zu weinen.

Sie kippte drei Fläschchen Klopfer auf einmal. Vorher hatte sie noch eine Tablette eingeworfen.

Später begann sie, sich die Brauen auszuzupfen. Alle. Das hatte sie lange nicht mehr gemacht. Sie drapierte die Brauen vor sich auf einem Blatt Papier. Mit einem kräftigen Hauch blies sie die Haare zu Boden. Sie trank das vierte Fläschchen, dann auch das fünfte. Ex. Sie wusste, sie würde nicht kotzen müssen.

Nach St. Pölten bekam sie eine SMS auf ihr Handy, die Nummer des Absenders war unterdrückt.

Deine Mutter hat mir deine Nummer gegeben. Ich muss noch überlegen. Seltsam für mich. Ich kenne dich ja nicht. Ich werde mich melden.

Sie brauchte ein paar Sekunden, um zu *checken*. Dann begriff sie.

Sie suchte im iPhone nach den Fotos, die sie von den Kopien der Blätter angefertigt hatte. Die in Mamas Album versteckt gewesen waren.

Der Mann, der Mamas Hand hielt. Im Café Dvě Vdovy in Krumau. Ein Mann, Mitte, Ende vierzig, Brillenträger, dichte Augenbrauen.

Sie sah ihm so lange in die Augen, bis sein Bild vor ihr in einem roten Farbenmeer verschwamm.

Er hatte sich gemeldet. Bald würde sie ihn treffen.

22
HANNES
ARE YOU THE FIRE?

Hannes erwachte mit dem Wummern der Bässe im Kopf.

Er lag im Bett und hatte gleichzeitig das Gefühl, zu stehen. Er bewegte sich noch immer im stampfenden Rhythmus der Musik. Er riss die Arme hoch. Er hüpfte im Discolicht. Mehrfarbige Strahler zuckten abwechselnd von der Decke, von der Bühne. Rot. Gelb. Blau. Orange. Er sah dieses Gesicht. Er hatte ihren Namen vergessen. Dann fiel er ihm wieder ein. Maike.

Er sah auf die Uhr. Es war halb zwei Uhr am Nachmittag. Ein Sonntag in Stockholm. In einer Gegend, die Södermalm hieß. In der WG, in der seine Schwester Kerstin seit mehr als einem Jahr wohnte. Sie studierte hier Skandinavistik. Um drei Uhr würde ihn Holger aus Hamburg aufgabeln und im Auto nach Deutschland mitnehmen. Anderntags würde er mit der Bahn nach Regensburg fahren.

Er lag auf einer Matte neben Kerstins Bett. Er wusste nicht mehr, wie er dahin gekommen war. Kerstins Bett war leer. Unbenutzt. Der Zettel fiel ihm ein.

Er kippte zurück in den Samstag.

Untertags hatte Kerstin mit ihm eine Tour durch die Stadt gemacht. Sie waren in der Gamla Stan gewesen, im Vasa-Museum und im Freilichtmuseum Skansen. Sie hatten einander gegenseitig vor den Sehenswürdigkeiten fotografiert. Sehr selten, dass sie als Geschwister einmal etwas gemeinsam unternahmen.

Zu Hause hatten sie Nudeln gekocht und sich dann niedergelegt, um für den Abend fit zu sein. Sie hatten in der WG vorgeglüht. Mit dabei waren ein paar Freunde von Kerstin, Studenten wie sie. Maike aus Rostock, Mitbewohnerin in der WG, Stig, ein Schwede, ein schwerer Fußballfreak, Gerd, auch er kam aus Deutschland.

Es waren verwirrend viele Leute gewesen. Er bekam nicht mehr alle Namen zusammen.

Sie hatten vorgeglüht, erst mit Bier, dann mit Wein. Gegen zehn waren sie losgezogen, in einen Klub in einem Studentenheim. Der Keller war riesig, der Andrang groß.

In dem Klub konnte man nicht nur tanzen, sondern auch Tischtennis spielen. In einer Ecke stand ein Black-Jack-Tisch. Verrückt.

Da war er noch nüchtern gewesen. Halbwegs. Gerd war ihm aufgefallen. Hatte seine Hand immer um Kerstins Schulter gelegt oder irgendwo an ihren Körper. Kerstin hatte nie eine Andeutung gemacht, dass sie einen Freund hatte.

Sie hatten Tischtennis gespielt. Er mit Maike gegen Gerd und diesen Stig. Er und Maike schlugen sich gut, sie verstanden einander von Anfang an. Ein paar Mal mussten sie den Ball suchen, der unter den Tisch gesprungen war. Die Beleuchtung war für Tischtennis eigentlich zu dunkel. Zwei-, dreimal hatte Maike ihm den Ball in die Hand gedrückt und ihn mit ihrem Unterarm gestreift. Ihr Blick brannte. Ihre Wangen glühten. Sie verloren knapp und waren dennoch zufrieden.

Später saßen sie auf einer Couch, links der Schwede, rechts Maike, die Cola-Rum von der Bar geholt hatte.

Stig, der Germanistik studierte und ausgezeichnet Deutsch sprach, nahm ihn gleich in Beschlag. Eigentlich wollte Hannes sich mit Maike unterhalten.

Der Schwede war eisern. Quetschte ihn aus. Woher er kam. Aus Regensburg. Aha, der Jahn. Nicht besonders berühmt. Ob er die Schweden alle kannte, die je in Deutschland gespielt hatten? Rade Prica, der bei Hansa Rostock gekickt hatte, von dem hatte er natürlich gehört. Von Ronnie Hellström auch. Bei Benny Wendt, Martin Dahlin, Johnny Ekström musste er passen. Dafür war er zu jung.

Ich bin Deutscher, bin da auch da aufgewachsen, sagte Hannes. Aber mein Vater war Österreicher. Mehr brauchte es nicht und

Stig legte los. Da war doch was zwischen uns, sagte er. 1973 in Gelesenkirchen. Ein Entscheidungsspiel zur Qualifikation für die Fußballweltmeisterschaft 1974. Schweden gegen Österreich. Die Schweden gewannen bei Schneefall zwei zu eins. Dann prasselten Namen: Hellström war der Torwart gewesen, Kindvall, Conny Torstensson – der spielte sogar mal bei den Bayern –, Sandberg, Edström. Hannes hatte die Namen noch nie gehört.

Auch Stig bekam Durst. Maike saß zum Glück noch neben ihm.

Die Musik war laut und fetzte.

Gehen wir mal, sagte er.

Sie war blond. Sie war klein. Sie war süß. Sie war zwei Jahre älter als er.

Auf der Tanzfläche sah er Kerstin wieder. Sie rief ihm etwas zu, das er nicht verstand.

Er formte seine Hand zu einer Muschel, die er an sein Ohr hielt. Sie rief lauter. Er verstand nichts. Sie kritzelte irgendetwas auf einen Zettel.

Er sah Maike. Sie trug ein enges Top mit Spaghettiträgern und der Aufschrift *Are you the fire or just another flame?* Unter dem Top zeichneten sich ihre Brustwarzen ab. Sie nahm seine Hände in ihre. Sie wollte, dass er sie umarmte. Er legte ihr die Rechte um die Schulter, er schmiegte seinen Kopf an ihren. Kurz war er mit seinem Mund an ihrer Ohrmuschel. An ihrem Halsansatz entdeckte er eine kleine Warze. Er roch ihren Geruch, eine Mischung aus Schweiß und Deo. Er fasste ihr in die Achselhöhle: Sie war dort feucht vor Schweiß. Sie zog seine Hand aus der Achsel und führte sie zu seinem Mund. Sie steckte ihm seinen Finger in den Mund. Er schmeckte ihren säuerlichen Schweiß. Sie leckte an seinem Finger. Er fasste an ihre Brüste. Er spürte ihre Weiche.

Sein Herz schlug wild. Er verspürte einen leichten Schwindel. Maike lehnte sich an ihn. Dann küsste sie ihn. Sie schloss die Augen. Er fühlte ihre raue Zunge, die gegen seine rieb.

Kerstin klopfte ihm auf die Schulter. Sie hatte etwas auf einen Zettel geschrieben.

Sie sagte etwas. Er verstand nichts. Sie rief ihm zu und deutete: Steck das ein. Er nahm seine Geldbörse und steckte den Zettel hinein. Kerstin winkte ihm zu. Der Deutsche, wie war sein Name gewesen, Gerd, stand hinter ihr. Als würde er auf sie warten.

Maike wollte mehr. Sie strahlte ihn an. Sie war scharf. Er beugte sich über sie. Er brüllte ihr ins Ohr *Are you the fire or just another flame?*

Merkst dus nicht?, brüllte sie zurück.

Sie holten noch ein Cola-Rum von der Bar. Maike drängte ihn in eine Ecke. Sie fingerte in ihrer Tasche. Es waren kleine, durchsichtige Kapseln. Sie steckte ihm eine davon in den Mund.

Was ist das?, fragte er.

Flasht, sagte sie.

Schlucks runter, sagte sie. Sie stieß mit ihm an.

Sie nahm auch eine von den Kapseln.

Wann fährst du?, fragte sie ihn. Sie mussten sich wieder anbrüllen.

Morgen, sagte er.

Eben, sagte sie.

Er lehnte an der Wand und sie schob ihm ein Knie zwischen die Beine.

Er wusste nicht mehr, wie sie in die WG zurückgekommen waren.

Maike hatte ihm die Tablette gesteckt. Anschließend war Filmriss. Offenbar hatte Maike den Überblick behalten und ihn nach Hause gebracht.

Er stand auf und ging aufs Klo. Das Badezimmer daneben war besetzt. Er hörte, dass die Dusche in Betrieb war.

In der Wohnung übernachtete noch jemand. Kerstin hatte ihm davon erzählt. Smilla, die dritte in der WG, war übers Wochenende nach Hause zu ihren Eltern gefahren und hatte das Zimmer über eine Vermittlung weitervermietet. Das kam öfter vor. Studenten aus der Provinz fuhren für ein Wochenende in die Hauptstadt, um es krachen zu lassen.

Diesmal sind zwei Ösis da, hatte Kerstin gesagt, zwei Mädchen. Hannes hatte sie noch nicht zu Gesicht bekommen. Wahrscheinlich stand eine der Österreicherinnen in der Dusche.

Die Tür zu Smillas Zimmer war offen, das Bett war gemacht, auf dem Boden Klamotten und Zeug auf einer Luftmatratze. Kerstin hatte von zwei Ösis gesprochen. Vielleicht standen die beiden zu zweit unter der Dusche.

Daneben die Tür zu Maikes Zimmer. Hannes öffnete sie leise. Maike lag bäuchlings im Bett. Sie trug nur einen Slip, ihr nackter Rücken war unbedeckt. Sie hörte ihn nicht. Er zog die Tür wieder hinter sich zu.

Er ging in die Küche und machte Kaffee, gleich für mehrere. Vielleicht wollten ja die Ösis auch noch frühstücken, es sah nicht so aus, als ob vor ihm schon jemand gefrühstückt hatte.

Der Zettel fiel ihm ein, den Kerstin ihm zugesteckt hatte. Und, dass sie immer noch nicht zu Hause war. In knapp zwei Stunden wollte ihn dieser Holger abholen. Kerstin hatte das über eine Mitfahrzentrale für ihn organisiert. Bevor er losfuhr, wollte er gemeinsam mit Kerstin noch eine Ansichtskarte an Mama schreiben. Sie hatten die Karte mit dem Motiv von der Altstadtinsel am Tag zuvor gekauft.

Sein Handy piepste. Es lag neben der Matte, auf der er geschlafen hatte. Milli hatte eine SMS geschickt. Gut drauf?, schrieb sie und hatte ein Smiley hinzugefügt. Freu mich, schrieb sie.

Gut drauf, schrieb er zurück. Heute gehts zurück. Bis denne.

Das Wummern war noch immer da. Er hatte leichte Kopfschmerzen, aber schlecht war ihm nicht. Und gekotzt hatte er sicher auch nicht. Er roch an seinem Handrücken. Da war ein fremder Geruch. Maikes Geruch. Er wusste nicht mehr, was in der Nacht geschehen war, er hatte aber das Gefühl, sein Körper hatte etwas abgespeichert, was angenehm in ihm nachwirkte. Berührungen, Umarmungen. Haut. Fleisch. Einen fremden Atem. Den Geruch eines fremden Körpers.

Er suchte im Schrank nach Tassen und fand den Becher mit

dem Regensburger Bruckmandl. Er erinnerte sich, dass er als Kind vor Jahren manchmal daraus getrunken hatte. Er schenkte sich Kaffee ein und genoss den ersten Schluck.

Er war aufgedreht und müde zugleich. Zu aufgedreht, um weiterzuschlafen. Zu müde, um aufzustehen und seine Sachen zu packen.

Kerstins Zettel fiel ihm ein. Er überlegte, wo er ihn hingesteckt hatte.

Die Nachricht war banal. *Gehe zu Gerd*, schrieb sie. *Wir sehen uns morgen. Bin da, bevor du fährst. Sonst ruf mich an. PASS AUF MIT IHR!*

Sie hatte ihn vor Maike gewarnt. Schon wieder läutete ein Handy. Er ging zurück ins Zimmer, aber es war nicht sein Gerät. Das Geräusch kam aus dem Zimmer der Ösis. Das Bad war noch immer besetzt.

Er ging in die Küche und suchte nach etwas Essbarem, obwohl er keinen Hunger verspürte. Vielleicht sollte er sich für die Fahrt ein paar Brote schmieren. Kerstin hatte für ihn extra Brötchen, Wurst und Käse gekauft.

Dann läutete das Handy noch einmal. Es war das Handy einer der Österreicherinnen. Er ging in Smillas Zimmer. Das Handy lag auf einem Stuhl neben dem Schreibtisch. Er konnte es den Ösis ins Bad bringen. Bevor er etwas sagen konnte, war die Leitung tot.

Das Handy war unversperrt. Auf der Benutzeroberfläche das Porträt einer jungen blonden Frau. Er wischte über den Bildschirm. Die Besitzerin hatte eine Menge Fotos drauf gespeichert. Natur, Teiche, Blicke über einen See. Die Blonde mit grotesk ausgestreckten Armen, als wollte sie *Hey* rufen, im Hintergrund eine Fabrik mit Volvo-Logo. Am Ringfinger der rechten Hand trug sie einen Ring, interessant. Fotos von einem Studentenzimmer, so ähnlich wie hier auch. Nur dass im Zimmer der Blonden ein Kühlschrank stand. Ein fremder Schreibtisch, an der Pinnwand ausgedruckte Porträtfotos. Auf einem Schrankbord eine Palette mit alkoholischen Getränken. Es war aber nicht zu erkennen, welche. Daneben hing eine kleine rot-weiß-rote Fahne. Die Frau war anscheinend Patriotin.

Er öffnete ein anderes Album. Eine Studentenfete. Eine Tischtennispartie. Erinnerte ihn an den gestrigen Abend. Dann ein einzelnes Bild eines älteren Mannes. Er tippte das Foto an.

Er erkannte es sofort. Auf dem Foto war Papa. Es war das Foto, das Mama für die Parte ausgesucht hatte. Papa hatte es beim Fotografen machen lassen. Es war auch auf der Homepage der Uni gestanden. Irgendwo in Kerstins Zimmer existierte dieses Foto in echt.

Das war komisch. Die Österreicherin hatte ein Foto von Papa auf dem Handy. Es war eine spontane Idee ohne tiefgründige Überlegung. Er ging, holte sein Handy und machte ein Foto davon.

Dann schloss er die Alben, legte das Handy wieder auf den Stuhl und ging zurück in die Küche.

Wenig später hörte er das Schlagen der Badezimmertür. Ist frei jetzt!, rief eine Stimme.

Es hatte doch nur eine geduscht.

Dann schlurfte die Frau in die Küche und stellte sich vor. Es war die Blonde, die er auf dem Handy gesehen hatte.

Franziska, sagte sie und gab ihm die Hand. Sie sprach österreichischen Dialekt. Jetzt sah er, dass sie blaue Augen hatte. Wie Maike. Verflucht. Her mit den kleinen Schwedinnen. Da stimmten wieder alle Klischees. Aber diese Franziska war ja hörbar gar keine. Und Maike auch nicht.

Sie trank den Kaffee schwarz. Tatsächlich trug sie einen Ring am rechten Ringfinger.

Ausgeschlafen?

Geht so, sagte sie. Kurze Nacht. Ich glaube, du bist noch später ins Bett. Ich habe jedenfalls nix mehr gehört.

Hannes begann, die Brötchen aufzuschneiden.

Du bist aus Österreich?

Ursprünglich ja, sagte Franziska. Ich studiere in Skövde.

Er runzelte die Stirn.

Sie klärte ihn auf. Liegt in Südschweden. Die Uni bei uns zu Hause hat ein Austauschprogramm mit denen.

Und du? Studierst du auch?, fragte sie.

Noch nicht, sagte Hannes. Ich besuche meine Schwester.

Verstehe, sagte Franziska.

Ich dachte mir, ihr seid zu zweit, sagte er.

Waren wir auch, sagte Franziska. Meine Freundin ist früh aufgebrochen. Zum Flugplatz nach Arlanda.

Entschuldige, als du vorhin geduscht hast, sagte Hannes.

Ja?, fragte Franziska.

Dein Handy hat geläutet. Ich wollte es dir bringen. Ich bin in dein Zimmer gegangen. Da wars schon wieder aus.

Habs schon gesehen, sagte sie. Nicht so wichtig.

Ich habe dasselbe iPhone, sagte Hannes. Ganz genau dasselbe. Warte, ich zeig dir was.

Er ging in Kerstins Zimmer und nahm das kleine Foto im Stehrahmen von ihrem Schreibtisch. Er ging in die Küche zurück und zeigte es Franziska.

Auf dem Foto waren er, Kerstin und die Eltern.

Das sind wir, sagte Hannes. Meine Familie. Das heißt, das waren wir. Mein Vater lebt nicht mehr.

Nett, sagte Franziska. Und?

Als dein Handy geläutet hat. Du hast dasselbe Handy wie ich. Ich habe dein Foto gesehen. Entschuldige, du hast da Fotos drauf. Ich habe mir ein paar angeschaut.

Machst du das immer so?

Entschuldigung. Es war wegen des iPhones.

Eine Pause entstand. Er begann, die Brötchen mit Wurst zu belegen. Mein Vater war Professor in Regensburg. Ich dachte, du kennst den, sagte Hannes.

Wieso?, fragte Franziska. Ich bin doch aus Linz.

Du hast sein Foto auf deinem Handy. Das fand ich witzig. Ein Foto meines Vaters.

Was? Jetzt war sie wirklich erstaunt.

Hannes zeigte auf das Foto im Bilderrahmen. Der da. Der ist es.

Franziska holte ihr Handy und wischte, bis sie das Foto fand, das Hannes zuvor entdeckt hatte.

Sie zeigte es ihm.

Das ist er. Mein Papa, sagte Hannes. Er legte das gerahmte Foto neben das Handy.

Witzig, sagt Franziska. Sandra, meine Freundin. Sie ist schon weg. Sie sitzt wahrscheinlich schon im Flieger. Das Foto ist von Sandra.

Wieso hat die ein Foto von meinem Vater?, fragte Hannes. Studiert die in Regensburg?

Franziska schüttelte den Kopf. Sie lebt in Wien.

Sie zögerte einen Moment.

Das ist vielleicht schräg. Das ist. Ich weiß nicht, ob ich dir das sagen kann.

Was, schräg?, fragte Hannes.

Sandra ist. Sie sucht nach jemandem in ihrer Familie. Ihrem Vater. Könnte sein, dass es der Mann da ist. Könnte sein, hat sie gesagt. Ich möchte nix verschreien.

Krass.

Hannes saß da und begriff nichts.

Sie zögerte. Ich kenn mich auch nicht aus, sagte sie. Sandra hat mir erzählt, dass sie ihn bald besuchen würde. Ihren Vater. Da habe ich noch eins, sagte sie.

Sie klickte weiter und reichte ihm das Handy.

Das hat sie mir auch geschickt, sagte sie. Das ist in Krumau. In Tschechien ist das.

Zwei Menschen an einem Kaffeehaustisch. Ein Mann und eine Frau saßen sich gegenüber und unterhielten sich.

Das ist mein Vater, sagte Hannes und zeigte auf den Mann.

Das ist Sandras Mutter, sagte Franziska und zeigte auf die Frau.

Kenn ich nicht, sagte Hannes. Ist die Wissenschaftlerin? Mein Papa war Germanist.

Hab ich, ehrlich gesagt, keine Ahnung, sagte Franziska.

Darf ich mal ein Foto machen?, fragte Hannes.

Wie du willst, sagte Franziska.

Er achtete darauf, dass das Foto auf Franziskas Handy nicht spiegelte.

Franziska tippte in das iPhone. Ich schreib ihr eine SMS, sagte sie. Die sitzt wahrscheinlich schon im Flieger.

Hannes spürte, wie ihm der Schweiß ausbrach.

Ich weiß nicht, ob das so eine gute Idee ist, sagte er. Vielleicht. Ich meine, mich geht das ja nichts an. Aber vielleicht geht es mich was an. Das ist ziemlich verwirrend, verstehst du. Kannst du bitte. Die SMS nicht abschicken.

Franziska sah ihn verwundert an.

Bitte, sagte er.

Wenn du meinst, sagte sie und löschte den Text wieder.

Mein Papa ist erschossen worden, sagte Hannes. Das ist vielleicht kompliziert. Die ganze Sache. Das hat meine Mama sehr mitgenommen, verstehst du. Er griff sich an den Kopf. Entschuldigung, ich bin noch nicht ganz da.

Sie schwiegen und starrten auf den Tisch. Sie sahen sich an.

Sonderbare Geschichte, sagte Franziska. Tut mir leid. Ich hoffe, ich habe nichts angestellt.

Ich wars ja, der nachgeschaut hat, sagte Hannes. Das kann alles mögliche bedeuten.

Sie wischte wieder über das iPhone und zeigte ihm schließlich ein Foto.

Das ist sie, sagte sie. Sandra. Meine Freundin. Es geht ihr gerade nicht so gut.

Er sah die junge Frau. Sie war etwa in seinem Alter. Er hatte sie noch nie gesehen, da war er sich ganz sicher.

Franziska hielt das Handy direkt neben das gerahmte Foto.

Sie sagten nichts, aber sie suchten nach Ähnlichkeiten zwischen Sandra und Hannes' Vater.

Sehen die sich ähnlich?, fragte Franziska und lächelte verschmitzt.

Ich seh nichts, sagte er.

Er spürte sein Herz hämmern. In seinen Schläfen pulsierte das Blut.

Sie saßen da, tranken Kaffee und schwiegen.

Klein ist die Welt, sagte Franziska.

Eine Viertelstunde später stand Franziska in der Küchentür.

Ich fahre dann, sagte sie. Muss zum Bahnhof. Mein Zug geht um vier.

Also, ciao dann.

Deiner Freundin sagst du bitte nichts, bat Hannes. Was eben war.

Ist okay.

Sie hatten vorher Telefonnummern getauscht.

Sie gab ihm die Hand.

Im Flur stand ihr kleiner Rollkoffer. Er hörte, wie er über den Boden schabte. Er hörte, wie Franziska die Wohnungstür hinter sich zumachte.

Er saß am Küchentisch und starrte vor sich hin. Das Wummern der Bässe im Kopf. Die Kopfschmerzen hatten zugenommen.

Er hatte die Brote geschmiert und eingepackt. Er hatte wieder in Maikes Zimmer geschaut. Sie lag noch immer im Bett und schlief. Er setzte sich ans Bett und strich ihr sanft über den Nacken. Er hörte, wie sie aufseufzte, aber sie wurde nicht wach. Er schrieb ein paar Worte auf einen Zettel und legte ihn auf ihren Schreibtisch. Er überlegte, ob er ihr ein kleines Andenken dalassen sollte. Er kramte in seinem Rucksack und fand nichts. Er spülte die Tasse aus, aus der er getrunken hatte und stellte sie auf den Zettel. *Für dich!* Er unterdrückte den Impuls, Maike auf die Schulter zu küssen.

Kerstin war immer noch nicht nach Hause gekommen. Er hatte überlegt, ob er sie anrufen sollte und dann doch gewartet.

Er hatte die Ansichtskarte an seine Mutter geschrieben. Seit

Jahren hatte er so was nicht mehr gemacht. Er fälschte Kerstins Unterschrift.

Kerstin kam erst eine Viertelstunde vor drei und entschuldigte sich wortreich. Das Rad hatte einen Platten gehabt, sie hatte es mit Gerd mühsam repariert.

Du musst dann ja gleich los, sagte sie.

Ich muss dir noch was sagen.

Er erzählte ihr, was es zu erzählen gab. Er zeigte ihr die Fotos, die er von Franziskas Handy aufgenommen hatte. Kerstin schüttelte den Kopf.

Hannes wusste nicht, was sie darüber dachte.

Schick mir die auf mein Handy, bat sie.

Die sucht ihren Vater, Hannes wiederholte noch einmal, was ihm Franziska erzählt hatte.

Bekomme ich nicht auf den Schirm, sagte Kerstin.

Sie stritten sich, ob sie die Fotos ihrer Mutter schicken sollten.

Hannes war dagegen. Mama war unterwegs auf einem Seminar.

Wenn ich morgen nach Hause komme, rede ich mit ihr, sagte er. Wir sollten sie nicht verunsichern.

Wenn da was dran ist, sagte Kerstin und führte den Satz nicht zu Ende.

Scheiße ist das, sagte Hannes. Das regt mich auf.

Sie hatten nicht mehr über den gestrigen Abend gesprochen. Nicht über Gerd. Nicht über Maike. Nicht über Milli.

Gleich darauf läutete es an der Tür. Kerstin ging in den Flur. Hannes hörte den Türöffner summen.

Sie kam zurück in die Küche. Dieser Holger ist da, sagte sie.

23
VERENA
WENN ICH GEWUSST HÄTTE, WIE ES DIR GEHT

Verena stand am Fenster und schaute nach draußen. Unten am Kinderspielplatz schaukelte eine junge Mutter ihre etwa dreijährige Tochter. Die Frau war wieder schwanger, ihr Bauch hatte sich bereits ganz tief gesenkt.

Nach jedem fünften oder sechsten Ausschwingen gab sie der Schaukel erneut einen Schubs. Verena hörte, wie die Schwangere die Schaukelbewegungen für ihr Kind mitzählte. Das Mädchen saß in einem Haltekörbchen und krähte vor Vergnügen.

Der letzte Klient war nach Hause gegangen, Verena hatte die Sachen für das Wochenendseminar gepackt und genoss die frühe Abendssonne.

Es klopfte an der Tür und Rita steckte die Nase ins Zimmer.

Hast du einen Augenblick Zeit?

Seit Monaten, seit dem verunglückten Abendessen, waren sie sich aus dem Weg gegangen. Sie grüßten einander, wenn sie sich auf dem Flur zufällig trafen und eine Begegnung nicht mehr zu vermeiden war. In der Teeküche, wo sie früher fast jeden Tag Pause gemacht und getratscht hatten, hatte Verena Rita seit Langem nicht mehr angetroffen. Rita hatte es sich angewöhnt, kleine Zettel zu schreiben, die sie über der Abwasch in der Küche an das Glas hängte, banale Botschaften: Bitte Mülltüten besorgen! Mineralwasser ist alle!

Sie hatten in stiller Vereinbarung die Kunst des Sich-aus-dem-Weg-Gehens entwickelt und perfektioniert. Erstaunlich, wie ihnen das gelungen war, obwohl sie in derselben Praxis werkten.

Dass Rita an Verenas Tür klopfte, war ein mehr als außergewöhnliches Ereignis.

Bin schon fertig, sagte Verena und zog den Reißverschluss ihrer Computertasche zu.

Ich möchte dich nicht stören, sagte Rita. Verlegen, fast schüchtern wirkte sie.

Du leitest doch dein erstes Seminar seit Arnolds Tod. Sie sprach stockend. Margot hats mir erzählt. Ich wollte dir nur sagen, dass ich das toll finde. Wie du das geschafft hast. Ich freue mich für dich. Ich wollte dir nur.

Sie kramte in ihrer Handtasche und zog ein Päckchen heraus.

Ich wünsche dir viel Energie für das Wochenende. Alles soll gut werden.

Sie drückte ihr das Päckchen in die Hand.

Nichts besonderes, meinte sie. Ist symbolisch, sagte sie. War ja nicht leicht für dich. Und für uns alle.

Sie zögerte. Sie ging einen Schritt auf sie zu und umarmte sie. Sie hatten einander seit damals nicht mehr berührt.

Ich drück dir die Daumen, flüsterte ihr Rita ins Ohr.

Die Ankunft in diesem Haus der Begegnung war für sie wie ein Heimkommen. Sie stellte ihr Gepäck ins Zimmer, gestaltete im Seminarraum einen hübschen Platz in der Mitte mit ein paar Blumen – Margariten, Tulpen, Rosen, Hauptsache, der Strauß war bunt – und fühlte sich sofort zu Hause.

Über Jahre hatte sie hier in der Nähe der ehemaligen innerdeutschen Grenze immer wieder Seminare mitgemacht, erst noch in Ausbildung, später auch geleitet. Das Haus gehörte einem Frauenorden, der von einem kleinen Team von Mitarbeitern unterstützt wurde.

In einem Gang hing ein Spruch Martin Bubers: *Alles wirkliche Leben ist Begegnung.*

Immer wenn sie an diesem Spruch vorbeiging, musste sie lächeln, weil ihr die vielen Menschen einfielen, mit denen sie in diesem Haus schon zu tun gehabt hatte. Bei ernsthafter Arbeit in Seminaren, bei streitbaren, heftigen Sitzungen und gelegentlich spätabends auch angeheitert, betrunken, high und seminarverliebt.

Auch mit Arnold hatte sie vor Jahren hier einmal an einer Kultur- und Wanderwoche teilgenommen. Sie verkniff sich jeden Anflug von Wehmut, sie hatte sich vorgenommen, nach vorne zu schauen.

Die Gruppe war klein und überschaubar. Insgesamt waren sie zu neunt, außer ihr noch fünf Frauen und drei Männer. Eine der Frauen kannte sie von früher, eine pensionierte Lehrerin aus Nürnberg. Die Frau lebte allein, die Seminare taten ihr gut. Sie brauchte Gesellschaft und agierte bei der Gruppenarbeit wohl auch ihren Hang zur Theatralik aus.

Aufgefallen war Verena sofort auch eine Frau, die nach einem Schlaganfall am Stock ging und den rechten Arm am Körper angelegt hatte. Sprachlich war ihr kein Mangel anzuhören.

Der Beginn eines Seminars war immer spannungsgeladen. Erwachsene Menschen trafen zusammen, um Fremden aus ihren Lebensgeschichten zu erzählen. Menschen, die bereit waren, an ihren Schmerz zu rühren, bereit auch, vielleicht über Dinge zu sprechen, mit denen sie in ihrem Privatleben noch mit niemandem zu sprechen gewagt hatten, nicht einmal mit Ehe- oder Lebenspartnern, und nicht mit der besten Freundin.

In der Vorstellrunde bat sie die Teilnehmer, zu erzählen, woher sie kamen und was sie beruflich machten. Sie hatte die Teilnehmenden gebeten, einen Gegenstand mitzunehmen, der aktuell für ihr Leben eine symbolische Bedeutung hatte.

Das war es, was Verena an ihrem Beruf so liebte: Sie saß inmitten einer bunt zusammengewürfelten Runde, die in kurzer Zeit eine ganze Palette an Leben ausbreitete:

Ein Mann um die vierzig, der nur von sich preisgab, dass er eine *künstlerische Vergangenheit* hinter sich hatte; den Jonglierball, den er mitgebracht hatte, sah er als Bild für seine Lebensenergie, die ihm in letzter Zeit abhanden gekommen war. Eine Kindergärtnerin mit Babystrampler, die Pensionistin aus Nürnberg mit einer aufgeblühten Rose, die Frau mit dem Schlaganfall, die vor der Frühpensionierung als Buchhalterin in einem Großbetrieb gearbeitet hatte: Sie hatte einen Bernstein mit Einschluss als Symbol mitgenommen; ein ehemaliger Bankmanager, jetzt ebenfalls Pensionist, der einen einzelnen Turnschuh vor sich auf den Boden stellte. Eine einzige Österreicherin war mit dabei – es kam selten vor, dass Leute so weit zu ihren Seminaren anreisten. Die Frau, die als Beruf Büroangestellte angab, hielt einen kleinen Schutzengel aus Plastik in der Hand, der sie in schweren Zeiten, wie sie sagte, begleitet hatte. Die nächste Teilnehmerin war Angestellte in der Reisebranche und hatte ein Kinoticket als Symbol für sich ausgewählt; der Letzte in der Runde war ein Unternehmer um die fünfzig. Er nahm seine Uhr vom Arm und ließ sie an einem Finger baumeln.

Zuletzt war die Reihe an Verena selbst. Sie legte einen Autoschlüssel vor sich auf den Boden, den Schlüssel von Arnolds Wagen. Sie hatte vorher überlegt, ob es ihr schwerfallen würde, den Schlüssel zu nehmen. Sie fühlte sich stark, sie agierte in einer Rolle, sie hatte keine Probleme, ihre Sätze leicht und locker auszusprechen.

Ich habe derzeit ein Auto zu viel, sagte Verena. Und wer mir einen Händler sagen kann, der mir einen älteren Volvo für einen guten Preis abnimmt, den lade ich am Abend auf ein Getränk ein.

Die Runde lachte schallend, das Eis war, für den Anfang zumindest, gebrochen.

Nach einer kurzen Pause begann sie mit der ersten Aufstellung.

Zuerst hatte sie die Geschichte der Familienaufstellung gestreift und dann ihre eigenen, persönlichen Spielregeln erklärt.

Der oder die Aufstellende würde andere bitten, als Repräsentanten zu fungieren, es war aber auch möglich, diese Bitte auszuschlagen. Jedem Rollenspieler war erlaubt, zu jedem Zeitpunkt der Aufstellung aus der Rolle zu schlüpfen und auszusteigen. Wichtig war, möglichst genau auf die eigenen Gefühle zu achten und sich nicht zu überfordern. Jeder und jede war für die eigene psychische Balance letztlich selbst verantwortlich. Falls erforderlich, stand sie als Seminarleiterin für ein persönliches Gespräch unter vier Augen jederzeit zur Verfügung.

Zuerst meldete sich Britt, die Frau, die in der Reisebranche tätig war. Sie war etwa vierzig Jahre alt, leicht mollig, sehr sportlich gekleidet. Das Kinoticket hatte sie als Symbol mitgebracht, nicht nur, weil sie gerne Filme sah, sondern weil sie sich überhaupt für Theater und Kunst interessierte.

Kurz erzählte Britt die Geschichte, die sie gerne stellen wollte.

Sie sei ein paar Jahre verheiratet gewesen, sei nun geschieden, lebe allein und führe derzeit auch keine Beziehung. Es ging um ihren Bruder Heiner beziehungsweise um dessen Frau, Britts Schwägerin. Dieser Bruder war seit mehr als zehn Jahren verheiratet. Trotz verschiedener Versuche hatten sie keine Kinder bekommen können, worunter besonders die Schwägerin litt. Britt nannte keinen Namen, sagte immer nur *die Schwägerin*, bis Verena sie bat, doch einen Namen für sie zu wählen: Britt wählte schließlich Hanna.

Dann gab es noch eine Frau in Britts Leben, die sie beim Walken kennengelernt und mit der sie sich angefreundet hatte. Diese Freundin, Cordula, war alleinerziehende Mutter eines zehnjährigen Jungen. Britt und Cordula wohnten in einer Kleinstadt, etwa eine Autostunde vom Wohnort des Bruders entfernt.

Vor einiger Zeit hatte ihr diese Freundin anvertraut, dass sie den Behörden bei der Geburt ihres Sohnes den Namen des Vaters verschwiegen und folglich dieser Vater bis heute keine Ahnung hatte, dass er einen Sohn gezeugt hatte.

Eher zufällig hatte Britt schließlich erfahren, dass der Vater dieses Kindes ihr Bruder war. Sie war aus allen Wolken gefallen.

Britt hatte ihr Wissen für sich behalten und sich weder Cordula noch ihrem Bruder oder der Schwägerin anvertrauen können.

Ich weiß alles und das macht mich fertig. Und einsam, sagte sie.

Sie finde es erdrückend, mit niemandem darüber reden zu können. Außerdem tue ihr das Kind leid, das wohl in ein paar Jahren vehement beginnen werde, nach seinem Vater zu fragen. Sie wisse nicht mehr, wie sie mit dieser Situation umgehen solle.

Britts Stimme drohte zu kippen, ihre Augen wurden feucht, gleich darauf hatte sie sich wieder im Griff.

Verena bat Britt, Rollen zu zuweisen. Erst wählte Britt die Repräsentantin für sich selber aus (die Kindergärtnerin), dann die ihrer Eltern (als Vater wählte sie den Exbanker, als Mutter die Frau, die am Stock ging), dann den Bruder (den Unternehmer), die Schwägerin (sie schwankte zwischen der Pensionistin aus Nürnberg und der Österreicherin, ehe sie sich für die Nürnbergerin entschied), schließlich für Cordula, ihre Freundin: Da blieb dann nur mehr die Österreicherin. Die Rolle des Kindes sollte später der Mann mit dem Jonglierball übernehmen.

Verena begann mit ihrer Arbeit, Britt hatte sich seitlich auf einen Stuhl gesetzt und schaute zu.

Erst ging es um die richtige Nähe und Distanz zu den Eltern, dann um das Verhältnis zu ihrem Bruder. Die Darstellerin verspürte eine Blockade ihm gegenüber, der ihr das Gesicht direkt zuwandte, was sie korrigiert haben wollte. Der Darsteller des Bruders drehte sein Gesicht zur Seite.

Verena fragte Britt, wie es ihr in Bezug auf ihre Schwägerin gehe: Ich fühle eine starke Anziehung, sagte Britt und ging einen Schritt auf die Hannadarstellerin zu und unmittelbar darauf: Jetzt spüre ich einen starken Druck auf der Brust. Ich habe ein schlechtes Gewissen. Ich habe das Gefühl, es erdrückt mich. Es zerreißt mich.

Verena ließ die Darstellerin so stehen und wandte sich dem Bruder zu: Der verspürte eine Art von Traurigkeit gegenüber seiner Frau, ein Gefühl von Abgestorbenheit, Unlebendigkeit; und eine Art Indifferenz gegenüber seiner Schwester. So, als ob sie sich seit dem Tod der Eltern von ihm entfernt hätte.

Dann wandte Verena sich der Darstellerin der Cordula zu und fragte sie, wie sie sich fühle.

Katharina, die Darstellerin, sprach zuerst über Britt, ihre Freundin: Sie verspüre ein angenehmes, warmes Gefühl, ein freundschaftliches. Ihr habe sie von ihrem Kind erzählt. Dann sei da eine Mauer zwischen ihr und dem Vater des Kindes; sie fühle nichts. Nur Bitterkeit. Ich bin einsam, sagte sie plötzlich. Zu den Eltern des Mannes gewandt sagte sie: Ich kenne sie nicht, sie sind mir gleichgültig. Zur Schwägerin: Vielleicht sei da ein leises Bedauern. Zu ihrem Sohn: Ich liebe ihn, sagte Katharina. Ich liebe ihn, wie nichts sonst. Ich spüre seine Wut. Ich habe ein schlechtes Gewissen. Sie wandte sich noch einmal der Freundin zu: Wenn ich gewusst hätte, wie es dir geht. Es zerreißt mich ja auch.

Dann begann sie zu weinen. Sie wischte sich über das Gesicht, aber der Tränenfluss wurde noch stärker.

Verena war hinter sie getreten und hatte ihr eine Hand auf die Schulter gelegt; sie reichte der Darstellerin der Cordula ein Taschentuch. Plötzlich drehte Katharina sich um und fiel ihr schluchzend um den Hals.

Verena spürte die fremde Frau: wie es sie schüttelte. Sie fühlte ihr Haar in ihrem Gesicht, sie roch ihr Parfüm, sie sah, dass sie kleine silberne Ohrringe trug, sie bemerkte zwei kleine Muttermale auf ihrem Ohrläppchen.

Die Frau klammerte sich an sie. Das Schluchzen verstärkte sich: Hier weinte ein verlassenes, vergessenes Kind.

Verena drückte die Frau an sich. Sie spürte, dass sie stark war. Darauf war sie vorbereitet. Die Tränen waren wie ein Sturmwind, der gegen sie anbrauste, sie war ein Baum, fest verwurzelt im Boden, der standhielt. Sie war Verena. Sie spürte, wie ein Gefühl der Verbundenheit mit dieser Teilnehmerin durch ihren Körper flutete.

Die anderen Teilnehmer hielten inne und guckten verschreckt aus ihren Rollen.

Britt war aufgestanden und legte Katharina die Hand sanft in den Nacken.

Wenn du möchtest, kannst du eine Pause machen, sagte Verena.

Bei ihren Seminaren sprach man einander mit Du an.

Katharina nickte. Sie würde aufs Zimmer gehen und sich ein wenig ausruhen.

Verena begleitete sie auf den Gang hinaus. Ob es okay sei, dass sie die Sitzung mit der Gruppe abschließe. Katharina nickte.

Wenn du möchtest, können wir uns nach dem Mittagessen unterhalten, sagte Verena.

Katharina nickte und schniefte. Sie hatte sich wieder ein bisschen gefasst.

Um halb zwei bei mir im Zimmer, sagte Verena und Katharina nickte.

Und du kommst allein zurecht?, fragte Verena noch einmal nach. Sie war die Betreuerin, sie war die Amme, sie war die Mutter.

Geht schon, sagte Katharina.

Für einen Augenblick sahen sie einander in die Augen: Kind und Mutter. Frauenschwestern.

Danke, sagte Katharina.

Verena ging in den Gruppenraum zurück und führte die Aufstellung zu Ende.

Sie hielt es in der Mittagspause immer so, dass sie sich von der Gruppe fernhielt und auf ihr Zimmer zurückzog. Wenn sie ein Seminar leitete, brauchte sie kein Mittagessen, hatte sie auch keine Lust auf Small Talk. Sie aß den Apfel, den sie vom Frühstücksbüffet mitgenommen hatte, sie öffnete das Fenster. Draußen war es angenehm, ein milder, sonniger Herbsttag.

Sie würde noch in den Garten gehen. Zu ihrem Baum.

Zwischendurch piepste ihr Handy. Kerstin hatte ihr eine SMS aus Stockholm geschrieben. Hannes war ja jetzt bei ihr.

Geht uns gut, schrieb sie. Hannes erlebt verrückte Sachen,

schrieb sie. Wegen Papa. Soll er dir selber erzählen. Küsschen, Kerstin.

Verena ging in den Klostergarten, der als Bibelgarten mit einheimischen und exotischen Baumarten konzipiert worden war. Zedern fanden sich dort, Akazien, ein Oliven- und auch ein Mandelbaum.

Während ihrer Ausbildung vor Jahren hatte Ernst die Gruppe damals gebeten, in diesen Garten auszuschwirren und sich jeder einen Baum auszusuchen, der einem entsprach und der einen ansprach. Sie hatte sich spontan für den Granatapfelbaum entschieden: Der Baum hatte orangerot geblüht. Jetzt hingen ein paar kleine Früchte daran. Es war mehr ein Strauch als ein Baum. Schon damals, als sie sich diesen Baum gewählt hatte, hatte ihr gefallen, wie fest der Strauch im Boden stand. Geerdet. Später hatte sie nachgelesen, wofür der Granatapfelbaum stand: als ein Symbol für Leben, Macht, Fruchtbarkeit. Schon bei den Griechen, im Koran und in der Bibel hatte dieser Baum eine Bedeutung gehabt.

Verena hatte erst gar nicht versucht, die Symbolgeschichte dieses Baumes auf ihr Leben zu übertragen. Ihr reichte zu wissen: Während sie in ihrem Leben herumschwirrte, stand ihr Baum in diesem Klostergarten irgendwo in der Oberpfalz und widerstand den Jahreszeiten. Stand da und würde wahrscheinlich noch dastehen, wenn sie einmal nicht mehr war. Seit Arnolds Tod war sie nicht mehr hier gewesen.

Wenn sie an Arnolds Grab stand, fühlte sie immer eine Verbundenheit, die sie zurückzog in die Vergangenheit, hier, bei *ihrem Baum* eine Möglichkeit, die ins Morgen wies. Jetzt reiften die Früchte, im nächsten Frühling würde der Baum wieder blühen.

Verena betrachtete einen Zweig mit seiner roten Frucht mit dem an der Blütenspitze zapfenförmigen Abschluss, der wie eine Brustwarze aussah, wie sie unwillkürlich dachte. Sie beschloss, sich bald wieder irgendwo einen Tequila Sunrise zu bestellen, der mit dem Saft des Granatapfels zubereitet wurde. Sie würde auf den Baum hier trinken. Auf ihren Baum. Und auf sich.

Sie dachte an die Sitzung vorher und wie souverän sie die Aufstellung zu Ende gebracht hatte. Der Schrecken der Gruppe hatte sich in Empathie und Anteilnahme für Britt verwandelt; Britt war mit den Lösungsansätzen – sie war nicht die Hüterin ihres Bruders, auch für sie selber stand irgendwo Unterstützung bereit – zufrieden gewesen.

Verena dachte an die Österreicherin, Katharina. Sie wusste gar nicht, aus welchem Teil Österreichs sie kam. Katharina hatte sich online angemeldet.

Als sie die Frau zum ersten Mal gesehen hatte, hatte sie aus irgendeinem Grund das Gefühl gehabt, sie schon einmal gesehen zu haben. Sie wusste nur nicht, wo.

Sie stand vor dem Baum und plötzlich fiel es ihr ein. Sie kannte die Frau. Sie hatte sie schon oft betrachtet. Nur war sie ihr nicht aufgefallen unter den vielen, die sie kannte.

Sie ging zurück in ihr Zimmer. Sie hatte Arnolds rote Mappe bei sich; sie hatte die Aufnahmen von seiner Beerdigung in die Mappe gesteckt. Es brauchte nur ein paar Handgriffe, dann hatte sie das Foto gefunden.

Ein Blick in die Menge in der Kirche, in der Arnolds Beerdigung stattgefunden hatte. Im hinteren Teil der vollen Kirche saßen sie: die Freunde von Arnold, seine Kollegen von der Uni, Verenas Berufskollegen und Freundinnen. Ein paar Gesichter, die sie nie identifiziert hatte. Maturakollegen vielleicht. Und dann diese Frau. Sie schaute starr vor sich hin. Es war Katharina.

Später klopfte es leise an ihrer Tür.

Kann ich hereinkommen?, fragte Katharina. Sie hielt nur kurz den Blick.

Verena bat sie, sich zu setzen.

Sie saßen sich am Tisch gegenüber. Verena hatte ihn vorher von ihren Sachen freigeräumt.

Ich glaube, wir müssen miteinander reden, sagte Katharina. Sie sprach leise, sie flüsterte. Sie kramte in ihrer Handtasche und nahm eine Plastikfolie heraus, in der ein Blatt Papier steckte. Sie zog das Blatt heraus, öffnete es und legte es zwischen sie beide auf den Tisch.

Es war die Kopie eines Fotos. Es sah aus wie ein Puzzle. Ein Foto, das zerrissen und wieder zusammengeklebt worden war. Arnold und Katharina. An einem Kaffeehaustisch in Krumau. Es war das Kaffeehaus, in dem Verena wenige Wochen zuvor mit Ulrich gesessen war.

Sie war ganz ruhig. Sie spürte ihren Atem kommen und gehen. Er beschleunigte sich für einen Moment und beruhigte sich wieder. Sie hatte das Gefühl, getragen zu werden. Wie von einer Welle. Wie auf einem See. Sanft bewegte ein Boot sie über einem Abgrund. Sie würde nicht untergehen.

Sie ist zu mir gekommen, dachte sie. Sie ist da.

ANHANG
DIE HAUPTPERSONEN

Katharina Bogner
Andreas Bogner, *ihr Mann, Politiker*
Sandra Bogner, *ihre Tochter, Studentin*
Raftl, *Katharinas Vater, Gendarm in Pension*

Dolores Broscher, *Arnold Walters Mutter*
Andrea Blüml, *ihre Tochter, Halbschwester von Arnold Walter*
Nicole, *ihre Enkelin, Praktikantin bei Andreas Bogner*
Renate, *Stieftochter von Dolores Broscher, Stiefschwester von Harald Seisenbacher*

Tomáš, *Oboist aus Tschechien*
Iveta, *Kellnerin in Krumau, seine Jugendfreundin*

Manfred Scherer, *Privatdetektiv in Linz*
Harald Seisenbacher, *ermordeter Privatdetektiv aus Linz*
Sabine Holter, *Altenpflegerin, seine ehemalige Lebensgefährtin*
Erik, *Sohn von Sabine Holter und Harald Seisenbacher*

Achatz, *Polizist in Hauzenberg, Landkreis Passau*

Verena Walter, *Psychotherapeutin in Regensburg*
Arnold Walter, *ihr ermordeter Mann, Germanist*
Kerstin, *ihre Tochter*
Hannes, *ihr Sohn*
Rita und Margot, *Psychotherapeutinnen, Kollegen Verenas*
Ulrich Meile, *Psychotherapeut, ein Freund von Verena*

Werner Scheu, *kognitiver Psychologe an der Universität Regensburg*
Ulrike Plößmann, *Germanistin an der Universität Regensburg, seine Freundin*

Fritz Dascola, *Mitarbeiter an der Universitätsbibliothek Regensburg*
Albert Nothaft, *ein Freund von Dascola, Ordner bei den Eisbären*

Stefan Posch, *Polizist, Linz*
Anna Rebhandl, *seine Freundin*
Roland Mitterbach, *Psychotherapeut, Linz*

Christoph, *Angestellter in Salzburg, Studienkollege von Andreas Bogner*

Walding, Obernzell, Regensburg, Steyr, Gmunden (Villa Stonborough-Wittgenstein des Landes OÖ), Wien, Ca'n Picafort /Mallorca, 2012–1013

Die Arbeit an diesem Roman wurde mit einem Stifter-Stipendium des Landes Oberösterreich gefördert.
Danke sagen möchte ich allen, die mich mit ihrem fachlichen Rat unterstützt und allen, die mich bei der Arbeit an diesem Text freundschaftlich begleitet haben.